Margaret Moore

悩める花嫁

マーガレット・ムーア　江田さだえ 訳

遙かなる愛の伝説

The Unwilling Bride

The Unwilling Bride

by Margaret Moore

Published by Harlequin K.K., Tokyo, 2007

主要登場人物

コンスタンス……………レディ。
ベアトリス………………コンスタンスの従妹。
カレル卿…………………ベアトリスの父。
マロレン…………………ベアトリスのメイド。
メリック…………………トリゲリス領主。
サー・エグバート………メリックの叔父。騎士。
ウィリアム卿……………メリックの父。
アルジャーノン卿………ウィリアム卿の弟。
サー・ラヌルフ…………メリックの友人。騎士。
サー・ヘンリー…………メリックの友人。騎士。
ブレドン…………………メリックの異母弟。
サー・ジョワン…………ペンダーストン領主。
キアナン…………………サー・ジョワンの息子。
アラン・ド・ヴェルン…トリゲリス城の家令。
ピーダー…………………錫の採掘人。

プロローグ

一二二八年オックスフォードシャー

少年はとにもかくにも自分の村に帰りたくてたまらなかった。自分の村なら、どの小道も、どの岩も知っている。海から吹いてくるさわやかな潮風を吸い、はだしの裏に当たる砂や小石や、指のあいだを流れる水の動きを感じることができる。村にいれば、ぼくは幸せだ。村にいれば、ぼくは安全だ。

それがここでは不安に駆られながら、見も知らぬ場所を馬に乗って走りぬけなければならない。

自分を取り囲んでいる、ごつごつとしたたこのある大きな手をしていて、恐ろしい傷跡のある兵士が怖い。兵士はもちろん武器も持っている。長くて重い広刃の刀を。戦棍《せんこん》を。そして短剣をベルトに差したりブーツに隠したりしている。

兵士たちのあのにおい――汗とエールと革のにおいが嫌いだ。外国語で罵《ののし》るあの響きもいやでたまらない。

兵隊を率いる貴族の男は兵士たちよりさらに恐ろしい。サー・エグバートは鷹《たか》のくちばしを思わせる鼻と、人のあら捜しをするような鋭くて濃い色の目をしていて、戦に加わったしるしの傷跡などはなにもない。兵士のようなにおいはしないし、ふだんは声を荒らげることもない。それなのに一瞥《いちべつ》されただけで身震いが走る。

ああ、うちに帰りたい！

一団の行列はぬかるんで轍《わだち》のついた道の分かれたところに来た。右に行けば下草のびっしりと生えたとねりこと楡《にれ》の鬱蒼《うつそう》とした森があり、左に行けば、道は相も変わらず北に向かってはいるものの、森からはそれる。

サー・エグバートが片手を上げて縦隊を止まらせ、兵隊頭に自分のほうへ来るよう合図した。兵隊頭はただでさえ醜い顔に、みみず腫《ば》れになったひどい傷跡がある。

少年はじっと座ったまま、どうして止まったのだろうと不安に駆られながら考えた。そして跳ねあがる小型の馬を震える手で懸命に制止しようとした。道の両側に生えた丈のある草が風にそよぎ、ほんの少し海に似た音をたてている。すぐそばの兵士が咳払《せきばら》いをして痰《たん》を吐き出し、なにかつぶやいた。するとほかの兵士たちがふんと嘲《あざけ》ったり笑い声をあげたりした。

なにがあったのだろう。サー・エグバートは道に迷ったのだろうか。

サー・エグバートが暗い森へと続く轍のついた道をさした。兵隊頭が顔をしかめ、なにかつぶやいてもう一方の道を指さした。

どうか、神さま、森には入りませんように。少年は祈った。密に生えた高木、びっしりと茂った灌木《かんぼく》、暗い葉陰……。炉辺で聞いた話に出てきた亡霊や悪霊のすみかのようだ。

どうか、神さま、暗い森に入るのではありませんように。

お願いです、神さま、うちに帰らせて！

サー・エグバートの声が怒りを帯び、罵りことばらしきものを含んだ鋭い大声に変わった。それにしぐさも荒々しくなった。兵隊頭がうなずき、顔をしかめつつ自分の馬の向きを兵隊のほうへ戻した。

サー・エグバートが片手を上げ、森を、恐ろしいものに満ちた暗くて不気味な森をさした。顔に傷跡のある頭がひと声号令をかけ、兵士たちが剣を抜いた。

少年はこれまで以上に必死で祈りながら小型の馬を前へ促した。どうか、神さま、ぼくをお守りください。どうか、イエスさま、うちに帰らせてくださ い。お願いです、聖母マリアさま、うちに帰りたいんです。

それから一時間とたたないうちに襲撃は終わった。サー・エグバート率いる行列の一団は全員が森のなかで死体となって転がるか、あるいは絶命しつつあった。

たったひとりをのぞいて。

1

一二四三年春

居酒屋〈ボアズ・ヘッド〉は、この近辺で最もきれいで清潔な女給をとりそろえているのを自慢としている。若い娘たちは全員がさまざまな手を使ってお客を楽しませるのにも熱心で、いま店内で陽気に騒いでいる騎士や郷士が客の場合は、その意欲にもとくに熱が入る。娘たちはテーブルのあいだをたくみに動きまわってワインを入れた水差しやエールを満たしたマグを運び、客と冗談を交わして笑い声をあげながら、相手を値踏みする。今夜のように酔っ払ってにぎやかな道楽者が客だと、一カ月分の収入をたったひと晩で楽々稼いでしまうこともあるのだ。

ただひとり隅のテーブルで静かに座している騎士は娘たちに興味も示さなければ、にぎやかな騒ぎに加わってもいなかった。壁に背を向け、酒盃《しゆはい》に目を落とし、まわりがどんちゃん騒ぎをしていることにもまったく気づいていないようすだ。

彼のテーブルには、同じように若くてたくましい騎士があとふたりいる。そのうちのハンサムなほう、茶色の髪をして頼もしそうな笑みを浮かべた男は、娘たちに自分から注文を取ってワインを運んでくるのを競わせ、大いに楽しんでいる。もうひとりの騎士はもっとまじめな風貌《ふうぼう》で、明敏そうな淡褐色の目にまっすぐで細い鼻、赤みを帯びた茶色の髪をしている。冷ややかに笑うような視線で娘たちを眺め、その冗談の言い合いに耳を傾けているところをみると、彼は娘たちがベッドでの奉仕にいくらふっかけられるか計算しているのを重々心得ているらしい。

「おっと、そのワインはどこへ運ぶつもりなのかな」ハンサムなほうの騎士サー・ヘンリーが声をかけながら手を伸ばし、いちばん胸の豊満な女給を引き寄せて自分の膝に座らせた。

娘は笑い声をあげながら傷だらけのテーブルにワインの入った水差しを置き、サー・ヘンリーの首に両腕をからめた。娘の胴着がずり落ちなかったのは奇跡に等しいが、たとえずり落ちて胸がいま以上にのぞいたとしても、娘は気にもかけなかったことだろう。「むこうのあのテーブルよ。あちらでは買ってくれるから」娘は明らかな意味をこめ、気どって言った。

「それはまた。われわれの面目をつぶすつもりか？」ヘンリーは憤慨したふりをして声をあげた。「もちろん金なら払うさ。友人たちもわたしも武芸試合で身代金を稼いだんだ。試合に負けてわれわれに馬や武器の金を払わなければならなくなり、慈悲を請わざるをえなくなったやつがおおぜいいたぞ。われわれは金持ちなんだ。金ならある!」

隅にいる寡黙な騎士が一瞬顔を上げてから、それがなにか語りかけてくるかのようにまた酒盃に視線を戻した。

ヘンリーがそばの冷笑を浮かべた騎士のほうを向きつつ、女給の豊満な胸へと片手をさまよわせた。

「払ってやれよ、ラヌルフ」

サー・ラヌルフが嘲《あざけ》るように眉を吊《つ》り上げ、毛織りのチュニックの内側から革の袋を取り出した。

「身代金を稼いだことは黙っていたほうがいいと言っているのに。ここからコーンウォールまですりというすりが狙《ねら》ってくるぞ」

「まるでばあさんみたいにやきもきしているんだな! だれもわれわれ三人からものを盗もうなどとばかなことは考えるものか!」

ラヌルフは肩をすくめ、銀のペニー貨を一枚取り出した。女給が目を丸くし、その貨幣をひったくろうとしたが、それより先にラヌルフはペニー貨をのせた手を閉じた。「こんな酢ではなくまともなワインを持ってきたら、これをやろう」

娘は意気込んでうなずいた。

サー・ラヌルフの目が愉快そうに躍った。「それに今夜わたしとベッドをともにしたら、だ」

娘は即座にヘンリーの膝から勢いよく立ち上がった。

「おいおい!」ヘンリーが抗議した。

ラヌルフはそれに取り合わず、硬貨を差し出して娘に言った。「ほら、行くんだ」

「この人はどうなの? 女はいらないの?」娘が頭を傾けて隅の騎士を示した。

寡黙な騎士が濃い茶色の髪をした頭を上げて娘を見た。この騎士はまちがいなくハンサムではあるが、表情にとても厳しくて近寄りがたいところがある。

女給は笑みを消し、思わず一歩下がった。「悪気はなかったの」

「メリックのことは気にしなくていいよ」ヘンリーがなだめるように微笑《ほほえ》んで言った。「父親の喪に服しているんだ。さあ、いい子だからワインを取っておいで」

娘はもう一度警戒するようにメリックを見た。それからヘンリーとラヌルフに微笑みかけると、頼まれたものを取りに行った。

ヘンリーはずっと黙っている友人の目の前でテーブルを叩《たた》いた。「いい加減にしろよ、メリック。通夜じゃないんだぞ」

ラヌルフが顔をしかめた。「メリックには考えなければならないことがいっぱいあるんだ、ヘンリー。そっとしておいてやれよ」

ヘンリーはラヌルフのことばにまったく取り合わない。「まさか父親を愛するあまり、その死を嘆いているというのではないだろうな？　十五年も故郷に帰っていないくせに」

メリックはうしろの壁にもたれ、何時間も疲れを知らずに剣や槍《やり》や戦棍《せんこん》を操ることのできる、たくましいその腕を組んだ。「きみたちのせっかくの楽しみを台なしにしてしまったかな？」低くうなるような声で彼は尋ねた。

「まったくそのとおりだ。領地を相続したばかりか、何年も会っていない娘と結婚しなければならないことになれば、だれだって考え込んでしまうだろうが、わたしに言わせれば、それならなおさら今夜は楽しむべきだ。きみが負かした騎士の数を考えれば、この女給がただで相手をしてくれると言ってもわたしは驚かないぞ。さあ、メリック、少々気晴らしをしようじゃないか。きみは性格からいっても、結婚してしまえば、もうふらふらとすることはないだろう。だとすれば、なおさら――」

「体面の問題であるとしても、それは亡くなったのに悼まれてもいない彼の父親の問題であって、メリックとは関係ない」ヘンリーが答えた。「メリックが結婚の契約を交わしたわけじゃないじゃないか」

「相手の娘は婚約が成立して以来トリゲリスで暮らしているから、メリックの家族や使用人や村人や小作人を知っているはずだ」ラヌルフが言った。「メリックが帰郷して領地を継いだときには、これが助けとなるよ。それに娘はかなりな持参金を携えてくるはずだ」ラヌルフはメリックをちらりと見た。「かなりな持参金があるんだろう?」

メリックがうなずいた。

「すると、いまよりもっと裕福になるわけだ。城の女主人と跡継ぎが必要になるということは、つまり妻が必要になる」

ヘンリーが顔をしかめた。「領地を持った場合となるとわたしにはわからないな。突如家の切り盛り

「断る」

「十歳のときから会っていない娘のために身を慎むというのか?」ヘンリーが尋ねた。

「そうだ」

「となると、うわさに聞いたとおりだといいな。それにその娘というのが美女であってほしい」

「見かけなど、どうだっていい」

「しかし合わない相手だったら」ヘンリーがむっとして言った。「会ってみて相手が気に入らなかったら、いったいどうする?」

「なんとか乗りきる」

「体面の問題なんだぞ、ヘンリー」ラヌルフが横から口をはさみ、ヘンリーにもう一度警告するような視線を投げた。「結婚の契約を交わしたということは、すでに結婚しているのと同じくいい組み合わせであるということだ。だからそう簡単に破れない。頼むから、そっとしておいてやれ」

のうまい女性を見つける話になるわけか。執事のような」

「きみもそうなるさ。領地を手に入れればな」ラヌルフが答えた。「責務が男を変えるんだ」

「やれやれ、そうならないように望むよ！」ヘンリーは嘆き、目じりにしわを寄せてにやりと笑った。「わたしが結婚するときは、最高に美しい娘を見つけるぞ。ほかのことなどくそくらえだ」

「貧しい娘でもいいのか？」ラヌルフがひやかすように尋ねた。

「わたしの兄は、自分の妻はほとんど一文なしで嫁いできたが、あらゆる点で自分の人生を豊かにしてくれたと言っている。だから、そうだ。たとえ貧しい娘でもかまわない」

「もしも頭の悪い鈍い娘で、家の切り盛りができないとしたら？」

「そのときは優秀な使用人をそろえるさ」

ラヌルフが片方の眉を吊り上げた。「その使用人にどうやって賃金を支払うつもりだ？」

これにはヘンリーも一瞬絶句した。が、ついで顔を輝かせた。「武芸試合で身代金をもっともらってくることにしよう。あるいは騎士を雇いたがっている領主を探すよ」

「しかし話のできる相手のほうがいいだろう？　くだらないおしゃべりでこちらをいらいらさせたりしない女性のほうが」

ヘンリーはばかばかしいというように片手を振った。「おしゃべりなどに耳を貸すものか。それに話をするひまなどないほど忙しくさせてやる」彼はメリックに笑いかけた。「きみもそのつもりか？　レディ・コンスタンスをうんと忙しくしてむだ話をさせないようにするのか？　本当は奥方とある程度会話をするつもりなんだろう？　そうでなければ、口がきけないと思われてしまいかねないからな」

メリックが椅子をうしろに引いて立ち上がった。

「言うに値することがあれば、口はきく。さて、わたしはもう寝る」

ヘンリーが肩をすくめた。「こんなに早く引き上げたいなら、そうすればいいさ、メリック。かえってそのほうがわれわれにも好都合だ。女たちをなびかせるのにトリゲリスの新領主であり武芸試合の優勝者である男と競わなくてすむのだからな」彼はあきれたふりを装って頭を振った。「一度に十語も話さないような男なのに、なんでこれほど女が寄ってくるのか、理解に苦しむな」

「たぶんわたしが一度に十語も話さないからじゃないかな」

「いつもメリックが女に不自由しないことを考えると、それは当たっていそうだな」ラヌルフがあっさりうなずいた。

ヘンリーはむっとした顔つきをしてみせた。「わたしを話がうまくて魅力的だと思っている女は多いんだ。それをきみたちにもわからせてやろう」それから彼はまわりの人々に聞こえるよう声の調子を上げた。「武芸試合ではメリックのほうが勝るが、寝室で優秀なのはわたしのほうだぞ」

店内でにぎやかに騒いでいたほかの客たちが静かになった。そして女たちはヘンリーをまじまじと見つめている。

「そう思いたければ、ご勝手に」メリックが言った。その目の表情から、ラヌルフは彼が癇癪《かんしゃく》を起こしつつあるのを知った。メリックはなかなか腹を立てない男なのだ。

「諸君！」ラヌルフは声をあげて立ち上がった。「トリゲリス領主にしてきょうの武芸試合の優勝者がもう引き上げたいと言っている以上、ここは体面を損なわないまま彼に引き取ってもらって、寝室の件については引き分けということにしよう」

ヘンリーが立ち上がってメリックにお辞儀をした。

「引き分けで了解するよ」

胸の豊満な女給がワインの入った水差しを腰に当てつつ、ふたりのほうへやってきた。「あたしが両方のお相手をして、どっちが強いか決めてあげてもいいわ」

「それには及ばない。友人はもう引き上げるのでね」ヘンリーは女給の手から水差しを取り上げると、ワインを自分の口へ流し込みながら、もう片方の手で女給を引きよせようとした。

ところが、そこに女給はいなかった。

メリックの腕の中にいて、実に本格的なキスを受けている。メリックの唇は躊躇《ちゆうちよ》も迷いもなく女給の唇と重なって動き、彼の片手は女給の背中をゆっくりと下って丸いお尻を撫《な》でている。

娘はメリックのキスにいそいそと応じるばかりでなく、まるでこの場で自分を奪ってとでもいうように、彼に腰をすりつけている。

ようやくメリックがキスをやめ、息をあえがせてからめている女給の腕を自分の体からはずした。女給はよろめきながら近くのベンチへ行ってべったりと腰を下ろし、片手で顔をあおぎ出した。そのあいだにメリックはひと言も発しないままくるりとみんなに背を向け、店を出ていった。

メリックがいなくなると、〈ボアズ・ヘッド〉には酔っ払って愉快そうな貴族の歓声や女たちの笑い声がどっとはじけた。

「寝室ではメリックが二番目だなどとあてこすらないほうがよかったんじゃないのか」ラヌルフがヘンリーとともに自分の席へ戻りながら言った。

「それはそうさ」ヘンリーはにっこり微笑んだ。「しかし少なくともあれでメリックはよくよく考えるのをほんのしばらくでもやめただろう？」

「どうしてそんなに落ち着いていられるの、コンスタンス？ 許婚《いいなずけ》と会うのよ。それも十五年ぶりに。わたしだったら、舞い上がってわれを忘れてしまうわ！」コンスタンスの寝室で十五歳のベアトリスが興奮した声をあげた。そして顔を輝かせ、うっとりと両手を握り合わせながらベッドに座った。

「五歳のときから婚約しているのよ。結婚という概念に慣れる時間がたっぷりあったわ」コンスタンスは鏡として使っている磨いた銀盤から目を離さずに答えた。そして、金のネックレスを取り上げて首に当ててみたあと、それを戻し、従妹《いとこ》が両手を震わせているのに気づいた。「この十五年間に許婚がせめて一度か二度帰郷していたら、わたしももっとうきうきしていたかもしれないわね。でも十五年間一度も会っていないのだから、再会したらどうなるか、予想もつかないの。彼はわたしを見て、こんな娘はいやだと思うかもしれないわ」

実のところコンスタンスは彼がいやだと思ってくれますようにと願っていた。メリックがこれほど長いあいだ帰郷しないのは、彼のほうでもこの婚約がいやでたまらないから――前々からコンスタンスはそうであってほしいとひたすら念じてきた。

「きっと彼の気に入るわ」ベアトリスが請け合った。「お従姉《ねえ》さまはトリゲリスのだれからも好かれているんですもの。城の使用人はみんなお従姉さまを敬い、慕っているわ。コンスタンスだからこそあの老領主の相手ができた、だれにもあの真似《まね》はできない。お父さまもそう言っているわ」

コンスタンスはベールを調節するのに神経を集中し、罵声《ばせい》や怒鳴り声を思い出すまいとした。自分以外のだれもが手当たりしだいにものを投げつけられたりなぐられたりしたことも。

「きっとメリックはすばらしい人よ」ベアトリスが続けて言った。「武芸試合で何度も勝っているし、宮廷にもいたんですもの。それならまちがいなくダンスも踊れるわね。歌は歌えるかしら。もしかしたら、愛の歌を歌ってくれるかもしれないわよ、お従姉さま。とてもすてきなことだと思わない？」

コンスタンスはもっと忍耐力をと内心神に祈ってから、おしゃべりな従妹のほうを向いた。「それよりもわたしは彼から尊敬されたいの」

ベアトリスが眉を曇らせた。「旦那《だんな》さまから愛されたくないの？」

「それはわたしの心からの願いよ」コンスタンスは正直に答えた。残念ながら、邪《よこしま》ウィリアムの息子がそのように誠実な感情をいだいてくれるとはとうてい思えない。

「少なくとも、ふたりは前々からの知り合いでしょう？」ベアトリスが言った。

「ええ、そうよ」コンスタンスは反感が声に表れないよう心して答えた。

でも、メリックはいつも自分勝手でわがままを押し通すひどい悪童だった。コンスタンスを泣くまでからかい、泣けば、赤ん坊だと嘲り笑う。悪さをしておきながら、いつも責任逃れをして、無力な召使いにその罪をなすりつける。

さらに、いまのメリックが昔どおりの執念深さでいるとすれば、もしもこちらから婚約を破棄しようものなら、彼がその賠償を要求してくるのはまちがいない。そうなれば、コンスタンスがあらたにほかの男性と結婚しようとしても、持参金がなくなってしまう。そこでコンスタンスは、彼のほうから婚約を破棄するよう仕向けるつもりでいた。それなら彼が不当な扱いを受けたとは言い出せないはずだった。

ベアトリスがベッドから勢いよく立ち上がり、彫刻を施したオーク材の大きな櫃《ひつ》を開けた。そこにはコンスタンスの衣装がしまってある。「メリックに会うときはなにを着るの？」ベアトリスは櫃の中にある美しい衣装に目をやった。

「いま着ているガウンよ」

ベアトリスはそんなばかな話は聞いたことがないとでもいうように従姉《いとこ》を見つめた。「でも銀糸の縫い取りのある青緑色のチュニックのほうが目と髪にずっとよく合うわ」

白か銀の薄いガウンの上にその青の長いチュニックをまとえば、肌の白さや金髪が引き立ち、瞳の青さが際立つのはコンスタンスも知っている。いま着ている黄緑色のドレスでは不健康に見える。だからこそこの色を選んだのだ。

「着替えている時間がないわ」コンスタンスはそう答え、本当に時間がありませんようにと願った。

その返事を裏打ちするかのように、鋭いノックの音がしたかと思うとドアが開き、ベアトリスの父、カレル卿《きょう》が現れた。多色使いの長いローブをまとったカレル卿は衣擦《きぬず》れの音をたてながら部屋に入ってくると、自分の娘には取り合わず、値踏みするように姪《めい》のコンスタンスをじろじろ眺めた。

これまで叔父が自分を愛してくれたことは一度もない。コンスタンスはそう思っていた。カレル卿がコンスタンスの幸せを願い、身の安全を心配していたなら、とうの昔に婚約を解消するようウィリアム卿に申し入れ、コンスタンスを自分の城に連れて帰っていたはずだ。でも、叔父はそうしなかった。

母がコンスタンスを出産したその場で亡くなっていなかったなら、そしてそれから半年とたたないうちに父が落馬して命を落とさなかったなら、コンスタンスの人生はどれほどいまとちがっていたことだろう。

「メリックの一行がそろそろ着くころだ」カレル卿が言った。

コンスタンスはみぞおちのあたりが鉛のように重くなるのを覚えた。「お供は何人なのかしら?」

「ふたりだよ」

「ふたりだけ？」コンスタンスは驚いた。コンスタンスの知っているメリックなら、自分の権力や価値を見せびらかして喜んだはずだから、お供の数は少なくとも二十人を超えるだろうと思っていた。それで二十人分のベッドを用意するよう使用人に命じ、人数がさらに増えるかもしれないとも言っておいたのだが。

「さほど驚くことでもないよ」叔父が答えた。「トリゲリスの領主を襲撃するような者はコーンウォールにはひとりもいない」

「ええ、たしかにそうね」コンスタンスはうなずいた。メリックの父親に襲撃をかけようとする者はいなかったはずだ。たちまち容赦のない報復を受けただろうから。

「にっこりして、コンスタンス」カレル卿が言った。

その表情から、叔父はへつらっているのではなく、わたしを慰めようとしているのだとコンスタンスは考えた。「メリックの奥方になれば、ウィリアム卿が領主だった時代よりはましな生活が送れるのではないかな」

これまでの生活よりさほどひどくはならないかもしれない、とコンスタンスは思った。妻としてメリックとベッドをともにするという点をのぞけば。でもこの妻としての務めは本当に悲惨なものになるかもしれないのだ。叔父は慰めようとしてくれてはいるが、そのことばがまちがっていたとしても、生き地獄の目に遭うのは叔父ではない。

「わたしたち、メリックのことをどれだけ知っているかしら」コンスタンスの声にはまぎれもない苦悩がいくぶん隠しきれずに表れた。

叔父がもったいぶった笑みを浮かべ、コンスタンスは苛立《いらだ》った。「なにを知らなければならない？　メリックはおまえの許婚だ。少々問題があったとしても、おまえならうまく彼をあしらっていけるよ。おまえはきれいだし、頭のいい娘だ」

「もしも彼がわたしとは結婚したくなくて、結婚の契約を守ろうとしているだけだとしたら？」

「おまえに再会しさえすれば、彼はきっとおまえが気に入るよ」

　わたしはまるで売り渡されようとしている奴隷だわ。

「さあ、行こう。アルジャーノン卿がすでに中庭まで迎えに出ている」

　メリックの父方の叔父が中庭で待っているのであれば、いますぐカレル卿のことばに従う以外選べる道はまずない。

　ベアトリスをあとに従え、コンスタンスとカレル卿は曲線を描く石の階段を下りて大広間を突っ切った。大広間は高く梁《はり》を渡した天井があり、オーク材の立派な梁を支える受け材には狼《おおかみ》の頭が彫刻されている。一段高い壇があって、そのうしろの壁には見せびらかすように暖炉が設けられている。暖炉は最も進歩的な貴族しか城に取り入れないもののひとつで、いまは亡きウィリアム卿は自分に快適さをあたえてくれるものは、どんなに新しくてもおかまいなしに取り入れる人だった。

　心の中では不安に襲われながらも、コンスタンスはさっと目を走らせ、新しい領主を迎える準備がすべて整っているかどうかを確かめた。床には新しい藺草《いぐさ》が敷いてあり、ローズマリーと蚤除《のみよ》け草が散らしてある。タペストリーはよく叩いて、ほこりと煤《すす》をできるだけ取りのぞいた。テーブルは汚れを落としてから蝋《ろう》を塗って磨き、高いテーブル用の椅子もやはりきれいに汚れをぬぐってクッション部分を修繕したり張り替えたりしてある。

　大広間を出ると、コンスタンスは日差しのまぶしさに目をしばたたいた。でっぷりした体を絹とビロードの豪華な衣装に包んだアルジャーノン卿がお辞儀をし、やや緊張気味にコンスタンスに微笑みかけた。

守備隊は警備に就いている兵をのぞいて全員が背中をぴんと伸ばして整列している。鎖帷子《かたびら》はどれもよく磨かれているし、兜《かぶと》はつやを放っている。村人の集団は商人や小作人や領主の十分の一税と奉仕を担う家臣たちで、家族ともども晴れ着を着て静かに待っている。

また、使用人たちがそわそわと建物の入り口のあたりに集まっているし、主塔の上階の窓や領主の家族の寝室の窓から中庭のようすをうかがっている使用人もちらほらといる。まさしくトリゲリスの城《じょう》塞《さい》そのものが几帳面《きちょうめん》に夜警を続けてきたようだ。

するとそこへ、ずっと恐れていた音がコンスタンスの緊張した耳に届いた。内側の門楼を馬が通りぬけてくる。

騎士が三人横並びに馬を駆り、中庭に入ってきた。三人とも背が高くて体格がいい。そして三人とも汗粒ひとつ浮かべずに十人の相手を楽々負かしてしまいそうに見える。

コンスタンスから見て左側にいる騎士は鎖帷子の上に森の緑の外衣を着ており、馬の飾りも同じような緑で、加工した革の結喉帯《けつこう》と鞦《しりがい》をつけている。赤みを帯びた髪とまっすぐな鼻、細くとがったあごをしたその騎士の顔は狐《きつね》を思わせた。メリックも狐のように悪賢かったが、この騎士の顔だちと髪や目の色には、彼が邪ウィリアムの息子だと思わせるようなところはなにもない。

笑みを浮かべている右側の騎士は金糸と銀糸のすばらしい刺繡《ししゅう》を施したあざやかな緋《ひ》色の外衣をまとっている。馬の身なりもそれに負けず派手かつ豪華で、うんと遠くからでも見まちがえられることはなさそうだ。この微笑んでいる陽気そうな騎士には貴族らしい屈託のない厚かましさがあるが、メリックであるには愛想がよすぎるし顔色が白すぎる。

ということはつまり、メリックは真ん中の地味な黒の外衣を着た騎士にちがいない。コンスタンスの覚えている少年とは体格も顔だちもあまり似ていない。この騎士は小鬼のように細くて意地悪な目をしていないし、唇もにやにや笑いを浮かべた薄い唇ではなく、ふっくらとしてきれいな形をしている。彼はほかのふたりより頭半分ほど背が高く、引き締まった筋肉質の体をしていて、予想外に長い黒髪がウエーブを描いてたくましい肩に届いている。

三人の騎士はぴったりとそろって鞍《くら》から身を離し、鎖帷子などなんの重さもないというように軽々と馬から降りた。黒い外衣の騎士がまばたきもせずに中庭を見まわし、やがてコンスタンスに目をとめた。まっすぐでゆるぎのないその視線は、どれがウィリアム卿の息子かという点について迷いが残っていたとしても、それをきれいに追い払った。彼の父親が何十回、いや、何百回となく、怒りを爆発させる前にコンスタンスを見つめたのと同じまなざしだ。

思いもかけない鋭い失望感がコンスタンスを突き刺した。いや、その前に一瞬、コンスタンスはこれまで経験したことのない、胸がうきうきと舞い上がるような気持ちを味わっていた。でもそれがなにかはわかる。メリックは威圧感のある戦士に成長しており、そのうきうきした一瞬、いま自分が見つめている男性は尊敬できるかもしれない、ひょっとしたら讃美すらできるかもしれないという気がしたのだ。しかしメリックの冷たくて濃い茶色の目は、そうではないと告げていた。

コンスタンスは重々しくこちらを見ているまわりの人々に目をやった。この人々はメリックの迷いのない視線と険しい眉に、あの残酷で好色な父親を見ているのだろうか。この息子もまた容赦がなく貪欲《どんよく》な領主になりそうだと恐れているのだろうか。

「メリック……いや、メリック卿と呼ぶべきだな！」沈黙を破ってアルジャーノン卿が声をあげ、一歩ごとにおなかをゆらしながら石段を下りた。「おかえり！　ようこそトリゲリスに帰ってきた！実に久々に再会できるとは、なんとすばらしいことか！」

メリックはコンスタンスを見つめるのをやめ、同じように迷いも笑みもない視線を叔父に向けた。

アルジャーノン卿が当惑して立ち止まった。「わたしを覚えているはずだ。おまえの叔父のアルジャーノンだよ」

石を思わせる顔にほんのかすかな笑みが浮かんだ。

「ええ、叔父上、覚えています」

それはコンスタンスがこれまで聞いたこともないような声だった。かすれ気味で低く深く響き、静かに話しているのに、中庭にいるだれもに聞こえたはずだった。

カレル卿も同じように前へ急いだが、アルジャーノン卿より威厳は保っていた。「わたしを覚えていてくれるといいのだが。カレル・ド・マルモン卿——あんたの隣人であり、コンスタンスの叔父だ。もちろんどこで会ったとしても、わたしにはあんただとわかる。お父上と同じまなざしだ」

「ほう？」

コンスタンスは自分がどう動くべきかを判断するために相手の表情を読む訓練を長年積んできている。これほど表情を読みとりにくい相手に出会ったことはないが、それでもメリックのまなざしは感情を読むのがまったく不可能というわけではない。今回の帰郷でほかにどんな感慨があるにせよ、彼は亡き父親に似ていると言われたのをうれしく思ってはいなかった。

カレル卿がコンスタンスを振り返り、片手を差し出した。「ご自分の許婚であるレディ・コンスタンスは覚えていらっしゃいましょうな。むろんのこと、レディ・コンスタンスは十五年前と同じではないが」

「そう、変わった」メリックがうなずき、コンスタンスは前に進んだ。するとメリックの目の奥できらりと輝くものがあった。たしかにコンスタンスだとわかった輝きなのだろうか。それともなにかほかのことを意味するのだろうか。

コンスタンスは自分が器量のいい女であることを知っている。ダンスを踊っているとき、男性たちが自分を見つめ、こちらには見えないと思って流し目を使っているのに気づいたことがある。肉欲がどんなものかをコンスタンスは知っている。父親があのようなら、息子であるメリックも同じなのだろうか。もしもそうなら、許婚であるなしにかかわらず、できるだけ彼には近づかないほうがいい。

とはいえ、彼の表情は父親と異なってもいる。欲望が抑えられている。中庭に不動の姿勢で立っている彼のたくましい体のほかの部分と同じように、抑制されている。

メリックが両手を肩に置いてコンスタンスを引きよせ、親睦《しんぼく》のキスを交わした。コンスタンスはなにも感じまい、顔やことばになにも表すまいと気をつけた。

「わたしもあなたのことを覚えています」淡々と述べると、コンスタンスはうしろへ下がった。

メリックにちらりと驚きの表情が走った。「わたしがここを去ったとき、きみはまだ幼かった」

「もっと幼ければ、あなたのことやあなたのなさったいたずらのことは覚えていなかったでしょう」

メリックはなにかを思い出そうとでもするように、やや眉を寄せた。「わたしが幸せな時期を忘れてしまっているとしても、許してもらいたい。最後にきみと会ったあと、いろいろなことがあった」

　コンスタンスは彼の行列が受けた襲撃のことを思い、わずかながらもやましさを覚えた。とはいえ、いろいろなことがあったのはこちらも同じなのだ。それに彼から容赦なくからかわれたりいじめられたりしたこと、彼が使用人にひどいいたずらをしたことは絶対に忘れられない。

　メリックが狐顔の騎士のほうを向いた。「こちらはわたしの友人で誓いにより結ばれた同志、サー・ラヌルフ」それから今度は緋色の外衣をまとった騎士のほうへ頭を傾けた。「こちらも同様に友人にして誓いにより結ばれた同志、サー・ヘンリーだ」

「ようこそ」コンスタンスはお辞儀をして言った。

　サー・ヘンリーがベアトリスのほうへ進み出て、笑いかけた。これほど警戒心を解かせる人なつっこい笑顔をコンスタンスは目にしたことがない。ベアトリスの顔はサー・ヘンリーの外衣の色に負けないほど真っ赤になった。「で、こちらのお嬢さんはどなたかな？」

「わたしの娘、レディ・ベアトリスです」カレル卿が堅苦しく答えた。

「わたしの従妹に当たりますの」コンスタンスは警告する口調で言い添えた。ベアトリスは若くて、頭の中がロマンスでつまっている。サー・ヘンリーはハンサムで口がうまい。

「それならなお、お会いできてよかった」サー・ヘンリーが言った。

　メリックとサー・ラヌルフが大目に見てやろうというように目と目を見交わしたのにコンスタンスは気づいた。すると、このサー・ヘンリーというのは女性をなびかせるのを楽しむタイプらしい。ベアトリスに注意しておかなければ。それに若い女の使用人たちにも。「もっとおおぜいのお供があるものと思っていました」コンスタンスはサー・ヘンリーも含め近くのだれにも聞こえる声で言った。

「それは必要なかった」メリックが答えた。「残念ながらきみに知らせるのを忘れてしまったが、ほかのことで頭がいっぱいだった」

彼が自分との結婚のこと――そしてそれにまつわるさまざまなことをほのめかしているのかどうかはわからなかったが、コンスタンスは頬が熱くなるのを覚え、それを追い払おうとした。「お荷物はどちらに？」

「荷車で運ばせている」

「中に入ろうか、メリック」アルジャーノン卿が言った。太った頬を汗が伝い落ちている。「大広間にボルドーのワインが待っている」

「それはありがたい」メリックはそう答えてから、コンスタンスのほうを見た。「わが城の大広間には未来の花嫁とともに向かいたい。その誉れに浴することをレディ・コンスタンスがお許しくだされば、だが」

選択の余地はなく、コンスタンスはメリックのがっしりした腕に片手をそっと置いた。

彼の腕は鉄のように固かった。

ふいに熱いほてりが全身に広がったが、コンスタンスはその感覚を懸命に無視しようとした。彼がたくましくて体格がよかったら、なんだというの？彼の父親も若いころはハンサムだったのでは？それが亡くなったときにはどうだったかしら。同じようになってしまいかねない男性と結ばれるようなことはしてはいけないし、しようとも思わないわ。

一団が大広間の壇上に着くと、コンスタンスはすぐさまメリックの腕から手を離した。

メリックは気づいてもいないようすで、アルジャーノン卿に言った。「もっとこぢんまりした場所はありませんか。使用人や歩兵の耳に入りそうなところで自分の領地や婚礼の話をしたくはありません」

自分の婚礼。すると彼は結婚の契約を守るつもりでいるのだ。これで彼のほうから婚約を破棄してくれるかもしれないという希望はついえてしまった。自由を得る計画を実行しなければならない。それも早ければ早いほどいい。

「上の執務室がいいかな」アルジャーノン卿が答えた。

メリックは友人ふたりのほうを向いた。「きみたちはレディ・コンスタンスといてくれ」

先を急がないよう用心しなければならないが、自由を得るための闘いを後回しにする気はない。開始するならいまだ。「婚礼のことを話し合うのなら、わたしもごいっしょしたほうがいいのでは？　なんといっても、花嫁なんですもの」

コンスタンスが決意をこめてそう言うと、叔父のカレル卿はあっけにとられてコンスタンスを見つめ、アルジャーノン卿は信じられないという表情をありありと浮かべてあきれた声をあげた。

このふたりは見るからに驚いていたが、トリゲリス領主は冷ややかに問いかけるように眉を上げただけだった。「きみがそうしたいなら。レディ・ベアトリス、わたしの友人たちの面倒をみていただけるかな？」

ベアトリスは蜂蜜《はちみつ》色の髪の生え際まで真っ赤になり、これ以上大きな声で話すのは怖いとでもいうようにささやいた。「え、ええ、もちろんです」サー・ヘンリーが贈り物でももらったようににっこり笑った。

そう、サー・ヘンリーは要注意だわ。それにベアトリスも。コンスタンスはベアトリスを愛している。従妹に心の痛手を負わせたくない。自分の許婚が連れてきた魅力たっぷりの遊び人に従妹が辱しめられるようなことがあってはならない。

石段に向かっていたメリックが足を止め、肩越しに振り返った。「いっしょに来るのか、来ないのか？」

尊大な口調で尋ねられたにもかかわらず、コンスタンスはべつに急ぐようすもなく新しいトリゲリス領主のあとについていった。

結局のところ、新領主は父親そっくりのようだった。

2

コンスタンスはドアのそばで待っているメリックと体がいっさい触れ合わないよう気をつけつつ、カレル卿《きょう》とアルジャーノン卿のあとから部屋に入っていった。ここはウィリアム卿が私的な執務室として使っていた部屋だった。

大広間と同じく、高価で色あざやかなタペストリーが壁を覆い、冷気を防いでいる。ウィリアム卿のつけた傷やへこみのある、どっしりとした架台式のテーブルが窓のそばにある。飾り金具をつけた櫃《ひつ》が部屋の片隅にあり、そこには小作人や十分の一税の詳細を記した羊皮紙がすべて収められている。何度も癇癪《かんしゃく》の爆発を引き起こしたあげく、ようやく満足のいくものとして完成したウィリアム卿の遺言状もそこにしまってある。

領主の椅子は座板にクッションを張り、全体に彫刻を施してあり、重くてとても大きかった。ほかの椅子はすべて背のない丸椅子で壁際に置いてあり、ウィリアム卿の存命中にはめったに使われたことがない。ウィリアム卿は相手の身分や重要性がどうであろうと、自分の前では嘆願に現れた卑小な人物のように立たせたままでいるのが好きだったからだ。

「宮廷には何度も行かれたそうですな」検閲を受ける兵士のようにアルジャーノン卿と並んで立ちながら、カレル卿が言った。「王と王妃に会われたはずで、うらやましいことだ。われらが若き国王のことをどうお考えか、お聞かせ願えませんかな」

コンスタンスの予想とはちがい、メリックはテーブルをまわって椅子に座ることはしなかった。彼はテーブルのこちらに立ったまま、そのたくましい腕を組み、ほかの三人をじっと見つめた。「ヘンリー王はわたしにとって最高位の君主です」

「あんたのすぐ上の君主であるコーンウォール伯は兄である国王としょっちゅう意見が衝突している」カレル卿が言った。「ヘンリー王がフランス人の奥方の影響を受けすぎではないかと心配している諸侯は実に多いらしい」

メリックのふっくらとした唇がしかめ面をするようにその口角を下げた。「国王がなにをしようと、あるいはしまいと、わたしは問題にしません。国王が決断に至った経緯をわたしは詮索《せんさく》しません」

明らかにメリックは国王がなにをしようと忠誠であろうとする類《たぐい》の貴族らしい。たとえヘンリー王とフランス人王妃のせいでこの国が内乱への一途をたどろうとも。

さらにメリックが多くの貴族の例にもれず、女性の場所は炉辺と家庭と育児にのみかぎられると考えているとすれば、政治情勢についてのコンスタンスの意見や、コーンウォール伯や国王にどんな態度をとるべきかという提案はきっと歓迎されないだろう。そこでコンスタンスは未来の夫に自分の考えるところをそのまま無頓着《むとんちゃく》に話しはじめた。

「宮廷についてわたしの聞きおよんでいるところでは、イングランド人諸侯と王妃の親戚《しんせき》とのあいだにずいぶん衝突があるようですわね。国王がエレアノール妃の身内にあれだけの権勢をあたえられたのは大きなまちがいに思えます。王妃がご自分の伯父さまをカンタベリー大司教に就かせるよう主張なさっていることについては、もっと野心的で大司教になりたがっている候補者はほかにいないものかしら。王妃の伯父さまが信心深いなら、わたしなど修道女ということになりますわね。ローマ教皇が難題をかかえていて大司教が承認されていないのは幸いです。最近のうわさでは、コーンウォール伯はエレアノール妃の妹君と結婚なさるかもしれないとか。コーンウォール伯が反乱の先鋒《せんぽう》をかつぐことのないよう、王妃が伯爵を近くにつなぎとめておこうとなさっているのはまちがいありません。兄であるヘンリー王より弟であるコーンウォール伯に国を支配してもらいたいと思っている人々は多いんですもの。なんといっても、ヘンリー王がフランスと戦いながらも領土を取り戻すのに失敗したあと、自由の身になれたのは、コーンウォール伯リチャードの外交術のおかげでしょう。そしてそのあと、シモン・ド・モンフォールがヘンリー王の妹君と結婚するというできごとがありましたわね。ド・モンフォールが誘惑したというのは本当なのかしら。それともうわさにすぎないのかしら」

叔父たちの視線が自分に向けられているのを感じたが、コンスタンスはそれを無視し、メリックを見つめたまま問いかけるように眉を上げた。

「ヘンリー王がまたばかなことをして、今度はコーンウォール伯が助けなかったとしたら、どうなるでしょう？　コーンウォール伯がついに兄君に対して反旗を翻したとしたら？」

　メリックが体を起こし、コンスタンスを厳しい目で見つめた。「きみが話しているのは謀反や反逆のことだ。わたしが領主であるかぎり、このトリゲリスではどんな理由があろうとも、そのような話はさせない。たとえほのめかしであってもだ。もしもコーンウォール伯がその実兄に対して謀反を企てるようなことがあれば、もしもこの国が内乱で引き裂かれるようなことがあれば、そのときにわたしはどちら側につくかを決める。実際にそうなるまでは決めない」

　こめかみに青筋が現れはじめている。ちょうど彼の父親が怒り狂う前にそうなったように。癇癪の爆発なら、すでに一生分に値するだけの経験に耐えてきている。それに自分の試みがある程度の成果を上げたことにも気づき、コンスタンスは話題を変えた。

「婚礼について話し合ってはいかがかしら」

「そうしよう」メリックがうなずいた。表情がほんの少しやわらいだところを見ると、政治の話より、いや、コンスタンスの政情についての意見を聞くより、婚礼の話題のほうが彼には好ましいらしい。

「わたしはこの週のうちに結婚したい」

　もしも彼に体をつかまれ、なぐられたとしても、コンスタンスはいまほどの衝撃は受けなかったにちがいない。そんな短い期間に婚約を破棄したくなるほど彼から嫌われるにはどうすればいいのだろう。

「それはむりです！」

　メリックはそのまっすぐな黒い眉を吊《つ》り上げただけだった。「なぜ？　きみはわたしと婚約していることを知っていたはずだ。それにわたしが肩書きを継承する前ではないにしても、継承ししだい結婚することになっていたことも。遅らせる理由がわたしにはわからない」

「わたしにはわかります」当惑がたちまち憤慨に変わり、コンスタンスは言い返した。「宴《うたげ》の食べ物を調える時間が――」

「食料は充分に蓄えてあるよ」コンスタンスの叔父が口をはさんだ。「コンスタンス、メリックが早く結婚したいと言うなら――」

でも、わたしはしたくないわ。「招待客はどうなります？　招待状を送り、返事をもらって、泊まっていただく部屋を整えるには少なくとも一カ月かかります」

「わたしが婚礼に呼びたい客はすでにこちらに着いている」

「それに婚礼衣装も調えなければ……」

メリックのまなざしがコンスタンスを突き刺した。

「きみが肌着姿で結婚しても、わたしはいっこうにかまわない」

一瞬コンスタンスは息が止まった。が、一瞬だけだった。「わたしにとっては大きな問題です。これだけ時間がかかったのですから、待ったかいのある婚礼であってほしいわ」

「そうしたいものだ」

たとえ憤慨してはいても、このようなことをかすれた低い声で言われると、意に反してコンスタンスの体には熱い戦慄《せんりつ》がぞくぞくと走った。が、コンスタンスは即座にそれを追い払った。これまでのやりとりで彼がいまも自分のことしか考えない身勝手でわがままな悪童と変わりのないことがわかった。

それならこちらも同じように、自分勝手な要望を言ってみるまでだ。「このような祝いごとは同盟関係を結ぶのに役立ちます。わたしたちの婚礼は願ってもない好機となるかもしれないわ」

「わたしは自分の結婚を政治的な好機とは考えてこ

なかった」

財政的な好機としか考えてこなかったのでは？　彼がこれほど結婚を急ぐ理由がほかにあるだろうか。彼が真の騎士であるなら、こちらの気持ちを少しでも大事にしようという気があるなら、いつ婚礼を挙げればいいかを尋ねてくれたはずなのに。

「コンスタンスの言うとおりだよ、メリック」アルジャーノン卿がおそるおそるコンスタンスに加勢した。「もっとゆっくりことを運んだほうがよさそうだ」

コンスタンスはアルジャーノン卿にキスしたいくらいだった。「ええ。むやみに急いで、おかしいと文句を言われて婚礼を損ねたくありませんもの」

メリックがカレル卿とアルジャーノン卿に視線を移した。「申し訳ないが、許婚《いいなずけ》と少し話をさせていただきたい。ふたりきりで」

ふたりきりで？　彼は頭がどうかしてしまったの？　それともそこまで自分の力に自信があるの？

コンスタンスの叔父とアルジャーノン卿がすばやく目と目を見交わしたあと、退室のお辞儀をしてドアへと急いだ。これでふたりの助けを借りることもできなくなってしまったわ。コンスタンスは苦々しく思った。でも力があって尊大な男性と、ひとりで対したことなら以前にもある。それにいま、自分の自由が危機に瀕《ひん》しているこのときに、あきらめるつもりはない。

「結婚前にふたりきりになるのはまちがっているわ」コンスタンスははっきり言い、叔父たちのあとからドアに向かおうとした。「作法に反します」

トリゲリス領主が驚くべき速さでコンスタンスの行く手をふさいだ。

「あなたにはわたしの評判などどうでもいいことでしょうけれど」コンスタンスは目の前のメリックをにらんだ。「わたしにはそうではないの。それに

「無作法なことはなにもしないと約束する。それに、いわれもなくきみの評判が思わしくないなどとほのめかす者には、その責任を取らせる」

メリックの語気の激しさにコンスタンスはことばを失い、押し黙った。

彼が壁際の丸椅子に手を伸ばし、まるで羽根ほどの重さしかないとでもいうように軽々とそれをテーブルの前に置いた。「どうか座ってもらいたい」

コンスタンスは胸で腕を組んだ。「立っているほうがいいわ」

「よろしい」メリックは無慈悲にもその場から動こうとしない。「結婚すること自体になにか異議はもしあるなら、聞かせてもらおう」

その口調はとても冷たく、コンスタンスは結婚を拒めば、用意した持参金を違約金として要求されるにちがいないと確信した。そこで嘘《うそ》をついた。「いいえ、異議はありません。でも、あまり急いで結婚しないほうがいいのではないかしら。なんといっても、十五年間会っていないんですもの。わたしたち、お互いのことをほとんどなにも知らないわ」

驚いたことに、メリックの表情が少しやわらいだ。

「許してほしい、コンスタンス。故郷に帰ってきみに再会できたうれしさから、早く結婚したいと言ってしまった。別れたとき、きみはまだほんの小さな女の子だったのに、戻ってきたら、美しくて聡明《そうめい》なおとなの女性になっていたのだから」

これはお世辞と受け取っていいのかしら。「この十五年間にせめて一度でもお戻りになっていれば、わたしの容姿や、わたしがばかな女ではないことが予想できたでしょうに」

メリックが身をこわばらせ、こめかみにまたぴくぴくと青筋が現れはじめた。

よかったわ。でもこのあとは慎重にならなければ。

ところがメリックは激怒に駆られるのではなく、幅の広い肩をすくませただけだった。「父は少しもわたしに会おうとはしなかった。そこでわたしも、父に会おうとはしなかったわけだ」

許婚にはどうだったの？　お父さまが亡くなられるまでに一度でもわたしのことを考えてくれたの？

「それでもお父さまであることに変わりはないわ。息子として、あなたの務めは――」

「やめてくれ！」メリックが鋭く言った。

その目は細く鋭くなり、唇は薄くなった。

「わたしの務めについて云々《うんぬん》するのはやめてもらいたい」彼は低く荒い声で言った。「わたしが帰郷したところで、なにがどう変わったと言うんだ？　きみはわたしが父になんらかの影響を及ぼせたと、父の晩年がもっとましになったと心から思っているのか？　むしろわたしが帰っていたら、父を殺してしまいかねなかった」

彼は本気で言っているわ。そう気づいたコンスタンスは驚いて彼を見つめるしかなかった。父子《おやこ》のあいだに愛情がほとんどなかったのは知っている。でもここまでむきだしの憎悪があるとは思ってもいなかった。

メリックが長くて濃い茶色の髪をかき上げた。

「領民や小作人はわたしに帰ってきてもらいたくはなかったのだろうね」

これまでもよくそうなったように、コンスタンスの胸にはトリゲリス領主の支配下にある人々を気遣う思いがわき上がり、自分自身の悩みをわきへ押しやった。「領民や小作人が警戒するのはむりもありません。そもそも長いあいだあなたに会っていなくて、どんな領主になられるのかがさっぱりわからないのですもの」

「きみがわたしの父を知っていて、わたしがどんな夫になるだろうと考え、疑問の余地なく最悪の夫になりそうだと心配しているのと同じだな。婚礼を挙げるのはもう少し先にしてほしいと言われたとき、わたしが驚いたのはまちがいだった」

コンスタンスは息が止まりそうになった。この人はなんなの？ 予知ができたり、人の心が読めたりするの？ それともわたしが気持ちを顔に表しすぎてしまったの？

「父が……」メリックは一瞬ためらってから先を続けた。「父がきみに手をかけたことは？」

たとえそんなことがあったとしても、それは許婚が故郷を離れていたせいではない。「お父さまにとっては明らかに、わたしの純潔より持参金のほうが大事だったわ」

あからさまなその言い方に、メリックは顔をしかめた。

「あなたのお父さまはそういう人だったの」メリックに苦痛をあたえるのを悔やみもせずにコンスタンスは言った。メリックがどこか知らない他郷にいるあいだ、コンスタンスは何度も苦痛や悲しみを受けたのだ。

メリックがコンスタンスをじっと見つめ、真情をそのまま吐露していると思える口調で話しはじめた。

「父の罪深い人となりについては知っている。わたしははるか昔にどんな女性に対しても、その生まれの貴賤《きせん》を問わず、父のような扱い方は絶対にしないと誓った。わたしがトリゲリスの領主でいるかぎり、どんな女性もわたしの手にかかって命を落としたり辱しめられたりする心配をする必要はない。わたしを恐れる必要もない」彼の声は低くかすれたささやき声に変わった。「妻に対しては、わたしは死ぬまで妻を裏切らない。妻を尊び、敬い、慈しむ。妻に暴力をふるったり傷つけたりすることは絶対にない」

コンスタンスは慎重に一歩うしろへ下がった。メリックの容赦のない傲慢《ごうまん》さに対してなら、防ぎようがある。高飛車な命令や断固とした指示に対してなら、いや、彼の怒りに対してすら、自分の身を守ることはできる。でもこれは……。このようなことばに対しては、自分を守るすべがない。いまのようなまなざしで見つめられ、低く、ぶっきらぼうながらも、思いもかけずやさしい声で発せられれば、なおさらだ。

それに妻を尊び、敬うとまで言われると……。尊敬は愛情のつぎにわたしが強く求めているもの……。

彼から逃げなければ、低く響くその声と真剣なまなざし、そしてたくましい体から逃げなければ。彼の声やまなざしや体は、いつか聞いてしまったメイドたちがひそひそと話し合っていた男たちのことを、暗闇《くらやみ》の中で分かち合うひめやかな歓《よろこ》びのことを思い出させる。

「きみが一カ月先にしたいのなら、そうしよう」

コンスタンスは物思いからわれに返り、半年先にしてほしいと言わなかったのを後悔した。

メリックがテーブルをまわり、ついに領主の椅子に座った。「村のはずれに、くずれかけた石造りのあばら家に住んでいる老人がいる。わたしがそばを通ると、唾《つば》を吐いた。あの老人はだれだろう？」

婚礼が延期されてうれしいにもかかわらず、コンスタンスは背筋に震えが走るのを覚えた。おそらくメリックが譲歩したのは、わたしを軟化させるため、わたしを言いなりにするためだわ。まるで簡単にだませるうすのろのように。ひょっとしたら、いま彼はわたしがトリゲリスのだれに関しても知っていることをなんでも話すと思っているかもしれない。

コーンウォールで生まれ育ったからには、彼もこの沿岸地方で何世紀にもわたって行われてきた密輸のことを知っているはず。国王の忠実な臣下として、もしかしたら、密輸を禁じる法を強化しようとしているのかもしれない。

これまでにも密輪を根絶しようとした王や領主は何人もいたが、うまくいったためしはない。彼もやってみればいいんだわ。わたしの協力などなしに。

コンスタンスはゆっくりと丸椅子に腰を下ろし、穏やかながらもまっすぐに彼を見た。「おっしゃっている老人はピーダーのようね」

彼の言う老人がピーダーであるのはほぼまちがいなかった。ピーダーはコンスタンスが生まれる前から錫鉱夫《すず》であり密輸人で、いまはウィリアム卿を激しく憎んでいる。憎むにはそれ相応の根拠があり、それをいまコンスタンスは邪《よこしま》ウィリアム卿の息子に対して明らかにしようとしていた。「ピーダーの娘のタムシンを覚えてはいらっしゃらないかしら。それにタムシンがなぐられて陵辱されたあと産んだ息子のことを。もっとも襲ったのがあなたのお父さまだというのうわさは、あなたの耳に入らなかったでしょうけれど」

メリックの目にちらりと表れたのは当惑だろうか。たとえそうでも、コンスタンスは同情を覚えなかった。なぜ領民が彼の父親を憎み恐れたかを、またなぜその息子をも憎み恐れようとしているかを、彼にわからせるつもりだった。

「それが本当なら、ピーダーがわたしの父を忌み嫌い、その息子の帰郷をおもしろく思っていないのはもっともだ」メリックが答えた。「その子供がわたしの父の子だという証拠はあるのだろうか」

「あなたのお父さまを知っていてブレドンを見たことのある者は、だれひとり疑いをいだいていないわ。ふたりはそっくりだったの」

「その娘と子供はまだここに？」

異母兄弟がいまも生きていたら、メリックはどうしただろう。コンスタンスはそう思ったが、それはたいした問題ではなかった。「ブレドンはあなたがトリゲリスを発《た》った直後に川で溺死《できし》したわ。そして悲嘆に暮れたタムシンは家で首をくくったの。発見したのはピーダーでした」

コンスタンスにはよく判別のつかない感情がメリックの顔に一瞬表れ、すぐに消えた。同情だろうか、それとも安堵《あんど》だろうか。

メリックが立ち上がってテーブルをまわってきた。「ほかに父が産ませた庶子は?」

「ありません」コンスタンスは答えた。「努力を惜しまなかったにもかかわらず。子供はあなたとブレドンだけなの」

「わたしは庶子を産ませたことがない。少なくとも、これはあなたの子だと知らせてきた女性はいない」

いまのことばをわたしはうれしく思わなければならないの?「わたしはあなたに女性の経験がないなどとは思っていないわ」コンスタンスは立ち上がった。「そろそろ失礼しなければ。過去の女性関係があなたにとってはどれだけ心を奪うものであっても、わたしは聞きたいとは思いません」

「あとひとつだけある」

コンスタンスは口を開いた。が、息を吸おうとしただけなのか、それともなにかを尋ねようとしたのか、あとから考えても思い出せなかった。それというのもなにが起きているのかわからないうちに、メリックに抱きよせられ、唇をふさがれていたからだ。

一瞬コンスタンスは不意をつかれたあまり、驚き以外のなにも感じなかった。そしてそのあとは、ただ圧倒されるばかりだった。

最もみだらな白日夢の中においてさえ、これを想像したことはない。彼の味。革や馬や潮風の香りと入り混じった男のにおいが鼻孔を満たす。自分を固く抱きしめるたくましい腕。ふいにコンスタンスの脚から力が抜けると、その腕は体を支えてくれた。そしてそっと何度もコンスタンスの唇に働きかけ、その中に忍び込もうとする彼の舌。

こんなことをしてはいけない。どれだけ心地よく感じられても、いまわたしにキスをしようとしているのはメリックなのだから。邪ウィリアムの息子なのだから。

コンスタンスは彼の腕の中から逃れようともがいた。「わたしは操の堅い女なのよ！」

「きみはわたしの許婚だ」彼はそう答えてコンスタンスを放した。「キスくらいしたところで害はない」

あなたと結婚したくない場合、害はあるわ。「許婚であろうとなかろうと、キスを許した覚えはないわ！」

「では謙虚に許しを請おう」彼は穏やかに答え、騎士中の騎士ともいえるお辞儀をした。

彼はいまにも微笑《ほほえ》もうとしているように見える。それに彼の目に輝いているのは……いいえ、なんでもかまわない。「あなたに謙虚さなどなにもありません。こちらがいいと言わないかぎり、二度とわたしに手を触れないで」

なかば表れていた笑みが消え、メリックの表情は冷たい仮面に変わった。「きみがそう望むなら。許しを得ないかぎり、そうしないことにしよう」

なんと尊大で図々《ずうずう》しくてうぬぼれの強い人なの！コンスタンスは踵《きびす》を返して部屋を出ると、力いっぱいドアを閉めた。

コンスタンスが出ていったあと、メリックは髪をかき上げ、トリゲリス城の中庭を見下ろす窓まで足を運んだ。

自分はもはや森に隠れておびえていた少年ではない。領主であり、この城の主《あるじ》、トリゲリスの支配者なのだ。父が他界し、自分はここに帰ってきた。どんな小道もどんな野原も知っているこの地に。爪先のあいだを海水に洗われながら浜辺ですごすのが好きだったこの地に。幼いころは、なにもかもがいまよりずっと単純だった。

　コンスタンスにキスをしたり、早く挙式をと言ったりしたのはまちがいだった。もっと作法にかなった行動をとり、慎みのあるところを見せるべきだった。

　しかし、そんなことがどうしてできるだろう。コンスタンスに再会したとたん、かつてと変わらぬ恋慕の情に痛いほど貫かれたというのに。そのとおりだ。故郷を離れたときの自分は少年にすぎなかったが、コンスタンスを忘れたことは一度としてない。かつて自分は子供心にすべての思いをこめてコンスタンスを愛した。そしていまも彼女を愛している。ただしもはや少年としてではなく、女を求め、慈しみ、守り、愛を交わしたいと願うおとなの男として。

　しかしそれでもなお、コンスタンスがそばにいると、自分はいまも未熟な子供のような気がしてしまう。ついー、二週間前までは女に人気があるので有名な騎士だったというのに。

　自分はヘンリーのような愛嬌《あいきょう》のある騎士であったことは一度としてない。ヘンリーの口からあれほど容易に転がり出ることばの数々は自分には思い浮かびもしないし、自分がやろうとすれば、間が抜けて聞こえるにちがいない。

　実のところ、コンスタンスはわたしのことをどう思っているのだろう。どこかでわたしを求めているのはたしかだ。本当にわたしを嫌ったり恐れたりしているならば、先ほどのようにわたしのキスに応《こた》え、欲望と希望をかき立てるようなことはしないはずだ。

　とはいえ、コンスタンスの肉体を得られるだけではわたしは満足しない。それ以上のものを求めている。はるかに大きなものを。わたしはコンスタンスの愛がほしい。愛がなければ、わたしの本当の気持ちを知ったとしても、コンスタンスはわたしを憎むかもしれない。そう思うと、肉体に受けるどんな傷よりも激しい痛みが胸いっぱいに広がる。亡き父の話をしたとき、コンスタンスの目には父への憎悪が浮かんでいた。同じように、その目にわたしへの憎しみや嫌悪が浮かんでいるのを見るくらいなら、いっそ婚約を解消したほうがましだ。

しかし、コンスタンスを手放すだけの気概が自分にはない。コンスタンスがこのわたしを愛してくれるようになるのではという希望を捨てるのは耐えられない。

心の奥深くでは、コンスタンスに思いを告げないでいるのは自分が生来寡黙なせいでも、性格がまじめなせいでもないとわかっている。告白しないのは、結婚することによってコンスタンスを傷つけるのではないかと恐れているせいだ。

賢明に、また公正に領地を治め、コンスタンスを愛し大切にすれば、過去は問題でないと自分に言い聞かせ続けているが、過去の悪事はふたりのあいだに黒い影を落としている。嘘の影、あざむきの影、死と苦しみと恐怖の影を。過去に犯した罪はつねに自分を悩ませている。悩まずにいられるのは、武芸試合で戦っているときやフット・ボールに興じているときのように、あるいは最も暗く寂しい日々にすら明るい天使であってくれた、いとしいコンスタンスにキスをしているときのように、身も心もわれを忘れている場合だけだ。

真に立派で高潔な男であれば、コンスタンスを失うことになっても、みずからの罪を告白するだろう。

しかしそのような男でない以上、この十五年間そうしてきたように、秘密を守るしかない。自分がなにをしたかは、コンスタンスを含めだれにも打ち明けはしない。秘密を知っているのも、それで苦しむのも、自分だけなのだ。

コンスタンスがメリックの腕の中から逃れようと懸命にもがいているころ、カレル卿は中庭の人目につかない片隅へと向かっていた。そのあとからアルジャーノン卿がついてくる。アルジャーノンはひどく動揺しており、それをなだめるにはふたりきりで話し合うのが最良に思えた。

「部屋に入ったとたん、ヘンリー王と王妃について尋ねるとは、いったいどういう了見なんだ？」城壁上の通路の陰で足を止めると、アルジャーノンは泣くような声で言った。

カレルはすぐそばの石材から小さな破片を引き抜くと、それを撫《な》でながら肩をすくめた。「彼がどちらの味方か、早いところ知っておいたほうがいいだろう。こちらが国王への忠誠心を疑われるようなことを言ってしまわないうちに。おかげでいまや、こちらはわれわれがメリックほど国王に忠実ではないと思われるようなことをしてはいけないとわかったわけだ」

「もう少し待てなかったのかとわたしは言っているんだ。根気よく当たらないと、計画が台なしになってしまう」

「根気よく？」カレルはふんと鼻で笑うと、石の破片を投げすてた。「根気よく当たれなどとわたしに言わないでもらいたい。十五年間も辛抱強く待ったんだ」

「わたしは当然もらっていいものを手に入れるのにそれ以上待ってきている」アルジャーノンが嘆いた。

「あんたが意気込んでなんだかんだと尋ねたせいで、それがふいになるのはごめんだ」

「あんたがときおり甥《おい》を訪ねてさえいれば、わたしが質問することもなかった」カレルは言い返した。

「メリックが国王に忠実なこともとっくにわかっていたはずだ」

「甥になど会おうものなら、あの冷酷非情な兄になにをされたと思う？」アルジャーノンがこぼした。

「甥となにかよからぬことを企《たくら》んでいるんだろうと邪推されて、ふたりとも殺されていたよ」

「あんたのほうが先にウィリアムを殺してしまえばよかったんだ」

アルジャーノンは信じられないという表情をカレルに向けた。「あれだけ護衛がいるのに、どうやって殺せるというんだ？　兄は城を離れることすらほとんどなかったんだ」

「うん、たしかにむずかしい」カレルは口調をやわらげた。

もうひとりいたウィリアムの弟がメリックとともに北へ追いやられ、こいつの代わりに殺されたのは残念至極だ。エグバートはアルジャーノンよりはるかに無慈悲なやつだった。自分の利益のこととなるととくに。アルジャーノンは貪欲《どんよく》で弱虫で愚鈍だが、いまのところは利用できる。


アルジャーノンがカレルのそばに寄り、ほかに聞いている者がだれもいないのを目で確かめると、声を落とした。「ロンドンから情報は入っているのかね？　国王とその弟がいつイングランドに戻ってくるか、なにか知らせは？」

カレルは首を横に振った。「なにもない。国王と王妃はボルドー産ワインを楽しむあまり、イングランドに戻って不機嫌な貴族たちと顔を合わせるのを少しも急ぐ気にはならないんだ。コーンウォール伯にはふたりとともにむこうに滞在するそれなりの理由があるのではないかな」

「ヘンリー王にこれ以上浅はかな決断をさせないためだ」アルジャーノンがうなずいた。

「王妃の妹ともっと時間をすごすためだよ」カレルはにやにや笑いながら答えた。「妻を亡くしたリチャードには新しい伴侶《はんりょ》が必要だ。エレアノールの妹は美人の上、言いなりになる。まずまちがいなくエレアノールはこのふたりの結婚を推し進めるために手を尽くそうとするだろう。ヘンリー王にエレアノール並みの影響力を及ぼせる人物はリチャードしかいないし、リチャードにはエレアノールよりずっと多くの貴族が味方についている。エレアノールにとってリチャードは競争相手で、制圧しておかなければならない。妹と結婚させるほどいい手があるかね？」

「あんな王妃はまっぴらだ」アルジャーノンが不平を言った。「イングランドの破滅の種になってしまう」

「だからこそ国王を倒さなければならないんだよ。それにそうなれば弟のコーンウォール伯もだ。しかしメリックにはなにもかも安泰だと思い込ませておかなければならない。ここはやはりわたしの姪が愛の行為でメリックを忙しくさせてくれるのを期待することにしよう。ベッドですごす時間が多くなれば、怠惰になって警戒もゆるくなる。彼を殺すのも容易になるだろう」

「コンスタンスはどうなんだ？　あんたからは結婚に乗り気だと聞いているが、きょうのようすではそんなふうではなかったぞ。コンスタンスがあんな厚かましい口のきき方をするのを見たのは初めてだ」

カレルはベストに差してある短刀の宝石をはめ込んだ柄《つか》を撫でた。「もちろんメリックと結婚するさ」

「どうしてそう言いきれる？　コンスタンスがあんなふうに話すのを前にも聞いたことがあるのか？あそこまで厚かましいとは、わたしなど気を失いそうになった」

カレルは顔をしかめた。「もちろんコンスタンスはメリックと結婚する。自分のためではないとしても、領民のために。コンスタンスが領民を猫かわいがりしているのはあんたも知っているだろう。あの子は子供のころからずっとそうだった。子犬や子猫が死ぬと、一日じゅう涙に暮れていたものだ」カレルの口調からはそれがコンスタンスの大きな欠点だが、こちらの目的を達成するためなら、その欠点を大いに利用しようと考えているのがみえみえだった。「あの子をあんたの兄上のところにあずけておいたのは、われながら上出来だった。いまやここはコンスタンスの故郷となって、村人はみんな家族のようなものだ。あの子は村人を絶対に見放さない。領民が領主に苦しめられるのではないかという心配があれば、なおさらだ」

カレルのしかめ面は得意そうな笑顔に変わった。「たとえコンスタンスにためらいがあったとしても、メリックと再会したとたんに、そんなものはどこかへ行ってしまったように思わないか？ あんたの甥と同衾《どうきん》したがらない女などいるもんか。顔だちがウイリアムに似てさえいなければ、父親はゼウスかと思えるくらいだ。武芸試合という武芸試合で勝つのも不思議はない。彼が馬に乗って城門を入ってくるのを見るまでは、ほかの騎士を買収して勝ったものと思っていたが」

「コンスタンスは妥協が嫌いだし、肉欲に走りそうには思えないな」アルジャーノンが疑わしそうに言った。

カレルの青い目がみだらな好奇心できらりと輝いた。「ウィリアムが好色な悪党だったことを踏まえて、あのふたりのあいだにそんなことがあったと思うかね？」

「まさか、思うはずがない」アルジャーノンが答えた。「あったら、わたしにわかったはずだ。ウィリアムが自慢せずにいられなかっただろうからね」彼の表情は軽蔑《けいべつ》をあらわにしている。「兄には十二歳のころから女をものにするたびにその一部始終を聞かされてきたんだ」

「わたしも同感だ」カレルは言った。「メリックが自分の父親の愛人と結婚する気になるとは思えん」

「いずれにしても、きょう会ったメリックはそうだろうな」アルジャーノンがうなずいた。

アルジャーノンは中庭の奥、厩舎《きゅうしゃ》のほうへと視線を移した。「コンスタンスを殺さなければならないのか？」

「コンスタンスが生きていれば、国王はほかのだれかと再婚させようとするかもしれない。そうすると、トリゲリスはあんたの手の届かないものになってしまう。あんたが跡を継ぐためには、メリックと妻の両方とも死ななければならないんだ。そのあとあんたはこれまで計画したとおり、うちのベアトリスと結婚して両家の力を合体させる。われわれは味方同士だ、アルジャーノン。わたしはそれを忘れない。あんたにも忘れないでいてもらいたいものだ」

「忘れない」アルジャーノンが請け合った。「計画に従おう」

「よろしい。さて、抜け出したことを気づかれないうちに大広間に戻らなければ。心配することはない。もうすぐトリゲリスとわたしの娘はあんたのものだ」

3

数日後、コンスタンスは厨房《ちゅうぼう》の隣にある酒貯蔵室で家令のアラン・ド・ヴェルンとともに、海から嵐《あらし》が上陸する前に届いたワインを眺めていた。床にはこぼれたワインを吸い取るようわらが敷きつめてあり、わらくずが空中に漂っている。寒いこの貯蔵室のアーチ形の天井と壁のあいだの隙間《すきま》には、何年にもわたって蜘蛛《くも》の巣の巨大な迷路が張りめぐらされている。いまは雨粒が入れてくれとでもいうように、石の外壁を叩《たた》いていた。

「メリック卿《きょう》が婚礼の宴《うたげ》には最良のワインを用意せよとおっしゃっています」出身地パリの訛《なまり》も強くアランが言った。「大広間のお客さまには末席にいる人々も含めてすべてボルドー産のワインを、村にはエールを大量に、と」

「それにはたいへんな費用がかかるわ！」コンスタンスは驚き、暖かさを求めて両手をこすり合わせた。

気前のよさをみんなに見せつける格好の機会にもなるわ。心の中でコンスタンスはそうつけ加えた。あのキスがきっと男としての能力でわたしを圧倒できるという、彼のうぬぼれた思い込みの表れだったように。でもわたしは驚いただけだったわ。そうでなければ、彼の顔をひっぱたいていたはずよ。ひっぱたいてやるべきだったのよ。

「とてもお金がかかります」アランがうなずいた。「しかし前回の武芸試合で勝ったからとのことでした。メリック卿はまずわたしのほうから申し出せる金額はいくらか、それに全部でいくら費やせるかをはっきりおっしゃいました。幸い商人がこちらの心づもりより安い値段で了承してくれましてね」家令はにやりと笑った。「メリック卿は数字にお強い方です。お父上のように無頓着《むとんちゃく》な金の使い方はなさらないでしょう」

「そう願いたいわ」コンスタンスはアランと土地管理人のルアンにお金の問題でわめき散らすウィリアム卿の声が始終聞こえていたのを思い出した。

「ガストンも祝宴の献立に大喜びしています。正真正銘、腕の見せどころだと申しまして。ガストンが最初に申し出た献立は途方もないもので、メリック卿がこれならというところまで抑えられたんです。ガストンの話では、何時間も議論したとか」

「メリック卿が議論を？」

信じられないという口調で尋ねたコンスタンスに、アランは苦笑しつつ両手を広げて肩をすくめ、エールの大樽《おおだる》にもたれた。「どんな具合だったか、想像がつきますね。ガストンがあらたな献立を申し出る。メリック卿が首を横に振られる。ガストンがついにむりのない献立を申し出る。メリック卿がうなずかれる」

おそらくそのとおりと思われる描写に、コンスタンスは微笑《ほほえ》まずにいられなかった。「ええ、きっとそうだと思うわ」

アランが部屋のむこうにあるもっと小さなイングランド産ワインの樽が載っている棚へと視線をさまよわせた。「メリック卿は家政についても実によくご存じで感服しました」

アランはコンスタンスの信用できる友人であるし、小作人と問題が起きるとよく相談する相手でもあるが、心の奥深くにある思いを彼に打ち明けるわけにはいかない。それに家令を感服させられる人間が立派な夫になるとはかぎらない。たとえ彼がこの地に戻って以来、明らかに家令ばかりか守備隊長や兵士や使用人を感服させているとしても。

「招待客の馬の飼料はどうなっているの？」コンス

タンスは体が震えないよう気をつけた。

「手はずは整っていますよ、お嬢さま」アランが答えた。「招待状を送ったお客さまからはすでに全員出席すると返事をいただいています」

招待客がこれほどすばやく返事を送ってくるとは思ってもみなかった。「サー・ジョワンとキアナンからも？」

「はい。トリゲリスの新領主を表敬するために、婚礼より早くこちらにいらっしゃるおつもりのようです」

「遠くに住んでいるわけではないのに」コンスタンスは当惑が声に出ないよう気をつけて答えた。とはいえ、サー・ジョワンの息子キアナンの気晴らしほど避けたいものはない。

まるで突風にでも運ばれたように、ベアトリスが酒貯蔵室に入ってきた。そしておよそ淑女らしからぬ足取りでいきなり立ち止まった。顔が上気し、目が興奮できらきらと輝いている。「デメルザからここにいると聞いたの。ご存じ？　メリック卿が五月祭の催しとして、フット・ボールの試合をすることに決めたんですって。守備隊と村が戦うの。サー・ヘンリーは守備隊が勝つに決まっていると言うのよ。わたし、そこまで言いきってはいけないと言ったの。村にはとてもうまい人がいるんですもの。サー・ヘンリーはメリックが五月の女王を選ぶとも言っていたわ」

メリックが――なんですって？

コンスタンスとアランは驚きと困惑の入り混じった顔を見交わした。うきうきした気分がいくぶんしぼんだようすでベアトリスが眉を曇らせた。「どうしたの？」

いまの知らせを聞いてぎょっとしたわけを、どうベアトリスに話せばいいだろう。ベアトリスも邪《よこしま》ウィリアムの乱行について、なにも知らないということはないはずだ。トリゲリスから半径百キロ以内の住民で知らない者はひとりもいない。でもコンスタンスはこれまで最悪のことはベアトリスの耳に入れないよう努めてきている。

「きっとお従姉《ねえ》さまが五月の女王に選ばれるわ」コンスタンスが黙っているのをまったくちがった理由からだと思ったらしく、ベアトリスが言った。「なんといっても、メリックはお従姉さまと結婚するんですもの」

「そうじゃないのよ」コンスタンスは胸の悪くなるような話をせずにすむ弁解を探した。「新しい領主になるのだから、メリックはたぶんそのような催しでややこしい問題が起きるのは歓迎しないでしょうけれど、わたしの口から知らせておいたほうがいいようね。それもいますぐに。それでは、アラン。あとでね、ベアトリス」コンスタンスはドアへと急いだ。

ガストンをはじめ忙しそうな使用人たちに軽く会釈をしながら急ぎ足で厨房を通り抜け、回廊から大広間に向かうと、メリックを捜した。少なくとも彼から嫌われたいのであるからには、遠慮せずにものを言ってかまわない。それにはある程度危険も伴うが、いまなら身を守れる。なんだったら、彼がキスしようとしたらどうなるか、試してみてもいいくらいだ。

使用人がたいまつの形を整えたり炉に薪《まき》を足したりしている。サー・ヘンリーとサー・ラヌルフがチエスに興じている。サー・ラヌルフが盤上を眺めて思案しているのに対し、サー・ヘンリーは笑いながら、夜になるまでにつぎの一手を決めてくれなどと言っている。カレル卿とアルジャーノン卿が中央の炉のそばで話し込んでいる。

メリックはいない。

コンスタンスはだれにもメリックの居場所を尋ね

たくなかった。アルジャーノン卿は最近ついた癖で気取った笑みを浮かべるだろうし、カレル卿はなぜ知りたいのかときき返すだろう。それにサー・ヘンリーとサー・ラヌルフは興味津々でこちらを見つめ、いらいらさせるにちがいない。

土地管理人がメリックの執務室から階段を急いで下りてきた。いつもの青白い顔をさらに青白くして、喉が渇いたというように唇をなめている。

「ルアン!」

ルアンは立ち止まり、彼独特のおもねるような笑みを浮かべてコンスタンスのほうへ駆けよってきた。コンスタンスにはルアンのなにもかもが、這《は》いまわるぬらぬらとした生き物を連想させる。朽ちた木の下から這いずり出てきたばかりのような青白い肌、いまからお辞儀をしようとしているか、あるいはお辞儀をしたばかりというように、頭を前へ傾けた立ち方、内気な乙女なら評判の上がりそうな両手の握り方、ひと言ひと言が自分の本意ではなくて残念だと言わんばかりに発せられる、訴えるようなしゃべり方、それになによりも涙ぐんだ青い目に浮かぶずる賢そうな光からは、彼の物腰や態度とは裏腹に、抜け目がなくて狡猾《こうかつ》な気質がうかがえる。「メリック卿は執務室にいらっしゃるの?」

「はい、お嬢さま」

「五月祭の計画のことはお話しになった?」

ルアンの目が好奇心で輝いた。「はい。お嬢さまにはお話しになっていないのですか?」

コンスタンスは顔が熱くなるのを覚えた。「村人たちが催しのことを聞いたら、どう思うかしら」ルアンの質問には答えずにコンスタンスは尋ねた。

ルアンが顔を曇らせ、濡《ぬ》れた唇に手を走らせた。「五月の女王が選ばれる際には森の奥に隠れていたほうがいいだろうかと考えるでしょうね」

コンスタンスが心配しているのもそのことだ。

「メリック卿はお嬢さまを喜ばせたいのですよ」ルアンが静かに言った。それは道徳的にかんばしくないあらゆることをほのめかすような言い方でもあった。「お嬢さまがメリック卿に話を――」

「それでは、ルアン」コンスタンスはルアンのことばを遮り、執務室に通じる階段へ向かった。

「それでは」ルアンはつぶやき声で答え、立ち去っていく美しくて高貴な女性を見つめた。

貴族というものはひとり残らず自分は立派で頭がいいと思っている。

ところがこちらだって頭は切れるんだ。

コンスタンスは執務室の重いドアを鋭く叩き、メリックの応答を待たずに中へ入っていった。「五月祭に催しを行う計画を立てていらっしゃるそうね」

トリゲリス領主は架台式テーブルに向かっており、テーブルには羊皮紙がいくつも載っていた。外で風がうなり、亜麻布製の雨戸の隙間から入ってきた突風にタペストリーがゆれた。雨戸は雨を完全には防げず、雨粒が窓台を伝って床に落ち、水たまりをつくっている。

「立てている」メリックはぶっきらぼうに答え、顔を上げてコンスタンスを見た。テーブルに載っている太い獣脂蝋燭《ろうそく》の炎がゆらめき、彼の顔の陰が形を変えた。頬の平らな面。ほとんど黒ともいえるほど濃い茶色の目。

コンスタンスは一歩うしろに下がり、ついで頭の混乱したうすのろのように動いた自分を叱咤《しった》した。トリゲリス領主といっても所詮《しょせん》ただの男よ。

メリックがテーブルの前にある丸椅子を示した。そこにはついさっきまでルアンが座っていたらしい。

「座ってはどうかな」

座れば少し時間が稼げる。そうしたほうがよさそうだ。コンスタンスはできるだけ優美に丸椅子に腰を下ろし、スカートを直した。「アラン・ド・ヴェルンかわたしに相談なさるべきだったわ」

テーブルに手を置いたまま、メリックが椅子に身を沈め、コンスタンスを見つめた。「なぜ？　わたしの子供時代から催しはあったし、いまも続いているものと思っていたが？」

「あなたの子供時代とは少し事情がちがってきているの」

彼はすばやくコンスタンスの全身を眺めた。「わたしも気がついている」

コンスタンスは眉を曇らせた。「これはとても大事な問題なの。わたしの話をよく聞いていただけないかしら」

彼が眉間《みけん》にしわを寄せた。「わかった。なにが変わったのか話してくれないか」

どうすれば、彼にわかってもらえるだろう。コンスタンスがそう考えているあいだにも、突風が塔の外壁に雨粒の弾幕を浴びせてくる。すぐそばのタペストリーがまるでうしろに人が隠れているようにうねる。人が隠れているはずもないのに。タペストリーのうしろに隙間がないことはこの目で確かめている。

それでもなお、コンスタンスは身を震わせ、自分の胸を抱くように腕を組み合わせた。そしてなぜ村人対守備隊の試合をやるべきではないのか、とりわけなぜ五月の女王にまつわる催しはなにもやってはいけないのかを話しはじめた。「守備隊は屈強な兵士ばかりが集められていて、頭に血が上ると粗野なふるまいに及ぶことがあるの。戦ではそれが利点となるけれど、球技の試合中には問題を起こしかねないわ。前回守備隊と村人とでフット・ボールの試合が行われた際には、鍛冶屋《かじ》の息子があなたのお父さまの護衛にあやうく殺されかけたのよ」

メリックが無言で立ち上がり、赤々と燃えている石炭のいっぱい入った火鉢をコンスタンスの丸椅子の近くに寄せた。コンスタンスは火鉢の暖かさをありがたく思った。そして敏捷《びんしょう》で優美な彼の動きや、重い鉄製の火鉢を細い木の枝のように軽々と持ち上げた、彼の広くたくましい肩や腕の力を気にとめないよう心した。

彼が銀製の水差しと酒盃《しゅはい》の置いてある小さなテーブルまで行くと、コンスタンスはぴったりとした毛織りの膝丈のズボン《ブリーチズ》をはいた彼のやはりたくましい脚や、がっしりとしたふくらはぎを目でたどった。

「ワインは?」

兵士や使用人にウインクを投げているところを見つかったまぬけな娘のように赤くなりながら、コンスタンスはすばやく彼の顔を見上げたものの、そのあと自分のばかげた反応を隠そうとして横を向いた。

「いいえ、けっこうです」

彼は自分用にワインをつぐと、酒盃を持ち、椅子へと戻りかけた。「球技の試合のような催しは兵隊にはいい。兵士間の仲間意識が高まるし、わたしの子供時代の試合を覚えているかぎりでは、領民の能力をすこやかに尊ぶ気持ちを育ててくれる。村人もすぐ頭に血が上る点では同じではないかな。わたしの記憶では熾烈《しれつ》な競争相手だった。それは変わったのだろうか?」

まさにそのとおりで、コンスタンスは答えるのをためらった。村の西のはずれで、若いエリックがふくらませた豚の膀胱《ぼうこう》をあれだけ機敏に棒のむこうへ送ろうとしなければ、傭兵《ようへい》とぶつかることもなかっただろうし、その衝撃で意識を失うこともなかったはずだった。

「どうなんだ?」メリックが促した。

「兵士たちは本気で戦うでしょう。わたしが恐れているのはそれなの。試合が暴動に変わりかねないわ」

「そんなことになるのはわたしが許さない」

独力で暴動を撃退できる人なんているかしら。コンスタンスは彼を見た。しかし彼に対してそう認めるつもりはなかった。「そうできるなら」

メリックはコンスタンスが初めて見る正真正銘の微笑に最も近いものを浮かべた。「ヘンリーとラヌルフとわたしで兵士は制御できると思う。球技試合で駆けまわって疲れていれば、なおさらだ。これも試合をやりたい理由のひとつなんだ。くたくたに疲れれば、祭りのあいだそれ以上あぶないことをやる気や体力がなくなる」

そこまで考えていなかったわ。でも、まだあきらめるものですか。「疲れれば、喉も渇くわ。酔っ払った兵士の群れに村をめちゃめちゃにさせるわけにはいきません」

「そのようなことをすれば、兵士たちを厳重に処罰する。それからわたしは村人にも肉とエールをふるまうつもりだ。さらに兵士が村人に重大な危害を加えたり、ものを壊したりした場合も、けが人や破損したものの補償は十二分に行うと請け合うつもりでいる」

これはふつうの領主よりも寛容だし、父親のウィリアム卿とは比べものにならないほど気前がいい。ひょっとして彼は村人たちの支持をもので買おうとしているのだろうか。もしもそうなら、それはうまくいくはずがない。コーンウォールの海岸地方の住民は自主性がとても強く、買収などされないのだ。

「理由はもうひとつある」メリックが言い、ワインをひと口飲むと、酒盃をうしろのテーブルに置いた。「このような試合は兵士を戦や長い行軍に適した体調に保ってくれる」

コンスタンスはまだ譲歩する気はなかった。「理由がなんであれ、このような催しは予測できない問題を起こしかねないわ。それにどちらが勝っても、村人たちが兵士をいまより好意的に見るとは思えません」

「誠実でありさえすれば、領民はわたしの兵隊を恐れることはない。五月祭であろうとなかろうと、罪を犯した兵士は法に照らして罰する」メリックはそう言いながらテーブルをまわってきた。

前と同じように、そのことばに嘘《うそ》はないように思える。そうでなければ、彼は真摯《しんし》な態度をとるふりをするのが得意だとしか考えられない。

彼は椅子に座ろうとしなかった。その背の高い姿で威圧するように立っている。まるで裁判官のように。あるいは王のように。

「慈悲深くありたいとは思っているが」厳しい表情と断固とした口調でメリックは先を続けた。「領民が国の法律をあなどるのは許さない。たとえば、密輸だ。捕らえた密輸人は罰し、密輸品は国王のために没収する」

なんとウィリアム卿そっくりに聞こえることかしら！　ただし慈悲深くありたいというところはちがう。それに密輸品のところも。邪ウィリアムは慈悲深いふりを装ったことすらなかったし、密輸品を没収するような機会があれば、自分のものにしていただろう。

「村人が密輸をしているとすれば、それは厳しくて不当な税は納めないのが正しいという思いがあるからよ」コンスタンスはこれまで何度もそうしたことがあるように、村人の立場に身を置いて釈明した。「コーンウォールの錫《すず》鉱夫はデヴォンシャーの錫鉱夫の二倍も高い税を課されているの。コーンウォール人は異なったことばを話すからというばかげた理由で。ウェストミンスターの頭の切れる方々によれば、コーンウォールは外国ということになるのでしょう。でも本当に外国なら、そもそも国王が税を徴収することなどできないはずだわ。これが公平かしら」

ら。正当かしら。地中から錫を採る人々が国王に対して自分の儲《もう》けの一部を隠すのは当然だと考えているとしても、それが驚くようなことなのかしら」

メリックは明らかに心を動かされてはいなかった。

「錫鉱夫は十分の一税を払わなくていいし、兵役も免除されている。それに独自の裁判機関を持っている。おおかたの民よりはるかに恵まれた権利だ。国王が税を軽減すれば、錫鉱夫はその権利を返上し、密輸もやめることに同意するのかな?」

コンスタンスは落ち着かなげに座る姿勢を変えた。運の悪いことに、否定しようのない点を突かれてしまった。コーンウォールでの密輸には長い歴史があり、課税制度が完全に廃止されでもしないかぎり、いつまでも続きそうに思える。「錫鉱夫の権利と特典をとてもよくご存じのようね」

「わたしは生まれてからの十年間をこの地ですごしている。しかし国王に仕えると誓った騎士でもあるからには、国王の法律を執行する」

コンスタンスは有無を言わせぬ響きをそこに聞きとり、彼の目に決意を見た。この件でこれ以上迫れば、彼はついに癇癪《かんしゃく》を爆発させるかもしれない。

それに解決しなければならない重要な問題はまだほかにもある。「わかりました。フット・ボールの試合を行って、法律の定めるとおり密輸人を罰されるといいわ。とはいえ、五月の女王を選ぶのはやめていただかなければ」

それはメリックの不意をついた。「なぜだ?」

「前回あなたのお父さまが五月の女王を選ばれたとき、五月の女王はあなたのお父さまにむりやり寝室へ連れていかれ、陵辱されたあげく、好きなようにしていいと護衛にあたえられたからです」

髪に花輪を飾り、恐怖のあまり金切り声で泣き叫ぶ若い娘を邪ウィリアムが寝室に通じる階段へと引きずっていくのをコンスタンスはぞっとする思いで見つめたものだった。傭兵の中でも最も獰猛《どうもう》な者を集めてある邪ウィリアムの護衛が領主と五月の女王のことで冗談を飛ばしつつ、笑いながらそのあとをついていく。品行が悪いうえ人をおびえさせるその護衛を、コンスタンスはウィリアム卿が亡くなった直後に解雇してトリゲリスから出ていかせた。

「ああ」メリックが小さな声をあげた。彼はテーブルに両手をつき、うなだれた。「それくらいのことは想像すべきだった。父が……」

ことばがとぎれ、彼はテーブルを見つめ続けた。

「父はまったく莫大《ばくだい》な遺産を残してくれたものだ」

長い沈黙のあと、彼はつぶやいた。

苦いそのことばにもかかわらず、コンスタンスは彼に同情する気はなかった。彼は税に苦しむ領民になんの同情も示さなかったのだから。

メリックが頭を上げ、すでになじみになりつつあるあのゆるぎのないまなざしでコンスタンスを見つめた。「約束するよ、コンスタンス。トリゲリスの女性はわたしを恐れなくていい。わたしから身を隠す必要はない。トリゲリス領主として、領民である女性を守るのはわたしの務めだ。命にかけてもわたしはその務めを守る」

彼の声は力強く、決然としていた。その視線はゆるがず、目にはまぎれもない誠実さが表れていた。これでそのことばを信用しない者があるだろうか。

彼が体を起こし、テーブルをまわってコンスタンスのほうへ足を運びはじめた。「たぶん五月の女王を選ぶことで、わたしが父とはちがうと、わたしを怖がることなどないと、みんなにわかってもらえるのではないだろうか」彼は手を伸ばし、コンスタンスの手を取って丸椅子から立たせた。「五月祭の日に村に行って五月の女王を選ぶ際、きみがわたしの隣にいてくれれば、わたしの求めている女性は妻として娶《めと》る相手しかいないということが村人にもわかるはずだ」

まあ、どうしよう！　どうして彼はわたしに触れるの？　どうしてあんなことを言うの？　それもまるでベッドの中でささやいてでもいるように、低くかすれてさも仲睦《むつ》まじそうな声で。どうして彼はあんなふうにわたしを見つめるの？

もしもまたキスをしたら、ひっぱたいてやるわ。本当よ。本当にそうするわ。

どうしてドアがあんなに遠いの？

「だれを選ぶべきか、祝祭の前にきみが教えてくれてもいい」彼が言った。「女性をひとりだけ選べば、女性同士に緊張関係や衝突を生むことをわたしも知らないわけではない。それにきみは村人たちをよく知っているから、いちばん無難な選び方をするよう、わたしに助言できる」

拒めば、彼はさらに説得しようとするかもしれない。さっきよりもさらに説得力のある声で。「そうお望みなら」

メリックは微笑まなかったが、喜んでいるのはたしかだった。すると譲歩したことでコンスタンスが感じていた怒りは解けはじめた。

コンスタンスは少し考えてから言った。「鍛冶屋の娘のアニスはどうかしら。とてもきれいで、みんなから好かれていて、すでに鍛冶屋の息子のエリックと婚約しているわ」

「フット・ボールの試合でけがをした男の子か？」

「ええ。それは何年か前のことで、いまではもう結婚する年齢に達しているわ」

「なぜふたりはまだ結婚していないんだろう」メリックが尋ねた。「娘の家族が反対でも？」

「結婚していないのは、あなたのお父さまが亡くなったから。領地の小作人だから、結婚するには領主の許可がいるの。おそらくつぎの荘園《しょうえん》裁判の際に許可を願い出るのではないかしら」一瞬ためらったあと、コンスタンスは尋ねた。「許可をあたえてくださる?」

「もちろんだ。家族が賛成しているなら、わたしは反対しない」

ほっとして心配が減ると、コンスタンスは自分の手を包み込んでいる彼の手を前より意識した。

「五月祭の前夜には大かがり火を燃やす」メリックが言った。「そして若者や娘は森に行って花を摘み、枝を集める。五月柱《メイポール》のまわりで音楽を奏で、ダンスを踊るんだ」彼は目をきらりと輝かせ、コンスタンスの手を握った指に軽く力をこめた。「わたしはきみが踊るのを眺めて楽しもう、コンスタンス」

ああ、本当にどうしよう! 彼の手を振りほどき、部屋を出ていくべきよ。手遅れにならないうちに逃げ出すべきだわ。

しかし、そうしたところで自由の身になれるときが近づくわけではない。むしろメリックはわたしに及ぼす力がつきはじめたと思うかもしれない。欲望でわたしを圧倒できる、わたしを誘惑し自分の言いなりにするのは簡単だ、と。

自尊心に火をつけられた決意が全身を貫き、コンスタンスは彼の手から自分の手を引き抜くと、傲慢《ごうまん》な笑みを浮かべた。「あなたもメイポールのまわりでダンスはなさらないの? ぜひその姿を見て楽しみたいものだわ」

そのことばは彼を困らせるどころではなかった。彼の目には愉快そうな光が浮かび、唇にはいやになるほど魅惑的な笑みが表れた。「わたしはそれよりずっときみを見つめていたい」

彼は肩をそっとつかんでコンスタンスを引きよせた。キスするつもりだわ。逃げなければ。彼に背を向けて駆け出すのよ。でも彼に触れられると、とても心地がよくて……それに彼はとても……。

彼はキスをした。唇が触れ合った瞬間、生のままの欲望がわき上がってさまざまな思いをなにもかも圧倒し、コンスタンスは抵抗する気持ちを失った。

まだキスを続けたまま、彼が体をさらに引きよせ、みずからもコンスタンスに身を寄せた。彼の片手はコンスタンスにまわされ、もう片方の手はわきをたどって上へと上がるとコンスタンスの胸を包み込んだ。

こんなことをしてはいけないわ。彼を止めなければ。でも……とても快い。彼の親指が胸の頂を撫《な》でると、コンスタンスは脚が水に変わったような心地がして、彼と唇を重ねたままうめいた。

彼はゆっくりとキスをやめたが、腕はコンスタンスを抱きしめたままだった。コンスタンスが目を開けると、彼はこちらを見つめていた。その目は欲望に色の濃さを増し、切迫した光が浮かんでいる。

「ひと月は待ち遠しく思える」

まるで外の嵐が部屋の中に入ってきて、コンスタンスの顔に雨を浴びせたようだった。メリックがウィリアム卿の息子であること以外、わたしは彼のなにを知っているというの？　彼はさまざまな約束や宣言をしたけれど、わたしを妻にして持参金を手に入れたら、どの約束も宣言もすべて意味のないものになってしまうかもしれないのよ。

わたしはなんと愚かなの！　なんと弱くて愚かなの！

コンスタンスが彼の手を振りほどき、よろめきながらうしろへ下がっても、メリックは引きとめようとはしなかった。「いいと言わないかぎり、わたしに触れない約束だったはずよ」

「いい気分ではなかったのか？　わたしにそこまで嫌悪感をいだいているのか？」

「そうよ！　いえ、ちがうわ！」コンスタンスは懸命に気を落ち着かせ、彼から嫌われるようになる計画を思い出そうとした。「結婚すれば、お好きなようにわたしにキスをしていいわ。でも、それまでは――」

「それまではきみがわたしの中にかき立てる欲求を無視せよというのか？　わたしは欲望などなにも感じていないふりをしなければならないのか？　きみが嫌いだというふりを」

「わたしはあなたから敬意をもって扱われたいの」

メリックは両腕を広げた。「わたしはきみを尊敬している。美しいばかりでなく、有能であり思いやりのあるきみをすばらしいと思っている。アラン・ド・ヴェルン、ルアン、守備隊長、使用人――だれもがきみのことをとてもあがめて話している」

コンスタンスはぐっと唾《つば》をのみ込み、なんとしても怒りを保とうとした。「それなら、どうかわたしの望みを尊んで、わたしにキスをなさらないで。それとも、トリゲリスにいる名うての女たらしはサー・ヘンリーだけではないのかしら？」

メリックの濃い茶色の眉が逆立った。それはまるで地平線の彼方《かなた》に雷雲が現れるのを見ているかのようだった。コンスタンスは内心よかったと思った。こうなってもらいたかったのだ。こうなってもらわなければならなかったのだ。

「きみにキスするとき、わたしには下心があるというのか？」

「わたしにキスするときのあなたがなにを求めているのか、わたしにはわからないわ。わたしはあなたのことを知らないんですもの」

彼が腰に両手を当ててコンスタンスをにらんだ。濃い色の目には激しい怒りが浮かび、唇は細く引き結ばれている。「そう、きみは知らない。それに身勝手に誘惑したとわたしを非難することもない。これまでわたしと関係のあった女性はすべてむこうから近づいてきて、一夜かぎりの遊びだと割りきっていた」

「なんと寛大な方かしら」

「ヘンリーのようであってもらいたいのかな？　おせ辞や甘ったるいだけのことばを口にしたほうがいいのだろうか？　やさしいだけで中身などなにもないことばをささやいたほうが」

「わたしにキスするのをやめていただきたいの。わたしはまだあなたの妻ではないわ」

一瞬彼が目をみはったかと思うと、表情を変えた。まるで炎が吹き消されたようだ。コンスタンスは彼の中の怒りの嵐が通りすぎたのを知った。「そうだ、そのとおりだった」彼はつぶやき、ふさふさとした長い髪をかき上げた。

あと少しで自由の身になれる。そう思うと、コンスタンスはここでやめるわけにはいかなかった。もう一度彼の激しい怒りをあおらなければならない。

「サー・ヘンリーとサー・ラヌルフに、ベアトリスに近づくなと命じていただけないかしら」


コンスタンスの口調は苛立《いらだ》っていたが、メリックの目にその苛立ちに応じる光はなにも表れなかった。

「ふたりとも高潔な騎士だ。ベアトリスに触れることも危害を加えることもない」彼は冷静に答え、コンスタンスとのあいだに障害を設けるようにテーブルのむこうへ移動した。「わたしはあのふたりに全幅の信頼を置いている」

「わたしはそうではないわ。サー・ヘンリーはまわりにどんな迷惑をかけようと、自分のやりたいことにしか興味がないようだし、サー・ラヌルフはほしいものは必ず手に入れる人柄に思えるわ。わたしの愛する者が危害を受けるのはまっぴらなの！」

「お互いを理解し合うことにしよう」メリックが相変わらず冷静な口調で言った。彼はまったく落ち着き払ったようすで腕を組んだ。「わたしは友人を全面的に信頼している。そうでなければ、友人とは呼べない。同じように自分の妻も信頼したいものだ」

「それがむりだったなら?」

彼のまなざしはゆるがなかった。そして厳しく、容赦がない。「その場合は妻にしない」

外では雨が石の壁を叩き、風がうなっていた。執務室の中では空気そのものが期待に震えているように思えた。

自由に手が届くところまで来ている。あとは、わたしは貞淑な妻にならないと彼に告げればいいだけ。結婚の誓いを守らないと。すでに生娘ではないと告げたってかまわない。あとは嘘をつき、こう言えばいいだけ。わたしはあなたに汚名をもたらすわ、と。そしてわたし自身にも。

だから、なぜためらうの? 自分の名誉か自由か。なぜどちらかを選んで、終わりにしてしまわないの?

それは、彼に自分が娼婦《しょうふ》同然の女であるとは言えないから。

「わたしはわたしの妻になりたくない女性とは結婚しない」彼がテーブルをまわってやってくると、そっと言った。「わたしの決意が気に障ったなら、あるいはほかに好きな男がいるなら、いまそう言ってくれないか。婚約を解消するから」

おそらく彼はそうするだろう。でもその代償は?

「わたしが結婚を拒んだ場合、違約金としてなにをお求めなの? わたしの持参金?」

彼の顔を驚きの表情がよぎった。「なにも。きみにはなにも求めない」

彼がそこまで寛容になれるとは思えない。なにも償いを求めずにわたしを自由の身にしてくれるとは。

「そうだとすれば、あなたは十五年前にトリゲリスをあとにした少年とはちがうわ」

「そう。ちがう」

わたしを自由の身にしてと言うのよ。内心の声がコンスタンスを促す。

ことばが出てこようとしない。

これだけ長いあいだ、自分がどうしたいかはっきりわかっていたというのに、いまの彼は昔のわがままな男の子とはまるでちがっているように思える。彼は本当に高潔な騎士なのかもしれない。正しい領主、尊敬できる人間、さらには時間をかければ愛しうる男性なのかもしれない。たしかに彼はわたしの欲望をかき立てたのだから。これまでそんな男性はひとりもいなかった。

でも彼は信頼できるのだろうか。見るからに誠実そうではあるけれど、彼がわたしを――わたしと持参金と家系を――これほど簡単に手放すと本当に信じていいのだろうか。

信じられない。少なくともいまはまだ。

「どうする、コンスタンス？　わたしの妻になってくれるのか、くれないのか。なんらかの返事をしてもらわなければならない」

なんらかの返事でいいのなら、あげるわ。「いくら女性を誘惑するのがお得意のあなたでも」コンスタンスは言った。「わたしが決心するにはもうしばらく時間が必要よ」

それだけ言うと、コンスタンスは部屋を出た。そして五月一日が来るまでなんとしても彼のそばには近づかないよう努めた。

4

五月祭の日の朝、コンスタンスは村の草地の隅に設けられた壇にメリックと並んで立った。

草地の中央にはあざやかなリボンや野の花を飾った五月柱《メイポール》が立っており、それを囲んでトリゲリスの村人や領地の小作人、それに非番の守備兵が集まっている。草地のむこうの隅には軽業師をはじめ大道芸人がいて、屈伸運動をしたり道具の準備をしながら、トリゲリス領主が五月の女王を発表するのを待っている。

カレル卿《きょう》、アルジャーノン卿、ヘンリー、ラヌルフ、ベアトリスはメリック、コンスタンスとともに壇上にいて、人々のはしゃいだ気分は少なくともベアトリスとヘンリーには伝わっていた。ベアトリスはうれしそうに目を輝かせ、ヘンリーは城からここまで来るあいだじゅう冗談を連発していた。カレル卿とアルジャーノン卿はこの場にふさわしく貴族らしい威厳をもって立っており、一方ラヌルフは冷笑を浮かべながら祭りのようすを眺めている。

「どれがアニスだ？」

五月にしては天気がよくて暖かく、コンスタンスは片手で自分をあおぎながらメリックの問いかけに答えた。「蝋燭《ろうそく》屋の屋台のそばにいる娘がそうよ」

「その娘の手を取っている若者がエリックか」

「ええ」

「メリック、さっさと発表に移って、五月の女王はレディ・コンスタンスだと宣言したらどうなんだ？」ヘンリーがそばに来て言った。「こう暑くては、すでにわたしなど干からびてしまったぞ」

「自分の許婚《いいなずけ》を五月の女王に選びたいのはやまや

まだが、平和のためにはほかの娘を選ぶべきだと教わった」メリックがヘンリーに言った。

ヘンリーが一瞬驚きで目をみはったあと、肩をすくめた。「それなら、ベアトリスはどうかな。とても別嬪《べっぴん》だ」

ベアトリスが赤くなり、くすくす笑いはじめた。

「だめだ」メリックがぶっきらぼうに答えた。

ベアトリスが口をぽかんと開けた。

「村人から選んだほうがみんなが喜ぶわ」がっかりしたベアトリスとヘンリーにコンスタンスは言った。

それから慰めるようにベアトリスに微笑《ほほえ》みかけた。

「みんなから注目してもらえるからといって、村の娘をうらやんではだめよ。いつかあなたはイングランドじゅうからお客さまを迎えて、祝宴やダンスや音楽のある立派な婚礼を挙げるわ。そのときのあなたは五月の女王とは比べものにならないほど目立つのよ」

ベアトリスが顔を輝かせた。「お従姉《ねえ》さまもそうね」

幸いそのときメリックが話しかけ、コンスタンスは答えずにすんだ。「コンスタンスはアニスがいちばんいいだろうと言っている。だから五月の女王はアニスだ」メリックは静かな力をこめて言った。

それから彼はふいにコンスタンスの手を取った。おそらく村人全員からコンスタンスは彼の妻になりたがっていると受けとられるしぐさだった。

あいにく彼はコンスタンスの手を固く握っているので、振りほどくことができない。コンスタンスは手を握られたままでいるしかなかった。

「トリゲリスの善良なる民よ」メリックが呼びかけた。うなるように力強いその声は暖かな春風に運ばれ、よく通った。「本日は五月の女王を選ぶことを誉れに思う。レディ・コンスタンスと相談したのち、わたしは決定を下した。今年の五月の女王は蝋燭屋の娘アニスだ」集まった人々から喝采《かっさい》とうれしそうなざわめきが起こり、コンスタンスは少しほっとした。自分の選択は期待したとおり村人たちにうまく受け入れられたのだ。

メリックも喜んでいるらしく、コンスタンスのほうを見て、握った手に力をこめた。手を取られていることがなにを意味するかを考えれば、コンスタンスは不快に思うはずだった。なのに、不快ではない。コンスタンスは、固く手を握られていることは所有をも意味するのだろうかと考えた。

エリックがチュニックの結びひもがはじけそうなほど誇らしげに、またうやうやしく、顔を赤らめているアニスを壇まで連れてきた。ふたりが来ると、メリックは飾りのない銀の指輪をおごそかに差し出した。これはコンスタンスも予期していないことだった。コンスタンスがこの賞品のことをどうとらえていいのかわからないでいるうちに、アニスがおずおずと指輪を受けとり、大きな緑の瞳でメリックの濃い茶色の目を見つめた。

「つけてごらん」ヘンリーが陽気に言った。「領主さまはかみついたりなどしないぞ。もっともかみついてほしいなら、話はべつだが」

コンスタンスはぞっとして息がとまりそうになった。アニスが青くなり、エリックは目をむいた。メリックがヘンリーをにらみつけた。

ヘンリーはばつが悪そうに微笑んだ。「すまない。その、つい忘れてしまったんだ。自分が、その……」

「ばかだということをか?」メリックがやり込めた。彼はすぐさまアニスに向き直った。「怖がることはない、アニス」低い彼の声には心をなごませる響きがあった。「おまえの操はわたしからも――」彼はいま一度ヘンリーに鋭い視線を向けた。「わたしの友人や家臣からも安全だ」

彼は声を張り上げた。

「トリゲリスの領民すべてに知ってもらいたい。おまえたちの妻や娘は少しもわたしを恐れることはない。領主として、わたしは領民の女性の操を守る。奪うのではない。もしもわたしの家来が妻や娘に危害をあたえるようなことがあれば、わたしに知らせてほしい。知らせれば、さらに災難が降りかかるのではなどと心配する必要はない。おまえたちが法を守っているかぎり、わたしは全力を尽くして領民に対する自分の務めを果たすと約束する。そしてみながわたしに対する務めを果たしてくれることを期待する」彼はふたたびコンスタンスの手を取った。

「わたしを導いてくれる高貴な婦人たる妻がいれば、わたしは父とはちがい、正義と慈悲とをもってトリゲリスを治められると考える」

群集からどっと喝采が起き、そのあいだにコンスタンスは彼の手から自分の手を引き抜いた。彼はまるでわたしが賛同したかのように話している。わたしを自由にすると言った彼のことばが嘘《うそ》だとでもいうように。

怒りがこみ上げるなか、コンスタンスは意志が弱く、肉欲に惑わされた愚か者だと自分を罵《のの》った。彼に触れられ、キスされただけで欲望をかき立てられるなら、自分の恐れていることを忘れてはならない。彼はその憎むべき父親とそっくり同じになるはずだということを。

メリックがヘンリーのほうを向いた。ヘンリーはベアトリスになにやらささやいて、くすくす笑わせていた。

「話がある、ヘンリー」メリックの口調には考えごとの最中だったコンスタンスですら身震いするものがあった。

ところがヘンリーはくるりと目をまわしてみただけだ。「やれやれ、メリック、つい口がすべってしまっただけじゃないか」

「きみはそう言うが、いったいいつになったら話す前に考えるすべが身につくんだ？　きみの軽率な冗談がわたしにはのっぴきならない大問題となりかねないんだぞ」

「しかし、そうはならなかったじゃないか」ヘンリーはあごをしゃくって群集を示した。

何人かの村人がアニスとエリックを囲み、指輪を褒めている。娘がふたり、つややかな髪をしたアニスの頭にのせた花輪を安定させようとしており、花輪が最初は右へ、つぎには左に落ちたのを見て笑い声をあげた。ほかの村人たちはすでに居酒屋に移動し、居酒屋の外には大道芸がよく見えるよう、店主の手でテーブルとベンチが据えられている。数組の男女がメイポールのそばで輪になって踊りはじめており、子供たちも期待に満ちたようすでそこに集まり、催し物が始まるのを待っている。口のまわりになにやらくっつけているところを見ると、その多くはすでに菓子やごちそうを食べているらしい。

ヘンリーが援軍を求めてベアトリスとコンスタンスのほうを向いた。「そんなにひどくなかったよね？」

予想にたがわず、ベアトリスは微笑んでうなずいた。しかし、コンスタンスはうなずく気にはなれなかった。「トリゲリスの女性たちはこれまで領主を恐れていて、それには当然の根拠があったの。あなたの冗談を聞いて、みんながあの恐ろしい日々はまだ終わっていないのだと思ってもおかしくなかったのよ」

「わたしは領民の信頼を得なければならないんだ、ヘンリー」メリックが言った。「だれにもそれをじゃまさせるわけにはいかない」

「もちろんそれはわかって――」

「いや、わかっているとは思えない。トリゲリスを治め、家族が安全であるためにわたしが乗り越えなければならない不信と憎悪の大きさも」

「メリックの言うとおりだ」ヘンリーより先にラヌルフが言った。「ほんの二言三言、ことばの使い方を誤っただけで戦争が起きた例もある」

「とすると、わたしはトリゲリスを去ったほうがいいのかもしれないな」ヘンリーは見るからに苛立《いらだ》っている。

「あら、そんなことはないわ！」ベアトリスが声をあげ、すがるようにコンスタンスとメリックを見た。「ヘンリーは悪気があって言ったんじゃないわ。これまでとてもいい友だち同士で来たおふたりなのに、こんな小さなことで友情にひびが入るなんて」ベアトリスは草地を示した。「ほら、まずいことはなにも起きていないわ。みんな楽しそうだし、うれしそうですもの。礼節をもってふるまうかぎり――サー・ヘンリーもきっとそうなさると思うけれど、ここを出ていかなくともいいでしょう？　これからはもっと気をつけて行動します。そうでしょう、サー・ヘンリー？」

コンスタンスはカレル卿をちらりと見て、ベアトリスが不埒《ふらち》でハンサムな若い騎士を弁護するのを彼がけげんに思っているのに気づいた。

「許してもらいたい、メリック」ヘンリーが後悔したようすで言った。「いまから二日間の断食をしたあと、修道士のようにまじめになると約束しよう」

「では滞在してかまわない。ただし、ことばには気をつけることだ」

ヘンリーが胸に手を当てて頭を下げた。「もしもわたしが問題を起こしそうなことを口にしたら、追い出してかまわない」

「覚えておこう」

ヘンリーは赤くなりながら微笑んだ。だが、その目はさほど愉快そうではなかった。

ラヌルフがヘンリーの肩に手を置いた。「エールでも飲みながらダンスの見物をするとしよう」

「おいで、ベアトリス」ふたりの騎士がむこうへ行きかけると、カレル卿が言った。

そのときなにを考えていたにせよ、ベアトリスはおとなしく父親に従い、壇を下りていった。アルジャーノン卿がお辞儀をしてカレル卿父娘《おやこ》のあとを急ぎ足で追いかけた。壇上にはコンスタンスとメリックだけが残った。

「ピーダーに会いたいのだが」メリックが言い、コンスタンスは驚くと同時にくやしく思った。メリックとは別行動をとりたかったのに。

「集まった人々の中にピーダーはいなかったわ」コンスタンスはそう答えた。

メリックが鍛冶《かじ》屋のほうをあごでしゃくった。

「あの店の外に座っているのはピーダーでは?」

あいにくそれは当たっており、コンスタンスはうなずくしかなかった。「ええ。でも、わたしがいっしょしなくても――」

「いっしょに来てもらいたい」

彼のことばには有無を言わさぬところがあり、コンスタンスは無言で彼を鍛冶屋へと案内した。通り道にいる者はだれでもすぐ道を空けてくれたので、容易に進めた。

ピーダーは年のわりに視力がずば抜けてよく、メリックとコンスタンスが自分のほうへやってくるのにすぐ気がついたが、なんの動きも見せなかった。ふたりが着くと、ようやく彼も立ち上がり、コンスタンスに笑いかけてお辞儀をした。「お嬢さま」それから表情をこわばらせてメリックに頭を下げた。

「領主さま」

「座ってくれ」コンスタンスがピーダーを紹介すると、メリックはコーンウォール語で言った。

ピーダーがコンスタンスと驚いた表情で顔を見合

わせたあと、彼のことばに従った。

「生まれて十年間をこの地ですごしたんだ」ふたりの無言の問いに答えてメリックが言った。「わたしがコーンウォール語を話すからといって、さほど意外ではないはずだが」

「もう十五年になるんですよ」ピーダーが言った。なにか策略があるのではと疑っているような口調だ。

「コーンウォール語で祈りを捧《ささ》げることにして練習した」メリックが言った。「しかしそんな話をしに来たのではない、ピーダー。わたしの見たところ、レディ・コンスタンスは村人に関する情報をおまえから得ているようだ」

コンスタンスはむっとしつつ、当惑気味に彼を見つめた。どうして彼はそんなとんでもない結論に達したの？　わたしは一度も彼にそんなことを言った覚えはないし、村人たちの信用を裏切るつもりもないのに。

「レディ・コンスタンスはまだ小さな娘のころからわしと友だち同士ですぞ」ピーダーは嘲《あざけ》るように答えた。「レディ・コンスタンスもわしも告げ口をするようなことはしません」

「侮辱するつもりではないんだ」メリックがコンスタンスをちらりと見てからピーダーに言った。

彼はわたしに対しても無礼なことを言ったと気がついているのかしら。そもそもわたしに無礼なことを言ったかどうか、気にしているのかしら。

「どうすれば領民をよく治められるか、そのための手本があれば、どんなものでもありがたい」メリックが言った。「生まれたときからこの地にずっと住んでいて、みんなから尊敬されている人物から教えてもらえれば」

これは心からそう望んでのことばなのだろうか。それとも彼はピーダーをおだてて協力させようとしているのだろうか。でもピーダーがどう答えるかがとても気にかかるとでもいうように、メリックは肩を緊張させている。おだてるつもりなら、この緊張はそぐわない。

ピーダーがメリックを見つめた。その顔には恐れも好意も表れてはいなかった。やがてピーダーが答えたとき、コンスタンスはその声に誇りを感じとった。「大領主であれば、領民が本当のところはなにを考えているのか、それを知るのはむずかしいでしょうな。領主に聞いてもらいたいことしか言わないやつが多すぎる」

「権力を持った人間には信頼するに足る助言者が必要だ」メリックが相変わらず体を緊張させたままうなずいた。

彼は妻の助言にも耳を傾けるのかしら。それとも許婚の意見を聞こうとするのは、結婚する前だけなのかしら。

「わしに助言させようというんですかね?」そうではないだろうという気持ちもあらわにピーダーが尋ねた。

メリックが顔をしかめた。が、コンスタンスには彼の目に表れたのは怒りではなく落胆に思えた。

「わたしは自分が幼かったころのおまえを覚えている。まわりから立派な人間だと見なされていた。立派な人間の協力を得られればと思ったんだ」

ピーダーが長年にわたって採掘した錫《すず》のかなりな量を密売してきたことが、どうかメリックに見つかりませんように。コンスタンスはそう祈った。

「願わくば、いついつまでも立派な人間でいたいと思っていますよ。こんな厄介なご時世でもできるだけ立派なね」ピーダーはそう言ったあと険しい表情を浮かべた。「しかし、友人たちをこっそり見張るような真似《まね》はごめんです」

メリックは心底驚いたようだった。「わたしはそんなことをしてくれと頼んではいない」

ではなにを頼んだのだろう。

「さっきも言ったように、わたしは昔のおまえを覚えている」メリックが先を続けた。「できるものなら、協力してもらいたい。協力が得られる得られないにかかわらず、わたしはおまえに力を貸したい」メリックは片膝をつき、ピーダーの顔をまともに見つめた。そのまなざしは……なにを求めているのだろう。理解だろうか。同意だろうか。「ピーダー、わたしの父はおまえの娘にひどい悪事を働き、おまえの家族に大きな被害をあたえた。わたしはおまえが家族を失ったことを心から申し訳なく思う。なにをもってしてもおまえの娘とその息子の代わりになるはずもないが、気持ちよく暮らすために必要なものがあったら、どのようなものでもコンスタンスかわたしに知らせてほしい。わたしが用意しよう」

許しだろうか。彼は許しを求めてピーダーの老いた顔を見つめているのだろうか。

それは得られない。

ピーダーが怒りに眉間《みけん》にしわを寄せてメリックをにらんだ。「そんなものではあんたの父親がやったことの償いにはならん」

メリックの顔に失意が表れて消えた。彼は立ち上がった。「それでもなお、わたしの申し出は有効だ」

彼がそう言ったとき、草地のほうから大きな歓声が聞こえてきて、三人はそちらに目をやった。

「どうやらメイポールのまわりでダンスが始まるようだ」メリックがコンスタンスを見た。「きみも加わることになっていたのではないかな」

「レディ・コンスタンスは前と同じようにわしと行き来してかまわないのかね？」ピーダーが尋ねた。

メリックがうなずいた。「もちろんだ。禁じる理由などどこにもない。父の生前、レディ・コンスタンスにこのような友人がいたことをわたしはありがたく思っている」

ピーダーが立ち上がった。「では、わしがレディ・コンスタンスをダンスにお連れしよう」

メリックがうなずいた。「それはいい。わたしはサー・ラヌルフと球技場の境界線を決めなければならない」

ピーダーはコンスタンスに片目をつぶってみせた。とはいえ、トリゲリス領主であるメリックに向けた表情は貴族に対して示すべき敬意を浮かべたものだった。「それでは」

「それでは、ピーダー」そう答えたあと、メリックはサー・ラヌルフとサー・ヘンリーが話とエールにどっぷり浸っている居酒屋に向かった。

「あの悪魔の父親にしてこの息子だな」去っていくメリックを見つめてピーダーがつぶやいた。「尊大なやつめ。端整なのも父親似だが、たぶん罰当たりなところも似ているんだろう」彼は突然射るような視線をコンスタンスにちらりと向けた。「あんまり自分の思ったままをずけずけと口に出してはいけなかったかな」

ピーダーが邪《よこしま》ウィリアムの息子を嫌悪していること、また彼がどうせメリックも不道徳な男だろうと思い込んでいることは責められない。コンスタンス自身、メリックの品性を疑っているのだ。彼の父親とその悪行の数々を思い返せば、どうして疑わずにいられるだろう。しかしそれでも、メリックはトリゲリスに到着して以来、好色漢のようなふるまいはしていない。彼が男女の関係を持とうとした相手は、コンスタンスの知るかぎり――耳に入る情報も含めて、コンスタンス自身のみなのだ。「メリック卿は女性には危害を加えないとわたしに約束なさったわ」

ピーダーが眉根を寄せた。「それが信用できるというのかね」

コンスタンスはきみを尊敬し、トリゲリスの女性たちを守ると誓ったときの彼の口調とその目の真剣な表情を思った。「ええ。少なくともそう思いたいわ。それにこれまでのところ、そうではないと思わせるようなことを彼はなにもしていないの。もしかしたら、小さいときにこの地を離れたからかもしれないわね。たぶんサー・レオナードができるだけお父さまより立派な人間になるよう教育なさったのではないかしら」

「あんな悪童はおとなになってもあのまんまだ。わしくらいの年になればよくわかる」ふたりでメイポールのほうへ向かいながら、ピーダーが言った。「十五年前にトリゲリスを去ったメリックがそのままおとなになったのなら、結婚してはいかんです。さもないとお嬢さまは不幸になる。メリックの父親が哀れな奥方を不幸にしたように。メリックの母親はやさしい人で、夫の人柄を変えられると思ったんだ。でもすぐに、それはむりだとわかった。メリックを産むと同時に亡くなったときは、神のご慈悲だとみんな思ったもんだ」ピーダーはしばらく黙り込み、やがて口を開いたとき、その声には感情が色濃く表れていた。「お嬢さまは知っていなさるでしょう。メリックの父親がわしの娘のタムシンになにをしたか。そしてタムシンがどうなったかを。体を汚され、絶望し、そして……」

「ええ、ピーダー、覚えているわ」コンスタンスはそっと答え、ピーダーの腕をゆすった。「よく気をつけると約束するわ。それから、ピーダー、ちょうどいい機会だから、もうひとつあなたに言わなければならないことがあるの。メリック卿は密売を禁じた国王の法を断固として支持するおつもりらしいわ。当分密売はやめて、きちんと税金を納めるべきよ」

「え？　ノルマン人の国王にその金を全部やれと？」

「メリック卿はウィリアム卿のように残酷で悪意の

ある人ではないかもしれないわ。でもそれがはっきりするまでは、気をつけたほうがいいと思うの。あなたの収入が減ることになるのはよくわかるけれど、命を奪われるよりはましでしょう？」

「税金は不当だ」

「だからこそアラン・ド・ヴェルンとわたしは見て見ぬふりをしようとしているのよ。たぶんそのうちメリック卿も理解してくださるようになるわ。でもそれまでは、密売を続けていてはあなたの身が心配なの。お願いよ、ピーダー、わたしのためにやめて。わたしにとっては祖父同様のあなたにもしもなにかあったら……」

ピーダーはそのしっかりとした茶色の目に愛情をこめてコンスタンスを見つめた。「お嬢さまはわしにとっては孫のように大切な存在だ」彼は真剣な目つきになり、声を落とした。コンスタンスは耳をそばだてなければならなかった。「逃げなきゃいかんです、お嬢さま。あのメリックからできるだけ早く、できるだけ遠くへお逃げなさい」

「それはわたしも考えたのよ、ピーダー」コンスタンスも小声で答えた。「でもどうすればいいの？どこへ逃げて、どうやって暮らせばいいの？」

「お嬢さまを家族のように慕っている者はわしだけじゃない。いくたびあの老領主が逆上したときにお嬢さまがなだめたか、みんな知っています。お嬢さまのおかげで何人の男の命が救われ、何人の女の貞操が守られたことか。逃げたくなったら、わしのところにおいでなさい。わしらが手助けをして、お嬢さまを安全に守ります」

この申し出をありがたく思ったものの、コンスタンスは安堵《あんど》もうれしさもなんら感じなかった。逃げ出したとしても、遠くまで行かなければ安全だという気はしないにちがいない。見知らぬ土地で見知らぬ人々に囲まれ、ひとりぼっちで暮らさなければならない。それにお金もないだろう。ただでさえ貧しい村人たちから多額のお金をもらうわけにはいかない。

たったいまは、逃亡するのはここにいるよりもずっと孤独で恐ろしく思える。

それでもピーダーがどれだけ心配してくれているかを知り、コンスタンスは感謝をこめて微笑みかけた。「約束するわ、ピーダー。逃げ出そうと決めたら、まっすぐあなたのところに行くわ」

「早く、お従姉さま。早く行かないと試合が終わってしまうわ！」しばらくのち、ベアトリスがうきうきした声でコンスタンスを川辺の牧草地へと急《せ》かせた。

「まだまだ時間はあると思うわ」コンスタンスはしぶしぶ従妹《いとこ》についていった。ひどい結末になるのではないかと心配しているのに、そんな試合を応援する気になど少しもなれない。

粉挽《こなひ》き所にさしかかったころには、やはり試合は大失敗に終わったのだと覚悟した。すでに暴動が始まったのではと思えるような騒ぎ声が聞こえてくる。コンスタンスはスカートをたくし上げて駆け出した。

「待って！　わたしを置いていかないで！」ベアトリスもあとを追ってくる。

「城に戻りなさい」コンスタンスは肩越しに言った。ベアトリスを暴動に巻き込むわけには――。

暴動ではなく、人々が興奮して大声援を送っているだけ？

粉挽き所をまわったコンスタンスの目に入ってきたのはそれだった。牧草地の北側の端に村人が集まり、球技場を駆けまわる村の男たちを大声で応援している。試合に出場していない非番の兵士が反対側の端に群がり、同じように味方の選手を褒めたり助言を送ったりしている。

コンスタンスは息を切らしつつ立ちどまった。暴動が起きたのではないのにはもちろんほっとしたが、それでもなお、人と人がぶつかっただけで大混乱が起きかねない。

ベアトリスが追いついて足を止め、息をあえがせて言った。「なにも走らなくてよかったのに」

「応援を誤解してしまったのよ」コンスタンスは白状した。「けんかが始まったと思ってしまったの」

「まあ」ベアトリスはつぶやくように答えた。いまやすっかり試合に気を取られている。

いや、少なくとも半裸の選手たちに。コンスタンスはそう気がつき、少しどきりとした。選手の群れはたしかに半裸の姿で、汗をかいている。

コンスタンスは庇護《ひご》された子供ではまったくないし、ベアトリスもそれは同様だ。半裸の男たちならこれまでにも目にしたことがあるし、暑い夏の日にはもっとはだかに近い男たちが野良仕事にいそしんでいるのを見たこともある。それにもかかわらず、いま目の前にある光景にはどぎまぎさせられるところがあった。

「だれもけがをしなければいいのだけれど」コンスタンスは試合運びに関心を持とうとした。

ベアトリスが自信たっぷりに微笑んだ。「みんな気をつけていると思うわ。だって守備隊はメリックを怒らせたくないんですもの。だれかけがをすれば、メリックにとっては損失でしょう？　それに村人たちも兵士をけがさせてはならないと思っているわ。なぜならやはりメリックを怒らせたくないから」

たしかにそれは当たっていそうだわ。コンスタンスはそう思い、いくぶんほっとした。それから内心首をかしげた。どうしてわたしはそのことが頭に浮かばなかったのかしら。ほかのことに気を取られていたせいだわ……。

「メリックも試合に参加しているのでは？」ベアトリ

リスが指さして言った。

そんなはずはないわ。コンスタンスはそう思いながら従妹の視線をたどった。ところがコンスタンスの目がどうかしたのでないかぎり、選手の群れの先頭に立ち、濃い色の髪を旗のようになびかせてボールを追っているのは、まさしくトリゲリス領主だった。激しく動かしているたくましい腕や長くて優美な脚の運びは荒野を駆けまわる牡鹿《おじか》を思わせる。

コンスタンスはわが目を疑った。でも彼のあとから肩を並べて走っているのはサー・ヘンリーとサー・ラヌルフでは?「まあ」コンスタンスは領主がこのような試合に参加していることにも、自分の許婚がそれはみごとな肉体の持ち主であることにもひたすら驚いた。

「見て! あれはサー・ヘンリーよ!」ベアトリスが歓声をあげ、はしゃいでぴょんぴょん飛び上がった。「ボールを取ったわ!」

ヘンリーが器用にそのボールをメリックに返し、メリックは敏捷《びんしょう》に足を動かしてすぐ前にボールを保ちながら、ゴールに向かって突進していく。

どちらが勝っているのだろう。守備隊チームも村人チームもそれぞれたいへんな声援を受け、どちらが優勢かを判断するのはむずかしい。コンスタンスは兵士たちの中に守備隊長のタレックを見つけ、ベアトリスの服の袖《そで》をつかむと、まわりにいる人々をかき分けて彼のところに向かった。人々は試合の応援に夢中で、自分を押しのけているのがだれなのか、コンスタンスが通りすぎるまで気がつかない。

コンスタンスはこちらを向かせようとタレックの腕を軽く叩《たた》き、声援に消えないよう声を張り上げた。

「どちらが勝っているの?」

「互角ですよ」中年の守備隊長も大声で答えた。「しかしわれわれにはメリック卿がいらっしゃいますからね。勝つのはこちらでしょう。こんなすばらしい――」

観客のあいだに大きなどよめきが起き、守備隊長のことばはかき消されてしまった。メリックがなにかにつまずいて転びそうになりながら、流れるような動きで身をよじって体勢を立て直したのだ。それから彼はまるでその一瞬のつまずきで拍車がかかったとでもいうように、走る速度を増した。

彼は地面に二本の棒を刺したゴールのすぐそばまで来ていた。兵士たちはしゃがれた叫び声でやりとりを交わしている。村人たちは村チームの選手に向かってわめき、中にはがっかりしてうめいているのもいる。

コンスタンスは人々の興奮に巻き込まれまいとした。なんといっても自分はレディなのだから、慎みと威厳をもってふるまわなければならない。それにこれは球技にすぎないのだ。けんかさえ起きなければ、どちらが勝ってもかまわない。

メリックがゴール寸前のところにいる……。

鍛冶屋の息子が突進してきて、メリックからボールを奪った。村人たちが大声を張り上げ、口々に選手を駆り立てる。兵士たちは仰天するほどさまざまなことばで悪態をついた。

鍛冶屋の息子エリックはボールを父親に渡した。

そして父親はそのボールを――。

ラヌルフがすばやい動きでそれを妨害し、ボールをメリックに向けて蹴《け》った。がっしりとした胸を大きく上下させながら、メリックはふたたびゴールをめざして駆け出した。今度はヘンリーとラヌルフは彼の両側を守っている。

日差しを受けたメリックの胸は汗で油を塗ったように輝いている。膝丈のズボン《ブリーチズ》はウエストのあたりが汗に濡《ぬ》れ、たくましい腿にぴったり張りついている。

声援とけなし合いがさらに増し――メリックが点

を入れた！

「やったわ！」コンスタンスは声をあげて飛び跳ねた。そしてあわてて口に手を当てた。こんなはしたないことをしていいの？

いっしょにいるのをすっかり忘れていたが、ベアトリスは自分がどう見えようと少しも気にならないらしく、うれしそうに小躍りしている。「やっぱり勝ったわ！　思ったとおりよ！」ベアトリスは手を叩いて言った。

ふたりのそばを、タレックを先頭に兵士たちが通りすぎて球技場になだれ込んでいく。コンスタンスは冷静でいようとした。「ええ、そうね。たしかにおもしろい試合だったわ」視線をエリックをはじめとする選手を取り囲んでいる村人たちに向けたまま、コンスタンスは言った。まだ問題が起きないとはかぎらない。

ベアトリスが飛び跳ねるのをやめた。「おもしろい？　最高にすばらしい試合だったわ！　メリックの足の速いことといったら！　あんなに速く走れるなんて、だれが想像したかしら」

「そうね」コンスタンスがつぶやくうちにも、歩兵たちがメリックを取り囲んだ。兵士のひとりがにこにこ笑いながら渡したとてつもなく大きな器からメリックがエールとおぼしきものをごくごくと飲んだ。

彼の父ウィリアム卿は自分の周囲三メートル以内に兵士を近づけようとはしなかったものだった。

そのあとメリックはさらに驚くべきことを行った。村人たちのチームへ行き、よくがんばったと奮闘を讃《たた》えたのだ。彼のあとには兵士が従い、笑い声をあげたり、なごやかに自慢をしたりしている。それは誇らしげで楽しげな村人たちも同じだ。

メリックが自分の兵士について、また兵士の気持ちや態度についてコンスタンスよりよく知っているのは明らかだ。それに彼は父親のウィリアム卿と比べて、家臣や領民と交わることにはるかに積極的でもある。トリゲリスの新しい領主はどのような人柄なのだろう。彼の父親や、これほど長いあいだコンスタンスが嫌ってきた少年時代のメリックとはまるでちがうということがありうるのだろうか。

「いらっしゃい、ベアトリス」コンスタンスはベアトリスに声をかけ、はしゃいでいる兵士や村人の群れにのみ込まれないうちにむこうへ行くことにした。

「これ以上ここにいる必要はないわ」

「メリックにおめでとうを言いたくないの？」

「それは必要ないのではないかしら」

ベアトリスが眉を曇らせた。「メリックのことは好きなんでしょう？」

「ええ」自分の返事が嘘なのか本当なのかわからないまま、コンスタンスは答えた。

ベアトリスがなにか人に聞かれては困ることを打ち明けるように、コンスタンスのほうへ体を寄せ、声を落としてささやいた。「夫を選ぶ際に、年齢や容姿が家系や財産ほど大事でないことはわたしも知っているけれど、彼がハンサムなのは本当に幸運よ、お従姉さま。だって、たとえば……たとえばルアンみたいな人と愛を交わしたいと思う？　いいわね、初夜が楽しみにできて！」

兵士の群れのまんなかからメリックの厳しく命じる声があがった。「通してくれ」

いまの言い方は邪ウィリアム卿そっくりだわ。コンスタンスは胸が痛むほどの落胆を覚えた。

それからメリックがシャツを手につかんではいるものの、まだ半裸の格好のまま、こちらにやってくるのに気づいた。兵士たちはメリックが王であるかのように道を空けていた。

5

一瞬コンスタンスは逃げ出すことを考えた。でもそうすれば、兵士やベアトリスの目にどう映るだろう。それに自分はかの悪名高き邪《よこしま》ウィリアムに何度も立ち向かった経験があるのではなかったか。

ところがベアトリスがむこうへ行きかけた。「祝宴の前に着替えることにするわ」

そして従妹《いとこ》は行ってしまい、残ったコンスタンスは血生ぐさい戦場で敵軍を待ちかまえている孤独な兵士になったような気がした。

とはいえ、いまこちらへやってくるのは兵士の大群ではなく、若くて男らしいその体をなかばあらわにしながらもまったく悪びれずにいる自分の許婚《いいなずけ》なのだ。そしてその許婚はいま唇の隅に満足そうな笑みを漂わせている。

するると彼は、自分たちのチームが勝ったことを喜んでいるんだわ。どうしてシャツを着てくれないのかしら。わたしをきまり悪くさせたいの？　わたしをおびえさせたり困らせたりしたくてこんなことを？　もしもそうなら、わたしを見くびりすぎているわ。コンスタンスは肩を張り、どれだけ彼がまちがっているかを示そうと内心身構えた。

「というわけで、コンスタンス」メリックはそばまで来ると言った。「きみの心配はすべて杞憂《きゆう》だったことになる。だれも死なず、だれも捻挫《ねんざ》よりひどいけがはせず、暴動はなかった。兵士たちは喜んでいる。わがチームが負けるほうに賭《か》けた者はべつだが。それに村人たちは闘志満々で、このまま引き下がるわけにはいかない、日を改めてまた試合をやろうと言っている」

コンスタンスも彼にばかり得意がらせるつもりはなかった。「あなたがトリゲリスの指揮官であることはわかっているけれど、豚の膀胱《ぼうこう》を追いかけて駆けまわるのは少々やりすぎなのでは？」そのあいだにヘンリー、ラヌルフ、タレックと兵士数人がふたりのそばを通りすぎて粉挽《こなひ》き所のほうへ向かっていった。「サー・ヘンリーの発案なのではないかしら。彼は友人たちに無鉄砲で威厳に欠ける行動をさせるのがお好きなようですもの」

メリックの顔から得意そうな表情が消えた。彼は険しく眉を寄せた。「きみはヘンリーから指図されて、わたしが誤ったことをすると思っているのか？」

メリックが他人からなにかをさせられたとほのめかしたことがふいにばかばかしく思えた。とはいえ、話を始めてしまった以上、コンスタンスは先を続けた。「やってみて、何度か成功しているのではないかしら」

メリックのこめかみに青筋が現れはじめた。「わたしをもっとよく知っていれば、そんな考えがばかげていることがわかるはずだ。きみはラヌルフもわたしに誤ったことをさせようとしていると思っているのか？」

「サー・ラヌルフにどんなことができるのかはさっぱりわからないわ」

メリックが刺すような険しい視線をコンスタンスに向けた。「自分のために死ぬ気でいる男たちからやってくれと頼まれたことをやる。それのどこが威厳を損ねるのか、わたしにはわからない」

コンスタンスは自分が薄氷を踏んでいるのを悟った。そこでいまは黙っていることにした。

「きみがなにをしようとしているのかは知らないが」メリックが前へ足を踏み出した。「これだけは肝に銘じてもらおう。兵士の前でわたしの行動や考えを問題にするのは控えてもらいたい。トリゲリスの領主はわたしだ。きみではない。人前で批判されるのはごめんだ」

コンスタンスが真っ赤になり、ここで憤慨すべきよと自分に命じているあいだに、メリックはようやくシャツを羽織った。シャツは広い肩からゆったりと垂れ、裾《すそ》ががっしりした太腿に届いている。ひもを結んでいない襟ぐりが開き、胸が大きくのぞいている。

袖《そで》を肘の近くまで折り上げながら、メリックはコンスタンスをじっと見つめて声を落とした。その声はあまり飼いならされていない大きな猫がごろごろと喉を鳴らしているようだった。「とはいえ、ふたりきりのときは好きなようにわたしを批判してかまわない」

本当にそう思っているはずがないわ。「本気でおっしゃっているのではないわね」

「本気でそう思っているのでなければ、言わない」

貴族の男性がここまで素直になれるとは思えない。彼ならなおさらだ。「好きなように批判してもお怒りにならないの？」

「立腹することは大いにあるだろうが、それできみを罰することはない」

コンスタンスはふんと鼻を鳴らした。「そんなこと、どうして信じられるかしら」

「わたしはきみに約束している」

「それでは、もしもわたしが寝室でのあなたの権利を拒んだとしたら？」これこそメリックが強く求めることだろうと確信し、コンスタンスは挑むように言った。

「そのときはきみに理由をきくだろう。状況を改善できるように」

コンスタンスはあとずさりをして彼から離れた。このままそばにいるわけにはいかない。彼がこんなにも男らしく見え、いまのように心からと思える驚くほどの譲歩を示しているときは。「失礼するわ。よ……用事があるの」

それはお粗末な言い訳で、コンスタンスは自分が卑怯《ひきょう》者になった気がした。でも、そうするしかなかったのだ。さもなければ、彼にキスしていたかもしれない。

五月祭の祝宴に供されたワインはコンスタンスがこれまで味わったワインの中でも最高のものだった。それに、ガストンは料理の腕前をここぞとばかりに発揮してくれた。スープ、シチュー、こくのあるソースを添えた肉、パイ、野菜、パン。つぎからつぎへと料理を盛った皿が現れて消え、締めくくりには生のものもあれば調理したものもあるお菓子と果物が運ばれた。そのあとは吟遊楽士がアーサー王と円卓騎士団の伝説を歌で語り、アーサー王の母の故郷であり、現在はコーンウォール伯リチャードの拠点のひとつであるティンタジェルも歌に登場させた。ほかにも楽士がリュートや小太鼓《テイバー》でダンス用の曲を奏で、当然のことながらワインがさらに消費された。コンスタンスはとりわけ活発な輪舞をヘンリーを相手に踊ったあと、あまりに暑くてベールを取り、編んで頭にぴったりと巻きつけていた髪からピンをはずした。

ヘンリーは本当に愉快な人で、アーサー王、グィネビア、ランスロットの関係についてラヌルフと冗談を言い合っているあいだ、コンスタンスは息が継げないほど笑い放しだった。ヘンリーは、アーサー王は聖杯を探すのとあちこちを飛びまわるのに忙しく、妻のことはほったらかしだったにちがいないという意見だ。ラヌルフは、ランスロットは自分の戦場での武勇にのぼせ上がった身持ちの悪いやつだという見方だった。メリックですら思いのほか気持ちのいい笑い声を愉快そうにあげた。ベアトリスは涙がこぼれるほど笑い、父親のカレル卿《きょう》からじろりとにらまれたあげく、もうおやすみと命じられた。

デメルザに付き添われて階段に向かうベアトリスを見つめ、コンスタンスはやさしく微笑《ほほえ》んだ。カレル卿は部屋に引きとっていく娘をたいして気にとめず、アルジャーノン卿とさきほどまで活発に交わしていた狩猟犬の種類とその利点についての話にすでに戻っていた。

コンスタンスは解放された気分でうきうきしていた。そばにメリックがいて、黒い衣装に身を包んだ彼はとてもハンサムだというのに。長くふさふさとした濃い色の髪。きりりとした顔だち。それに形のいい唇。いまなら彼に手を取られても、その行為を歓迎してしまいそうだった。

「ああ、ここは暑いわ！」コンスタンスはだれにともなくつぶやき、芳醇《ほうじゅん》な赤ワインをお代わりしようと酒盃《しゅはい》を差し出した。

メリックがその酒盃を取り上げた。

上機嫌だったコンスタンスは腹を立てず、メリックににこにこと微笑みかけながら、酒盃を取り戻そうとした。「わたし、喉が渇いているの」

メリックはもう少しで手の届きそうなところに酒盃を掲げている。「喉を潤すには充分飲んだのではないかな。それともきょうはフット・ボールの応援をしたから、まだ喉が渇いているのだろうか？」彼は片方の眉を吊《つ》り上げて尋ねた。

「わたし、あなたの応援をしたのよ」コンスタンスは反論し、上半身はだかで長い髪をなびかせ、牡鹿《おじか》のような優美さでふくらませた豚の膀胱を追いかけていたトリゲリス領主の姿を思い返した。彼はまちがいなくコーンウォールじゅうでいちばんすばらしい肉体の持ち主だわ。いいえ、イングランドじゅうでいちばんかも。「本当にみごとだったわ。あなたがいなかったら、守備隊はきっと負けていたでしょうね。でも、あなたが出場なさるとは思わなかったわ。それよりもまるで兵士に対するように、豚の膀胱に命令している姿のほうが想像しやすいんですもの」コンスタンスは声を下げてメリックのすごみのある声を真似《まね》ると、あたかもボールがあるように、ややふらふらする指を床に向けた。「膀胱よ、こちらに来い！　膀胱よ、転がるのをやめろ！　膀胱よ、命令に従わなければ、剣で突き刺すぞ！」

自分の冗談がおかしくて、コンスタンスはくすくす笑い出した。

「それにあなたのお友だちのサー・ラヌルフならこうおっしゃるわ。〝おい、膀胱よ、いったいなにをしようというんだ？　そんなに転がっては、わたしがくたびれるじゃないか〟そして、サー・ヘンリーはきっとその笑顔とやさしく訴える口調で膀胱を魅了して転がるのをやめさせようとするでしょうよ。〝かわいい膀胱よ、頼むからわたしのもとへ戻ってくれ……〟そして膀胱はきっと動きをとめるわ。サー・ヘンリーはとてもすてきな人ですもの」コンスタンスは警告するようにメリックに指を向けてゆらした。「サー・ヘンリーから目を離さないようにしなければね」

メリックは少しも愉快そうではない。「そろそろ部屋に引きとったほうがいいのではないかな」

コンスタンスは目をみはった。びっくりしたからでもあったが、どこかぼやけてきた彼の顔をもっとはっきり見るためでもあった。「まだ夜はこれからよ」そう言ってとびきりすばらしい笑みを浮かべた。「もっとダンスがあるかもしれないわ」

「きみは、ダンスはもう終わりだ」

コンスタンスは叔父のカレル卿のほうを向こうとメリックにもたれ、彼の腕に胸を押しつけた。その感覚は実に心地よかった。さらに気分が高揚する。

「叔父さま、メリックがもう部屋に引きとりなさいですって」コンスタンスは不満を言い、それぞれの猟犬の残忍さについて話していたカレル卿とアルジャーノン卿のやりとりを中断させた。「わたしはもうおとなだから、いつやすむかくらい自分で判断できると彼に言ってくださらない？」

くやしいことに、叔父はびっくりした顔でメリックを見てから答えた。「きょうのおまえは充分すぎるほどはしゃいだのではないかな、コンスタンス」

「いいえ、まだよ」行儀の悪い子供のように大広間から追い出されるのはまっぴらだわ。コンスタンスはそう思い、もう一度メリックに微笑みかけた。「わたしと踊りたくない？」

メリックの表情はよく読みとれなかったが、おもしろがっているふしもあった。「いまのような状態のきみとはやめておこう。さあ、ばかな真似をしないうちにやすんだほうがいい」

コンスタンスはそのことばにも、それに彼の目と形のいい唇の隅にうっすらと浮かんでいる笑みにも憤慨した。「わたしはばかな真似などしないわ」

「ものごとにはなんでも最初というものがある」

やり込められたコンスタンスはワインに酔っているにもかかわらず、できるかぎりの威厳をかき集めて立ち上がった。「わかったわ。あなたがわたしのことを恥ずかしくお思いである以上、わたしは部屋に引きとります」

あいにく床が食事のあいだにどこかあやういものに変わったようだった。コンスタンスは泳ぐ体を支えようと椅子の背に手を伸ばし――あっという間にメリックにかかえ上げられていた。小さな悲鳴をあげて抵抗しながらも、コンスタンスは落ちないよう、彼の首に腕をからませてしっかりつかまった。

「みなさん、失礼してよろしいかな」彼はテーブルにいるカレル卿とアルジャーノン卿、そして友人たちに言った。

こんなことをされて黙っているほどわたしは酔っていないわ。彼に抱かれているのはとても心地のいいことではあるけれど。「下ろして！」

「婚礼前に転んで足でも折られてはたいへんだ」メリックはそう答え、壇から軽やかに飛び下りると、大広間を突っ切りはじめた。

コンスタンスに手を貸しに来たらしいアラン・ド・ヴェルンがくすくす笑い出した。太って気のいいアランの妻とそのまわりの人々も同じように笑い出し、まもなく大広間じゅうが笑い声に満ちた。ちらりと見たところ、叔父とアルジャーノン卿も笑っているし、ヘンリーは怪獣《ガーゴイル》みたいに口を開けて笑っている。ラヌルフはそれより目の前にある果物パイを食べるのに忙しい。

「下ろして！」コンスタンスはテーブルのあいだを縫っていくメリックの耳元で小さく叫んだ。「みんながなんと言うかしら」

「みんなすでに、きみとわたしのことは何度も話題にしているのではないかな」メリックは階段に着いた。「醜聞が心配なら、自分の飲んだワインの量に気をつけることだな。大酒飲み顔負けの飲みっぷりだった」

「下ろして！」コンスタンスはしつこく言った。これはあんまりだわ。「下ろしてと言っているでしょう！」彼が取り合ってくれないので、コンスタンスは繰り返した。わたしは荷物じゃない。まだ彼のものではないわ。彼が好きなように支配したり無視したりできる所有物ではないのよ。

それでも彼が従ってくれないので、コンスタンスは彼をひっぱたいた。

これには大広間じゅうの人々がいっせいにあきれ声をあげた。コンスタンスは即座に自分が大きな失態を犯したのに気づいた。彼はかすかに顔をしかめただけだったが、その頬にはコンスタンスの手の跡が赤く残っている。「まあ、わ……わたし……」

彼はひと言も発さずに前よりしっかりとコンスタンスを抱いた。そして不気味なほど無言のまま、一段飛ばしに階段を上がりはじめた。コンスタンスは彼にしがみついた。落とされるのではないかという不安もあったが、それよりも寝室に着いたらなにをされるだろうと怖くてたまらなかった。

「どうか許して！」

「黙って、コンスタンス」彼がうなった。「ふたりきりになるまではなにも言うんじゃない」

お返しにひっぱたかれるだけなら、わたしは運がいいと思わなければならないわ。

涙がひと粒、コンスタンスの頬を転がり落ちた。ついでもうひと粒。もしも彼がわたしをなぐったら、それこそ彼が父親そっくりであるという証拠、わたしの必要としている証拠だわ。

彼に父親そっくりでいてもらいたくない。彼にはわたしが敬意をいだくようになった彼のままでいてほしい。敬意をいだき、高く評価し、そして……。

寝室に着き、彼が肩でドアを押し開けた。灯心草蝋燭《ろうそく》が化粧台の上にともしてあるが、その光は淡く、室内の大半は暗くてよく見えなかった。彼がコンスタンスを下ろした。動揺し、当惑し、まだ少し酔っていたコンスタンスは膝に力が入らず、床にくずおれた。

「立つんだ」メリックが命令した。

「た……立てないの」

彼が身をかがめ、コンスタンスを引き上げて立たせた。そして肩をつかんで支えると、コンスタンスをにらみつけた。が、すぐさま驚きでその目をみはった。「泣いているのか？」

「わたしを叩《たた》くんでしょう？」

「わたしは生まれてこの方、女性に手を上げたことはない！」

コンスタンスの唇からはすすり泣くような安堵《あんど》のため息がもれた。

「わたしにはきみを苦しめるようなことはできない。絶対に！」彼はそうささやき、コンスタンスを抱きよせた。

コンスタンスは彼の声に真心を聞き、彼の体に緊張を感じ、彼のことばを信じた。この人がわたしを苦しめることは絶対にないわ。

メリックの腕の中で緊張を解くと、コンスタンスは彼の体に腕をまわした。そして目を閉じ、震える息を吸い込んでメリックの胸に頬をすりよせた。彼の腕の中にいれば安全だわ。守られているという気がする。

メリックが体を引き、コンスタンスは彼の目にいくらかでも情愛が表れていますようにと期待した。しかしそこには気遣いがあったものの、抑制もあった。「さて、わたしはこれで失礼しよう」

彼を行かせたくない。コンスタンスは彼の体に腕をまわしたままでいた。「たしかにわたしはワインを飲みすぎてしまったわ。でも男の人が酔っ払うのとはちがうのよ。だれもそのことを考えないわ」

彼がほのかな笑みを浮かべ、コンスタンスは全身が熱くなるのを覚えた。「わたしは一度も酔っ払ったことがない」

「一度も？」

「そう、一度も」メリックはたこのできた手のひらでコンスタンスの頬を撫《な》でた。それは男らしい感触で、戦士のやさしい愛撫《あいぶ》だった。「コンスタンス」彼がそっと尋ねた。「わたしとの結婚を望んでいるかい？」

「え……なんですって？」コンスタンスは口ごもり、彼の唇の動きではなく、彼の言ったことに意識を集中しようとした。

「わたしの妻になりたいかどうかをきいている」

コンスタンスは答えなかった。いや、答えられなかった。いまは頭が働いてくれない。なんと言うべきかがわからない。

彼の表情が暗くなり、彼の手が頬を離れた。「きみが気が進まないでいるのは明らかだ。これは拒絶と取るべきなのかもしれない」

「ええ……いいえ！」

彼が眉を吊り上げた。

苦悩に満ちた返事がコンスタンスの唇から飛び出した。「自分でもどうしていいのかわからないの！」

「決心するには、もっと時間が必要だということかな？」

コンスタンスは金を追いかける守銭奴のように、そのことばに飛びついた。「ええ！」

「では、時間をかければいい」彼は風のない日の静かな池の水面のように平然と答えると、あとずさった。一方コンスタンスは嵐《あらし》にもてあそばれる波間にいるような心地がしていた。

それでもなお、こちらをのぞき込んだ彼の目に、コンスタンスは必死ともいえる希望を、すがるような期待を見た。わたしの返事が彼にはそこまで大事なのかしら。彼は本当はわたしのことが好きなのかしら。

子供時代の彼はどこへ行ったの？　わたしが幼いころの彼が犯した行為の中で最悪のものしか覚えていないということなの？　故郷を離れてすごした歳月は本当に彼を変えたの？

コンスタンスの考えごとはそれ以上続かなかった。彼の腕の中にいてキスを受けていては、続けられるはずもない。彼の唇が熱く激しい切望をこめてコンスタンスの唇をふさいだ。

コンスタンスの頭の中にワインのもたらしたけだるさがまだ残っていたとしても、彼の情熱の激しさはそれをすべて追い払った。コンスタンスの体は彼のキスで生気を取り戻し、みずからの激しい欲求からそれに応《こた》えた。熱意をこめて、大胆にもコンスタンスは彼を抱きしめ、彼と体を触れ合わせている感覚に浸った。

　彼の唇がコンスタンスの唇を離れ、頬から耳へとさまよっていく。「毎日きみのことを考えていたんだ、コンスタンス。どこにいても、なにをしていても」彼がささやいた。「干し草の牧草を刈りとったあとの野原に、きみが座っていたのを覚えている。歩哨《ほしょう》のように両側に草の束をふたつずつ置いてね。長い髪を編まずにたらしたまま、きみは草の切りくずの中にいる虫を観察するのに夢中になり、まわりのことをすっかり忘れていた。きみが手を上げて頬から髪を払った。あれほど優美なしぐさをわたしは見たことがない」

　彼はたこのできた手のひらでコンスタンスのあごをそっと包み込んだ。

「当時きみはほんの子供にすぎなかったが、それでもわたしには心の底で、きみが将来美しくしとやかな女性になるとわかっていた。そしてきみと再会し、きみがさらにそれ以上の女性になったのを知った。たとえ婚約していなかったとしても、わたしはきみを自分の花嫁に選んだはずだ。きみを妻にしたい、コンスタンス。ことばにならないほど。力のかぎりを尽くしてきみを幸せにすると約束する。承諾してくれるだろうか、コンスタンス。わたしと結婚してくれるだろうか」

　彼はわたしを愛してくれているの？　そんなことがありうるの？

「誤った決断をして、あとで悔やみたくないの」コンスタンスは正直に答え、彼の顔を見つめた。「わかってくださる？」

「正直な返事を尊重する」彼はまるでコンスタンス

頬を叩かれたように横を向いた。「わたしにとって喜ばしい決断をしてくれるよう願い続けることにしよう」

「これからもあなたが公正、寛容でいてくださったら、わたしはきっとそのような決断をすると思うわ」これだけは言えると思うことを告げると、コンスタンスはメリックをそっとこちらに向かせた。そして爪先立ちになり、自分の唇を彼の唇に触れ合わせた。

コンスタンスがキスをしてメリックの体を撫でると、彼は熱くキスを返しつつ両手で彼女の体をまさぐった。やがてコンスタンスの中に残っていた昔からの憎しみと苦い怒りは消えていった。過去の悩みの種だった人はもういない。恐怖と不安の日々、ことばのひとつひとつ、表情のひとつひとつを警戒し、くるくると変わる機嫌を推し量らなければならなかった日々は終わった。そう信じてかまわない。

わたしは自由の身になったのだわ。めまいのしそうなうれしさに励まされ、コンスタンスはうきうきしつつ手を伸ばすと、彼の欲望のあかしを撫でた。キスを続けながら、彼がうめき声をあげた。

彼の手がコンスタンスの胸にたどり着き、愛撫する。もう片方の手はコンスタンスのお尻を包み、自分のほうへぴったりと押しつけた。コンスタンスは彼のチュニックの下に手を忍び込ませると、熱い肌に指を走らせた。そして胸の小さな突起に出合い、そこに指先を触れ合わせた。

彼がキスを中断し、コンスタンスの手をつかんだ。

「コンスタンス！」

「え？」コンスタンスは思わず声をあげ、なにかまずいことをしてしまったのかしらと考えた。「こうするのはいや？」

淡い明かりの中で彼の濃い茶色の目がきらりと輝いた。まるでいた。「残念ながら、強烈すぎる。きみが今夜処女を失いたいのでないかぎり――」

だれかがドアを強く叩いた。コンスタンスはびっくりしてメリックから飛びのいた。メリックも驚いた表情を浮かべている。

「コンスタンス？　メリック？」カレル卿が呼びかけた。

柊《ひいらぎ》の実のように真っ赤になりながら、コンスタンスはやや乱れたドレスを直した。そのあいだにメリックが足を運び、勢いよくドアを開けた。

ドアのむこうに現れたカレル卿は、メリックを通り越してコンスタンスを見た。「コンスタンス、大丈夫かね？」探るような視線をコンスタンスの全身に走らせてカレル卿は尋ねた。

「まったく無事です。それが心配で来られたのなら」メリックは不満を隠そうともしなかった。いや、隠せなかったのかもしれない。

カレル卿がコンスタンスを見つめるのをやめた。彼はメリックのベルトの下に目をやり、赤くなった。アルジャーノン卿が彼の視線を追ったかと思うと、すぐさま視界から消えた。

「コンスタンスは、その」カレル卿が言った。「結婚するまではわたしの庇護《ひご》のもとにありますからな。わたしは――」

「わかっています」メリックの口調は穏やかなものに戻っていた。「わたしはこれで失礼する」彼はコンスタンスに向き直った。その目に浮かんだ表情にコンスタンスの胸は急激に鼓動を速めた。「おやすみ、コンスタンス」

それに応えて、コンスタンスには部屋を出ていく彼に頭を下げることしかできなかった。

カレル卿がうろたえている姪《めい》に微笑みかけた。「彼とは許婚同士なのだから、害はなにもないんだよ」彼はコンスタンスに片目をつぶってみせた。

「おやすみ、コンスタンス」

そして、カレル卿は去っていった。

ひとりになったコンスタンスはよろめくようにベッドまで行き、ぐったりと腰を下ろした。ああ、わたしはどうすればいいの？　メリックと結婚すべきなの？　すべきでないの？　頭は慎重にことを運んで断るべきだと急《せ》き立てる。そして欲望は承諾すべきだと訴える。どちらに従えばいいのだろう。

6

三日後、メリックはラヌルフ、ヘンリーとともに中庭に入っていった。霧雨が降っているにもかかわらず、城の前庭では兵士が回転式の的を使って武術の訓練をしている。三人も前庭にいたところを、トリゲリスの西にあるペンダーストンの領主サー・ジョワンとその息子キアナンが到着したと呼び出されたのだ。

サー・ジョワンは太って赤い頬をした白髪の男で、とても立派な去勢馬にまたがっていた。その息子はほっそりとした金髪に白い肌の若者で、さほどハンサムではないとしても感じのいい顔だちをしており、やはりすばらしい馬に乗っている。ふたりは二十名の騎兵を引き連れており、この従者たちはサー・ジョワンから下馬の合図が下るのを待っていた。

「トリゲリスへようこそ」メリックはサー・ジョワンの値踏みをするように据えられた視線も、その息子のにらみつけるような高慢なまなざしも無視して言った。相手からこのような態度に出られたことはこれまで何度もある。そこで彼はふたりのどちらにもことさら重きを置くようなことはしないでおいた。

「いまわたしが光栄にもお迎えしているのは、ペンダーストンのサー・ジョワンとそのご子息ですかな？」

「まさしくそのとおり」サー・ジョワンが答えた。その低音の声は力がこもっており、温かい。

メリックはその声に聞き覚えがなかった。それに顔にも見覚えがない。

サー・ジョワンが供の兵士たちに下馬を命じ、彼自身も馬から下りた。メリックは目の隅で息子のほうを観察し、鎖帷子《かたびら》と兜《かぶと》で完全に武装しているのを知った。これはおもしろい。父親のほうはそうではないのだからなおさらだ。

「トリゲリスに戻られてよかった。わたしを覚えておられるでしょうな」サー・ジョワンが言った。

「ええ」メリックは嘘《うそ》をついた。昔会ったことがあるとしても、なにも覚えていないが、なにもあらたに反感をいだかせるようなことや、すでにある敵意を深めさせるようなことを言う必要はない。「こちらは友人のサー・ヘンリーとサー・ラヌルフ。サー・レオナード・ド・ブリッシーのもとでともに訓練を受けました」

「ぼくはあなたを覚えています」キアナンが言った。メリックを喜ばせようとして言ったのでないのは明らかだった。

メリックのほうはキアナンを覚えていないが、こう言われてもべつに意外なことではない。自分がこくこのわたしだ、コンスタンスはまだ結婚の申し込みを断ってきてはいない。メリックはそう自分に言い聞かせて嫉妬《しっと》心を胸深くへと追いやり、平然とした表情を装った。

「大広間にどうぞ」彼は先頭に立って歩いた。

大広間に入ると、命じるまでもなくデメルザがワインとパンとチーズを足早に運んできた。コンスタンスは召使いをよく仕込んでいる。

全員にワインがつがれるのを待つあいだ長く気まずい沈黙があったが、やがてヘンリーがそれを破った。「サー・ジョワン、ご一族は昔からコーンウォールに領地をお持ちなのですか？」

「ノルマン人による征服より昔からですぞ」その低い声に誇らしげな響きをたっぷりこめてサー・ジョワンが答えた。

「ほう。それでウィリアム征服王には没収されなかったのですか？　どうやって没収を免れたのかな」

こに暮らしていたときとそのあと、このふたりは何度トリゲリスに来たことがあるのだろう。たいして多くはなさそうだ。

とはいうものの、キアナンはコンスタンスと年齢が近そうに見える。しかもコンスタンスは男がかなりな危険を冒しても交際したくなるだけの美しさと魅力を備えている。さらにキアナンも若くて、裕福な一族の息子であり、見るからに父親から愛されている。額には苦労や過去の罪業によるしわなど一本も見当たらない。恋いこがれる女性とのあいだに秘密が立ちふさがるようなことはまずないにちがいない。

コンスタンスはいまどこにいるのだろうとメリックは思った。厨房《ちゅうぼう》だろうか。貯蔵室だろうか。コンスタンスならこのふたりの客をどう出迎えるだろう。

コンスタンスと婚約しているのはキアナンではな

「婚姻ですよ」サー・ジョワンが顔をしかめて答えた。「ノルマン人がひとり結婚によって一族に加わった。それで所領が代々受け継がれてきたんです。そちらのご一族はどうやってイングランドに領地を得られたのですかな?」

「気分を害されたのでしたら、お許しを」ヘンリーが言った。そのあいだメリックは黙っていたが、サー・ジョワンが容易に自尊心を刺激される性格であるのを見てとった。「たんに好奇心からうかがったのです。ここにいる友人たちもそうだと請け合ってくれるでしょう」

ラヌルフがうなずいた。「ヘンリーは自分が領地をまったく持っていないので、貴族に会うと必ず所領をどうやって得たかをきくんです」

ヘンリーがにやりと笑った。「悲しいかな、そのとおりなんです。わたしの家門はイングランドにはまったく地所を持っていない。ノルマンディには少しばかりありましたが、父が分別を欠く同盟をいくつも結んだり、一か八《ばち》かに賭《か》ける傾向があったりで、すべて失ってしまった。兄はスコットランドにすばらしい領地を持っています。かといって、それはわたしにとってなんの得にもならないけれど」ヘンリーは期待する表情でサー・ジョワンを見た。「コーンウォールの大領主で結婚相手を探している娘さんか未亡人をどなたかご存じありませんか?」

サー・ジョワンが顔をしかめるのをやめ、くすくす笑った。「知らないな。見つけたら、必ずご紹介しよう」

つまりサー・ジョワンは自尊心を傷つけられやすくとも、根に持つ性格ではないらしい。

とはいえ、その息子はとがめるような表情を父親に投げた。息子のほうは強烈な自尊心の持ち主でなかなか譲歩しないということか、それともノルマン人を憎悪しているのだろうか。メリックは内心考えた。いや、ヘンリーの気さくな魅力を認めたくないということなのかもしれない。

「あなたのような人柄であれば、じきに領地も花嫁も見つかりますよ」サー・ジョワンがヘンリーに請け合った。明らかに息子の態度には気づいていないようだ。「まだどの女性の心もつかんでいないとは驚きですな」

「わたしは恋におちるのを待っているんです」ヘンリーがにっこり笑って答えた。「わたしの兄も妹もそれが結婚の必要条件だと言うんです」

「あなたはどうお考えです?」キアナンがメリックに尋ねた。「恋愛が結婚の必要条件だという意見に賛成ですか?」

メリックは正直に答えた。「いや」

そのぶっきらぼうな答え方につかの間全員が黙り込んだが、まもなくキアナンが言った。「レディ・コンスタンスはどちらに?」

「知らないな」メリックは答えた。

キアナンが立ち上がった。「では失礼して、捜してくるとしよう。レディ・コンスタンスとは長いつき合い……で、何年も待ってようやく結婚の運びとなったお祝いを言いたいんです」

ヘンリーとラヌルフが目と目を見交わした。メリックは微笑《ほほえ》みらしきものを唇に浮かべた。「どうぞ」

ヘンリーとラヌルフはメリックの目に表れた光がよい前兆でないのに気づいた。が、敵についてあまりに無知なキアナンは気づいていない。いや、気がついていたとしても、コンスタンスが結婚することで動揺したあまり、それどころではないのかもしれない。

「それはありがたい」キアナンは礼を言ってお辞儀をすると、大広間を出ていった。

「婚礼まで滞在なさるでしょう?」重い扉が閉まると、メリックはサー・ジョワンに尋ねた。「隣人の方々とは親しくしたいものです」

「滞在できれば願ってもないことですが、その用意をなにもしてきていないのですよ」サー・ジョワンはややきまり悪げに答えた。「実を言えば、このようにご親切な招待をいただくとは思ってもいなかった」

「使いに必要なものを取りにやらせましょうか？」

サー・ジョワンは喜ぶべきか警戒すべきか迷ったすえ、喜ぶべきだと判断したらしい。「では、ありがたく滞在させていただくことにしましょう」

「コンスタンス！」

驚くと同時に困惑したコンスタンスはあわてて刺《し》繍《しゅう》の枠を置くと立ち上がった。司祭が村の貧しい人々や病人を訪ねに出かけたので、サー・ジョワン父子《おやこ》がいちばん外側の城門に現れたと聞いて、この小さな礼拝堂へ刺繍の道具を持ち運んでこもっていたのだ。夕食時にどうしても会わなければならなくなるまで、キアナンのため息や恋に悩む表情を避けるつもりだった。

「どうしてこんなところに？」こちらへやってくるキアナンにコンスタンスは言った。「すぐに出ていって！」

「きみに話がある。だれにも見られていない。ちゃんと確かめたんだ」

「ここにいてはいけないわ。ここにいるのが見つかったら――」

「きみを愛している！」キアナンはそう叫び、コンスタンスを抱きしめんばかりに駆けよってくる。

コンスタンスは刺繍の枠を取り上げ、それがふたりのあいだに来るように持った。これは恋ではない。錯乱だわ。頭に血が上ったわがままな男の子の身勝手な行為、はた迷惑な行為よ。本当に愛してくれているなら、すでにほかの男性の許婚《いいなずけ》であるわたしに、それもひとりでいるときに会いに来て、相手の評判を落とすようなことはしないわ。

「わたしのことが本当に好きなら、いますぐ出ていって」コンスタンスは言った。「メリック卿《きょう》やわたしの叔父がどう思うかしら。わたしがあなたを誘い入れたと誤解されてしまうわ」

キアナンが希望に目を輝かせてコンスタンスを見つめた。「そう思われたら、どうなる？　きみとぼくが結婚すればいいだけのことじゃないか」

「わたしはだれとも強いられて結婚したくはないの」コンスタンスは強い口調で答えた。「ここにいるのをメリックに見つかったら、殺されずにすむだけでもありがたく思わなければならないのよ」

「そんなこと、かまうもんか！」

「わたしはかまうわ！　わたしがどうなるか少しは考えないの？　醜聞になってもならなくても、メリックはやはりわたしと結婚するかもしれないわ。でもわたしのことをいつ欺くかわからない女だと思い続けるのよ。そうなったら、わたしはどんな生活をすることになるかしら」

「結婚を断ればいいじゃないか」キアナンは刺繍の枠をつかみ、それをわきへ押しやった。「どうして結婚を断らなかった？　まだ子供で反対することもできなかったころに交わされた結婚の契約なんかに縛られているとは、きみも思っていないはずだ」

かつて彼の行為にウィリアム卿が激怒したときのことを思い出し、コンスタンスは祭壇に向かってあとずさった。「出ていって、キアナン」

「わからないのか、コンスタンス？　彼はきみの持参金と、きみの家系と姻戚《いんせき》関係を結ぶことで得られる権勢がほしいだけだ。彼はきみをないがしろにして、不幸にする。ぼくならそんなことはしない。絶対に！」キアナンは肩をつかみ、コンスタンスを引きよせた。「愛しているんだ、コンスタンス。きみだってぼくのことを愛しているじゃないか」

怒り、嫌悪、誇り、反発が胸いっぱいにわき上がり、コンスタンスは体をひねってキアナンの手から逃れた。「わたしはあなたを愛していないし、これまでも愛した覚えはないわ。もう出ていって。二度とふたりきりでわたしに話しかけようとはしないで」

キアナンはぎくりとしたようすでコンスタンスを見つめる。その目から涙があふれた。「あれだけ微笑を交わし合ったのはなんだったんだろう。ぼくが訪ねてきたとき、きみが見せたうれしそうな笑顔、ふたりで話をしてすごしたあの楽しい時間はなんだったんだろう」

「あなたが訪ねてきてくれるのはうれしかったわ。親しい人々が訪ねてきてくれればいつもそうですもの。どうかもう出ていって」

「きみは彼と結婚などしたくないはずだ」キアナンはとがめるように言った。「きみは叔父上の約束と、トリゲリスの領民を守らなければという気持ちに縛られているんだ」

「わたしの気持ちまで教えていただかなくてけっこうよ。たとえわたしに許婚がいなくとも、わたしはあなたと結婚する気はないの。それだけはわかって」

ようやくキアナンが敗北したように肩を落とすと、コンスタンスの怒りは同情へと変わった。キアナンとは何度か楽しいひとときをともにすごしている。たとえそれがコンスタンスにとっては気苦労と恐怖からの、ほんのつかの間の息抜きにすぎなかったとはいえ。そういった楽しいひとときやキアナンとの親交を思い、コンスタンスはやさしく言った。

「あなたには幸せになってもらいたいの、キアナン。心からあなたを愛してくれる相手を見つけてもらいたいの。わたしはその人ではないわ」

「それはちがう」キアナンが小声で言い、頭を上げた。その灰色の目は情熱に駆られた一途《いちず》な思いで燃えていた。いや、情熱に駆られた憎しみというべきだろうか。「いまにわかるさ」

コンスタンスは彼の腕に手を置いた。「キアナン、ばかな真似《まね》はしないで。メリックは折り紙つきの戦士で……」

まるでコンスタンスに触れればやけどをするとでもいうように、キアナンがあとずさった。「ぼくは子供じゃないんだ、コンスタンス。こうやってここに来たのがまちがいだったことは認めるよ。でも、きみがさっき大広間で会ったあの男との結婚を望んでいるとは信じられない。きみは心の温かい愛情深い女性だ。あの男は雪のように冷たい」

「雪は解けるわ」

「雪は覆っているものを凍らせることもある。あの男はきみを殺してしまう。その父親が妻を殺したように。きみがぼくを愛してくれているいないにかかわらず、あんなやつにきみを渡すわけにはいかない」

そのことばにコンスタンスは背筋がぞっとした。「わたしは渡したり渡されたりするものじゃないわ」

「でも、きみは縛られている」キアナンはコンスタンスの手を取った。「きみを自由の身にしたい」

コンスタンスは体を引いた。「キアナン、どうかわたしのことは放《ほう》っておいて。自分のことは自分でするわ」

「きみは女性にすぎなくて――」

「邪《よこしま》ウィリアムがトリゲリスを荒廃させないように、村人たちが自分たちを守るために蜂起《ほうき》しないように手を尽くしたのはだれかしら。自力で進もうとするわたしの能力を、あなたは信頼してくれなくとも、わたしは信頼しているわ」コンスタンスは彼の胸に手を当て、入り口に向かって彼を押した。「さあ、行って。ここにいるのが見つかって、ふたりとも殺されてしまわないうちに」

「きみに対して希望を持ってはいけないというの？」キアナンは訴えるように言った。

「そうよ」コンスタンスはやさしい口調ながらもきっぱり答えると、扉の外をのぞき、だれもいないのを確かめた。

キアナンが表情を硬化させた。「いつの日か、ぼくがついていることをうれしく思うときが来るよ」それだけ言うと、彼は急いで礼拝堂を出ていった。

もはや礼拝堂にいる必要はなくなり、コンスタンスはため息をつきながら刺繍の材料と道具を集めた。あれほどサー・ジョワン父子が現れませんようにと願ったのに！　ふたりともロンドンにいるか、ローマへ巡礼にでも出かけてくれていればよかったのに。

礼拝堂を出たコンスタンスが、領主家族の居館のそばにある女性用の庭園を通りすぎようとしたとき、庭園の中の小さな石のベンチにベアトリスが座っているのが目にとまった。

しょんぼりと肩を落とし、頬に片手を当てている。その姿はまさしく落胆しきって見える。これはまったくベアトリスらしくない。コンスタンスはすぐさま庭園の木戸を開け、小石をまいた細い小道をベンチへと急いだ。

ウィリアム卿が庭園など金の浪費だという考えだったので、この庭園は貧弱なものだ。薔薇《ばら》の木が三本、けなげにも城壁を伝い上っており、耐寒性の花の群れがいくつかあって、芽吹きはじめている。

自分が近づいているのにベアトリスが気づいているようすがないのを見て、コンスタンスの気がかりは増した。「ベアトリス」そっと呼びかけてから、コンスタンスは従妹《いとこ》のそばに腰を下ろし、裁縫道具を入れたかごを地面に置いた。「どうしたの？　具合でも悪いの？」

ベアトリスが顔を上げ、悲しげに首を振った。

「具合は悪くないわ。ただ……」ベアトリスは肩をすくめてため息をついたあと、コンスタンスの顔を不安そうに見つめた。「わたしがいつ結婚することになっているか、お父さまからなにか聞いていない？」

「聞いていないわ」コンスタンスは正直に答えた。「わたしもなにも聞いていないの。わたしはもうすぐ十六歳なのよ。お従姉《ねえ》さまは五歳で婚約したのに」

その件についてなら、コンスタンスは何度も考えたことがある。その末に達した結論は、コンスタンスにとってとてもつらいものだった。「きっとお父さまはあなたに夫を選ばなければならないときが来たら、あなたと相談するおつもりなのよ」

ベアトリスは不機嫌な顔で小道を見つめた。「お金持ちで有力な家系というお父さまの考える条件を、満たしてくれる相手がひとりも見つかっていないだけなのではないかしら」

「その条件で娘の嫁ぎ先を探す貴族はおおぜいいるわ」コンスタンスは自分のことばが当たっていますようにと願いながら、そう慰めた。また叔父が心ではベアトリスの幸せを第一に考えてくれていますようにとも願った。「見つかっていないなら、お父さまがぐずぐずなさっているということになるわね」

ベアトリスが顔をしかめてコンスタンスを見た。

「でも、わたしの幸せはどうなるの？　それも大事なはずだわ」

「ええ、大事よ」コンスタンスは答えた。「そうでなければ、お父さまはとっくにあなたの許婚を決めていたはずよ」

わたしの許婚を決めたように。

ベアトリスの目に悔恨の涙があふれた。「ああ、ごめんなさい。お従姉さまを怒らせるなんて思いもしなくて……」

コンスタンスはあわててベアトリスの不安をやわらげようとした。「いいのよ、ベアトリス。そもそもカレル叔父さまはわたしの父親ではないんですもの。あなたと同じように愛してほしいと求めるわけにはいかないわ」

ベアトリスが落ち着かなげに座る姿勢を変えた。そして、さらに心配そうな表情になった。「お従姉さまには許婚がいるから、わたし、ずっと考えていたの。メリックは……メリックはお従姉さまを幸せにしてくれると思う？」

「思うわ」これはベアトリスの心配をなだめるための嘘なのか、それとも事実なのか、わからないままコンスタンスは答えた。

「お従姉さまとふたりきりでいるときの彼は、そうでないときとはちがうの？　彼はもっとよくしゃべる？　それとも話さない？」

これは奇妙な質問だ。メリックが人前にいるときよりさらに寡黙になるのはとてもむずかしいにちがいない。「ええ、人前よりよくしゃべるわ」

「ああ、よかった！　ふたりきりになっても冷たくてよそよそしい人だとは思いたくないもの」

「ええ、ふたりきりのときは冷たくないわ」ふたりでいるときのメリックに冷たいという形容だけは似合わないと思いつつ、コンスタンスは答えた。

「わたしの結婚相手がどんな人かは、どうすればわかるのかしら」ベアトリスが心細げに尋ねた。「わたしを不幸にしない人だとどうすればわかるの？」

「どんな花嫁にもわからないのではないかしら」コンスタンスは声に出して考えた。「だれもが最良の相手であることを祈るしかないのではないかしら」

コンスタンスはベアトリスが不幸な結婚を強いられるところを想像してみた。姪《めい》のコンスタンスの気持ちなど思いやってはくれなかったカレル叔父のことだから、娘に不幸な結婚を強いることはありうる。そうはならないことを祈ってはいても、万一そうなったときのためにコンスタンスは従妹に話しておこうと心を決めた。「わたしなら、もしも自分の結婚相手はわたしの人生を不幸にすると確信したら、婚約を破棄するすべを探すわ。そしてどんな手も打てない場合は、逃げ出すわ」

「たったひとりで？」ベアトリスが目を丸くした。

「最後の手段にすぎないのよ」本当にどうしようもなくなったときにしかそうはしないことを、ベアトリスがわかってくれますように。「友人たちが喜んでかくまってくれるでしょうし、それに教会があるわ」

「わたしはここに来ればいいのね」

「もちろんそうよ」もしもわたしがまだここにいれば。

ふいにベアトリスが真剣な表情でコンスタンスを見つめた。「お従姉さまが結婚したあと、わたし、お父さまといっしょには帰らずに、しばらくこちらにいてもかまわない？」

コンスタンスが答えられないうちに、ベアトリスは急いで先を続けた。「帰っても話し相手がマロレンしかいないのよ。マロレンはあんなにおしゃべりでしょう？　頭がへんになりそうになるわ」

マロレンはベアトリスが赤ん坊のころから世話をしてきている。ベアトリスがおしゃべりだとするなら、マロレンはその十倍もよくしゃべる。コンスタンスはベアトリスの不満に同情を覚えたものの、どう答えていいのかわからなかった。「あなたはマロレンが好きなのではなかった？」

「それはもちろん大好きよ！　でもわたし、嫁いだあとでお従姉さまのように立派な女主人になれるよう、こちらで勉強したいの。そうしてもかまわない？」

それもずっと年下の弟のような気がしている。たとえ実際にはキアナンのほうが一歳近く年上だとしても。それにキアナンの求めているのは……。

ベアトリスが眉を寄せた。「キアナンはお従姉さまの気持ちを知っているの？」

いまではきっと知っているはず。「それ以外の気持ちをいだいていると彼に思わせるようなことはなにもしていないわ」

ふいにコンスタンスはひどい不安に襲われた。ベアトリスはキアナンが礼拝堂に入っていくのを、あるいは出ていくのを見たのでは？「サー・ジョワンとキアナンが到着なさったのよ。もうご挨拶《あいさつ》をした？」

「いいえ。お昼からずっとここにいたの」ベアトリスはもの悲しげに微笑んだ。「お従姉さまに話したら、ずっと気分がよくなったわ」

コンスタンスもベアトリスがまだキアナンの姿を見ていないと知って、ほっと胸をなでおろしながら、「残念ながら、わたしには決められないわ」コンスタンスは慎重に言った。「メリックが決めることですもの」

ベアトリスは両手を握り合わせた。「メリックに頼んでいただけない？　お願いよ。お従姉さまから頼まれれば、メリックはきっといいと言うわ！」

そこまで期待はできないものの、コンスタンスはだめだとは答えられなかった。「頼んでみるわ」

「ああ、ありがとう！」ベアトリスが歓声をあげ、うっとりとため息をついた。

それからベアトリスはばつが悪そうに微笑んだ。「白状すると、メリックが戻ってくるまでは、わたし、お従姉さまが……お従姉さまがキアナンと駆け落ちするかもしれないと思っていたの」

「わたしはキアナンをそんなふうに好きになったことはないわ」コンスタンスは正直に言った。「わたしにとってキアナンは弟みたいなものよ」

見ていないと知り、ずっと気分がよくなった。

「もっと早く話せばよかったわ」ベアトリスがさらに言った。「どれだけ悩んで眠れなかったことかしら」

「それなら本当にもっと早く話してくれればよかったのに」コンスタンスは心をこめて言った。

ベアトリスがまたもやため息をついた。「わたし、結婚する相手の人を本当に愛したいの」

いつになくベアトリスがふさぎ込んでいるのは、サー・ヘンリーとなにか関係があるのだろうか。コンスタンスはそう思い、急にみぞおちのあたりが重くなるような感覚にとらわれた。

自分の悩みにかまけるあまり、若くて感じやすいベアトリスのことをすっかり忘れていた。相手がヘンリーであれだれであれ、従妹がだまされたり辱められたりしたら、わたしは胸がつぶれてしまう。

「あなたの心をつかみそうな若者はいるの？」コンスタンスは思いきってきいてみた。

ベアトリスは赤くなり、答えない。コンスタンスは自分が勝手に犯した落ち度を内心呪《のろ》った。

「ヘンリーとラヌルフはあなたと話していてとても楽しそうね」あまり興味津々に聞こえないよう努めながら、コンスタンスは尋ねた。

「わたしも楽しいわ」ベアトリスは即座に答えた。「ふたりともとてもおもしろいの。もちろんそれぞれちがったおもしろさよ。ヘンリーはイングランドじゅうを旅しているの。スコットランドの大半をお兄さまとまわっているし、ウェールズにも行っているのよ。それに宮廷で何日もすごして、いろいろな要人に会っているの」ここでベアトリスはまるで足の爪先からこみ上げてきたような大きなため息をついた。「ヘンリーには、わたしが救いようのない無知に見えるにちがいないわ」

世の中には無知な娘が好きな男性もいることをコ

ンスタンスは知っている。無知だからこそ好かれるのだ。「ヘンリーはあなたよりほんの何歳か年上なだけよ。それにとても感じがよくて愛想もいいわ。彼がただの遊びで女性を誘惑することがあるのはあいにくだけれど」

ベアトリスが目をみはってコンスタンスを見つめた。「わたしのこと？　ヘンリーがわたしを誘惑しようとしているというの？」尋ねながら、ベアトリスはみるみる笑顔になった。

この反応はコンスタンスの予期していたものとちがう。「それはいいことじゃないのよ」

ベアトリスが顔をそむけた。コンスタンスにははっきりとはわからなかったが、ベアトリスが赤くなっているような気がした。「ええ、もちろんよくないことよ。ただ、思いもかけなかった……夢にも思わなかったことを言われたから……」ベアトリスは口ごもりながらそう言うと、震える息を吸い込んだ。

「ヘンリーがわたしに親切なのは、わたしを誘惑しようとしているからだというの？」

コンスタンスは従妹のほっそりした肩に腕をまわした。「あなたを怒らせるつもりはなかったの。それにわたしの言ったことはまちがっているかもしれないわ。でも、あなたはもう小さな娘じゃないのよ。若くてきれいなレディなの。わたしたちはサー・ヘンリーのことをよくは知らないわ。それにサー・ラヌルフのことも」

「でも、ふたりともメリックの友だちなのよ」

「そうではあっても、ふたりの品行についてはなんとも言えないわ。若くてきれいなあなたがいたのではなおさらよ。どこかの魅力たっぷりで弁舌さわやかな男の人にあなたが辱しめられるようなことがあってはたいへんだわ」

「ええ、そうね」ベアトリスはそっと答え、両腕を投げかけるとコンスタンスを抱きしめた。「お従姉さまがいてくれてよかったわ。まるでもうひとりお母さまがいるみたい。お従姉さまが結婚して子供たちを育てるのに忙しくなったら、どんなにわたし、寂しくなるかしら！」

コンスタンスはやさしくベアトリスの抱擁を解いた。「わたしは結婚はしても、この世からいなくなるわけではないのよ」結婚する日がまだ遠いことを祈りながら、コンスタンスは言った。「そろそろ中に入りましょう。きっとサー・ジョワンがあなたはどこに行ったのかとお思いだわ。あなたは昔からサー・ジョワンの大のお気に入りですもの」

ベアトリスが笑い声をあげ、その目にはふたたび愉快そうな光が躍った。「わたしもサー・ジョワンが好きよ。わたしの言ったことにひとつひとつ耳を傾けてくださるんですもの。くだらないことしか言っていないときもね」

「あのキアナンというやつのことだが」その夜ヘンリーはラヌルフとふたりで使っている小さな寝室で簡易ベッドに腰を下ろしたまま、思いをめぐらすように言い、ブーツを脱いだ。「どんなやつだと思う？」

片方の膝にもう片方の足をのせた姿勢で背のない丸椅子に座り、爪の掃除をしていたラヌルフは、顔を上げて肩をすくめた。「よくわからないな。父親のほうは好感が持てるし、メリックとは友好的な関係が保てそうで、いい兆しだ」

ヘンリーはブーツの片方を部屋の隅にぽいと転がした。「思うに、あいつはレディ・コンスタンスに恋をしているぞ。あるいはそう思い込んでいる」

ラヌルフは短剣を片づけながら、ふんと鼻で笑った。「どんな証拠があってそんな突拍子もない結論に達したんだ？」

ヘンリーのブーツのもう片方が床に転がった。

「あいつがレディ・コンスタンスを見るときの目つきだ。レディ・コンスタンスに夢中ですと張り紙をつけているのも同然だな」

これは歓迎せざる情報だが、しかしヘンリーはふだんこの種のことに関しては読みが鋭い。どの騎士とどのレディが恋愛関係にあるかをいつもぴたりと言い当てる。「それが当たっているとして」ラヌルフは用心しつつ言った。「レディ・コンスタンスはキアナンの熱愛に応《こた》えていると思うか？」

「それは難問だ。わたしにはわからない。しかしもしも応えているとすれば、メリックは持参金があろうとなかろうと、レディ・コンスタンスと結婚すべきじゃないだろう。メリックを不貞を働くような女と結婚させるわけにはいかない」

「そういう女とあり余るほど関係を持ちながら、よく言うもんだな」

ヘンリーは不機嫌な顔でベッドに仰向けになると、両手を頭の下に当てた。「その経験があるからこそメリックを貞淑でない女とは結婚させたくないんだ。メリックにとって名誉と礼節はかけがえのないものだ。その彼が名誉を汚されたとしたら……」

「一大事だな」ラヌルフがうなずき、あとを引きとって言った。「しかし実は、それは無用の心配なのかもしれない。いくらかでも良識と分別のある女性なら、ふたりのうちキアナンのような若造を選ぶはずがない。キアナンがレディ・コンスタンスに夢中だとしても、レディ・コンスタンスがそれに報いているような気配はなにもないぞ。疑わしきは罰せずだ。レディ・コンスタンスは美しい。恋の病にかかった意気地なしがぞっこんになったからといって、レディ・コンスタンスにはどうしようもない」

ヘンリーは横向きになって頬杖《ほおづえ》をつき、ラヌルフを見た。「わたしはレディ・コンスタンスを信用していない。それにキアナンもだ」

それはラヌルフも同じだ。しかしヘンリーの疑念をメリックに話すべきだろうか。メリックと花嫁とのあいだに、さらにもめごとを増やしても問題にすべきことなのだろうか。もめごとはたしかにある。だいたいどんな根拠があってレディ・コンスタンスを非難できるのだ？　そもそもヘンリーの言ったことがまちがっているとしたら？

「レディ・コンスタンスが本当にあのコーンウォール人キアナンの思いに応じているという証拠があれば、メリックに知らせるべきだな」状況について考えたあと、ラヌルフは言った。「そうでない場合は、きみの疑念はわれわれだけの胸にとどめておこう」

ヘンリーは不満そうだった。「メリックが誤って人生をだめにするような女と結婚するのを黙って見ているわけにはいかない」

「それはわたしも同じだ。しかし根拠がない場合を考えると、不信感を植えつけたくはない」

「彼はレディ・コンスタンスを愛しているからね」ヘンリーがうなずいた。

ラヌルフは驚きを隠せなかった。「メリックがそう言ったのか？」

「いや、ひと言も。しかし彼とは十五年前からのつき合いだし、彼がほかの女に対してはどうだったかも見てきている。彼がここまで思いやりを示したことはないよ――彼にしてはね。それにレディ・コンスタンスに婚約を解消しようと申し出たこともない。レディ・コンスタンスが好きでなければ、とっくに解消していたはずだ」

ラヌルフは低く口笛を吹いた。「なるほど。たしかにそうだな」

あいにく、そうなると事態はさらにこみ入ってくる。

「こと戦と政治にかけてはきみの頭は冴《さ》えるが、いざ男と女のこととなると……」

ヘンリーは大げさに肩をすくめた。

「レディ・コンスタンスを監視してみるとするかな」ラヌルフが今後どうすべきかを考えていると、ヘンリーが言った。「キアナンとこっそり会っていないか、あるいはのぼせ上がった熱愛に応じている形跡はないか、それを調べてみる」

ラヌルフはやや身をこわばらせた。メリックはヘンリーを信頼しているようだが、こと女性が問題となると、ヘンリーの評判を考慮しなければならない。

「それは賢明とはいえないんじゃないかな」

ヘンリーが顔をしかめた。「おいおい、レディ・コンスタンスはメリックの許婚なんだぞ！　たとえベッドに誘ってみたいと思ったとしても——白状すれば、メリックの許婚でなければ、そうしたにちがいないが、実行などするものか」彼はさらに顔をしかめた。「わたしはきみともメリックとも盟友の誓いを立てたんだ。それを破るくらいなら死んだほうがましだ」

「わたしはきみを信頼している。メリックもそうにきまっている」ラヌルフは答えた。「しかしきみがこそこそとレディ・コンスタンスのあとをつけまわしているのをアルジャーノン卿やカレル卿や使用人が見たら、なんと言うと思う？　わたしがレディ・コンスタンスを見張ろう」

「きみだって適任とはいえないじゃないか」ヘンリーはやや苛立《いらだ》った口調で言った。

「それはどうも」ラヌルフはこれをお世辞と受けとめ、ふたりのあいだの緊張をほぐそうとした。「しかしいつもきみの言うように、わたしはきみほど愛想もよくないし、魅力にも欠ける。つまり疑われにくい。しかも巧妙さではわたしのほうが上だ」

「わたしだって巧妙になれる」

「女を口説こうとしているときはな」ラヌルフはうなずいた。「きみがレディ・コンスタンスを口説こうとしていると思われてはまずい。相手がレディ・ベアトリスでもそうだ」

ヘンリーは心底驚いたという表情でラヌルフを見た。「わたしはそういう意味では、レディ・ベアトリスに興味はないぞ」

「本人が言うなら、そうだろう」ラヌルフは内心ほっとしたが表情には出さなかった。「しかしわたしだったら、気をつける。ベアトリスは若い。宮廷にいるような世知に長《た》けた女性たちとはちがう。きみの騎士道精神にのっとった細かな親切もそれ以上のものと解釈しているかもしれないな。娘が考えちがいをしたせいで、結婚させられる羽目に陥りたくはないだろう？　それにメリックには、ただでさえ考えなければならないことがいっぱいある。友人の行為を弁護しているひまはないぞ」

ヘンリーは一瞬険しい顔になったが、すぐにその目をうれしそうに輝かせた。「こうすればいい。ベアトリスをキアナンにくっつけるんだ」

ラヌルフは身をこわばらせた。「なんだって？」

「ベアトリスがいつもキアナンを話し相手にしていれば、キアナンはレディ・コンスタンスに近づけない。しかもキアナンはレディ・コンスタンスにぞっこんだから、あのちっちゃなおしゃべり屋が純潔を失う危険はまったくない」

「ベアトリスをそんなふうに呼ぶとはな」ラヌルフは眉をひそめた。「貴族の娘だぞ」

ヘンリーが笑い声をあげ、頭を下げた。「無礼を許されたい。この案をどう思う？」

「なぜキアナンを薦めるか、ベアトリスには言わないだろうな」

「わたしはそこまでまぬけに見えるのか？」ヘンリーはにやにや笑った。

その笑みにもラヌルフの機嫌はまるで直らなかった。「自分の思惑のために若い女性を好きなように操る男に見えるぞ。キアナンをレディ・コンスタンスから遠ざけるには、ほかの方法を考えたほうがいいかもしれない」

「いや、これは完璧《かんぺき》な方法だ」自分の案が気に入ったあまり、ヘンリーには問題点がなにも見えていないらしい。「レディ・ベアトリスといっしょにすごしたり、キアナンにレディ・ベアトリスとチェスや乗馬をするよう勧めたり、これは忙しくなるぞ。そうしておいて、レディ・コンスタンスがキアナンに会えなくて不機嫌になるか、ほっとしているかを見ればいい」

「わたしには名案には思えないな」ラヌルフは慎重に言った。

「名案にきまっているさ」ヘンリーはなおも言った。「メリックに幸せになってもらいたいんだろう？」

「そうだ」

「それなら、レディ・コンスタンスがメリックをがっかりさせないようにしなければ」

ラヌルフはこれ以上ヘンリーの案に反対意見を述べるようなことはしなかった。とはいえ、ベアトリスがヘンリーではなくあの愛想のない若者キアナンとすごしているところを見なければならないのかと思うと、心は少しもはずまなかった。

ヘンリーがラヌルフを相手に気がかりな点について話しているころ、サー・ジョワンはトリゲリス滞在中に使うことになった部屋で息子のキアナンと対立していた。

「少しは良識を働かせたらどうだ！」彼は強く言い、苛立ちと心配の入り混じった顔で息子を見た。「なんとしても自分の気持ちを押し隠すんだ。さもないと、あの男に殺されるぞ」

羊脂を満たしたランプが細い鎖で天井から吊《つ》り下がっている。そのゆらめく炎が、清潔なシーツと毛布で整えられたベッドに座り、父を見上げたキアナンの苦悩にゆがんだ顔を照らした。「愛してしまったものをこらえることなどできません」

「こらえるんだ」サー・ジョワンは息子と向かい合ったベッドにどっかと腰を下ろした。「メリック卿とレディ・コンスタンスは結婚するんだぞ。おまえにはどうしようもないことだ」

キアナンが立ち上がり、狭い室内の中央を行ったり来たりしはじめた。「メリック卿はレディ・コンスタンスに好意すら示していないんです」彼は不満げに言い、こぶしに握った片手をもう片方の手のひらにこすりつけた。「父上も今夜ごらんになったでしょう。彼はレディ・コンスタンスにほとんど話しかけすらしていない」

「メリックはだれに対しても寡黙なんだよ」

「どんな契約が結ばれていたって、かまうもんか。あんな男にレディ・コンスタンスはもったいない」

サー・ジョワンは手を伸ばし、せかせかと足を運んでいる息子を止めた。「おまえやわたしが彼のことをどう考えようと、結婚の契約は結ばれている。それを破棄できるのはメリック卿とレディ・コンスタンスだけなんだ」

「レディ・コンスタンスが破棄するわけがないでしょう」キアナンは不満げにつぶやき、ベッドに身を投げ出した。「家の名誉をとても大切にしているし、小作人につらい思いをさせないようにと心を砕いてばかりいる。ウィリアム卿を相手にレディ・コンスタンスはいったいどれだけ耐えたことか」

「しかし、そこにおまえがしゃしゃり出てどうする。婚約から逃れたがっていると少しでも考えられるようなことをコンスタンスはおまえに言ったのか？　おまえと結婚したい、おまえを愛していると言ったのか？　そんなそぶりを少しでも見せたのか？」

キアナンは父親と視線を合わせようとしなかった。

「まだぼくを愛してはくれていなくとも、ぼくは彼女を愛しています。きっとそのうち――」

「そのうちというのはいまじゃないんだ。求められてもいないのに、ふたりのあいだに割って入るようなことはすべきじゃない」

キアナンが頭を上げた。その目は憤りに燃えていた。「レディ・コンスタンスがあんな無慈悲な野獣と結婚するのを見るくらいなら死んだほうがましです」

本物の恐怖をいだきつつ、サー・ジョワンは最愛の息子に訴えた。「メリックに張り合うようなことをすれば、おまえは殺される。最良の訓練を受け、ヨーロッパじゅうの武芸試合で勝ってきた相手なんだぞ。体格ひとつとっても、おまえより三十キロは重い。互角に勝負したいなら、一年は修行しなければならないだろうし、そうしたところで、むこうのほうが大柄なことに変わりはないんだ」

「大柄だから勝つとはかぎりません」

サー・ジョワンは息子の肩をつかんで、自分の目を見つめさせた。「いいか、キアナン。結婚のじゃまをするようなことをすれば、張り合うようなことをすれば、メリックが容赦なくおまえを殺すのはまちがいない。それでコンスタンスはどうなる？　実際にはなにもないのに、おまえとのあいだになにかあったと誤解したら、メリックはコンスタンスにどう当たると思う？　コンスタンスにとって、それは正当なことなのか？」

サー・ジョワンは態度を少しやわらげた。「結婚を断りたければ、断るのはコンスタンスの権利だ。コンスタンスが強制されて結婚するような女性でないことは、おまえにもわたしにもわかっていることだろう。コンスタンスがメリックと結婚するのは、本人がそう望んでいるからなんだ」

「小作人や村人たちが心配だからですよ」キアナン

は強情に言い張った。

「どんな理由でコンスタンスがメリックと結婚しようとも、彼女を愛し、尊敬し、その幸せを願っているなら、事態をひどくすべきじゃない。たとえ善意でそうしたいとしても、だ」サー・ジョワンは嘆願するように言った。

キアナンが身をよじって父親の手を払った。そしてがっくりと肩を落としてうなだれた。その姿はまさしく絶望を表していた。「コンスタンスがあんなノルマン人の田舎者の妻になると思っただけで耐えられない」

「わかっている。わかっているよ、キアナン」サー・ジョワンはそっと言った。息子のみじめな気持ちを思うと胸が痛んだ。「しかし本当にコンスタンスを愛しているなら、運命を選ぶのは彼女にまかせなければならない。おまえにできるのは、もしもなにかあったら、自分とその家族がついている、できるかぎりの力になるからと彼女に伝えることだけなんだ。聞いているのかね、キアナン」

キアナンがうなずいた。

「結婚のじゃまをしないと約束してくれないか」

ふたたびキアナンがうなずいた。

「ではこの話はこれで終わりにして、寝ることにしよう」サー・ジョワンは息子の肩をぽんと叩《たた》いた。このわたしがいつまでも息子を守ってやれればいいのだが。「われわれの手助けが必要になれば、コンスタンスはきっとそう言ってくるよ」

キアナンはおとなしく服を脱ぎ、洗面をすませてベッドに入った。

しかし、彼は眠らなかった。

7

コンスタンスは刺繍《ししゅう》から目を上げ、向かい側に座って祭壇布の縫い取りをしているベアトリスをちらりと見た。とても気まぐれな刺し方をしている。いまの調子で続けていたら、作業中ずっと黙っていたとしても、再臨の日までには仕上がらない。

「狩りに参加できなくてがっかりしているのはわかるわ、ベアトリス」同情するように言ったものの、コンスタンスは実のところはほっとしていた。礼拝堂でひどい出会い方をして以来、キアナンを避けるのはとても骨が折れる。しかし、なんとしても避けなければならない。いったいキアナンは、メリックにはなにも見えないと思っているのだろうか。メリックに意図を怪しまれたら、わたしが困ることになるのが本当にわからないのだろうか。つまりキアナンはたんに身勝手なだけで、そんなことなどどうでもいいのだろうか。「外はひどくぬかるんでいて、わたしたちが馬に乗るのはむりよ。きっとまた機会があるわ。婚礼の祝宴用に猟の獲物がたくさん必要ですもの」

婚礼は一週間後だ。

その一週間にコンスタンスはトリゲリス領主との結婚を承諾するか断るかを決断しなければならない。以前はごく簡単に決められそうで、決断と呼ぶのも大げさに思えるほどだった。

ベアトリスがまるで人生とはまさしく悲劇だとでもいうようにため息をつき、憂鬱《ゆううつ》そうな表情で従姉《いとこ》を見つめた。「きのうの夜、雨が降りさえしなければよかったのに」

「ここはコーンウォールよ」コンスタンスは残念そ

うに微笑《ほほえ》んだ。「それに雨は上がったわ。このままいいお天気が続けば、たぶん午後にはわたしたちも馬に乗れるのではないかしら。さあ、お針仕事をするあいだ、物語を聞かせて。それとも使用人からなにか話を聞いてきた？」

コンスタンスはうわさ話に耳を貸さないほうではない。ひとつには、女主人として使用人や客がどういう状況にあるかを知っておかなければならないことがある。もうひとつには、やはりおもしろい。ただし事実と憶測を区別して聞く必要はある。従妹《いとこ》が情報源の場合はとくにそうだ。

ベアトリスが針を置いてほんの少し考えた。「エリックがつぎの荘園《しょうえん》裁判のとき、メリックにアニスと結婚する許可を申請するつもりでいるわ」

「それはべつに新しいうわさというのでもないわね」

ベアトリスの目が輝きはじめた。「女の人たちの中には、彼はもう少し待つだろうと思っていた人もいるのよ。エリックにはトルーロで目にとまったもうひとりの娘がいるといううわさがあるの。でも、そのあとアニスが五月の女王に選ばれたでしょう？それでエリックは急がなければと思ったらしいわ」

コンスタンスは眉を曇らせた。

「あら、エリックはメリックの許可がもらえないと心配しているわけではないのよ。ほとんどの女の人たちは、エリックはそんなことはしないと言っているの。エリックが二股をかけて楽しい思いをしたのでは、と思っている人もほんの少しいるというだけのことなの。それでアニスが女王に選ばれて、求婚する者がほかにも出てきそうだから、急がなければならないと気がついたと」

「アニスは喜んでいるにちがいないわ」

ベアトリスは針を取り、エメラルド色の絹糸を通した。「わたしもそう思うわ。でも、最近アニスはつんとしているという評判よ。五月の女王に選ばれてすっかりのぼせ上がっているのではないかと言う人もいるわ」

　コンスタンスはそれを聞いて驚いた。「アニスがそれほどうぬぼれやすいとは思えないけれど」

「わたしもよ。たぶん妬《ねた》みから出たうわさにすぎないんじゃないかしら」ベアトリスは針を布に刺してコンスタンスのほうへ体を寄せた。「ほかにもあるの。サー・ヘンリーのことよ。ロンドンに愛人がいるんじゃないかしら」

　コンスタンスは信じられないという表情で従妹を見つめた。「彼がそう言ったの？」

「もちろん言うはずはないわ！」ベアトリスは得意そうに笑った。「彼の言ったことから、わたしが自分で判断したのよ」

　ベアトリスのことだから、ヘンリーの話の中にロンドンに住んでいる女性のことが出てきただけなのかもしれない。

「彼のことは、お従姉《ねえ》さまの言ったとおりではないかと思うの。彼は女性に対して愛想がいいだけよ。言ったことはひと言も信用できないわ。愛人を囲っている男性なんて、わたし絶対に好きにはなれないわ」

　サー・ヘンリーに愛人がいようといまいと、コンスタンスにはどうでもよかった。従妹がそのような女性がいるのではと怪しんだことが、ただうれしかった。これでベアトリスも恥辱と破滅を招きかねない過ちを犯さずにすむはずだ。

「わたし、サー・ラヌルフには愛人がいないと思うの」ベアトリスが考えたことをそのまま声に出した。「きっと彼は失恋の痛手に耐えているんだわ」

　たとえそれが本当であっても、コンスタンスにはあの斜に構えたラヌルフが認めそうには思えない。

「なぜそう思うの？」

ベアトリスは肩をすくめた。が、その目は自信に輝いている。「恋愛についてあれほどつむじ曲がりな見方をするなんて、ほかにどんな原因があるかしら。げんにアーサー王と円卓騎士団の物語なんてくだらないと言ったのよ！」

これでベアトリスはサー・ラヌルフからも安全だ。もしも——そんなことはないと思うが、サー・ラヌルフがベアトリスに対して不埒《ふらち》な下心をいだいているとしても、円卓騎士団の話を軽んじる男性が従妹とうまくいくはずがない。

メリックは愛人を持ったことがあるのかしらとコンスタンスは思った。でもベアトリスが知っているとすれば、まずコンスタンスに知らせなければと思うだろうから、とっくに話してくれているはずだ。そのような話はこれまで聞いていない以上、ベアトリスは知らないか、メリックには愛人はいないと考えているか、そのどちらかだということになる。

蹄《ひづめ》の音と男性のどなり声が中庭から聞こえた。即座にベアトリスがうれしそうに微笑んで勢いよく立ち上がった。「帰ってきたわ！」

コンスタンスも刺繍の枠をわきに寄せて立ち上がったが、その動作はもう少ししとやかだった。「あまり遠くへは行かなかったのね。なにもなければいい——」

大広間の扉が激しい音をたてて開き、メリックが入ってきた。その髪は乱れ、苛立《いらだ》った厳しい表情をしている。彼の右袖《そで》は血に濡《ぬ》れ、足の運びとともに藺草《いぐさ》に血がしたたり落ちた。

「なにがあったの？」コンスタンスは思わず叫び、彼に駆けよった。そのあいだにも狩りに出かけた一団の残りの人々が大広間に入ってきた。

「来るんじゃない」メリックが鋭く言い、足を止めることもコンスタンスのほうを見ることもなく通りすぎていく。

とすると、狩猟中の事故だわ。たぶんいきり立った猪《いのしし》の牙《きば》に刺されたのでは。「薬を取ってきて傷の手当てをするわ」

メリックがいきなり足を止めた。「いや」彼は怒った獣のように獰猛《どうもう》な目をコンスタンスに向けた。「自分の傷は自分で手当てする」うなるようにそう言うと、彼はそのままむこうに行ってしまった。

取りつく島もないその言い方にあっけにとられたコンスタンスがその場を動けずにいると、ヘンリーがそばに来た。「猪を追いつめたんだが、その騒ぎの中でタレックが槍《やり》でメリックの腕を突いてしまったんだ。傷は深くはないと思う。メリックが馬に命令したどなり声や、タレックと自分の近くにいる相手をだれかれかまわず罵《ののし》った声を聞いたら、きみもそう思ったんじゃないかな」

ヘンリーのように武芸試合の経験が豊富な人は傷が浅いか深いかを判断できるわ。コンスタンスは自分にそう言い聞かせながらも目を閉じた。またも前の領主がどなり、罵る声がよみがえる。

ヘンリーがコンスタンスの腕にそっと触れた。「落ち着いて、レディ・コンスタンス。メリックは深手を負ったわけじゃない。彼は体の具合が悪くなったり、負傷したりすると、いつもああなんだ。人からあれこれかまわれるのがとにかく嫌いでね」

「ヘンリーの言うとおりだよ」ラヌルフも言った。「あれがメリックの流儀なんだ。しかし、彼もばかではない。深手を負ったと判断すれば、医者を呼べと言ってくる」

ベアトリスが震えながら前へ出た。「あなたも血が」ベアトリスは血の飛び散ったサー・ラヌルフのチュニックを指さした。

「これは猪の血だ」ラヌルフはそっけなく言い、もう一度コンスタンスのほうを向いた。「城に医者がいるなら、呼ぶのはかまわない。しかしそれはメリックのためというよりあなたが得心するためだ。メリックはおそらく医者を追い返すだろうからね」

コンスタンスは女主人として自分のなすべきことを承知している以上、それがだれであれ、けがをした人間の手当てを運命や医者のいかがわしい腕にまかせることはできなかった。

それに、コンスタンスがメリックに自分で傷の手当てをさせたくない理由はもうひとつあった。コンスタンスはこれまでの人生の大半をひとりの人間の機嫌を損なわないよう忍び足で歩くようにすごしてきている。あんなことはもう二度とするつもりはない。

「メリック卿《きょう》の傷の手当てはわたしがするわ」コンスタンスは、メリックがいやがろうといやがるまいとそうするつもりであることを口調ににおわせた。

そして、それは本気で思っていることだった。

「メリックはえらく腹を立てているんだよ、コンスタンス」アルジャーノン卿が警戒して言った。「それにサー・ヘンリーとサー・ラヌルフがそっとしておいたほうがいいと言うなら――」

「城にいる人をできるかぎり手厚くお世話するのがわたしの務めですもの」

これまで見たこともないほど蒼白《そうはく》な顔をした守備隊長が急いでコンスタンスのところへやってきた。

「お願いです、レディ・コンスタンス。あれは偶発的な事故だったとメリック卿にわかってもらえるよう話してください」タレックは訴えた。「わたしが猪を狙《ねら》って槍を突いたところへメリック卿が動いてきて当たってしまったんです」

コンスタンスは慰めるように忠実な隊長の肩に手を置いた。「話してみるわ。メリック卿もきっとわかってくださるわ」

ゆくゆくは。それに彼が本当に父親とはちがって、些細《ささい》なことを何カ月も根に持って言いつのるような人でなければ。

キアナンとサー・ジョワンが大広間に入ってくるのをコンスタンスは目の隅でとらえた。すぐにキアナンがこちらへ向かってきたが、コンスタンスは彼を無視した。

少なくともメリックを負傷させたのはキアナンではない。そもそも陰険な手を使って人に襲いかかるのはキアナンらしくない。ほんの少しでもコンスタンスが促せば、おそらくキアナンはメリックに決闘を挑むだろう。なによりも卑怯《ひきょう》な行為を軽蔑《けいべつ》しているのだ。

コンスタンスはキアナンがこちらまで来ないうちに大広間を出ると、薬を取りに自分の部屋へと急いだ。傷口を縫うために細い針と糸も用意した。ベッドのそばの櫃《ひつ》から、すぐに包帯として使えるよう帯状に裂いてあるものも含め、清潔な亜麻布、止血と鎮痛に効能のある万病草の軟膏《なんこう》をかごに入れた。

ベアトリスが心配そうな表情で現れ、戸口のあたりでそわそわしている。「わたしになにかできることは?」

ベアトリスがけが人の手当てのしかたを少し学ぶにはちょうどいい機会かもしれない。「だれかに厨房《ちゅうぼう》からメリック卿の部屋までお湯を運ばせて。すぐにお願いね」

こっくりうなずくと、ベアトリスは駆けていった。

コンスタンスが大広間に戻ると、ヘンリー、ラヌルフ、アルジャーノン卿の三人はすでに炉辺でワインを飲んでいた。三人ともまだ泥はねと血のついた服のままだ。サー・ジョワンは中庭にいて、馬のことでなにかどなっている。キアナンの姿はどこにもない。

キアナンのことをすっかり忘れていたわ。コンスタンスがそう思ったとき、カレル卿が腕に手を置いてコンスタンスを引きとめた。「彼が死んだら」カレル卿は静かながらも切迫した声で言った。「国王はおまえを自分のフランス人の親戚《しんせき》に嫁がせようとするかもしれない」

そんな宿命のことは考えたくもない。「全力を尽くしてメリックの傷の手当てをするわ、叔父さま。幸い、サー・ヘンリーは傷は深くはないとおっしゃっているの。もう行かなくては」コンスタンスはそれだけ言うと、寝室に通じる階段に向かった。

「幸運を祈っているよ！」ヘンリーが呼びかけ、酒《しゅ》盃《はい》をコンスタンスに向かって掲げた。「なによりも必要だろうからね！」

メリックに追い払われてうろたえ、泣きながら大広間に戻ってくると思っているなら、ウィリアム卿が最悪の機嫌でいたときを見せたかった。すさまじい名前で口汚く呼ばれ、手当たりしだいにものを投げつけられたものだった。ウィリアム卿が使っていた室内用便器までも。

それでもなお、いくら務めをはたす覚悟でいるとはいえ、メリックの部屋の前に立つと、コンスタンスはためらった。もしもメリックがけがを負って怒り狂っているウィリアム卿のようだとしたら？

もしもそうなら、早く知ったほうがいいわ。

深呼吸をひとつすると、コンスタンスはドアを強く叩《たた》いた。

「だれだ？」ドアのむこうからメリックが尋ねた。

「コンスタンスよ。傷の手当てをしに来たの」

ドアが勢いよく開き、半裸のメリックが現れた。髪はくしゃくしゃに乱れ、目は燃えるような光を見せ、右腕の長い傷口からはまだ血がしたたり落ちている。「助けはいらない」

少なくとも彼はどなってはいない。「かまわないわ」コンスタンスも同じように落ち着き払って言った。「あなたが失血死してしまわないうちにその傷口を縫うわ」

「もっとひどい傷を負ったことがあるが、自分で手当てをした」メリックはドアを閉めようとした。

コンスタンスはドアの隙間《すきま》に片足を入れた。「じようずにお縫いになれるの？」

その足を見て、メリックは顔をしかめたものの、それ以上ドアを閉めようとはしなかった。「縫わなくとも治る」

「それはわからないわ」コンスタンスはドアを押し開け、中に入った。

前回この部屋に入ったのは、メリックの到着に備えてすべて用意が整っているかどうかを確認したときだった。リネン類は清潔なものがそろっているし、鵞鳥《がちよう》の下羽をつめたふとんはふっくらとしている。大きなベッドのまわりにめぐらされた帳《とばり》はきれいにちりが払ってある。厚い絨毯《じゆうたん》はふつうの錫《すず》鉱夫の年収二年分――税金を免れたとしても――より高いもので、ほこりを叩き出して敷き直した。銀製の水差しと水盤は窓辺の台で使われるのを待っていた。ベッドのそばのテーブルには蜜蝋《みつろう》の蝋燭《ろうそく》が燭台《しよくだい》に立ててある。そして部屋の隅には火鉢を用意しておいた。

コンスタンスはかごを洗面台に置き、水盤の水が血で赤く染まっているのと、床に血で汚れたシャツが落ちているのを見てとった。わきのテーブルにワインがこぼれているのは、傷口にかけようとしたにちがいないし、テーブルには細く裂いた布切れも載っている。帳をめぐらせた大きなベッドをコンスタンスは無視した。

「どうやって裂いたの？」コンスタンスはあごをしゃくって細い布切れを示した。「歯で？」

「さっきも言ったように、自分の傷は自分で手当てする」

コンスタンスは洗面台のそばの椅子を引きよせようとした。「あなたの手当てをすませるまでは、この部屋を出ていきませんからね。自分で傷口を縫うことはできないのだから、座ってわたしにまかせてくだされぱいいわ」

「傷はさほど深くない」

コンスタンスは両手を腰に当てた。「この分だとわたしの持ってきた軟膏も使いたくないでしょうね。出血を止めて、治りを早くしてくれるし、痛みも鎮めてくれるのよ。なんとがんこな人なのかしら」

長いあいだふたりでにらみ合ったあと、コンスタンスがほっとしたことに、彼は椅子に座って腕を差し出した。「わたしに触れるのを許そう」

なんという傲慢《ごうまん》さ！

彼の目がからかうようにコンスタンスを見た。

「きみに触れるには許しを得ないとだめだと言われている以上、わたしに触れるにも許しを求めることにしたほうが公平なのではないかな」

コンスタンスはむっとした表情で腕が動かないよう彼の手をつかみ、傷口を調べた。ありがたいことに、傷は深くない。「タレックは槍をよく研いでいるのね。よかったわ」

「よかった？　あやうく殺されるところだったんだ」

「傷口がぎざぎざのほうがすっぱり切れた場合より厄介なのよ」コンスタンスはそう答えて目を上げ、彼がやや血の気のない顔をしているのを見てとった。

「でもあなたは、これまでご自分で手当てをなさってきたのだから、それくらいのことはご存じね」

「コンスタンス」ベアトリスが戸口に現れて呼びかけた。水差しを持ち、腕に清潔な亜麻布をかけている。

「ああ、助かるわ」コンスタンスはきびきびと動き、水差しと亜麻布を受けとった。ベアトリスはメリックを見つめたまま、その場に突っ立っている。

「くそ、見物人つきなのか？」メリックが尋ねた。

従妹が傷の手当てのしかたを学ぶにはいまは最適のときとはいえないかもしれない。「ありがとう、ベアトリス。行っていいわ」

ベアトリスはうなずくと、すぐに去っていった。

「いくら痛みがあっても、あんな失礼なことをおっしゃるものじゃないわ」水盤の血に染まった水を空の便器に捨てながら、コンスタンスはたしなめた。「ベアトリスは手助けをしようとしただけなのだから」

コンスタンスが傷口を洗いはじめると、メリックは顔をしかめた。「わたしがきみの腕のけがを処置しているときに兵士に見物をさせたら、きみは楽しいかな？」

「けが人の看護のしかたを覚えるのはベアトリスの務めなの。そうしなければ、夫や息子やその指揮下にある騎士が負傷したときに手当てができないでしょう？」

「ほかの者が負傷したときに覚えればいい」

コンスタンスは唇をすぼめて傷口を洗うのに神経を集中した。メリックは身じろぎひとつせずに座っており、コンスタンスが傷口を縫いはじめても顔をしかめなかった。少なくとも、彼の平然とした態度は見せかけのものではなかった。

「きみは家令からきわめて高く評価されているようだな」そっと針を肌に刺したコンスタンスにメリックは言った。

「彼は信頼できる友だちよ」コンスタンスは唇をかみ、糸を引いて最初の縫い目をつくった。

「なぜかわかるな。彼はとても頼りになる誠実な男らしい」

「実際にそうよ」傷口を縫う作業を続けながら、コンスタンスは眉を寄せた。そしてしゃべらないよう言おうかと考えたが、やがてメリックはそうやって痛みから気をそらそうとしているのかもしれないと気づいた。

「村にある一軒の家に目がとまったんだ」彼が言った。「子供だったわたしがここを離れたときにはなかった家だ。かなり大きな石造りの家で、上の部分は骨組みに壁が塗ってある」

「ルアンの住まいだわ。あなたの土地管理人の。三年前に建てたのよ」

「きみはルアンが好きじゃないね。なぜだ？」

感情を出さずに答えるよう気をつけたのに、うまくいかなかったらしい。

コンスタンスは肩をすくめ、もうひと針縫った。

「彼が不誠実だという証拠はなにもないけれど、物腰や口のきき方にどこかこそこそしたところがあるの。ちょうど相手を欺いていて、相手もそれを知っていながら、どうやって欺かれているのかはわからないというように」

「するときみがルアンを嫌っているのは、たんに直感の問題なのだね？」

ルアンが不正を働いている証拠がなにかつかめていたら、どれほどいいだろう。「ええ、そうよ」

「直感に基づいて人を解雇するわけにはいかない。ルアンを盗人《ぬすつと》と証拠立てるものがなにもないのではなおさらだ」

「わたしはどう思うかきかれたから答えたのよ」コンスタンスはメリックに自分の返事を軽視されたことに落胆を覚えた。

「ときとして直感は警告になる。それも留意に値するだけの。きみが不信感をいだいているので、出納簿を細かく調べてみたが、おかしなところはなにもなかった」

メリックの抑えたことばに、コンスタンスは傷口を縫っている最中にもかかわらず、喜びの小さな戦《せん》慄《りつ》が体を駆けぬけるのを覚えた。ウィリアム卿はコンスタンスがなにを言ってもたいがいあからさまに嘲笑《ちょうしょう》したものだった。カレル卿は表面的には耳を傾けてくれたが、叔父が自分の意見を評価してくれていないのをコンスタンスは知っている。「もしかしたら、ルアンはつかまるのが怖くて不正なことをできずにきたのかしら。その程度で人を信用していいことにはならないけれど……」

「しかし信用できないように見えても、帳簿に誤りがなにもない理由はそれで説明がつく」

「態度がおかしいからといって不正を働いているときめつけてはいけないわね」

メリックがたじろぎ、コンスタンスはあわてて彼を見た。彼の顔は蒼白で、コンスタンスの顔のすぐ近くにあった。

「ごめんなさい」

彼が首を振った。「これよりひどい傷を負ったことが前にも何度かある。そのときは、これほど美しくてやさしい女性が世話をしてくれることもなかった」

コンスタンスは頬を染めながら最後の縫い目の糸を引き、彼がすぐそばにいることを考えまいとした。彼の濃い茶色の髪が起きたばかりのようにくしゃくしゃに乱れていることも。まるで耳元でささやいているように響く低いかすれた彼の声のことも。ほんの数十センチのところに彼の唇があることも。

「とてもきれいに縫えている」コンスタンスが縫い終わると、メリックが言った。「今度からはきみの手当てを断らないようにしよう」

「なんとやさしいおことばかしら。でも今回も結局は断らなかったわ」コンスタンスは縫い目の上に万病草の軟膏を塗った。「幸い、わたしは癇癪《かんしやく》を起こされたり荒々しいことばを投げつけられたりする程度では、これは正しいと思ったことをやめたりはしないの」

「たしかに。覚えておこう」

かすかにつんとくる軟膏の芳香が漂う中で、コンスタンスは手当てを早く終えてしまったほうがいいと考え、彼の腕に清潔な包帯をてきぱきと巻きはじめた。「夜寝る前と朝起きたときに軟膏を塗り直して包帯を替えなければならないわ」

　包帯を結び終えると、彼は無言で立ち上がり、木製の櫃まで足を運んだ。そして櫃を開けて中からきれいなシャツを取り出そうと手を伸ばしたが、めまいがしたのか、ややよろめいた。

　誇り高くてがんこなおばかさんね。コンスタンスは内心頬をゆるめ、彼が手を振って制するのにもかまわず、そばへ駆けよった。なぜか男の人というのはこんなにも子供っぽくなるときがある。

「倒れないうちに座ったほうがいいわ。ここにはあなたが強い男であるところを見せつけなければならない相手はだれもいないのだから」

「しかしきみがいる」

「わたしはちゃんと感銘を受けているわ。さあ、お座りなさい」

　彼はまずシャツをつかんだ。それからベッドの端に腰を下ろした。「きみはいつもこんなふうに執拗《しつよう》なのか？」

　コンスタンスはテーブルに戻り、使わなかった包帯をかごにしまいはじめた。「ええ、がんこな人を相手にしたときはね」

「わたしはがんこではない」

　コンスタンスは、それはどうかしらという表情を彼に向けた。

「あれこれ世話を焼かれるのが好きじゃないんだ」

「そう聞いているわ」

　彼はシャツを左手に持っている。コンスタンスはシャツを着るのに手を貸しに行った。

「自分でできる」

「かまわないわ」忍耐力がとぼしくなってきたコン

スタンスは言い返した。そして彼の手からシャツを取ると襟ぐりを探し、頭からシャツを着せようとした。

その動作でコンスタンスの胸が彼の顔ぎりぎりまで近づいた。

彼の右腕にシャツの袖を通す作業に意識を集中させようと努めながら、コンスタンスはこれまでにも男性に服を着させる手伝いをしたことが何度もあるのを思い出した。病人とけが人だった。ひとりとしてハンサムな人はいなかったし、ひとりとして自分の許婚《いいなずけ》はいなかった。

彼と体を近づけ合っていることを気にかけまいとしても、コンスタンスの背中には汗が流れはじめた。肩甲骨のあいだがむずむずする。

ばかばかしい反応のしかたを抑えてしまおうとコンスタンスは心を決めた。そしてすぐ近くにある男性の体に気を取られているように見えるとすれば、それはなぜかを説明しよう。「傷跡がいろいろあるところをみると、縫う必要があったのはこれが初めてではないようね。二十回の武芸試合で勝ったというのは本当なの？」

彼がうなずいた。

「非合法な武芸試合にも？」

ふたたび彼がうなずいた。

「これまで国王の法は守ると何度もおっしゃっているにもかかわらず？」

「国王は武芸試合を完全に廃止することはできないとご存じだ。諸侯が承知しない」

「すると国王がご自分の法令に片目をつぶっておみせになれば、その法令は無視されることがあるというの？」コンスタンスはかすかに蔑《さげす》むように尋ねた。

「国王が法令に片目をつぶれば、わたしもそうする」メリックは平然と答えた。「国王がそうしなければ、わたしもしない」

彼がこのように都合のいい釈明を口にすることに驚いてはいけないのかもしれない。おおかたの貴族がそうするのだから。とはいえ、それで危険がまったくないわけではない。「それでも武芸試合で兄弟を亡くしたウォルター・マーシャルが、どれだけ苦労して国王に相続財産を承認させたか、あなたもお聞きになっているでしょう？　もしもあなたが武芸試合で命を落としていたら、どうなったかしら。先祖代々受け継いできた領地が王家に没収されたかもしれないのよ」

「命を落としたとしても、わたしは自分の家の所領がどうなろうとあまり気にしなかったのではないかな」

この返事を少しも愉快に思わなかったコンスタンスは眉をひそめ、彼のシャツのひもを結びながら、声にいくぶん反感をこめずにいられなかった。「あなたは本当にそこまで無責任な人なの？　それとも国王の恩寵《おんちょう》を受けている自信があるから危険はまったくないとお考えなの？」シャツのひもを結ぶと、襟開きからのぞいていた彼の胸も見えなくなった。

「ヘンリー王は気まぐれだ」彼は肩をすくめた。「ある日恩寵を得たかと思うと、翌日には厭《いと》われることもありうる」

「それならなぜ国王の不興を買おうとするの？」

「わたしにとっては楽しかったからだ」

ああ、どうしよう！　こんなにもそばにいて、あのかすかな笑みを浮かべながら深く響く声でささやかれると、背筋を震えが……恐怖ではない震えが走る。

コンスタンスは急いで後片づけにかかった。あらたに血で汚れた水を室内用便器に捨て、傷口を洗うのに使った布を水盤で洗った。「きょうのできごとでタレックを悪く思わないでくださるといいのだけれど」もうひとつの重要な問題をコンスタンスは口にした。この話題ならいやな考えや想像に行き着くことはまずないはずだった。「彼は優秀な兵士だし、とても忠実だわ」

「タレックの件はいずれ対処する」

メリックの声は厳しく、断固としていた。コンスタンスはついいままでほてっていた体が急に冷たくなったような気がした。「どうなさるおつもりなの？」

「夜までにトリゲリスから追放する。二度とここに戻ってきてはならない」

処罰の厳しさにコンスタンスは唖然《あぜん》として彼を見つめた。「なぜ？　狙いをはずしてあなたを突いたから？　わたしが請け合うわ。タレックはいい人よ」

メリックが立ち上がり、癪に障るほど冷静にコンスタンスを見た。「兵士としては優秀でも、守備隊長は兵隊を指揮し、武器を管理し、この城を守らなければならない。彼の能力や忠誠心、あるいはわたしを守ろうとする気持ちにわたしはいささかの疑いもいだいてはいないが、彼をここに置いておくわけにはいかない」

「どんな理由で彼があなたを襲わなければならないの？」コンスタンスは反論した。

「それはわからない」

「では、なぜ……」

「現実に彼がわたしに傷を負わせたからだ。故意であろうと偶発事故であろうと、このようなことを見すごすわけにはいかない」

「でも彼を追放するなんて、あれほど忠実な人の名誉を奪うなんて――」

「ではどうすればいい？　降格させるのか？　一兵卒に下げるのか？　それではもっと不名誉になるのではないのか？」

コンスタンスはたしかにそうだと内心で認めた。

でも、そうだとしても……。「彼はあなたを殺そうとしたわけではないわ。それだけはたしかよ」

「きみの命やわたしの命を、トリゲリスの住人ひとりひとりの命を危険にさらしても？　悲しいかな、わたしはそこまで信頼できない。彼はここを出ていくべきだ」

　明らかにメリックはコンスタンスの意見を少しも考慮しようとはしていない。タレックが長年仕えてきたことはなんの意味も持たないのだ。

　固く引き結んだメリックの唇がややゆるんだ。

「わたしは根拠があって判断を下したんだよ、コンスタンス。きみが理解してくれたり賛同してくれたりするかどうかはわからないが、わたしはいわれもなく行き当たりばったりに行動しているわけではない。自分の命にせよ、城にせよ、妻にせよ、自分のものをわたしは守る。自分にとって大切なものをわたしは守る」

　いまのはわたしを大切に思っているということなのかしら。それともたんに妻を含めて自分の所有物は手放さないというだけのこと？

　とはいえ、メリックがコンスタンスを見つめ、コンスタンスが彼を見返していると、彼の目に表れた険しい光はべつの炎に変わっていった。コンスタンスはその炎を無視しようと努めた。だが、それに応《こた》えて体の奥には火が燃え上がっていく。そして欲望は意志より力が強かった。コンスタンスの息遣いは小刻みになり、胸ははずんで鼓動を速めた。彼の顔がすぐそこにあり、彼の体は手を伸ばせば触れられる位置にある。コンスタンスは彼のまなざしの熱さに自分の決意が溶けて消えていくのを感じた。

　ゆるぎのない視線と視線がからまり合ったまま、メリックが手をさしのべてコンスタンスを引きよせた。

またもキスされたら、わたしの抵抗しようとする気持ちは、夏の日差しを受けたもやのように消えてしまうわ。そして、わたしは彼に屈服する。たぶん永久に。彼の所有物としての自分の役割を受け入れてしまう。

コンスタンスはあとずさった。

メリックの表情が硬くなった。いまコンスタンスの前にいるのは、石を思わせる顔をしたトリゲリス領主に戻ったメリックだった。「タレックを捜してきてくれないか。執務室で話があると伝えてほしい。いますぐにだ」

「ここを支配しているのはあなたですもの。おっしゃったとおりにします」コンスタンスは答えた。

「でもやはりわたしは、あなたがまちがっていると思うわ」

しばらくのち、メリックからあまりに厳しく容赦のない目でにらまれ、守備隊長のタレックは臆病《おくびょう》でも意気地なしでもないのに、震え出していた。

「お許しください！　あれは偶発的な事故だったんです」

「わたしは釈明を求めたか？」

トリゲリス領主はどなってもいなければ、声を荒らげてもいない。それなのに冷たく迷いのないその低い声はタレックをさらにおびえさせた。

メリックは震えている守備隊長と鼻と鼻がくっつきそうなところまで足を運んだ。「わたしに危害を加えるつもりはなかったんだな？」

「はい！」

「わたしが見えなかったんだな？」

タレックの喉はまるで砂漠を行進してきたようにからからだった。「はい」

「わたしは小男だろうか、タレック？」

「いいえ」守備隊長は生唾《なまつば》をのんだ。「しかし猪のまわりは人でこみ合っていました。狩りで事故が起きることはときどきあります」タレックはがっくりと膝をついた。「どうしてわたしがご主人を殺そうとなどするでしょう」

メリックは腕を組み、無言で問いかけるように眉を片方上げた。

「わたしは忠実にお仕えしてきました！　お小さいころを思い出してください。わたしはお父上にも忠実でした。レディ・コンスタンスにおききになってください。そうだとおっしゃるはずです」

「レディ・コンスタンスはすでにおまえの忠実さを請け合ってくれている」

希望の灯がふたたびともり、タレックは必死で言った。「やはりそうでしたか。わたしは二十年トリゲリスでお仕えして――」

「知っている。わたしはおまえを覚えている、タレック」

タレックはふたたびぞっとしたが、希望の灯と邪《よこしま》ウィリアムの息子に仕えたことのある自分の過去にすがった。「お小さいとき、わたしはとてもいい友だちだったではありませんか。なにをどうなさりたいのか、一度だっておしえずともわかったものです」

「たしかにおまえは領主の息子のいい友だちだった」メリックはうなずいたものの、糾弾するような口調だった。

「今後もどんな命令にも無条件で従います」タレックが誓った。

メリックは相変わらず無慈悲な目でタレックを見つめた。「どんな命令にも？」

タレックは青ざめたが、それでも熱意をこめて答えた。「はい、どんな命令にも」

「よろしい。大広間に行ってサー・ラヌルフにわたしが話をしたいと言っていると伝えてくれ。それからただちにトリゲリスを去り、二度と戻ってきてはならない」メリックはテーブルに手をつき、タレックがすぐにも殺したいほど不快な生き物であるかのように、体を前に乗り出した。「タレック、これだけは言っておく。わたしやわたしの家族を襲おうとする者は必ず捜し出す。そしてわたしの父がそうしたよりもさらにゆっくりと殺してやる」

タレックははっと息をのみ、蒼白な顔を今度は紅潮させた。「きょうのことは事故だったんです。命にかけても！」

メリックの目にはなんの同情も表れてはいなかった。「わたしを殺そうとした咎《とが》で処刑されなかったのを幸いだと思え。わたしの気が変わらないうちに行くんだ」

タレックはそれに従った。部屋を出るときには、恐怖は憎悪に変わっていた。

8

「来たぞ、メリック。話があるとのことだが？」ラヌルフが執務室に入ってきて言った。メリックは窓辺に立ち、負傷した右腕を左腕で支えた姿勢でドアに背を向けていた。「ヘンリーは見つからなかったよ」

メリックは窓から離れて、ラヌルフのほうを向いた。「タレックはヘンリーにも話があると伝えたのか？」

「いや」ラヌルフはメリックのぶっきらぼうな言い方に眉をひそめた。「守備隊長の件はどうすることにしたんだ？　わたしに話しかけてきたとき、タレックは景気のいい顔をしていなかったが、かといって武装した番兵に囲まれてもいなかった」

「タレックはトリゲリスを去る。二度とここには戻ってこない」

ラヌルフは椅子を勧められるのを待たずに座った。

「そのまま追放するだけか？」

メリックは大きなテーブルをはさんでラヌルフの向かい側に座り、コンスタンスにそうしたように理由を説明した。「タレックがわたしを殺そうとした証拠はなにもないが、殺そうとしたことを否定する危険を冒す気はない」

「もちろんそれはわかる」ラヌルフは答えた。「あいにくきみの許婚《いいなずけ》は、その理由がのみ込めないでいるようだ。とても動揺したようすで大広間を出ていった。わたしの見たところでは、タレックはレディ・コンスタンスに心から忠実な人間のひとりらしい。友人と見なしてさえいるのではないかな」

ラヌルフは気の合う盟友だが、メリックはコンスタンスの示した反応にどれだけ自分が動揺したかをラヌルフに打ち明けるつもりはまったくなかった。人を思いやるコンスタンスの性格を考えれば、守備隊長をなぜ追放しなければならないかを理解してくれると思っていたのだが、実際には理解するどころか腹を立てられてしまい、がっかりしてしまった。きっとわたしのやり方が正しいことに気づいてくれるだろう……いつかは。「コンスタンスが動揺しようがしまいが、タレックは追放しなければならない」

「そのことで言い合うつもりはない」ラヌルフは言った。「問題は、きみがレディ・コンスタンスと話し合って説明するかどうかだ。それともまたべつの傷のように未解決のままふたりのあいだに残しておくのか？」

メリックには自分の意見を繰り返し述べても、事態があまり変わるとは思えなかった。それにラヌルフの助言も喜んで受け入れるわけにはいかない。コンスタンスと諍《いさか》いが起きたのは、こちらのせいではないのだ。トリゲリスとそこに生きる人々を守るためにすべきことをするのは正しいはずだ。

ふたたび怒りが燃え上がりはじめたが、メリックは自分の態度や表情や声にそれが出ないよう心した。「女についての助言をしようというのか？　それはヘンリーの得意分野だと思っていたが？」

ラヌルフが顔を赤くし、中立の立場を装った仮面がややはがれた。「わたしは手を貸そうとしているんだ」

「それはよかった。きみに頼みたいことがある」メリックはほっとした思いで話題をコンスタンスからほかへと移した。

ラヌルフが問いかけるように片方の眉を吊《つ》り上げた。「これはおもしろそうだな。これまできみから頼みごとをされたことなど一度もないぞ」

たしかにない。それはラヌルフやヘンリーと同じく、メリックにも自尊心があるからだ。しかし今回はヘンリーはべつとして、ほかに頼める相手がだれもいない。ヘンリーは忠実で愉快な友人ではあるし、ラヌルフ同様信頼もしているが、今回の場合はラヌルフに頼んだほうがいい。「タレックがここを去る以上、新しい守備隊長が必要になる。きみにその役をやってもらいたい」

ラヌルフが赤くなった。それが謙遜《けんそん》からでないのはメリックにもわかっている。「わたしは兵卒でも雇われているわけでもないぞ」ラヌルフが冷ややかに答えた。

「敬意を欠くつもりはまったくないんだ」これまでもラヌルフに対して敬意を失ったことはない。しかしいまは、この友人の助けを緊急に必要としている。そしてそれが頼めないほど自分は自尊心が強いわけではない。「どの兵士が守備隊長の地位に就けるに最もふさわしいかを判断するまで、その地位を信頼できる者にまかせなければならないんだ」

「なるほど」ラヌルフはどちらとも答えない。

「引き受けたくなければ、もちろんそれでかまわない」

メリックは返事を待つあいだラヌルフを見つめ、彼がコンスタンスよりも状況をよく理解してくれていることを祈った。

とても長く思える時間のすえ、ラヌルフがふんと笑うようにメリックを見て肩をすくめた。「わかった。きみの守備隊長として動こう。ただし、べつの守備隊長が見つかるまでだ。すぐに見つかるよう期待しているよ」

メリックはほっとため息をつきたいのをこらえた。そして、うれしさのあまりテーブルをまわると、めずらしく仲間らしいしぐさでラヌルフの肩をぽんと叩《たた》いた。「ありがたい、ラヌルフ。この恩は忘れない」

「死ぬまで盟友だ」ラヌルフが重々しく答えた。

「死ぬまで盟友だ」メリックも復唱した。

「では、指示を」

「兵隊にはタレックを追放し、きみが守備隊長となったことをわたしから話す。ヘンリーにはきみから話してくれ」

「わかった。ほかには?」

「なにもない」

「では、行ってもいいかな」

「もちろん。ほかにきみのほうで打ち合わせておきたいことがなければ、だが」

「べつにない」ラヌルフはそう答え、いつもの鍛えられたゆったりとした足取りでドアに向かった。気分を害した形跡はなにひとつ見られなかったが、それでもメリックはラヌルフを怒らせたのに気づいていた。長いつき合いだからその冷静で超然とした態度にはごまかされない。

ラヌルフが出ていったあと、メリックは椅子に腰を落とし、罵《ののし》りのことばをのみ込んだ。どうしてだれも、わたしが今回このような決断を下さなければならなかったかわかってくれないのだろう。なぜわたしが理不尽なことを言っていると取るのだろう。過去にトリゲリスの後継者を殺そうとした者がいたのだ。彼らはもう一度殺そうとするかもしれない。その企てが成功すれば、わたしの妻や友人たちをはじめ、ここにいるすべての人々にどんな悲運が降りかかるだろう。

　妻を、友人を、トリゲリスにいるすべての人々を守るのはわたしの務めだ。なんとしてもその務めを果たす。たとえだれもわたしの手段を肯定してはくれなくとも。

　コンスタンスは心が乱れるあまり座っていられず、庭園の中を行ったり来たりしていた。いましがた起きたばかりのひとつひとつのできごとについて、さまざまな思いが頭の中に騒然とひしめいている。ただしひとつだけ例外があり、メリックの腕から血がしたたり落ちているのを見たときにこみ上げた焼けつくような強い恐怖については、深く考えるのを拒んでいた。

　どうして今回、彼はわたしの意見に耳を傾けてはくれなかったのだろう。アニスのときは聞いてくれたのに。これが彼のやり方なのだろうか。ほかの件で賛同することはあっても、自分が正しいと信じ込んでいるときは頭から人の意見を聞き入れようとしないのは。

　でもわたしは、何年も前からここに暮らしてきた。メリックはトリゲリスの人々をよくは知らないけれど、わたしは知っている。メリックは頭のいい人なのに、どうしてこのことがわからなくて、わたしのタレックが害をもたらすとあれほど強く確信しているのだろう。

コンスタンスはウィリアム卿《きょう》の恐怖心と、彼が自分自身を守るためにどれだけ極端に警戒していたかを思った。しかしそれでも大きなちがいがある。ウィリアム卿は他人の安全を気遣うようなことばを一度として口に出したことがない。自分の息子がはるか北の地で負傷し、床についていたときですら。

「レディ・コンスタンス」

まあ、困った。いまはヘンリーにじゃまをされたくない。

あいにく、彼ほど身勝手ではない相手――敏感な相手なら、いまはひとりでいたいということがわかったはずの顔つきをしてみせたのに、ヘンリーは木戸を開けて庭園にぶらぶらと入ってきた。

「メリックのことで話がしたくてね」

コンスタンスはひとりにしてほしいと言いそうになったが、考え直した。メリックはいまもまだわたしにとっては謎《なぞ》だらけの人だわ。ヘンリーならその謎をある程度解いてくれるかもしれない。

「メリックと諍いをして、きみは守備隊長の肩を持ったのではないかな」ヘンリーは先を続け、コンスタンスをしげしげと見た。

「味方をしたのには正当な理由があるわ」メリックの無慈悲な裁断を思うと、コンスタンスはふたたび怒りがわき上がるのを覚えた。「タレックは二十年にもわたって、トリゲリスの忠実な兵士だったのよ。メリックを故意に襲うなんて。メリックがそんなふうに考えるいわれなどなにもないわ」

ヘンリーが重々しくコンスタンスを見つめた。めずらしくその目には愉快そうな光がまったくない。

「残念ながら、きみの許婚は疑《うたぐ》り深い性格なんだ。ラヌルフやわたしを信頼しているかどうかすら、はっきりとはわからない。それでも十五年来の友人同士だし、忠誠を誓い合った仲だ」

コンスタンスは石のベンチの端に座っており、ヘンリーにもそこに腰を下ろすよう、しぐさで示した。

「十五年来の？　ではメリックと従者の行列が襲われたすぐあとにサー・レオナードのお城で出会ったのね」

ヘンリーがうなずいた。「わたしもちょうど着いたばかりだった」

「サー・レオナードが、わたしたちに手紙で行列が襲われたこと、メリックの命に別状はないことを知らせてくださったの。それになぜウィリアム卿が会いに来ないのかと尋ねる書状も届いたわ。ウィリアム卿は、自分の息子はもう赤ん坊ではないのだからあやす必要はないと、サー・レオナードにメリックの看護をまかせたの。それが彼の務めだからと」

なんとウィリアム卿は情のない人だっただろう。なんと自分のことしか考えず、なんと無慈悲な人だったことか。自分の息子があやうく殺されかかったというのに、息子のいる場所へ一歩でも近づく姿勢すら見せなかったのだ。

「もしかしたら、メリックの負傷が生死にかかわるようなものではなかったからかもしれない」ヘンリーが言った。「ただしそうではあっても、メリックは何週間もだれにも口をきかなかった。サー・レオナードに対しても。喉に傷はなかったのだから、なんらかの恐怖のせいで精神的に痛めつけられたんだ。医者は襲撃を受けたときの大きな恐怖と不安が原因かもしれないという所見だった。メリックは襲われた翌日まで発見されなかった。自分の叔父と従者を惨殺した一味に見つからないよう、何時間もたったひとりで暗がりに隠れていたんだ」

「知らなかったわ」コンスタンスは正直に言った。

守ってくれるはずの従者たちの死体が転がるそばで、

たったひとり、頼る者もなく暗がりに身をひそめていたのは、すさまじく恐ろしいことだったにちがいない。だとすれば、彼が暗殺を恐れているとしても不思議はないのでは。

「話せるようになったのはなにがきっかけなの？」しばらくしてコンスタンスは尋ねた。

「わたしなんだ」ヘンリーはばつの悪そうな笑みを浮かべて答えた。「わたしに口をつぐめと」

悩み苦しんでいる最中にもかかわらず、若くて苛《いら》立《だ》ったメリックが同じように若くてにぎやかなヘンリーに癇癪《かんしやく》を起こしたところを想像すると、コンスタンスは微笑《ほほえ》まずにいられなかった。

「メリックが回復して、里親に預けられたほかの子供たちといっしょに武術の訓練を受けられるようになると、わたしは彼に力を貸してくれとうるさくせがんでばかりいたものだよ」ヘンリーのにやにや笑いは、過去をなつかしく思い出す笑みに変わった。「当時ですら、彼がいちばん優秀なのははっきりしていた」

それは少しも意外なことではない。それでもヘンリーがため息をつきながらそう認めると、コンスタンスはいつもメリックに負かされてばかりいるのがヘンリーにとってどれほどくやしいことだったかを悟らずにいられなかった。「あなたもすばらしい騎士だわ」ベアトリスを慰めるのと同じ口調でコンスタンスは言った。

ヘンリーがうれしそうに目を輝かせた。「きみからそう言われると、なんとうれしいことだろう」彼は表情をやわらげた。「しかしきみは、やさしくて心の広い人だからね」

コンスタンスはふいに少しきまりが悪くなった。ヘンリーは下心があると思えるようなことをなにひとつ言ったわけでも行ったわけでもない。それなのに、なぜか……。

「なんだ、ここにいたのか、ヘンリー」ラヌルフが声をかけ、ふたりのほうに向かって小道をやってきた。

コンスタンスはあわてて立ち上がった。ヘンリーとふたりでベンチに座っているのが人の目にどう映るかは想像できる。ひねくれたものの見方をするラヌルフなら、なおさら。

ヘンリーが同じようにあわてて立ち上がるあいだに、コンスタンスは落ち着きを取り戻そうとした。そもそもばつの悪い思いをしなければならないようなことはなにもしてはいないのだ。

「心配はいらない」ヘンリーが明らかに慰めるのが目的だとわかる笑みを浮かべて言った。「ラヌルフはわたしがきみに下心をいだいていないのを知っている」

わたしは念を押してもらわなければならないような小娘ではないわ。「それはよかったわ」コンスタンスは鋭く言った。「もしも下心がおありなら、時間を浪費することになるでしょうから」

ラヌルフが眉を上げた。ヘンリーがどんな反応を見せたかは、彼のほうを見ていないので、コンスタンスにはわからなかった。

「ほらな、ラヌルフ」ヘンリーがいつもの陽気な口調で言った。「たとえわたしがイングランドじゅうでいちばん腕の立つ女たらしだとしても、レディ・コンスタンスに対してはからっきしだ」

コンスタンスはヘンリーに目をやった。

するとヘンリーは胸に片手を当てた。「とはいえ、その愛らしい唇からそのような威嚇のことばがこぼれると、わたしの自尊心はずきずきと痛む」

コンスタンスは眉をひそめた。この人には良識というものがまったくないのかしら。「いまの冗談はわたしには少しもおかしくないわ」

「ああ！」ヘンリーは苦悩する真似《まね》をして嘆いた。

「きみのそのほっそりとした手でなぐられても、これほどの痛みはないだろうに！」

もうヘンリーにはうんざりだわ。「監督しなければならない用事があるの。これで失礼します」コンスタンスは木戸に向かった。

レディ・コンスタンスが腹を立てて去ったあと、ラヌルフはヘンリーのほうを向いた。「いったいきみはなにをしているんだ？」彼は目を冷たく固い石のように光らせて尋ねた。

「そうかりかりするなよ」ヘンリーは軽い口調で言った。「レディ・コンスタンスにメリックのことを話して、ふたりが仲直りをする仲介ができないかと思ったんだ。うまくいったかもしれないな」

ラヌルフが肩の力を抜いた。「頼むから、もう少し気をつけろ。レディ・コンスタンスとここにふたりきりでいるのを見られたら、だれになにを言われるかわかったものじゃない」

「そちらはどうだった？　メリックとはうまくいったのか？」

「そうは言えないな。説得しようとしたんだが、メリックがほかの話を始めてしまった」ラヌルフは情けなさそうに腕を広げた。「祝ってくれ、ヘンリー。きみの目の前にいるのは、トリゲリスの新しい守備隊長だぞ」

ヘンリーがあっけにとられた顔でラヌルフを見つめた。「なんだって？」

「守備隊長がいなくなったので、メリックから代わりが見つかるまでその役をやってくれと頼まれた」

「まるで傭兵《ようへい》かなにかのように？」

「信頼できる男としてだ」

「それなら、なぜわたしじゃないんだ？」

「メリックに必要なのは、守備隊を指揮できる者だ。兵士と飲んだり女遊びをしに出かける者じゃないぞ」

「わたしはなにも……いや、たしかにそうだな」ヘンリーは愛想よく認めると、ラヌルフの肩を叩いた。「お祝いに村の居酒屋に行って、その両方をやるというのはどうだろう?」

「まったく救いがたいやつだな」

「だからわたしと気が合うんじゃないか」ヘンリーは愉快そうな笑みを浮かべた。

だがその目は、笑っていなかった。


その夜遅く、アルジャーノン卿はカレル卿の腕をつかみ、武器庫と厩舎《きゅうしゃ》のあいだの狭い通路へと彼を引っ張った。

淡い月の光の中でカレルはアルジャーノンを冷ややかに見つめた。「やれやれ、アルジャーノン、なにがどうした」

「あんたが金を払ってやらせたんじゃないだろうな」

「だれに金を払ってなにをやらせたというんだ?」

「とぼけるのはやめてくれ!」アルジャーノンは激しい勢いで言った。「タレックだ。あんたがタレックに金を払ってメリックを襲わせたのか?」

「ばかがここにいるとしたら、それはわたしじゃないな」カレルはそう答え、通路をさらに奥まで進んだ。「使用人に聞こえそうなところで、ものをきくようなことをわたしはしない」

「ここなら大丈夫だ。タレックの件はあんたがかんでいるのか?」アルジャーノンはしつこくきいた。

「わたしは無関係だ。あれはタレックの言うとおり事故だよ。タレックにはメリックを殺すいわれがない」

「それはわかっていることだ」

カレルは眉を寄せた。「タレックがメリックを殺そうと思ったとしたら、それはなぜだろう。メリックが子供のころ、タレックがその強い右腕だったことはあんたもわたしも知っていることだ。だれがどう考えても、タレックはメリックから信頼されているとしか思えない。あえて言えば、タレックを追放したいなにかほかの理由がメリックにあれば、話はべつだが。はて……」

「なんだって？」アルジャーノンが言った。「なにを考えているんだ？」

「あんたの甥《おい》のメリックは小さいころ、どうしようもない悪童だった。どんな悪さや企《たくら》みを思いついて、それにタレックを巻き込んだのか、だれにわかるだろう」カレルはあごを撫《な》でた。「タレックはさほど頭の切れるやつではないから、なにか誤ったことを言ってメリックに思い出したくもないことを思い出させたのかもしれん。ただし、タレックを殺しはしなかったのだから、重大なことではないのだろうがね」

カレルはがっかりしたようにため息をついた。

「やはりなにか軽率な失態だったにちがいない。なんと残念なことだ。ひょっとしたら、それを利用してメリックを叩けたかもしれないのに。とはいえ、タレックがいなくなったからには、われわれの計画はそのまま続行だ。メリックがコンスタンスと結婚し、ふたりは死ぬ。トリゲリスはあんたが跡を継ぎ、わたしの娘があんたの妻になる。つまりあんたはさらに多くの金と領地を手に入れ、わたしの娘のさらに金持ちでさらに権勢のある夫になるというわけだ」

「そう言われると、えらく簡単なことに聞こえるな」

「冷静にことに当たって計画を守れば、なにもかもうまくいく」

「問題は、コンスタンスが障害になった場合だ。どうもそれが――」

「コンスタンスのことは叔父のわたしにまかせておけばいい。コンスタンスがあれほどきれいではなくて持参金も少なければ、こちらも頭を悩ませなければならなかったところだが、幸い持参金たっぷりの美女だから、心配するようなことはまずないだろう」

アルジャーノンはうなずいたものの、まだ不安そうだった。「北部にいるわれわれの味方は？」

「なにしろああいう連中だから、しびれを切らしかけている。こちらですべてを掌握できるまで待ったほうがいいと言っておいた。ものごとは順調に運んでいると知らせてはあるが、もっと手紙を送らなければならないようだな。子供みたいな連中で、あわてるな、急《せ》いてはなにもかも台なしになると何度も何度も言い聞かせなければならないんだ。さて、ここにいるのが見つからないうちに、そろそろ大広間に戻ったほうがいいな。わたしは少しあとから行く」

アルジャーノンがカレルの腕に手を当てた。「わたしのためにどれだけ犠牲を払ってもらっていることか。この恩は忘れませんぞ」

「あんたとわたしの娘のためだ」カレルはこちらもちゃんと得をすることを、このうすのろ貴族が覚えている場合に備えて念を押した。

アルジャーノンがだれも見ている者がいないのを確かめてから、そっと通路を出ると、大広間のある塔に向かった。

カレル卿は蔑《さげす》みで口元を曲げつつ、そのうしろ姿を見つめた。そして妬《ねた》み屋で自分に甘いアルジャーノン亡きあと、未亡人となった娘の名で自分が支配する領地のことを思い、大きな満足を覚えた。

その夜さらに遅く、タレックはピーダーの石造りの小さな家で炉の火を見つめていた。彼は外套《がいとう》にチユニック、膝丈のズボン《ブリーチズ》にブーツというごくふつうの旅人の服装で、幅広ベルトの内側にはさんである財布はふくらんでおり、剣もぶら下げていた。

「おれは二十年間トリゲリス領主に仕えてきたんだ。二十年だぞ！ それなのにまるできのう現れたみたいに、ぽいと追い払われたんだ」タレックは不満げに言い、衣服その他の持ち物全部を入れた包みを蹴《け》飛《と》ばした。「メリック卿が小さかったころのおれは、いい従僕じゃなかったのか？ あんなに執念深くて不埒《ふらち》な悪がきなのに、いつでも命令どおりについてまわっていたじゃないか。こんなことなら、本当に槍《やり》で突き殺すんだった！」

「そんなことをしたら、あんたも殺されているよ」ピーダーが答えた。

タレックはエールをさらにぐいと飲んだ。

淡い明かりの中で、ピーダーは前へ体を傾け、もっとよくタレックを見ようとした。「するとあれは事故だったのかね？」

「そうだよ」タレックは髪を短く刈り込んだ頭をかいた。「なんでおれがメリック卿を殺さなきゃならないんだ？」

「密輸を取り締まるつもりなんじゃないのか？」ピーダーがそれとなく言った。

タレックは鼻で笑った。「必死になってやったって、そんなことうまくいくもんか。トリゲリスの軍隊を全部使っても、このあたりの海岸は入り組んでいて、監視しきれるもんじゃない。新領主はその父親に負けず劣らずの厄介者になるぞ」

「あんたはレディ・コンスタンスを自由の身にしたかったんじゃないのか」

「おれも仲間もレディ・コンスタンスから頼まれれば、援護したんだが」

「レディ・コンスタンスは新領主が怖くて、結婚する気になれないんじゃないのか？」

「レディ・コンスタンスが？　怖がる？」タレックはピーダーをばかにしたように笑った。「前の領主を怖がってなどいなかったのに、なんで新領主を怖がるんだ？」

「前の領主は許婚ではなかったからな。いまやレディ・コンスタンスは守ってくれる者をひとり失ってしまったことになる」

タレックが低く口笛を吹いた。「あのいまいましいくそ領主め」

ピーダーはそばの水差しからふたりの器にさらにエールをついでから脚を伸ばし、痛む腰が楽になるようもぞもぞと姿勢を変えた。「これからどこへ行くつもりだね？」

タレックが口元に笑みを浮かべ、決意に目を輝かせた。「その辺だ」

二日後の夜、もうすぐ朝が明けようとしているころ、粉挽《こなひ》き所の横にある小屋に積んであるわらに油を染ませたぼろが押し込まれ、小さな火花が光った。わらについた火は水車の歯車の潤滑油に用いる獣脂の樽《たる》に広がった。ついで屋根を支える古くて乾いた柱にも。逃げ場を求めて巣穴から飛び出した鼠《ねずみ》があわてふためいてきいきいと鳴き声をあげるなか、小屋には煙が満ちていった。

梁《はり》や柱が炎に包まれると、火の粉が風に乗ってくるくるとまわりながら粉挽き所と水車に水を送る水路へと飛んでいった。大きな水車とホワイトオーク材の心棒は濡《ぬ》れていて燃えなかったが、小屋の燃えかすが水車のまわりに吹きよせられた。そこで火はさらに勢いをつけた。歯車の装置には獣脂が塗ってあり、内側の心棒や軸は乾いていたからだ。

子供がはしゃいで跳ねまわるように、炎は軸を駆け上がり、穀物を落とし込む溝と穀物桶《おけ》、そして上の階へと燃え移った。挽き臼《うす》の台が燃え上がった。

挽く前の穀物が入っている貯蔵庫も。ついには粉挽き所の内部全体に火が移り、梁も床もすべてが炎に包まれた。

9

トリゲリス領主の寝室は暗く、大きなベッドのそばのテーブルに蝋燭《ろうそく》が一本炎をゆらめかせているばかりで、ベッドのまわりにめぐらされた暗青色の厚い帳《とばり》は閉ざされていた。

なぜ、どうやってここに来たのか、コンスタンスにはわからなかった。が、ぐずぐずとここにとどまっていてはいけないとわかっている。ここには用事はないわ。もう行かなければ。ところが足が動こうとしなかった。いや、動けなかった。

帳が力強い男の手でゆっくりと引かれた。メリックの手だ。彼はベッドにいた。ウエストから下はシーツで覆われているが、上半身ははだかで、長い髪は縛っていない。彼は体を起こし、ゆっくりと誘いかけるように微笑《ほほえ》んだ。「ここにおいで、コンスタンス」その場に立ちすくんでいるコンスタンスに彼はささやいた。「そうしたいんだろう?」

コンスタンスは動こうとしなかった。彼のところに行けば、彼に抱き上げられてベッドまで運ばれれば、そのままずっと彼から自由になれなくなる。

でもわたしは、メリックから自由になりたいのだろうか。彼の妻になれば、彼が守ってくれる。彼は彼の父親やわたしの叔父とはちがい、やさしく敬意をもってわたしに接してくれる。彼はわたしを大切にしてくれる。わたしを見つめる彼の目から読みとれるのは、肉体的な欲望だけではないのだから。

身をまかせてはどうかしら。彼のあたえてくれるもの、わたしが心の奥で本当に求めているものを受けとっては。

コンスタンスはためらいがちに一歩前へ出た。ついでもう一歩。彼の笑みが深まり、情熱的な目が蝋燭の明かりの中で輝いた。彼が片手を上げ、コンスタンスのほうへさしのべた。

そのとき外からなにかが聞こえた。その音は遠く離れているが執拗《しつよう》で、コンスタンスの夢は消えた。

もがくように目を覚ましたコンスタンスはベッドを出た。石の床の冷たさに息をのみつつ窓辺へ急いだ。

城壁上の通路にはだれもいない。城門には番兵の姿がない。兵士はどこへ行ったのだろう。メリックはどこに?

男たちの一団が中庭を駆けぬけていく。服を完全には着ていないし、武器も持っていない。この城は襲撃を受けたのだろうか。ついに内乱が起きたのだろうか。

煙だわ。煙のにおいがする。このにおいはどこから? コンスタンスは中庭とそのまわりの建物に視線を走らせた。厨房《ちゆうぼう》でも厩舎《きゆうしや》でもない。城の中のどこでもない。

ついで暗い夜空を背景に明るい光が見え、コンスタンスはその光の意味するものに気づいた。粉挽《こなひ》き所が燃えている！

靴をはきながら、コンスタンスは薬を入れたかごがしまってある櫃《ひつ》まで飛んでいった。薬が必要になるかもしれない。それからシュミーズの上にガウンを羽織り、できるだけひもを締めると、かごをつかんでメリックの寝室へと急いだ。ノックは省略してドアを開けた。

メリックはすでにいなかった。騒ぎを聞いたにちがいない。コンスタンスがドアを閉めたとき、ベアトリスが目をこすりながら自分の寝室の戸口まで出てきた。シュミーズの上に部屋着をまとっている。

「なにがあったの？」ベアトリスは眠そうにきいた。

「粉挽き所が火事なの。行って手伝えるかどうか見てこなくては」

ベアトリスがはっと目を見開いた。「わたしはなにを？」

「厨房に行って、ガストンにスープとシチューをつくるよう言って。たくさんつくるようにと」

「どうして？」

コンスタンスは答える間も惜しんだ。叔父やアルジャーノン卿《きよう》やほかの客を捜すこともしなかった。いまはけが人が、さらには死者が出ているのではないかという恐ろしい可能性のことしか頭になかった。

かごを持つと、コンスタンスは大広間まで階段を駆け下りた。厨房のそばにおびえたようすの使用人たちが集まっていた。コンスタンスを見ると、使用人たちは悲鳴をあげて駆けよってきた。

「ああ、お嬢さま、わたしたちはなにをすればよろしいでしょう」デメルザが両手をもみしぼり、涙を浮かべて尋ねた。「粉挽き所です。火事なんです。

ああ、どうすればいいでしょう」

「女の人は厨房に行って。食べ物を用意するの。レディ・ベアトリスの指示に従ってちょうだい。わたしが粉挽き所にいるあいだは彼女が指揮をとるから。男の人はわたしについてきて」

かごの持ち手を腕に通し、コンスタンスはスカートをからげると、全速力で粉挽き所をめざして走った。男の使用人がそれに続き、世話をしなければならない幼子のいない村の女たちが途中から加わった。

川に近づくにつれ、目に入った光景から最も恐れていた事態になっているのがわかった。粉挽き所の木造部分はすべてが燃えている。水車のあるところからも、開いた戸口からも炎が上がっている。スレートで葺《ふ》いた屋根の端にも炎がちらちらとゆらめき、梁《はり》が燃えていることを物語っている。煙が夜空に向かって渦を巻き、月と星々をどんよりとくすませている。

晴天の夜空。ああ、いまほど雨が降ってほしいときはないのに。

粉挽き所のまわりは炎で照らされ、煙を吸い込んで咳《せ》き込んだり、空中に舞っている灰や燃えくずにむせたりしながら、何人かの人々が目の前で繰り広げられる惨事にあっけにとられて立ちすくんでいた。

ほかの人々は――ありがたいことに――水車に水を落とす水路から粉挽き所まで列をつくっていた。革製や木製の桶《おけ》で水をくんでは渡し、桶を渡された者はいちばん近い炎に桶の中身を投げかけている。子供たちが空の桶を持って水路まで走り、水をくむ者に桶を戻している。

身をかがめて桶を受けとって渡し、たいへんな勢いでさらにまた桶を受けとっているのはラヌルフではないか？　メリックはどこにいるのだろう。それにヘンリーは？

コンスタンスは城からいっしょに来た人々に水く

みに加わるよう指示を出した。

悲鳴があがったかと思うと、粉挽き所の屋根がくずれ落ち、暗い夜空に炎が立ちのぼった。一瞬だれもが動きを止め、すぐにメリックの大声が轟《とどろ》いた。

「もっと水を！　手を止めるんじゃない！」

彼は上半身はだかで西側におり、獣脂を貯蔵してある小屋の屋根を壊していた。スレート葺きのその屋根からも炎が上がっており、火の粉が粉屋の家のほうへと飛んでいる。屋根を壊すのが間に合えば、粉屋の家に火が燃え移らないうちにおおかたの炎を鎮められるにちがいない。

さらに多くの人々がやってきて消火作業に加わったり災難を嘆き悲しんだりしたが、その中にヘンリーの姿はなかった。

コンスタンスは粉屋の妻が泣き叫ぶ赤ん坊を抱いて人込みの中にいるのを見つけた。炎の光でその顔が涙に濡《ぬ》れ、唇が祈りのことばをつぶやいているのがわかる。

コンスタンスは粉屋の妻のところへ急いだ。「だれもけがはない？」

粉屋の妻は相手がだれだかわからないような放心した目でコンスタンスを見ると、うめくように言った。「わたしたち、どうなるの？　わたしたち、どうなるの？」

コンスタンスはその顔をそっと両手ではさみ、今度はゆっくりと同じ質問を繰り返した。「だれもけがはない？」

粉屋の妻の目が焦点を取り戻した。「ええ、お嬢さま。みんな無事だと思います」

「あなたの家の使用人はどこ？」

粉屋の妻はあごをしゃくり、列になって桶を順に渡している人々や当てもなくうろうろしている人々のほうを示した。

「小間使いのひとりに子供たちを安全な場所に連れ

ていくよう言うのよ。ほかのメイドには家から貴重品を出すのを手伝わせなさい」

粉屋の妻はコンスタンスの言ったことを理解すると、喉のつまったような声をあげた。

「念のためにそうするだけよ。風向きがこのまま変わらなくて、小屋の火の勢いがおさまれば、あなたの家は無事なはずだわ」

でも、風向きが変われば……。

「もしも家に火が移ったら、すぐに逃げるのよ。家財道具より命のほうがずっと大切ですもの」

「はい、お嬢さま」粉屋の妻がすすり泣きをこらえながら言った。「ああ、家が焼けてしまったら、どうすればいいでしょう」

「メリック卿がまた建ててくださるわ」コンスタンスはきっぱりと答えた。「住むところがなくなる心配はしなくていいのよ」

桶で水をかけている列からまた悲鳴があがった。だれかが倒れたのだ。

吹きつけてきた煙にむせながら、コンスタンスは列に駆けより、倒れた男を囲んでいる人垣をかき分けた。

「ピーダー！」地面に横たわっているのがだれかを知ると、コンスタンスは胸が痛み、思わず叫んだ。そして血の気がなく灰色の顔をしたピーダーのそばにひざまずいた。

コンスタンスは城から来た若い使用人を指さした。「そこのあなた、ピーダーの代わりに水をくみなさい。だれか、ピーダーを運ぶのに手を貸して」

見覚えのあるたくましい腕が二本現れ、ピーダーを抱き起こした。コンスタンスが目を上げると、メリックが子供を抱くようにピーダーをかかえていた。そしてひと言も発さずに、ピーダーを火と煙から離れた場所へと運んでいく。

コンスタンスはメリックのあとを追った。「ここに下ろして」頭を高くして寝かせられる小さな土手に来ると、コンスタンスは言った。

まどろんでいる赤子を寝かせるように、メリックが老いたピーダーをそっと下ろした。ピーダーが地面に寝かせられると、すぐさまコンスタンスは袖《そで》の端で彼の顔の煤《すす》をぬぐった。

「死んでいるのか？」北風を思わせる冷たい声でメリックが尋ねた。

「いいえ。息をしているわ。懸命に水くみをしたせいで気絶したのではないかしら。そうだといいのだけれど」コンスタンスはピーダーの顔を細かく見ながら答えた。

顔を上げると、メリックの姿はなかった。そしてすぐに、もっと引っ張れと男たちに呼びかける彼の声が聞こえてきた。

小屋の屋根が落ちる音を聞きながら、コンスタンスはジキタリスでつくった気つけ薬をピーダーにのませた。ピーダーがむせて薬を吐き散らしたと思うと目を開けた。「なんだ、こりゃ――」

「気絶したのよ」

ピーダーはもがくように体を起こした。「気絶した……」

「気を失って地面に倒れたの」コンスタンスはよくわかるように言い、もう一度横になるよう促した。

「胸や腕に痛みはない？」

「ありません」

「本当に？」

「背中がちょっと痛いだけです」

「安静にして、煙のないところにいないとだめよ」

「わしは元気だ。大丈夫です」

「大丈夫じゃないわ。ここでじっとしていないと、またメリック卿を呼ばなければならないわ」

「メリック卿？　いったいなんだってメリック卿が――」

「倒れたところからここまでメリック卿に運んでもらったのよ」

ピーダーが眉間《みけん》にしわを寄せた。「まさかそんなことが」

「ところがそうなの。気絶をしたのになぜまた水くみをしたのかと言われたくなかったら、ここで休んでいたほうがいいわ」

ピーダーが答えるひまのないうちに、男が三人こちらにやってきた。足を引きずっているひとりに両側からふたりが肩を貸している。

「屋根のスレートが足に落ちたんです」真ん中の男が言い、わきのふたりが彼を地面に座らせた。「どうも骨が折れたようです」

その男の手当てをしたあと、落ちてきた木材で腕をやけどした男がやってきた。それから腕を捻挫《ねんざ》した男も。太陽がいちばん高いところに昇ろうとしている真昼近くになり、粉挽き所がくすぶった石材のかたまりになったころ、コンスタンスは初めて火事がおさまり、粉屋の家が無事残っているのに気がついた。

小さな輪をつくっているけが人たちのむこうに、消火作業に奮闘した男たちや女たちが動くこともできないほど疲れはて、地面に寝たり座り込んだりしている。その中にはラヌルフとヘンリーもいて、さすがのヘンリーも疲れきってしゃべる気もしないようだった。

デメルザをはじめとする城の使用人たちがへたり込んでいる人々のあいだを縫って、水やエールやシチューを入れた木製のボウルを配っている。ベアトリスはきちんと仕事をこなしたのだ。

けが人がどんな傷を受けたか、つぎはどんな治療をしなければならないかをメリックに話しておかなければ。

「メリック卿を見なかった？」コンスタンスはラヌ

せた。

「ここだ」

メリックは床に落ちてふたつに割れた大きな石臼《いしうす》のそばに立っていた。腰に両手を当て、頭から足の爪先まで煤で黒く、胸や腕や顔は汗の流れた跡が縞《しま》模様になっている。

義憤に燃える、黒くてたくましいその姿はオリンポス山頂から投げ捨てられる前のヘパイストスを思わせた。そしてその義憤はコンスタンス自身も感じているものだ。

「城に戻るのに手助けのいる兵士が何人かいるわ」コンスタンスは彼のほうへ近づいていった。「それに二、三日休ませなければ。けがが軽くてよかったわ」

「粉挽き所の被害も軽ければよかったのだが」メリックが不満げに言った。

コンスタンスには粉挽き所の壁はまだしっかりしルフに尋ねた。

「粉挽き所にいるよ」ラヌルフがまだくすぶっている煤だらけの建物をあごでしゃくった。

「火元がどこかを調べているんじゃないかな」ヘンリーが煤で汚れた額を手の甲でぬぐいながら言った。

「死者が出なくてよかった」

「ええ、ありがたいことだわ」コンスタンスはうなずき、粉挽き所の残骸《ざんがい》を見に行った。粉挽き所がなくなればトリゲリスの住人ひとりひとりが困るのに、それに火をつけるとは、いったいだれがそんなひどいことをしたのだろう。

「メリック」コンスタンスは開いたままねじれた革の蝶番《ちょうつがい》ひとつだけでぶらさがっているドアの中へおそるおそる入ってみた。屋根のあったところに日差しが輝き、黒焦げになった木材と煤のこびりついた壁を照らしている。焦げて湿った木と焼けた穀物の強いにおいがして、コンスタンスは鼻にしわを寄ているように見えた。「修理はできないの？」

「わたしは石工ではないが、熱のせいで漆喰《しっくい》がだめになったのではないかと思う。それに石臼がいくつか割れてしまった」メリックは地面に転がっている石臼を足でつついた。「取り替えなければだめだ」

コンスタンスは一瞬考えた。「サー・ジョワンがご自分のお城の北の城壁を改築したときに使った石工の頭を褒めていらしたわ。その石工を呼んで見てもらえば、壁を直せるか、すべて建て直さなければならないかがわかるのではないかしら」

「サー・ジョワンに石工を何日か貸してもらえないか、尋ねてみることにしよう」メリックがうなずいた。

そのときコンスタンスはサー・ジョワンとキアナンの姿を昨夜から見ていないのに気づいた。アルジャーノン卿にも、また叔父のカレル卿にも会っていない。全員城にとどまっていたのだろう。「建て直さなければならないとしたら、何日くらいかかるのかしら」

メリックがたくましいその肩をすくめ、火事の残骸のあいだを縫ってコンスタンスのほうへやってきた。「さっきも言ったように、わたしは石工ではない」彼は片手で目をこすり、目のまわりが汗と煤でさらに汚れた。

「城へ戻ったほうがいいわ。食事をして休まないと」

「それに体も洗わなければ」彼は真っ黒になっている自分の胸を見下ろした。それからコンスタンスをざっと眺めた。飾り帯をつけていないのでガウンのウエストがぶかぶかしているし、なにも覆っていない髪は乱れたままだ。「きみのほうこそとても疲れているはずだ」

コンスタンスは否定しなかった。こっくりとうなずき、引き返そうと体の向きを変えたところで柱かなにかの残骸につまずき、転びかけた。メリックの力強い手が腕をつかんで支えてくれた。彼の手のぬくもりが今度ばかりはありがたかった。

「ピーダーの具合は？」彼が尋ねて手を放した。

「ずっとよくなったわ。むりをしすぎただけじゃないかしら。ピーダーは丈夫な人だけれど、もう若くはないのを忘れるときがあるのよ」

メリックはうなずいたが、コンスタンスの話を喜んではいないようだった。「けが人の手当てをしているとき、この火事がどのようにして起きたか、なにか耳にしなかったか？」

コンスタンスはかぶりを振った。

「まず小屋が燃えて、その火がここまで広がったのだと思う。しかし小屋が火元というのはあってはならないことだ」

「だれかが故意に火をつけたというの？」そうではないことを願いながら、コンスタンスは尋ねた。

「そうだ。トリゲリスを苦しめるため。わたしを痛めつけるために」

そのことばには以前よく聞いた恐ろしい響きがある。ウィリアム卿も世の中全体が自分を破滅させようとしている、どの人間も自分を殺したがっているとよく叫んでいたものだ。とはいえ、メリックの場合は懸念をいだくいわれがないわけではない。少年のころ、何者かが彼と従者の行列を襲い、彼をのぞく全員を殺害してしまったのだから。襲ったのは盗賊だったのか、刺客だったのかはわかっていない。コンスタンスはこれまで何度も考えたように、いまも考えずにいられなかった。メリックはだれに命を狙《ねら》われ、どうやって逃れたのだろう。

「火事は偶然起きたのかもしれないわ」コンスタンスは確信よりも期待をこめて言った。「粉屋の家の煙突から火の粉が飛んで、わらくずの上に落ちたのかも」

「小屋には窓がない。それに屋根はスレート葺きだ」

「ドアの下から入ったのでは？」一縷《いちる》の望みにすがっているのは自分でもわかっていたが、コンスタンスは放火だとはまだ考えたくなかった。

メリックの表情からは彼も火の粉がドアの下から入ることはまずありえないと考えているのがわかる。

「逆上した者、悪意のある者は、仕返しができたり得になったりすることならなんだってやるだろう。罪のない者が苦しむことになど頓着《とんちゃく》しない」

「粉挽き所を焼くことがどうして得になるの？」

「トリゲリスを弱体化できるからだ。粉挽き所が使えるようになるまで、粉挽きはほかの場所でやらなければならない。これには金がかかるし、兵士や武器に費やせる金をそちらにまわさなければならない。粉挽き所の修理や建て直しにかかる費用も守備や兵士や馬に充てられるものをそちらにまわさなければならない」

「犯人に心当たりは？」コンスタンスはそう尋ねたが、返事をきくのがなかば怖くもあった。

「わたしが父と同じようにひどい領主だと思っている人々がいる。わたしが王に反旗を翻す企《たくら》みに加担するのではないかと怪しんでいる人々もいる。反対にそうはしないのではないかと恐れている人々もいる。たんにわたしをやっつけたい連中もいるかもしれない。さらには、もっと個人的な理由でそうしたい者もいるかもしれない。たとえばタレックのように」

「タレックはもういないわ。あなたが追放なさったでしょう？」そう言いながらも、タレックが自尊心を傷つけられたことを思うと、コンスタンスはめまいと吐き気に襲われた。

「遠くへ行っていない可能性はある」

コンスタンスは額に片手を当て、倒れないよう焦げた筋交いにつかまろうとした。メリックがたくましい腕をコンスタンスのウエストにまわし、自分のほうへ引きよせた。

「きみをここに引きとめるべきじゃなかった」彼はコンスタンスを抱き上げようとした。

一瞬コンスタンスは夢の中にいたときのように、彼に屈服したい衝動に駆られた。彼にもたれ、なにもかも彼の指揮にまかせたい。彼の未来の妻として安全でいられる城に戻り、火事の後始末は彼にやってもらえばいい。だれが火をつけたのかを突きとめることも。しかしコンスタンスの気がゆるんだのはほんの一瞬にすぎなかった。トリゲリスの領民に対して責任を感じてきた年月はあまりに長く、ここで責任を放《ほう》り出すわけにはいかなかった。

コンスタンスは彼の腕からそっと身を離した。

「けがをした人たちが家や城に帰れるかどうか、見てこなければならないわ」

メリックが顔をしかめたのを見て、コンスタンスはタレックの槍《やり》で受けた傷のことを突然思い出し、彼の腕に目をやった。「縫い目はどうしたの?」みみず腫《ば》れになった傷口をコンスタンスは驚いて見つめた。

「自分で糸を抜いた」

あっけにとられ、コンスタンスは落ち着き払った彼の顔を見上げた。「自分で?」

そんなことは取るに足りないことだとでもいうように、彼が肩をすくめた。「昔から自分の傷の手当ては自分でやってきたと前に言ったはずだ」

でも、自分で糸を抜くとは! コンスタンスは彼の腕をよく見ようとした。が、彼は片手を上げてそれを制した。「先にけが人の手当てを頼む。わたしの腕はあとでいい」

その言い方には逆らうのを許さない響きがあった。

「わかったわ」コンスタンスはしぶしぶうなずいた。

「あとでわたしに腕を見させる、そのときはだめだと言わないと約束してくださるなら」

彼が微笑み、煤で黒くなった肌とは対照的にとても白い歯がこぼれた。彼はまるでふたりが宮廷にいるかのようにお辞儀をした。「約束しよう」

メリックと別れたあと、コンスタンスはまっすぐにピーダーのところへ行った。ピーダーは粉屋の妻が持ってきてくれた毛布の上に座っていた。幸いそばにはだれもいない。人に聞かれずに話ができそうだった。ピーダーはコンスタンスを見ると微笑んだが、彼女は笑みを返す気分ではなかった。

「タレックはトリゲリスを去ったの?」ピーダーのそばにしゃがみながらコンスタンスはひそひそ声で尋ねた。

タレックとピーダーが友人同士であるばかりでなく、錫《すず》を密輸した儲《もう》けを分け合っているのをコンスタンスは知っている。ピーダーが地中の錫を掘り出し、フランスに送れるよう準備する。タレックはピーダーが隠した錫がだれにも見つからないよう監視し、フランスの船乗りが上陸してその錫を船に積み込むときにも見張り役を務める。

ピーダーが驚いて目を丸くした。「なんでそんなことをきくんだね?」

「タレックが腹を立てたあまり粉挽き所に火をつけたと思う?」

「とんでもない! タレックじゃないほうにこれまで儲けた金を洗いざらい賭《か》けたいくらいです」

「だとすれば、だれがやったと思う?」

ピーダーは白髪交じりのひげの生えたあごをかいた。「わしの知っている者にこんなひどいことをしそうなやつはだれもおらんです。ノルマン人をのぞいては。ノルマン人の野郎どもが遊びにやりそうなことだ。おっと、汚いことばを使って失礼」

「復讐《ふくしゅう》するためや包囲攻撃のときならありうるかもしれないけれど、メリックはこの近くのだれとも戦争状態にはないわ」

「まだいまのところは」ピーダーは意味深長に言った。「それにコーンウォール伯が反国王の動きを見せたときにメリック卿がどうするか、いろんなうわさが飛んでいます。彼がどちら側につくとしても、そうさせまいとする者がいるのではないかな」

「それは――」コンスタンスはためらった。メリックもそう考えていることは言わないほうが賢明かもしれない。「それはわたしも考えていたことよ」

ピーダーにはこれといって知っていることがないとわかったので、コンスタンスは立ち上がった。

「よくなるまでエロウェンの家で世話をしてもらうのよ。エロウェンはエリックがいなくなるのをいまから寂しがっているようだわ」

「あの坊主がまだ結婚もしていないうちから」ピーダーがぜいぜいと息を切らしながら笑った。「息子が独立しておまけに花嫁をもらったら、どうするんだろう」

「野良犬を飼ってもらいたいところだわ」

「身寄りのない年寄りの世話をするとか？」

コンスタンスは軽はずみなことを言ってしまったのを後悔し、身をかがめてピーダーの額にキスをした。「あなたにはわたしがいるわ、ピーダー。それに助けが必要なときはいつでも言うようにとメリック卿もおっしゃっていなかった？　本気でそうおっしゃったはずよ」

ピーダーが眉を寄せてつぶやいた。「うん、わしもそう思います」

彼が唾《つば》を吐かずにトリゲリス領主のことを話したのはこれが初めてだった。

負傷者全員が手当てを受けたのを確認したころに

は、コンスタンスは自分の体を洗いたくてたまらなくなった。汚れて乱れた身なりが少しではあっても気になり、できるだけこっそりと大広間を通って階段を上がろうとした。

それはなかなかむずかしかった。ヘンリーとラヌルフはすでに風呂と着替えをすませており、いまヘンリーは壇上に陣取って、酒盃《しゅはい》を片手に、火事と消火作業のようすを語って聞かせている。夢中で聞いているのは、話に心を奪われるあまりぽかんと口を開けたまま質問するのも忘れているベアトリス、その父親のカレル卿、アルジャーノン卿、サー・ジョワンとキアナンで、みんなヘンリーの話に気を取られて、ほかのことは頭にないようだった。サー・ジョワンの言ったことから、コンスタンスは貴族たちが城壁上の通路から火事を見ていたのを知った。

キアナンもその場にいたのだろうか。どれほど腹を立てたとしても、彼は粉挽き所に放火するようなことはしないはずだ。懇願したり、おだてたり、嘆いたり、さらには決闘を挑んだりすることはあっても、建物に放火するのは自分の威厳を損なうと考えるにちがいない。

コンスタンスは立ち止まってデメルザと小声で話をし、部屋にお湯が運んであると教えてもらった。サー・ヘンリーその他の人々が城に戻ったのを見て、ベアトリスが各部屋にお湯を運び、冷めないように気をつけるよう指示を出したのだ。

ベアトリスは本当に有能なことがわかりつつある。

「それでメリック卿は？　彼の部屋にもお湯は運んであるの？」

「ええ。お風呂を使うとおっしゃいました」

彼の汚れ方を考えれば、それは当然だ。

デメルザを下がらせたあと、コンスタンスは自分の部屋へ急いだ。これから髪を直し、体を洗って服を着替え、そのあとメリックの腕を見て、ほかに傷はないか確かめなければ。

　汚れをすっかり洗い落とし、やわらかなすもも色の毛織りのガウンを着て金色の飾り帯を腰につけたコンスタンスは、薬を入れたかごを持ち、メリックの寝室に向かった。彼は寝ているだろうか。昨夜、消火作業であれだけ奮闘したのだから、疲労困憊《こんぱい》しているはずだ。もしも彼が休んでいる場合はじゃまをしたくなくて、コンスタンスはノックをせず、静かにドアを開けた。

　メリックは木製の大型浴槽に張った泥と煤だらけのお湯につかっていた。筋骨たくましい腕を浴槽の両側にたらし、縁に置いた亜麻布に頭を休めている。髪は濡れてカールし、目は閉じていて、日焼けした頬に濃い茶色のまつげが弧を描いていた。

10

　彼が眠っているなら、そのあいだに腕の傷を調べられるわ。コンスタンスはそう自分を納得させ、メリックの寝室にそっと入ると、浴槽の中にあるものから目をそらした。

　浴槽まで行くと、コンスタンスはそばの丸椅子の上に置いてある石鹸《せっけん》を手に取り、その香りをかいだ。それは彼がコンスタンスを抱きしめてキスしたときの、あの芳香と同じだった。

　コンスタンスの視線はベッドへとさまよった。メリックから誘いを受けた夢の記憶がよみがえる。コンスタンスの鼓動は速まり、体じゅうにほてりが広がるにつれて息遣いも速まった。彼と結婚すれば、あのベッドで休むことになる。彼とともに。そして眠るだけではなく、ほかのこともするのよ。

コンスタンスはメリックに視線を戻した。彼がぱっちりと目を開けた。

コンスタンスは石鹸を取り落とした。うろたえた気持ちを落ち着かせようとしつつ、身をかがめて石鹸を拾った。「そんなに濁ったお湯につかったままでいると具合が悪くなるわ」ばつの悪さからいらいらしてコンスタンスは言った。

「それなら、出ることにしよう」彼が体を起こしかけた。

まあ、どうしよう。彼は生まれたばかりの赤ん坊のようにはだかだけれど、れっきとしたおとななのよ。

コンスタンスはあわてて横を向いた。「腕を見るのと、ほかに傷がないかどうかを確かめに来たの」

そう釈明しているあいだに、彼が浴槽を出る音としずくのしたたり落ちる音がした。

「けがはしていない」

「あなたの〝けがはしていない〟とわたしの〝けがはしていない〟は意味するところがちがうわ」

「それではわたしを見てみればいい。そうしなければ気がすまないというのであれば」

自分のまいた種は自分で刈りとらなければならないわ。コンスタンスは自分に言い聞かせ、彼に向き直った。彼がまったくどこも隠そうとせずに小さな亜麻布で体をふいているのを見ると、そうなるまいと努めても、顔が真っ赤になり、全身がほてってしまうのをどうすることもできなかった。

はずかしがることはないわ。そう自分に命じ、コンスタンスは彼に近寄った。「腕を見せてくださらない」

彼は無表情に腕を差し出した。

「よかった。傷はひどくなっていないわ」腕を見たあと、コンスタンスは彼のみごとな体に注意深く目を走らせた。場所によっては厳密に必要なだけしか細かく見ないよう心した。

「気に入らないところがなにかあったかな？」

コンスタンスははっと彼の顔に視線を移したが、いまのはまじめに言ったらしい。「ほかに傷はないようね」

彼が櫃《ひつ》まで足を運び、ふたを開けた。これで用事はすんだのだから、ここにとどまっている理由はないわ……。

「兵隊や消火に協力してくれた人々は？　全員食事はとったのか？」彼は暗い色の毛織りの膝丈《ブリーチ》のズボンを取り出し、それをはきはじめた。

「ええ。ベアトリスがすばらしい働きをしてくれたの。食べ物の支度はベアトリスにまかせたのよ」

「おしゃべりをやめれば、頭のいい娘のようだな」ブリーチズのひもを結びながらメリックが言った。

コンスタンスはむっとして従妹《いとこ》を弁護した。「あなたのように寡黙になれる人などだれもいないわ」

「わたしは話すべきことがあるときは話す」メリックが答えた。コンスタンスは同じ返事を前にも聞いたことがあるような気がした。

とはいえ、べつに彼の会話能力についてどうこう意見を交わし合うつもりはない。「サー・ジョワンに石工のことはお尋ねになったの？」

「尋ねた。見立てをしに石工頭をこちらに送ってくれることになった。息子のキアナンは父親の気前のよさに不服そうだったが」メリックはシャツを着たあと、くたびれた黒いブーツをはいた。「キアナンはわたしが嫌いらしい」

その声からはこれといった関心や懸念は感じられなかったが、目はちがった。「彼はきみの許婚《いいなずけ》ならだれであっても嫌いなのではないかな」

コンスタンスは胸を突き刺すような不安に襲われ

た。もしもわたしが礼拝堂にいたときにキアナンが入るのをだれかが見ていて、それをメリックに知らせているとしたら。でもその場合、メリックはとうになにか言っているはずだわ。ほっとしたコンスタンスはついで腹が立った。キアナンがトリゲリスに来ないでくれたら、どんなによかったかしら！

そんな思いがあるだけに、コンスタンスはキアナンに対する自分の気持ちを、つまりなんの気持ちもないことをはっきりさせておくのに少しのためらいもなかった。「キアナンがどう思っていようと、彼に友人以外の目でわたしを見るようそそのかしたことはないわ。わたしはこれまでもいまも彼を愛してなどいないの。キアナンに対してわたしがいだいているのは友情以外のなにものでもないわ」

「きみの崇拝者はキアナンだけではないはずだ」

「それはほかにもいたわ」コンスタンスは躊躇《ちゅうちょ》なく正直に認めた。「わたしが叔父の交わした約束を簡単に破るだろうと思った無礼な若者が何人かいたし、約束を破るようわたしの叔父を説得できると考えた若者もいたわ。でもあなたのお父さまに会ったあとは、どの相手も約束を破ればたちまち仕返しをされる、考え直したほうがいいと気づいたの」

「つまり、どいつも意気地がなかったということだな」

「わたしなら、どの人も賢明だったと言うわ」

彼がコンスタンスのほうへやってきた。真剣で、どこか訝《いぶか》しそうなまなざしをしている。「わたしは義理や義務感でわたしを受け入れてもらいたくはないんだ、コンスタンス」

コンスタンスは事実を告げたくてたまらなかった。自分の希望と不安、なによりも求めているのは愛しうる夫であること、自分をあれこれ指図できる子供としてではなく、信頼できる友人として接してくれる夫であることを。コンスタンスは彼の顔を、彼の目を見つめた。彼はそのような夫になれるのかしら。

彼のまなざしがゆらいだ。彼は目をそらし、灰色の毛織りのチュニックを取った。「タレックの件に関するわたしの決断を、きみがいつまでも不服に思わないでいてくれたらいいのだが」

ヘンリーと話を交わしたことにいま触れるつもりはないが、コンスタンスはあれ以来、メリックの疑《うたぐ》り深さを責めようとは思っていない。「いまもまだあなたの決断はまちがっていると思っているけれど、あのときは動揺したあまり、十五年前にあなたの行列が襲撃を受けたこと、なぜあなたが暗殺を恐れるかを忘れていたの」

彼が眉を寄せた。「きみにはわたしのことがわかっているんだね？」彼はコンスタンスに近づいた。

コンスタンスはかぶりを振った。「いいえ」これだけ矛盾に満ちて見える人を本当に理解などできるのかしら。「でもなぜあなたが、タレックを追放しようと考えたのかはわかるわ」

「では、きみがわたしを嫌う理由はほかにあるのか」かすれたささやき声で彼が尋ねた。

「あなたを……あなたを嫌ってなどいないわ」彼の声と予想もしなかった傷つきやすそうな表情に、コンスタンスは正直に答えたい衝動に駆られた。

「それでもきみはわたしと口論するか、わたしを避けるか、そのどちらかの態度しかとらない。婚約を解消したいと思っているのは本当だと思えるくらいだ。しかしわたしが婚約を解消してもかまわないと言ったとき、きみはそれには応じなかった。しかもきみのキスはわたしを求めていると語っている。少なくともベッドの中で。許婚同士であることを悔やんでいるのか、コンスタンス？」彼はそっと尋ね、コンスタンスのあごに手をかけると、自分のほうを向かせた。「わたしから自由の身になりたいのか？もしもそうなら、頼むから教えてほしい」

メリックの目に疑念の色が浮かんだ。彼は熱く断固とした口調で言った。

「わたしの妻になりたいなら、そう言ってもらいたい。それともきみはまだわたしが父のような男ではないかと恐れているのだろうか。わたしにとってきみは、繁殖用の雌馬にすぎないのではないかと。貞節を誓っておきながら、気のある女をベッドに連れ込んだり、気のない女を力ずくでものにしたりするのではないかと。そんなことはしないと約束する。わたしはいやがる女性と関係は持たないと遠い昔に誓ったんだ。その女性の中には自分の妻も含まれる。わたしはきみを叩《たた》いたり、虐げたりは絶対にしない。そしてきみに対して貞節を守る。自分の結んだ誓いや約束は必ず守るように。そこで今回を最後としてきみに尋ねたい。わたしと結婚してくれるのだろうか、くれないのだろうか」

断るべき理由のすべてがコンスタンスの頭の中につぎつぎと現れた。

幼いころのメリックはわがままで残酷な悪童だった。彼の父は好色で野蛮な暴君で、なにかにつけ逆上し、つねに裏切りと暗殺を恐れて生きていた。ふたたび恐怖と不安にさらされる生活に耐えなければならないような未来なら、求めることはしたくない。

わたしはメリックのなにを知っているというのだろう。彼は謎《なぞ》に包まれた人。気持ちをなにひとつ面に表さない人。でも他人にはめったに見せないはずのものを、いま彼はわたしに見せた。疑いや傷つきやすさの影を。わたしが断れば、彼を深く傷つけうるという一面を。そして承諾すれば、ことばに表せないほど彼を幸せにしうるという一面を。

彼と結婚すれば、わたしは幸せになれるのだろうか。わたしにはわからない。確信が持てない。わたしにはどうすべきかを教えてくれる羅針盤がない。導いてくれるものがない。

でも、わたしの心がある。そして、ふたりのあいだに沈黙が流れるにつれ、メリックの目におぼろげに浮かびはじめた――希望をくじかれ落胆した表情が。

彼の無言の訴えに、自分自身の心の衝動に応じなければ、わたしは一生後悔するかもしれない。

それに、彼が敬意をもってわたしに接しなかったことがあるかしら。わたしの意見に耳を傾けず、わたしの勧めたとおりにしなかったことが。あるいは勧めたとおりにしない場合、納得のいく説明をしてくれなかったことが。夫にこれ以上のなにを求めようというの？

彼ほどわたしの中の欲望をかき立てた人はいない。彼ほど自分が求められていると感じさせてくれる人はいない。「ええ、あなたと結婚します」

びっくりした表情で驚きの声をあげると、彼はコンスタンスを抱きよせた。彼はキスをするつもりだわ。でも、ああ、この期待はキアナンに抱きよせられる恐怖とはなんとちがうことかしら。それに、ヘンリーのやさしさには下心があるのではという不安ともまるでちがう。

メリックはコンスタンスを抱きすくめると、唇をふさいだ。しかし今度のキスは激しい欲望を秘めたものではなく、やさしさがこもり、キスに応《こた》えてほしいと訴えていた。

コンスタンスは喜んでキスに応えた。唇同士が触れ合ったとたん、体に火がつき、たちまち渇望の炎に全身を包まれた。やはり彼には抗《あらが》えない。彼に呼び起こされる欲求、渇望はあまりに大きい。そしてすばらしい。

彼に撫《な》でられながらキスを続けるうちに、コンスタンスは立っていられなくなり、ぐったりと全身を彼に預けた。ガウンの上から彼の手が硬くなった胸の頂に触れると、無意識のうちにそれを促すうめき声が喉の奥からもれた。

彼の唇がコンスタンスの唇を離れ、耐えられないほどゆっくりと首筋を下っていく。コンスタンスは彼の肩をつかみ、背中をそらして彼にわが身を捧《ささ》げた。

彼があごで胴着を押し下げると、丸い胸のふくらみがあらわになった。ふいに彼は頭をあげ、激しいキスでコンスタンスの唇をふさいだ。

コンスタンスが熱くそれに応えると、彼の手はゆっくりと愛撫《あいぶ》を続けた。彼に触れられるたびに肌はいきいきと歌い出すように感じられ、愛撫のひとつひとつがあらたな渇望を呼び起こしていく。

キスを続けたまま、彼がコンスタンスを抱き上げ、ベッドへと運んだ。一瞬コンスタンスは彼を止めなければと思ったが、つぎの瞬間、彼はベッドですぐ隣にいた。

コンスタンスは彼の体に腕をまわし、自分のほうへ引きよせた。このままでいたらどうなるのだろうとぼんやりと考えたが、どうなろうとかまわなかった。彼は昔のメリックとはちがうわ。それにふたりは許婚同士なのではなかった？　夫婦とのちがいは司祭の祝福を受け、肉体的に結ばれていない点だけ。

彼の手が片方、コンスタンスの胸を離れ、開いた脚のあいだを包み込んだ。そしてその場所を愛撫した。そこが熱く脈打ち、うるおった。

彼を迎えるために。

布越しに指が一本押しつけられた。彼の唇がいま一度コンスタンスの唇を熱く激しくふさいだ。コンスタンスはさらなる愛撫を求めて腰を起こした。もっとほしい。もっと。

彼の舌がコンスタンスの舌とダンスを舞い、歯の上をすべり、さらに奥へと忍び込む。彼の指がべつの場所を愛撫するのに合わせて。

彼の手、彼の指のえもいわれぬ動きがコンスタンスの体の内部にあらたな切望を呼び覚ましていく。

するとそのとき……緊張がぷっつりとはじけた。想像もしなかった感覚の波がつぎからつぎへと押しよせて全身を貫き、コンスタンスは悲鳴をあげて彼の肩に指先をくいこませると、身をよじってうめいた。その信じられないほど快い感覚以外、いまはなにも見えず、なにも聞こえなかった。

やがてコンスタンスは息をあえがせながら、ぐったりとメリックにもたれてつぶやいた。「いまのは……いまのはなに？」

「きみが満足したということだ」まるで長い距離を走ってきたように、彼の息遣いは荒く、声がきれぎれでかすれている。

「わたしだけ？」

「いまのところは。わたしは待てる」

コンスタンスは自分が迎える結婚初夜を想像し、彼と愛を交わすこと、ふたりの体がひとつになることに気づいた。

彼が手を伸ばし、コンスタンスの髪をひと房耳のうしろに戻した。編んであった髪がほどけて乱れていた。「いまのはまだ味見をした程度にすぎないんだよ、コンスタンス」

味見？　すべてを味わいたい。「たしかあなたもおっしゃっていたように、わたしたち、すでに婚約しているのよ」

彼の目に欲望の炎が表れた。が、彼は首を振った。「結婚を待たずに関係を持った、処女を奪われたのできみは結婚せざるをえなくなったとだれにも言われたくない」

わたしは心を決めたのよ。彼のキスを、彼の愛撫を求めていないふりなどもうしなくていいのよ。肉体的に愛されたいと思っていないふりなど。ふたりがこんなにも求め合っているのに、それを打ち消すなんておかしいわ。コンスタンスは彼に身を寄せた。

「だれにもわからないわ」

「わたしにわかる。そしてきみにも」彼は断固として言った。「わたしは清廉潔白でいたい。きみから下心があるのではないかと疑われるようなことはいっさいしたくない」

高潔でありたいと思う彼を責めるわけにはいかない。でもきっと、なにか方法があるはず……。

コンスタンスは以前ふと耳にしたやりとりを思い出した。デメルザがある年の五月祭の前夜になにをしたか、ほかのメイドとくすくす笑いながら交わしていた話だ。そのやりとりを聞いた当時はまず衝撃を受け、そしてそのあとで立ち聞きしてしまったことを恥じたものだった。でもいまは……いまは立ち聞きしてよかったと思う。

デメルザのやりとりを思い出して勇気づけられたコンスタンスはメリックの男性たるあかしをブリーチズの上から撫でた。「まだ結婚はしていなくとも、わたしばかりが歓《よろこ》びを得て、あなたはそうでないのが正しいとは思えないわ。男の人が解放を求める方法がほかにもあると聞いているの」

「男が子種をむだに使うのは罪だ」彼が濁った声で答え、訴えるような目でコンスタンスの手をつかんだ。「コンスタンス、やめたほうがいい」

「わたしが満足したのに、あなたをこのままにしておくほうがずっと罪だわ」コンスタンスは彼のなかばうわの空の抵抗に取り合わなかった。「あとで懺《ざん》悔《げ》して赦《ゆる》しを求めればいいわ」

彼から返ってきたのは低いうめき声だけで、コンスタンスは彼のブリーチズのひもを解いた。もはやコンスタンスを止めようともせず、彼は目を閉じ、上半身をうしろに倒して肘をついた。コンスタンスは彼にまたがり、ブリーチズの中へ手を忍び込ませた。

コンスタンスにとって、なにもつけない男性のその部分に触れるのはこれが初めてだった。それは思っていたよりやわらかく、指でくるみ込むと、これまで数多くの相手を打ち負かしてきた強靭《きょうじん》な騎士がはっと息をのんで身を震わせた。

コンスタンスは体を前に傾け、彼にキスをした。すると彼は、ちょっとためらったが、激しくキスを返してきた。

コンスタンスは彼のあごの線を下へと唇でたどった。鎖骨にキスし、中央の小さなくぼみへと移ると、彼の速い息遣いがまるで鳥のはばたきのように感じられた。

彼のシャツがじゃまになる。コンスタンスは一瞬愛撫を中断し、メリックに命じた。「体を起こして」

彼が目を開けた。驚きながらも警戒している。

コンスタンスは彼のシャツを引っ張った。「これがじゃまだわ」

彼の目の中で迷いが欲望をかすませた。「やはりこんなことは――」

「いま脱いで」コンスタンスはふたたび命じ、彼のシャツをたくし上げた。

彼が口をへの字に曲げ、コンスタンスは陽気につけ加えた。「お願い」

彼が低い笑い声をあげて命令に従い、すばやくシャツを頭から脱いだ。「どうやらわたしは、きみからなにを言われても拒絶ができないらしい」

「それでいいわ」コンスタンスは体を前に傾けた。片手を彼の最も男性たる部分に戻し、舌で彼の胸の小さな突起のまわりに円を描くと、つぎはその先端に舌を這《は》わせた。

彼がうめいて身悶《みもだ》えた。その動きはコンスタンスの欲望を高めた。コンスタンスが彼の胸の小さな頂を口に含むと、それで彼は限界を超えた。うめき声をあげて上半身を起こしたかと思うと、陸《おか》に上がった魚のようにぴくぴくと身をひきつらせ、彼はコンスタンスの手の中で果てた。

荒い息をつきながら、彼が上半身を羽根布団に戻すと、コンスタンスは手を引っ込めた。「そこに亜麻布が——」あえぎながら彼が言った。

「ええ」コンスタンスはベッドから下りて亜麻布を取りに行った。脚がやや震えるのを感じながら手を洗い、彼に水でしぼった清潔な亜麻布を渡した。

「やれやれ、これが罪なら、天国には行きたくないな」彼はそうつぶやきながら体をぬぐうと、コンスタンスを見上げて微笑《ほほえ》んだ。そのような微笑み方をされると、コンスタンスは手と唇だけで彼を愛撫する以上のことをすればよかったと思わずにいられなかった。「ありがとう」彼が言った。低く魅惑的なその声に、コンスタンスはそれだけでもふたたび極みに達してしまいそうだった。

「どういたしまして」体がほてり、さらに求めている。

彼が立ち上がり、ブリーチズのひもを締めた。

「もっと長くここにきみといたいけれど、残念ながら、すでにゆっくりしすぎてしまった。雨が降りそうだ。雨が降れば、まだくすぶっている火を消してくれるから、粉挽《こなひ》き所の残骸《ざんがい》が燃えずにすむが、同時に捜し出したい証拠も消えてしまうかもしれない」

コンスタンスはがっかりしたが、放火の犯人を突きとめようとしている彼を責めるわけにはいかない。そこでコンスタンスは口元をゆがめて小さく微笑んだ。「用事をすませるといいわ。わたしも自分の用事に戻らなければ。夕食のときに会いましょう。なにかわかったことがあったら、いいことでも悪いことでも、話してくださるわね？」

「そうしよう」

彼は手をつかんでコンスタンスを引きよせると、すばやくキスをした。そしてふたりは、いっしょに階段を下りた。

つぎにすべきことに意識を集中しようと努めながらも、メリックは幸福感で胸がふくらんでいた。コンスタンスはわたしのものだ。何年も昔の子供のころに結ばれた契約ゆえにではなく、みずからの意志でわたしのものとなってくれた。コンスタンスはわたしの妻となるのだ。契約により定められたトリゲリスの跡継ぎの花嫁ではなく。断りたければ、そう言ってほしいと何度も念を押したが、コンスタンスは断らなかった。きっとそれは、わたしが赦されたという神からのしるしだ。あのような罪を犯しながらも、それでもなおわたしは、コンスタンスを得るに足るというしるしなのだ。

ベアトリスはくたびれてはいたが、おしゃべりもできないほどくたびれはてているというのではなかった。

「ひどいけがをした人がひとりもいなくて、本当によかったわ」厨房《ちゅうぼう》でベアトリスはコンスタンスに言った。厨房は軍隊が通りぬけざまになにもかも持っていったというようなありさまだった。ガストンは隅のほうでまどろんでいるし、使用人たちはそれぞれ横になれる場所を見つけては寝転がっているらしい。

「なんと恐ろしいことかしら!」ベアトリスが先を続けた。「なぜあんな火事が起きたの? 雷が落ちたからだという話を聞いたけれど、きのうの夜は空が晴れていたわ。それに戦争中なら放火はよくあることだけれど、いまは平和よ——だいたいは。きっと事故だわ。だれか酔っ払った人がたいまつを持って家に帰ったのではないかしら」

酔っ払いのたいまつが原因という説はとっぴに聞こえたものの、あの火事は事故で起きたものではないとメリックは確信しているようだが、コンスタンスはベアトリスの言うとおりかもしれないと思った。メリックにこの話をしなければ。今度彼とふたりきりになったとき、彼とキスを交わす前に。ほかのことに気がそれてしまわないうちに……。

「あなたは厨房の仕事をとてもうまくやりとげたわ」コンスタンスはおしゃべりな従妹にメリックの見解について話すのはやめたほうがいいと判断した。

「とても感心したわ。メリックもよ」

「本当?」ベアトリスがうれしそうな声をあげた。「お従姉《ねえ》さまならやるだろうと思ったことをしたの」

「失敗がなかったのも、不思議はないわね」コンスタンスは微笑んだ。

「わたしはすばらしい妻になるから、夫になる人は幸運だとヘンリーに言われたわ」ベアトリスは得意げに言ったあと、くすくす笑った。「ヘンリーはシチューを食べながらテーブルにつっぷして眠ってしまうところだったの。ラヌルフが肘でつついて起こさなかったら、きっとあのまま眠りこけていたわ」

それからベアトリスは用心するようにまわりを見まわしてから声をひそめた。「疲れているのはわかっているし、本当にたいへんな夜だったけれど、お従姉さまが結婚してからもわたしがトリゲリスにいていいかどうか、メリックにきいてくれた?」

「正直に言うと、ベアトリス」コンスタンスはあくびをかみ殺しながら答えた。「忘れていたわ。今度メリックに会ったら、きいてみるわね」

「もしも彼が感心しないようすだったら、あまり強く言わないでね。サー・ジョワンがペンダーストンに呼んでくださったの。トリゲリスにもうしばらく滞在したいと頼んだことは話したのだけれど、キアナンが親切に、代わりに結婚式のあとでペンダーストンに来ればいいと言ってくれたの」

「キアナンがあなたに訪ねてほしいって?」コンスタンスはあまりびっくりしたようには聞こえないよ

う尋ねた。それにこれはさほど意外なことではない。サー・ジョワンとカレル卿《きょう》はとても親しい間柄とは言えないまでも、長年の友人同士なのだ。

ベアトリスが春の広い野原に放たれた子馬のようにぴくりと頭をあげた。「お従姉さまはキアナンがいらないのだから、わたしに合うかどうか見てみるわ」

コンスタンスがキアナンを求めていないのは事実だが、彼がベアトリスにふさわしいとも思えない。ベアトリスだけではなく、自分と親しいどの女性にも。キアナンは彼なりに感じのいい若者ではあるものの、どこかなにかが欠けている。とはいえ、それをいま口に出しては言わないほうがいい。そもそもキアナンとベアトリスは合わないかもしれないのだから。

ベアトリスが口に手を当てて大きなあくびを隠した。「ああ、疲れたわ。みんなそうなんでしょうけれど。ラヌルフは大広間に戻ってきてシチューを食べたとき、ふた言も話さないくらいだったのよ。彼はいつまでいるのかしら。新しい守備隊長についてメリックはなにか言ってた？」

「いいえ、なにも」コンスタンスは急にひどい疲れを感じた。「さあ、ベアトリス、昼寝をしましょう。長くて忙しい夜をすごしたんですもの」

「そのほうが賢明のようね」しぶしぶではあったが、ベアトリスはうなずき、コンスタンスとともに厨房を出た。「火事のことではわたし、もっと腹を立てるべきなのでしょうけれど、でもかなり張り切ってしまったわ。戦争のときってあんな感じが少しするのではないかと思わない？　なんだか軍隊の指揮官になったような気がしたわ。もちろん使用人は兵士ではないけれど。自分のしていることが正しいのかどうか、気にかけるひまもなかったの」

「戦争はずっとひどいのではないかしら」壁に彫っ

てある、長年使われて滑らかになった手すりをつかみながら、コンスタンスはゆっくり階段を上がった。

「いずれにしても、戦争も火事も恐ろしいことだわ」

ベアトリスが赤くなった。「ええ。戦争は恐ろしいわ。おおぜいの人が命を落とすんですもの！　べつに戦争を――」

「いいのよ、ベアトリス」コンスタンスはもう一度あくびをかみ殺して言った。「なにを言いたかったのか、ちゃんとわかっているわ」

少なくともベアトリスは眠ってしまえば静かになるだろう。


翌朝終祷《しゅうとう》のあと、コンスタンスはメリックの執務室に行ってみた。メリックは兵士数人と粉挽き所周辺を調べに出ており、領地の巡回の回数を増やすよう命じていた。とはいえ、さほど待たなくても帰ってくるはずだ。それにすぐには帰ってこないとしても、コンスタンスはベアトリスから逃げていたかった。なにしろベアトリスは火事のことをまだ話しており、原因をあれこれ憶測してはしゃべり続けている。しまいにコンスタンスは静かになさいと金切り声をあげそうになる始末だった。

テーブルのほうへと足を運んだコンスタンスはそこに開いてある羊皮紙に目をやった。これはメリックの筆跡にちがいないわ。アラン・ド・ヴェルンの書いた数字のそばの注釈を見つめてコンスタンスはそう思った。彼自身のように、力強くてしっかりとした文字だ。

コンスタンスは座にクッションの張ってある彼の椅子に座った。何度このテーブルの向こう側に立ち、ウィリアム卿がどなるかなにかを投げつけてくるのを待ったことだろう。何度ウィリアム卿から怒声を浴びせられ、だれもかれもが自分を殺そうとしているとわめかれたことだろう。弟のアルジャーノンが自分の財産を狙《ねら》っている、無数の敵が自分を暗殺しようと目論んでいると。やがて、そのどなり声は弱々しい泣き声に変わり、たいがいは自己憐憫《れんびん》のすすり泣きになったものだった。

コンスタンスは目を閉じ、深く息を吸い込んだ。もうあの日々は終わったわ。本当に終わったのよ……。

額にキスをされ、コンスタンスは驚いて目を覚ました。メリックが身をかがめていた。彼はこれまで見たこともないほど重々しい表情を浮かべている。コンスタンスは椅子の腕木をつかんだ。「どうしたの？　なにがあったの？」

メリックの唇の口角が上がり、目が情愛に輝いた。「なにも。きみにキスせずにはいられなかっただけだ」

コンスタンスは片手で胸を押さえた。「ぎくりとしたわ」それから彼の椅子に座っているのに気づき、急いで立ち上がった。「知らないあいだに眠ってしまったのね」

彼が小さなテーブルまで行き、ワインをついだ。「椅子は空けなくていい」彼はコンスタンスのところまで来ると、酒盃《しゅはい》をさし出した。

喉が渇いていたので、コンスタンスはワインを断らなかった。それに疲れていたので、椅子に座り直した。

「だれが火をつけたのか、なにか手がかりは見つかった？」

メリックはかぶりを振り、自分用にワインをつぎに行った。「地面は踏み荒らされているし、きのうの夜の雨でぬかるんでいる。それに小屋に証拠があったとしても、雨で消えてしまった」

「火事になる前に粉挽き所のあたりでこそこそしている者を見た村人はいないの？」

「いない。だれが放火したにせよ、犯人は姿を見られていない。見た者がいるとしても、犯人をかばうだろう。密輸人をかばっているのと同じだ」

コンスタンスは身をこわばらせながらも、きっぱりと言った。「それはちがうわ、メリック。粉挽き所の放火はパンを食べる者全員が困るけれど、密輸人たちは、自分たちを外国人と見なして不当な税をかける王の目を盗んでいるだけだと考えているのよ」コンスタンスはベアトリスの言ったことを思い出した。「酔っ払いが家に帰る途中で起こしたのではないかしらとベアトリスが言っていたわ」

「粉屋の話では、小屋には錠がかかっていた。それに重い鉄製の錠の残骸がドアの外にあった。ふたつに割れているが、火事の熱で割れたのか、火事の前に壊されたのか、どちらかはわからない。だれかが火事の前に壊して小屋に入ろうとしたのだとすると、酔っ払いがやったとは考えにくい。酔っ払いがやった可能性はもちろんあるが、当夜は晴天だった。なぜ小屋に避難しなければならなかったんだろう」

「家の人に酔っ払っていることを知られたくなかったのかもしれないわ」

「きみにそのような村人の心当たりは?」

コンスタンスはかぶりを振った。「悲しいけれど、ないわ」

メリックがため息をついた。「残念ながら、わたしの推測は当たっているようだ。だれかが故意に火をつけた。トリゲリスとその付近でこんな悪事をやりそうな人物はいないだろうか? あるいはこのようなことをする動機のある者は? たとえば、不服のある兵士や恋に破れた者は? 恋人に捨てられて傷ついた者がこういうとんでもない方法で仕返しをしたい衝動に駆られることはありうるのではないかな」

コンスタンスは彼がほのめかしていることを察し、急いでそのような疑いを彼の胸から消そうとした。

「キアナンじゃないわ。彼にはそこまで悪いことやそんなことをするはずがないと思いたいけれど、でも……」

「わたしもそうだ。遠くまで護衛をつけて追放すべきだった」

「お従姉さま、わたし——まあ、ごめんなさい！」ベアトリスがきまり悪げに戸口で足を止め、真っ赤になった。「戻っていらしたのに気がつかなくて、ここにいらっしゃるとは思わなかったの」

メリックがそちらのほうを向くと、ベアトリスは驚くほど決意の感じられる表情になった。それがなにを意味するのか、コンスタンスに判断がつかないうちに、ベアトリスはまるでお祈りをするように両手をぴったりと合わせ、部屋の中へ入りながらメリックに言った。

「こちらにいらしてちょうどよかったわ。お願いしたいことがあるんです。おふたりが結婚なさったあとも、もうしばらくわたし、こちらに残りたくてた

「キアナンじゃないわ。彼にはそこまで悪いことやこそこそしたことはできないわ」

「キアナンがそういうことをしそうにないという点では、わたしも同感だ。彼ならわたしに直接決闘を申し込んでくるだろう」

「申し込んできたの？」

メリックが首を振った。

「よかった」コンスタンスは心からほっとした。キアナンには少々迷惑をこうむっていて腹も立っているが、彼に重いけがを負ってもらいたくなどない。それにどのみち……。「あなたに勝てると考えているとしたら、彼は頭がどうかしているんだわ」

メリックがほのかに微笑み、コンスタンスは体の奥が熱くなるのを感じた。「いまのは褒めことばと受けとっておこう」彼の笑みが消えた。「タレックはどうだろう」

コンスタンスは座る姿勢を変えた。「タレックが

まらないの。厚かましいお願いなのはわかっているけれど、でもわたしたち、親戚《しんせき》同士になるのでしょう？　家に帰ると、わたしにはメイドのマロレンしか話し相手がなくて、とてもみじめなんです。マロレンのおしゃべりの長いことといったら！　きっと婚礼はどうだったか、祝宴はどうだったか、招待客はだれが来ていてだれが来なかったか、わたしが発狂しそうになるほど詳しい話をせがむわ。それに父も、べつにわたしがいなくても気にはしません。わたしより父の愛人のほうが家事の切り盛りがずっとじょうずで――」ベアトリスは目を大きく見開き、開いた口を片手でふさいだ。「いまのはうっかり……言ってはいけないことだったわ。父がどんなに怒るかしら！」

コンスタンスは立ち上がり、ばつの悪い思いをしている従妹を急いで慰めに行った。「エロイーズがどんな立場にいるかはずっと前から知っているわ。それに愛人を囲っている男の人は多いのよ」まずベアトリスにそう言ってから石のような表情をしているメリックに目をやった。「そうじゃないかしら？」

メリックがうなずき、コンスタンスはメリックも愛人を囲ったことがあるのかしらと考えた。結婚したら、貞節を守ると彼は言っている。それはきっと、彼が過去に持ったどんな関係よりも妻のほうが大切だということなのだ。

「トリゲリスにいてかまわないよ、ベアトリス。歓迎する」メリックが言った。

ベアトリスは駆けよってメリックに抱きつくと、彼の胸に頭を押し当てた。「ああ、ありがとう！　ありがとうございます！」

メリックは完全にめんくらっている。コンスタンスは衝動的なふるまいに走った従妹をあわてて彼から引き離した。

だれに向かってなにをしたかに気づき、自分でもびっくり仰天したベアトリスは恐怖の表情でメリックを見つめた。「まあ、ごめんなさい！　あんまりうれしくて。それにありがとうございます」うろたえながら、ベアトリスはドアに向かった。「父に知らせて……許可をもらってくるわ。ありがとう。ありがとうございます！」

ベアトリスが出ていったあと、メリックはあきれたように片方の眉を吊《つ》り上げた。ラヌルフ顔負けのしぐさだったが、その目に笑みがひそんでいるのをコンスタンスは見逃さなかった。「甘すぎたとあとで悔やむことになるかもしれないが、女性に懇願されては断れない」

「ベアトリスは若いのよ」

「ある面では幼いくらいだ」彼の目の愉快そうな光が消えた。「きみやわたしには、それが許されていなかった」

その静かなことばは低音で奏でられた竪琴《たてごと》の調べのように、コンスタンスの心の奥に触れた。そう、わたしはベアトリスのように屈託のない気分でいられたことなど一度もなかった。それに純真無垢《むく》でいられたのは、はるか昔の本当に幼いころだけだった。そしていまコンスタンスは、メリックの耐えてきた心労も同じように重いものであることを悟った。

「わたしからもお礼を申し上げるわ」コンスタンスはそっと言った。

彼がこちらへやってきた。深く響くひめやかなそのささやき声はコンスタンスの体じゅうをぞくぞくさせた。「女性から懇願されると断れないのを知られてしまったのはまずかったかな。きみにその弱みを利用されるかもしれない」

「その反対よ。あなたに弱みがあるとはうれしいわ」

「そう、弱みはある」彼はコンスタンスを抱きよせた。「弱みの名はコンスタンスというんだ」

彼が過去にどんな女性関係を持っていようと、それはみな過去のことだわ。そうでなければ、いまのようにわたしを見つめるはずがない。いまのようにわたしを抱きしめるはずがない。いまのようにわたしにキスするはずがない。

ため息をひとつもらすと、コンスタンスはそっと唇を重ねてきた彼の腕の中で体の力を抜いた。

残念なことに、キスは長く続かず、まもなく彼は唇を離して重い吐息をついた。「粉挽き所に戻ってまだ使えるものがあるかどうか調べてこなければならない」

彼はコンスタンスの額に蝶《ちょう》の羽のように軽いキスをすると、部屋を出ていった。

コンスタンスはテーブルにもたれた。かつては氷のように冷たい人だと思っていたのに……。

その日もまたその後も、粉挽き所に放火した者の手がかりはなにも見つからないまま、トリゲリス領主の婚礼の日は近づいていった。それでも領地の平和を脅かすようなできごとはほかにはなく、あの火事はたとえとっぴには思えても、結局は偶発的な事故だったのかもしれないとだれもが期待をこめて思うようになった。人々は安心しはじめ、村人に交じって消火作業に従事した領主を敬意の目で見るようになった。たしかに厳しくはあるが、レディ・コンスタンスが情愛をもって接しているのであれば――城の召使いたちはレディ・コンスタンスの変化にすぐに気づいていたので、立派な人物にちがいないと村人たちはうわさした。レディ・コンスタンスが好意を持つ人なら、なにも怖がることはないのだと。

コンスタンスでさえ、到着する客の接待と婚礼の準備で忙しくすごしながら、メリックの推測がまちがっていて、いまのように騒然とした世でもできるかぎり静かで穏やかな生活を続けられますようにと願うようになった。たちまち愛するようになったメリックとすごす時間が増えるにつれ、懸念と同じく、コンスタンスの気苦労も消えていった。

メリックはコンスタンスとすごす短い時間以外、相変わらず寡黙でまじめで厳しかった。いまのこの平和で幸せな毎日は一時的なものにすぎず、最悪のときがやがてくると考えているのは彼ひとりしかいなかった。

11

レディ・コンスタンスがトリゲリス領主に嫁ぐ日は、五月にしてはもやがかかって肌寒かったが、ベアトリスの熱狂した気分はもやや肌寒さなどでしぼむものではなかった。それは花嫁も同様で、コンスタンスはうきうきとはずむ心を抑えきれなかった。一カ月前に、この日が待ち遠しいでしょうね、それに初夜が楽しみでしょうと言われたなら、コンスタンスはなんとばかなことを言うの、酔っ払ってでもいるのかしらと思ったにちがいない。

ところがいま、新調した金の縁取りのあるあざやかな藤紫《ふじむらさき》色のガウンをまとい、メリックから贈られた美しい金の飾り輪を頭につけると、コンスタンスは女王になったような気がした。いや、女王では足りない。どんな女王も味わったことがないほど幸せな気分だった。

両家の人々と招待客の前で執り行われた婚礼のあいだ、メリックはコンスタンスの隣に立っていたが、黒い毛織りのチュニックには装飾が――刺繍《ししゅう》すら――いっさい入っていないにもかかわらず、彼は信じられないほどハンサムで、魅力にあふれて見えた。なんの飾りもない簡素さは彼に似合う。そして、どんなに華美な装いよりも彼の力強くたくましい体を際立たせる。彼の姿が目に入ると、いつもそうなるように、コンスタンスの鼓動は速さを増し、結婚の誓いをキスで封印したときには、ふたりきりになれるまで気の遠くなるほど長い時間待たなければならないように思えた。

メリックはふだんどおり、いや、ふだん以上に寡黙で堅苦しい。彼が人前ではいつもそうであることをコンスタンスは受け入れるようになり、自分も威厳と落ち着きをもってふるまおうと努めた。彼に触れられると体が燃えるように熱くなるとしても、多くの人の目にはコンスタンスもメリックに負けず劣らず平然として冷静に映ったはずだ。

妻になってほしいと言われたときに、彼の目に表れていた切実さと傷つきやすさ。彼から自分の弱みと呼ばれたこと。ベアトリスに対する彼の寛容な態度。トリゲリスの領民を守るという彼の誓い。女性が自分を恐れる必要はまったくないと彼が断言したこと。焼いた子豚、鹿肉《しか》、猪《いのしし》、家禽《かきん》を供した婚礼の祝宴のあいだ、コンスタンスは自分が彼を受け入れた理由をひとつひとつ思い返した。

コンスタンスはワインをほんの少ししか飲まなかった。

一方メリックは招待客と歓談し、狩りのことや領地運営の責務について話を交わした。彼が王と王妃についてはなにも話題にしないことに、コンスタンスは気づいた。そしてふたりの目が合ったときには、彼のほうも自分と同じように早く祝宴の場から引きとりたくてうずうずしているのを知った。

とはいえ、そのときがくるまではふたりを讃《たた》える祝辞と祝杯を我慢しなければならない。ヘンリーのやや酔いのまわった声はだんだん高くなり、おもにベアトリスを笑わせるために、彼はとんでもなくとっぴな冗談を連発した。ラヌルフの笑みがしだいこわばったものになり、やがて彼はベアトリスをダンスに誘ってその場から連れ出した。コンスタンスとメリックもふたりとともにダンスに加わった。メリックはダンスがうまかったが、明らかに彼の心はダンスにあるのでもなく、音楽にあるのでもなかった。

コンスタンスの心もそうだった。

カレル卿《きょう》とアルジャーノン卿はヘンリーと同じく杯を重ねていた。ふたりは馬の交配について白熱した議論を始め、あわや殴り合いというところでアラン・ド・ヴェルンがあいだに割り込んだ。家令はふたりを引き離しながらコンスタンスに片目を閉じてみせ、ふたりをそれぞれ広間の反対側へと連れていった。サー・ジョワンはデメルザを相手にきわどいふざけ合いをし、その間キアナンは隅で不機嫌そうにワインを飲んでいた。

やがてついに花嫁が退席するときがきた。この瞬間を何時間も前から待ちかまえていたとはいえ、コンスタンスは真っ赤になってメリックの寝室――いまはふたりの寝室――に通じる階段へと急いだ。そのあとには息もつけないほどくすくす笑っているベアトリスと、どう見ても多すぎる数の女の召使いが続いた。

初夜に備えて召使いがコンスタンスを着替えさせるあいだ、ベアトリスは陽気に笑いながらおしゃべりをした。おしゃべりの内容の多くはたわいのないものだったが、召使いたちは目と目を見交わし、ベアトリスの話すひとつひとつのことに隠されたみだらな意味をつけ足した。

コンスタンスは笑うべきか、召使いたちを部屋から追い払うべきなのかわからなかった。

「まあ、男の人たちの足音が聞こえるわ！」ベアトリスがふいに叫び、座っていた丸椅子をひっくり返しながらいきなり立ち上がった。「ほら、来るわ！　お従姉《ねえ》さま、ベッドに急いで！」

ベアトリスは絹の衣装をまとったコンスタンスをメリックのベッドへと押した。ベッドは清潔な白布で整えられ、甘い芳香と懐妊の助けの両方を考えて香草が散らしてある。

シュミーズ姿でいるところを男の人たちに見られてはと、コンスタンスは文字どおりベッドに飛び込み、威厳などどこかへいってしまったありさまで毛布の下にもぐり込んだ。それを見てベアトリスがさらにくすくす笑い出し、しまいには笑い転げるのではないかとコンスタンスが心配になったほどだった。

ついで戸口にメリックが現れ、コンスタンスはベアトリスのことを忘れた。メリックはヘンリー、ラヌルフ、それにほかの紳士数人をうしろに伴っていた。

ヘンリーが笑いながらメリックを押しのけて戸口に立った。「はい、どうぞ。まったくしらふの花婿ですぞ」

祝宴の料理や飲み物にほとんど手をつけていないメリックが完全にしらふだったとしても、ヘンリーをはじめほかの男性たちはそうではなかった。

ヘンリーがふざけて目を輝かせた。「有意義な助言をたっぷりしておいたからね」彼は少々ふらつきながら言った。「きっとがっかりせずにすむよ」

コンスタンスは頬を染めつつ、このざっくばらんなからかいを彼はどう受けとめているのかしらとメリックにちらりと目をやった。

メリックはヘンリーの言っていることなどほとんど聞いてもいないようだった。そして小さなテーブルまで行き、水差しのワインを酒盃《しゅはい》についだ。

「おいおい、メリック、ワインを飲んでいる場合じゃないぞ」ヘンリーが大きなささやき声で言った。「ぐにゃりとしては困るだろう」

ラヌルフがヘンリーの腕をつかんだ。「そこまでにしておけよ」たしなめたラヌルフはややろれつがまわっていない。赤茶色の髪がひどく乱れているせいで赤みが強く見え、ますます狐《きつね》を連想させる。

「メリックはどうすべきかをちゃんと心得ているぞ。きみやわたしより何カ月も先に童貞を――」

よりによってこんなときになにを言ってしまったかに気づき、ラヌルフは顔を赤らめて目をまん丸に見開いた。ほかの面々のあとから現れたカレル卿とアルジャーノン卿もラヌルフの無粋なすっぱ抜きに仰天した表情を浮かべている。とはいえ、サー・ジョワンはなんのことだかさっぱりわからないとでもいうように、ぽかんとした顔でぱちぱちとまばたきをした。

それは滑稽《こっけい》な光景となるはずだったのだろうが、実際にはそうではなかった。メリックが過去に女性と関係を持っていることは、わざわざ言われなくてもコンスタンスにはわかっている。もちろん彼が童貞ならもっと驚いただろうが、婚礼を挙げたその初夜に、いや、初夜でなくとも、彼の過去の冒険の話など聞きたくもない。

メリックのつっけんどんな声が突然部屋の中に轟《とどろ》いた。「花嫁とわたしをふたりきりにしてもらいたい」

ベアトリスがくすくす笑い、ついで大きなしゃっくりをした。父親のカレル卿が顔をしかめ、娘の腕をつかんだ。「おいで、ベアトリス」カレル卿はベアトリスを部屋の外へ引っ張っていった。

アルジャーノン卿とサー・ジョワンがそのあとに続いて同時に部屋から出ようとした。アルジャーノン卿が文句を言い、サー・ジョワンが謝って、お先にどうぞというしぐさをした。するとアルジャーノン卿がそちらこそお先にと道を譲った。

このやりとりがさらに繰り返され、ラヌルフはふたりのあいだに割り込んで先に部屋を出た。

これによりヘンリーが残った。

「さて、メリック」ヘンリーはやや間の抜けたにやにや笑いを浮かべてメリックを見た。「よくやった。上出来だ。まさかきみが三人の中で真っ先に結婚するとは思わなかったな。昔からラヌルフがいちばん先だろうと思っていた。本人は、結婚してもいいと思うほど愛することのできる女性はいないと言っていてもだ」ヘンリーはコンスタンスににっこり笑いかけてから、まるでコンスタンスにも耳があるのをすっかり忘れたかのようにメリックに言った。「そうだ、忘れないうちに言っておかなければ。前にわたしが教えてやったことを思い出して――」

メリックがドアを指さして命令した。「出ていけ！」

ヘンリーが目をしばたたいた。「おいおい、なにもどなることはないじゃないか」彼はドアに向かってあとずさりした。「念を押しておいたほうがいいと思っただけだよ。花嫁にとっては初めてのことなのだから、やさしく――」

メリックがヘンリーのほうへ歩きかけた。滑稽なほど大げさに怖がっている顔つきをしながら、ヘンリーはくるりとふたりに背を向けて逃げ出した。彼の笑い声が反響を残しつつ階下へと遠ざかっていった。

「転んで首の骨を折ってしまえ」メリックがぼやきながらドアを閉めた。

彼が本気でそう言ったのでないことはわかっていたし、コンスタンスは彼を責めるつもりはなかった。それどころか、結婚してようやくふたりきりになったいま、なにを言えばいいのか、なにをすればいいのか、まるでわからなかった。

メリックが小さなテーブルまで行き、手に持っていた酒盃を置くと、ワインをつぎ足した。

彼は酔っ払うつもりなのかしら。

彼が酒盃を掲げ、少しためらったあとコンスタンスのほうを見た。「きみも飲む?」

コンスタンスは首を横に振った。

酒盃を持ったまま、彼が化粧台の前にある丸椅子に座り、ワインを飲まずに酒盃を化粧台に置いた。

胸はどきどきと早鐘を打ち、脳裏にはすでにふたりで経験し合ったキスと愛撫《あいぶ》がひとつ残らずよみがえる。彼はどうして服を脱がないのかしら。コンスタンスは内心首をかしげた。司祭から結婚の祝福を受けるまでは、わたしと愛を交わしたくてたまらないように思えたのに。

もしかしたら、ヘンリーやラヌルフの言ったことが気に障ったのかもしれない。「婚礼というのはみだらな軽口を思いつかせるようね。あなたが気にしていらっしゃらなければいいのだけれど」

「ヘンリーは口が軽い」

ヘンリーのことは話題にしないほうがよさそうだ。

「ラヌルフが結婚したいと思うほど愛することのできる女性はいないと考えているのは本当なの?」

「本人がそう言っている」

「どうしてなのかしら」

メリックが肩をすくめた。そして丸椅子に座ったままじっとして動かない。

コンスタンスは唇をかんだ。いったいどうしたのかしら。わたしはどうすればいいのかしら。

メリックがワインを見つめ続け、沈黙が流れるうちに、コンスタンスはいらいらしはじめ、少々腹も立ってきた。わたしと結婚したくないなら、彼のほうから婚約を解消したはずだわ。少なくとも最初のうち、わたしは彼に嫌われようとしたのだから。でもそのあと、彼はわたしに受け入れてもらいたいと必死なまでに望んでいたのではなかった？　ではなぜ、彼はいまここまでためらっているの？　それともこれは、わたしをじらして期待を高めようとするのが目的なの？

もしかしたら、寝室で主導権を握るのはだれかを示すためにこうしているのかもしれない。

もしもそうなら、わたしがじっと座ってああしろこうしろと命令されるのを待っているような、おとなしい娘ではないことが彼にはまだわかっていないのかしら。

コンスタンスは立ち上がり、小さなテーブルまで行った。テーブルではワインの入った水差しと酒盃がゆらめく蝋燭《ろうそく》の明かりに輝きを放っている。ベッドのそばの蝋燭の光を受けてガウンが透けて見えるのを意識しながら、コンスタンスはゆっくりと足を運んだ。石の床は冷たく、そのせいで胸の頂が彼に愛撫されたときのように硬くなった。

メリックがちらりとコンスタンスを見た。驚きと渇望が彼の目に一瞬浮かんだ。

両手がかすかに震えたが、コンスタンスは水差しを取り上げた。「わたしもワインをいただこうかしら」

メリックがゆっくり立ち上がった。「コンスタンス……」

「はい？」酒盃を唇に運び、コンスタンスはこくのある赤いワインを口に含んだ。

「国王がイングランドに戻る旅に就かれたそうだ。コーンウォール伯が同行している」

コンスタンスは胸を刺すような苛立《いらだ》ちを覚えた。

今夜は結婚して初めて迎える夜なのよ。彼はなぜ国王やコーンウォール伯の話をするの？ たぶんガウンを脱いでしまったほうがいいのかもしれない。

メリックが窓辺まで足を運んだ。トリゲリス城の城壁が見渡せる程度に亜麻布の覆いを開けると、彼は息がしづらくなったとでもいうように潮味を帯びた空気を深く吸い込んだ。「コーンウォール伯はわたしにとって臣従の義務のある領主だから、われわれはティンタジェル城に呼び出されることになるだろうと思う」

「呼び出しに応じたくないの？」

「いや、そうではない」メリックが振り向き、コンスタンスを見つめた。もどかしいことに、その表情は読めない。「しかしわたしは、こちらにとどまりたい」

コンスタンスにはなぜティンタジェルに行くのは気が進まないのかわからなかった。が、短いあいだでも自分を置いていくのがいやなのだろうと考え、少し機嫌がよくなった。「行くのはあなたの務めよ。それに、わたしもいっしょに行けるわ。二、三週間ならアランが立派に城を切り盛りしてくれるわ」

「それはまったく心配していない」

コンスタンスは彼が子供のころ行列が襲撃を受けた悲劇のことを思った。「旅のあいだに襲われることを心配しているの？」

「そう。それもある」

「護衛をいっぱいつければいいわ。ラヌルフが指揮を――」

「ラヌルフはこちらに残って、トリゲリスを守らなければならない」

「そうね。いずれにしても充分な護衛をつければ、わたしたちは安全よ」

彼はコンスタンスと目を合わせない。「わたしがティンタジェルに行く気があまりしないのは、われわれの身の安全が気にかかるからだけではない」彼は白状した。「わたしは貴族が好きではないんだ。貪欲《どんよく》で功名心の強い貴族、なんとしても権力を握ろうとする貴族が多すぎる」

「好きになる必要はないわ。耐えしのべばいいだけよ」

「キアナンに対してきみがしたのは、それか？　我慢したのか？」

あなたがわたしのそばに来ないのは、それが原因なの？　わたしはキアナンに対する気持ちをはっきり話したのではなかった？　これ以上どうすれば納得できるというの？

コンスタンスは憤慨し、そっけなく答えた。「暗におっしゃっていることに腹が立つわ。キアナンにはなんの深い気持ちもいだいていないと言ったでしょう？　そもそも彼とは……」礼拝堂でキアナンと話を交わしたことはいま言うわけにはいかない。「サー・ジョワンと彼がトリゲリスに到着してから、ほとんど口をきいていないわ。わたしよりベアトリスのほうが彼の話し相手になっているの。そのような好意はいだいていないと言ったときに、信じてもらえたと思っていたのに」

メリックが髪をかき上げた。「信じた。いまも信じている」

「それなら、なぜわたしを非難するの？」

「非難したつもりはないんだ。ただ……」

「ただ、なんなの？あなたはなにをしようとなさっているの？わたしを怒らせたいの？　動揺させたいの？　よりによって結婚初夜に？　わたしはあなたから求められていると思っていたわ。それはまちがいだったの？　結婚しなかったほうがよかったの？　わたしと別れて、結婚はなかったものになさりたいの？」

　コンスタンスの激しい質問に答える代わりに、メリックは部屋をわずか二歩で横切ると、コンスタンスを抱きすくめた。焼けつくような激しい情熱をこめて彼は唇を奪い、コンスタンスは息をするのも考えるのも忘れた。彼の手が体を撫《な》で、編んでいない髪をまさぐり、渇望をかき立てて燃え上がらせる。コンスタンスは彼にしがみついた。そうしなければ、床にくずおれてしまいそうだった。

　激しいキスをしたまま、彼はコンスタンスを抱き上げてベッドに運んだ。そしてベッドに横たえると、うしろに下がって服を脱ぎはじめた。

「では」コンスタンスは息をあえがせながら尋ねた。「この結婚を無効にしたくはないと思っていいのね？」

　ブーツを脱ごうと体をかがめていた彼が目を上げて、コンスタンスを見つめた。彼の欲望の強さに、コンスタンスの全身を期待が駆けめぐった。

　息を凝らしながら、コンスタンスは横へ体をずらし、彼のために、自分の夫のために場所をつくった。

　彼が体を起こした。たくましい太腿にぴったりとまとわりつく膝丈のズボン《ブリーチズ》しか身につけていない。コンスタンスは彼が自分と同じくらい欲望に駆られているのを知った。

「シュミーズを脱いで」彼が命令した。「きみが見たい」

　ぶっきらぼうなその言い方にコンスタンスは面くらい、震える手でまごつきながらシュミーズの襟ぐりのひもをほどこうとした。

　彼がブリーチズを脱ぎすてる音が聞こえた。ベッドが沈んだかと思うと、彼がそばにひざまずいていた。彼はコンスタンスの手に自分の手を重ねて押さえた。「着たままのほうがいいなら……」

　コンスタンスにはどうすべきかわからなかった。

　メリックが手を離し、低く悪態をつくと、ベッドの端へと体をずらして座った。ベッドのそばにある蝋燭の淡い光の中で、彼の幅の広い背中に傷跡がいくつかあるのが見えた。彼がため息をつき、肩が上がって沈んだ。「すまない」

「なんのこと？」コンスタンスは警戒して尋ねた。

「きみを怖がらせてしまったことだ。わたしのいちばんしたくないことだった」

コンスタンスにとっては思いがけないことに、彼の声には後悔の響きがあった。「不意をつかれただけよ。それにあなたの言い方がとても――」コンスタンスは懸命にことばを探そうとした。「強引だったから」

彼はふたたびため息をつき、コンスタンスのほうは見ずに言った。「わたしは厳しくて愛想のない男だ、コンスタンス。陽気な夫を求めているのなら、わたしはふさわしくない」

「わたしが求めているのは陽気な夫ではないわ」コンスタンスは心から答えた。「たとえばヘンリーのように道化師とあまり変わらない人のもとへ嫁ごうとは少しも思わないわ」

「わたしはまじめすぎるし、ぶっきらぼうすぎる。女性が聞きたがるような甘いことばは言えない」

「愛を装った、耳に快いお世辞やうつろな約束は口にしないということよ」胸が痛むほどの不安にとらわれ、コンスタンスは両手を握り合わせた。「それで全部なの、メリック？　それとも考え直してくださった？　もうわたしを妻にしたくはないの？」

「きみとともにいることさえできれば、ほかにはなにもいらない」彼の声は切望にかすれ、その目は不安に満ちていた。まるで捨てられるのを恐れているのは彼のほうであるかのように。「しかしわたしはきみにふさわしくない」

「どうして？」コンスタンスは驚いて尋ねた。「あなたは領主で、強い騎士で、武芸試合の優勝者なのよ。イングランドじゅうを探してもこれほど立派な人がいるかしら。相手にふさわしい、ふさわしくないということになれば、ふさわしくないのはわたしのほうだわ」

彼が顔を赤らめ、横を向いた。「いまのは本気で言ったのではないはずだ」

「本気で言ったのよ。あなたはわたしが夫に求めるものすべてを備えているわ。わたしは相手が尊敬できて、相手からも尊敬される、そんな人を求めていたの。愛されている、大切にされている、望まれているとわたしに思わせてくれる人を。自分は守られていると感じさせてくれる人を。あなたはそのすべてを満たしているばかりじゃないわ。わたしの心を、わたしの官能をわたしが想像さえしなかったほどかき立てるの。それにはことばなどいらないわ」

そのときメリックがなんという表情を見せたことか！　彼の目には安堵《あんど》、幸福感、それにコンスタンスの体じゅうをはしゃぎ出させるなにか、そのすべてが混じり合って表れていた。彼が手を伸ばして頬に触れると、ぞくぞくとした戦慄《せんりつ》がコンスタンスの体を駆けぬけた。「きみのことをどう思っているか、うまくことばに表せたらどんなにいいだろう。どれほどときみを求めているか、どれほどときみを必要としているかをことばで表せたら」

いまやコンスタンスはシュミーズの襟開きのひもを解くのにまごつきはしなかった。「ことばの代わりに行為で見せて」コンスタンスはささやいた。

12

メリックをそれ以上促す必要はなかった。彼が勢いよく婚礼用の服を脱ぎはじめ、コンスタンスはベッドのそばのものだけを残して蝋燭《ろうそく》をすべて吹き消した。

ベッドのわきに立つと、コンスタンスは思いきりなまめかしくメリックに微笑《ほほえ》みかけた。「最後の蝋燭を消す前に、お互いを鑑賞し合いたいわ」

男らしく堂々とコンスタンスに向かい合ったメリックの目はその色を深め、ぞくぞくするほどの渇望をたたえている。コンスタンスは彼の広く知的な額から始まり、情熱的な目、骨ばった頬、官能的な唇、広い肩、引き締まった胴へとゆっくり視線を這《は》わせた。前に彼を愛撫《あいぶ》したときにそっと触れた傷跡がある。濃い色の胸毛が左右それぞれに渦を巻き、胸の真ん中でぶつかっている。それはおへそのあたりでまた現れて下へと続き、はずかしげもなく欲望を誇示している男性のあかしを取り囲んでいる。彼の脚は長くて筋肉が発達し、長い時間馬上にいるせいでたくましく引き締まっている。

「受け入れてもらえたかな」かすれたささやき声で彼が尋ねた。

コンスタンスは賞賛をこめて彼を見つめた。「たしかに」そして立ち上がると、シュミーズがそのまま床に落ちるにまかせた。「わたしはいかがかしら。あなたのお気に召すかしら」

メリックの目がむさぼるようにコンスタンスを見つめた。「きみほど美しい女性をわたしは見たことがない」

「わたしはあなたのものよ」コンスタンスは彼に歩

みより、両腕を彼にまわした。「あなたの妻なのよ」

「わたしのもの」彼はつぶやくように言い、唇をコンスタンスの唇にそっと触れ合わせた。からかうように、誘うように。そしてふたりの体が触れ合った。

「夢みることすらかなわなかった……」

ことばがとぎれ、メリックはコンスタンスにキスをした。

なにを夢みることが？　欲望のもやの中へと沈みながら、コンスタンスはぼんやりと考えた。ふたりが結婚すること？　わたしが彼のものになること？　でもそれは、何年も前から決められていたことなのに……。

そのあとコンスタンスは考えるのをやめ、なにも遮るものなく自分の肌に当たる彼の肌の感触だけを意識した。それは熱く燃えさかる炎のすぐそばにいるようだった。コンスタンスの胸はメリックの胸に押しつけられ、彼の屹立《きつりつ》した欲望のしるしがコンスタンスの両脚の隙間《すきま》にすべり込んだ。まるでその感覚に不意をつかれたかのように、彼が全身を緊張させた。

でも、それはほんの一瞬のことだった。つぎの瞬間、彼はコンスタンスがベッドに横たわるのに手を貸し、片膝をコンスタンスの脚のあいだにつくと、力強い腕でコンスタンスをベッドの上掛けの上に寝かせた。そして彼も身を沈め、その体でコンスタンスを覆うとキスをした。

彼は欲望を抑えているわ。コンスタンスがそう感じて、なぜかしらと思っているうちに、彼が唇を耳元へ寄せてささやいた。「怖がらないように、コンスタンス」彼の吐息が頬に温かい。「きみの準備ができているかどうか、確かめてみる」

「もう準備は整っているわ」そう思ったコンスタンスはささやき返した。

「まだだ」彼は唇を下へとすべらせながら、腰を上げて体重を両腕にかけた。「もう少しだ」

片手をつくと、空いたほうの手で彼はまず脚からコンスタンスを撫《な》ではじめた。ゆったりとした軽い愛撫は膝から腿へと上がっていく。彼は両脚の合わさった箇所をかすめるようにすぎ、それだけでもコンスタンスは甘くうめかずにいられなかった。それから彼は、胸へと愛撫を続けた。彼は重さを量るように、胸のふくらみを手のひらでそっと包んだあと、そやわらかな丸みに沿ってゆっくりと指を躍らせ、その頂へと近づいた。固くなっている先端を愛撫されると、コンスタンスははっと息をのみ、ついで彼が温かく湿った口に先端を含むと、今度はうめき声をあげた。

その快さにコンスタンスは身悶《みもだ》え、彼の唇と舌と指が送り込む数えきれないほどさまざまな感覚にすべてを忘れた。

彼の唇が胸を離れてコンスタンスの唇に戻った。


今度のキスは切迫し、むさぼるように激しかった。コンスタンスは彼の抑制がきかなくなりつつあるのを感じ、彼がこれ以上待てないのを知った。わたしもこれ以上待ちたくないわ。彼はわたしの夫、そしてわたしはその気になっている花嫁なのよ。

コンスタンスは両脚を開いて膝を立て、無言で自分を奪ってと彼に誘いかけた。喜んで彼に処女を捧《ささ》げる覚悟はついていた。

「まだだ」彼が頭を上げてコンスタンスに微笑みかけた。

「いまよ！」コンスタンスは命令した。

彼の目に炎がちらりと現れた。が、からかうように微笑むと、彼は首を振り、コンスタンスの下腹部を撫でた。そして、さらに下を。もっと下を。「まだだ」

「お願い、メリック！」

「もう少しだ」

「あなたって本当に……」両脚のあいだのうるおって動悸《どうき》を打っている場所に彼が手を当て、コンスタンスは頭をのけぞらせて低いうめき声をあげた。

「意地悪ね」息をあえがせて、コンスタンスは言った。

「きみに痛い思いをさせたくない」彼はふたたび胸の愛撫に戻った。

「嘘《うそ》つき!」彼の舌が触れたところからまぎれもない欲求がさざ波のように広がっていく。全身が火に包まれるような気がして、コンスタンスは叫んだ。

「いまわたしを苦しめているじゃないの」

彼が動きを止め、ぎくりとした表情でコンスタンスを見た。

「わたしに請わせるなんて、自尊心がずたずただわ」

今度は彼の顔にまたあの怒りを解かせるからかうような笑みが浮かんだ。「わたしが懇願したほうがいいのかな」

彼は本気で言っているのかしら。こんなに誇り高くて厳格な騎士がなにかを請うことがあるのかしら。そう思いながら、コンスタンスはうなずいた。

彼は指を一本コンスタンスの秘めやかな場所に差し入れ、目をのぞき込んだ。「お願いだ、コンスタンス」そのささやき声から感じられるやさしさと切望はコンスタンスの心に触れた。「きみを愛させてほしい」

このような人からこのように懇願されて、どうして断れるかしら。「まあ、もちろんよ」コンスタンスはため息をついた。「早くわたしを愛して!」

彼はもうなにも言わず、それ以上待ちもしなかった。コンスタンスの両脚のあいだにその身を置き、ふたりの腰をぴったり触れ合わせて、両手をコンスタンスの頭の両わきについた。コンスタンスは彼の肩をつかみ、彼の先端が自分に触れるのを感じると、腰を浮かせた。彼が目をみはったが、みだらと思われようと、せっかちと思われようと、コンスタンスはかまわなかった。事実、みだらで待ちきれなかった。

つかの間進入を阻まれたのち、彼はコンスタンスの中にいた。ナイフで切ったように痛みは鋭く、一瞬だった。ここでも彼は動きを止め、コンスタンスを見つめた。

「やめないで」コンスタンスはささやき、つかんでいたシーツを握りしめた。「お願い……どうかやめないで！」

「命令とあらば」彼はしゃがれた声で答え、野性的な歓喜のうなり声を低くあげてふたたびコンスタンスの中に入った。

コンスタンスは頭を上げ、彼の上半身に両腕をからめると、彼がそうしてくれたように、舌で彼の胸を愛撫した。速さを増している彼の息遣いと動きに励まされ、コンスタンスの愛撫はさらに大胆になった。

やがて彼の律動する感覚と自分の肉体の切迫した欲求以外、なにも見えなくなった。コンスタンスは彼を引きよせたままベッドに体を倒し、彼の腰に両脚をからませると、唇の届くかぎり彼の肌にキスをした。

体にみなぎる緊張が引っ張られた糸のようにぐんぐんと高まる。コンスタンスは歯をくいしばり、あえぎ、握りしめたシーツをさらに握りしめた。

そしてついに……張りつめた糸がはじけ飛んだ。コンスタンスは自分がなにをしているかもわからないまま肩を起こし、解き放たれた叫び声をあげた。彼が急に体を硬直させ、彼のうめき声がコンスタンスの声に加わった。

解放のときが終わると、コンスタンスはぐったりと横たわった。まだ息が切れ、動悸がかすかに残るなか、彼の体の重みが感じられる。荒く息をついている彼の胸が大きく上下しているのも。コンスタンスは汗に濡《ぬ》れた彼の髪を撫でた。やがて彼がコンスタンスの体の上からわきへ移った。

彼はまくらに頭を預け、ベッドの上の天蓋《てんがい》を見つめた。コンスタンスは彼に体をすりよせた。「つぎまでどれくらい待てばいいの？」

「どれくらい待てば？」彼が驚いてコンスタンスを見た。

コンスタンスは彼の胸毛を指でもてあそんだ。

「ええ」

「痛みは……痛みはない？」

痛みのことは考えるひまもなかった。「そうね、少しあるわ」コンスタンスは正直に答えた。

彼は片方の肘をついて体を起こし、シーツを見た。処女喪失の出血のしみがついている。彼はもとの姿勢に戻り、ふたたび天蓋を見つめた。「今夜はもうやめておこう。そうしたくなったとしても」

「わたしはここにいるのよ、メリック。天蓋のあたりにふわふわ浮いているんじゃないわ」コンスタンスは念のため言った。「それともいまこのときに、あなたにはもっと気にかかる大切な問題でもあるの？」

彼は苦笑いを浮かべた。これまで一度も見たことのないあらたな表情を見て、コンスタンスはうれしくなった。「許してほしい。自分はこの幸せに値しないと考えていたんだ」

「いいえ、値するわ」コンスタンスはきっぱりと言った。そのあと一瞬、疑った。「本当に幸せなのね？」

彼からは長く情熱的なキスが返ってきた。

微笑みながらコンスタンスは彼に身をすりよせ、ため息をついて目を閉じた。「わたしもとても幸せよ」

コンスタンスが幸せに満ちあふれた眠りへと入っていったあとも、長い時間メリックは最愛の花嫁の隣で罪悪感にとらわれ、眠らずに横たわっていた。

結婚をする前、自分はコンスタンスを心の底から愛していると思っていた。しかしいま、最も刺激に満ちて幸福感をもたらす肉体の結合を経験したあとでは、それまで以上にコンスタンスを愛している。

だからこそ、コンスタンスを欺いていることがよけい苦しい。コンスタンスに対して正直でないことにより、自分は決して返還できないもの、コンスタンスが二度と取り戻せないものを盗んでしまったのだ。事実を知れば、コンスタンスはきっとこのわたしを自分本位で卑しいならず者と考えるだろう。自分をだまして恥辱と不名誉にまみれさせた男と。

コンスタンスに事実を知られてはならない。今後はうっかり本当のことをもらしてしまわないよう、これまで以上に警戒しなければならない。

翌朝ゆっくりと目覚めたコンスタンスは、すぐさま自分が結婚したことを思い出した。ため息をもらしつつ伸びをしたあと、メリックを求めて手を伸ばした。両脚のあいだに鋭い痛みが走ったが、それには取り合わなかった。昨夜、彼と交わした至福の愛の行為に比べれば、そんな痛みなど取るに足りない代償だった。

ところが夫はベッドにいなかった。

コンスタンスは片肘をついて体を起こした。メリックはすっかり着替えをすませ、窓から外を眺めていた。

彼が振り返り、かすかに微笑んだ。「早く起きる必要はない。ゆっくり休むといい」

彼の目の下には隈《くま》ができているし、頬がやつれたように思える。それともこれは、早朝の光のいたずらなのだろうか。「ベッドに戻ってわたしといっしょに休んではいかが？　疲れて見えるわ」

彼の顔に前より自然な笑みが表れた。「疲れているのはきみのせいだ」

「喜んでもっと疲れさせてあげるわ。それとも新婚初夜の寝室からあなたを呼び出すほど差し迫った用事でもおありなの？　きょうは最小限必要な監視と巡回以外は休ませるとおっしゃっていなかった？兵士の大半がきのうの夜の祝宴でまだ酔いつぶれていることを考えると、賢明な処置だわ」コンスタンスは自分の隣の場所を叩《たた》いた。「それに、とても気前よくごちそうをふるまったから、村人もおおかたがやはり酔いつぶれているわ。だからけさは、わたしからあなたを奪っていけるような人はひとりもいないはずよ」

彼はためらいがちに何歩かベッドに近寄った。

彼のキスや愛撫を思うと、体が熱くなる。コンスタンスはうっとりと微笑み、胸からシーツをゆっくりと持ち上げた。「服を脱いで。そしてベッドに戻っていらっしゃい」

彼は躊躇《ちゅうちょ》し、その顔に迷うような表情がちらりと走った。

「わたしに痛い思いをさせるのではとご心配なら、いつかのようにあなたを歓《よろこ》ばせてあげるわ」

低いうめき声をひとつあげると、彼はベッドに駆けより、コンスタンスを抱きしめてベッドに倒れ込んだ。コンスタンスは彼の抱擁を熱く歓迎し、笑いながらキスをした。「あなたがまじめな領主であるのはわかっているけれど、夜明けとともに花嫁を置いて仕事を始めるのは、あまりに極端ではないかしら」そう言ったコンスタンスの唇を彼が情熱的なキスでふさいだ。

「わたしはすべてにおいてまじめであろうと努めている」彼は魅惑を含んだ低い声で言いながら、片手をコンスタンスのおなかから下へとすべらせた。

コンスタンスは笑い声をあげた。「体を起こして」

「なぜ?」メリックは不満そうに言い、コンスタンスの首筋に鼻をすりよせた。なんとも甘美な戦慄《せんりつ》がコンスタンスの全身を貫いた。

「服を着ているからよ」

「ああ」

彼が体を起こした。コンスタンスはチュニックを引き上げて彼の頭から脱がせた。シャツがそれに続く。コンスタンスは彼の胸に手を這わせながら命令した。「仰向けになって」

目を渇望に輝かせ、彼は従った。コンスタンスは彼のそばに寄って唇にキスをすると、舌をからませてキスを深め、なにも着ていない彼の胸を熱く撫でた。膝丈のズボン《ブリーチズ》に手が触れると、キスをしたまま結びひもをゆるめた。そして片手をブリーチズの中に忍び込ませ、たちまち大きくなっていく欲望のあかしを見つけた。

コンスタンスが触れると彼ははっと息をつめたが、今度は撫でると、吐息をもらした。うれしくなったコンスタンスは彼の太腿をまたぐように脚をかけ、さらにそばに寄った。そして胸で彼の胸をかすめるように体を移動させ、彼の唇を求めた。愛撫のリズムを速め、体をぴったりと彼に押しつけた。

いまは痛みはなく、両脚のあいだがどきどきと脈打っているだけ。彼が入ってきても痛くはないかもしれない。試してみてもいいのでは?

コンスタンスはメリックのブリーチズを押し下げた。現れた彼をむさぼるように見つめ、それが自分の中に入ったとき、どのように感じられたかを思い出した。

コンスタンスがメリックの腰にまたがると、彼が目を開けた。「いったいなにを……?」

コンスタンスは体を前にかがめ、唇同士、胸同士を軽く触れ合わせた。「あなたを愛しているのよ」

キスで彼の唇から喉のくぼみへとたどり、ついで胸の小さな突起を唇と舌でからかうように愛撫した。そして、そのあいだじゅう硬くなった彼が自分に触れていること、その先端がわずかに濡《ぬ》れていることを意識した。

彼は十二分に準備ができているわ。それにわたしも。コンスタンスは体を起こし、彼を手に取ると自分へと導いた。

メリックが心配そうに顔を曇らせた。「本当に――」

「ええ、大丈夫よ」コンスタンスは腰をやや浮かせ、それから沈めた。

きつい。きつくて、たしかに少し痛い。でも……とても快い。どんな声ももらすまいとコンスタンスは歯をくいしばった。そうしなければ、彼に痛みが強くて行為を続けられないと思われてしまう。いまやめたくはない。自分自身の欲求に駆られ、また痛みの名残を乗り越えて、コンスタンスは体を前後にゆらした。

メリックが低いうなり声をあげてコンスタンスの腰に手を添えると動きを助け、どうすれば彼の歓びが増すかを教えた。刺激の大きさにじっとしていられないとでもいうように、彼はしきりに脚をよじっている。

お互いに刺激をあたえ合う楽しさにすっかり夢中になり、コンスタンスは彼の両手をつかむと頭の上のあたりに押さえ込んだ。自由に、自分の思うままに動きたかった。

メリックは不満の声をあげたものの、少しも両手を解放させようとはしなかった。むしろコンスタンスの行為にさらなる興奮をかき立てられたのは明らかで、コンスタンスの動きに合わせて腰を浮かせたり沈めたりしている。コンスタンスが息をあえがせているのと歩調を合わせるように、彼の息遣いも荒くなっている。彼は到達寸前のところにいるわ。その瞬間がもうすぐくるのが感じられる……。

そして、その瞬間が訪れた。ひと声うなると、彼は体をひきつらせてコンスタンスを満たし、子種をコンスタンスの腿にまいた。

彼の力強い最後の動きで、コンスタンスも境界を越えた。脈打つ波に何度も襲われ、叫び声をあげながら解き放たれた。

やがてコンスタンスは彼の体から下り、汗ばみ疲れきった体を隣に横たえて息を静めようとした。

「驚いたな」メリックが体を起こし、驚きと心配の入り混じった表情でコンスタンスを見た。「痛くはなかった?」

コンスタンスは満ち足りた笑みを浮かべた。「たぶん少しは。でも、こうせずにはいられなかったの」

「わたしが止めるべきだった」彼はぼやきながら立ち上がると、ブリーチズのひもを結びながら悪態をついた。

「どうしたの?」コンスタンスは肘をついて上半身を起こした。

「ブーツをはいたままだった」

彼は自分にあきれていたが、コンスタンスは笑わずにいられなかった。「ベッドの上掛けに泥がちょっぴりついただけよ。洗えば落ちるわ」

それでコンスタンスはまもなく叔父とアルジャーノン卿《きょう》がおそらくほかの貴族も引き連れて、シーツに残った処女喪失のしるしを確かめにやってくるのを思い出した。しるしがはっきり残っているのがうれしい。ウィリアム卿をなだめるのに、ことば以外のものまで使ったと思い込んでいる人々がいるのをコンスタンスは知っている。これでそうではなかったという証拠が得られたことになる。

ブリーチズのひもを結んだメリックはシャツとチュニックを着ると洗面台まで行き、水差しから水盤に水をついだ。そして水盤と亜麻布を持ち、ベッドへ戻った。

コンスタンスが自分の体を拭《ふ》くつもりで身を起こすと、彼は首を振った。「わたしにまかせて」

コンスタンスは唇をかんで横たわり、ふたりの情熱のあかしを彼にぬぐってもらうことにした。水でしぼった冷たい布が最初肌に触れたときは、思わず顔をしかめた。

彼が心配そうな目でコンスタンスを見た。

「痛いのではないわ。布が冷たいだけよ」

彼はすばやくぬぐい終えた。彼が水盤をむこうへ持っていくと、コンスタンスはベッドを出て脱いだままになっていたシュミーズを身につけ、部屋着をまとった。「あとどれくらいで証拠を調べに来るのかしら」

メリックが目で問いかけた。

「シーツよ。祝宴でどんちゃん騒ぎをしたあとだから、叔父もアルジャーノン卿も早起きはしないだろうとは思うのだけれど」

メリックがゆっくり息を吐き出した。「すると、調べに来るまでわたしはここにいたほうがいいようだな」

その口調にコンスタンスは少しとまどったが、傷ついて聞こえないよう心しつつ答えた。「べつにかまわないのよ」

彼がそばに来てコンスタンスの髪を両手の指で梳《す》き、ひと房つまんでキスをした。「毎日朝から夜まできみとすごせたら、どんなにいいだろう。ベッドの中だけではなく」

「では、もう少しここにいらしたら？」コンスタンスはほかのことを考えた。「おなかはすいていない？」

彼がゆっくり微笑んだ。「おなかはすいていない」

コンスタンスは全身が熱くなり、彼をからかわずにいられなかった。「では、話をするのに飢えているのかしら。なんの話？　国王と宮廷の話かしら。二週間後にある荘園《しょうえん》裁判の話？」

そのときおずおずとドアをノックする音があり、ふたりのやりとりは中断した。

コンスタンスは部屋着をぴったりとかき合わせて窓辺に立った。そのあいだに、メリックがドアに向かった。彼がドアを開けると、ひどく血走った目をしたカレル卿とアルジャーノン卿が現れた。そのうしろにはサー・ジョワンとサー・ラヌルフがいる。

ほかにも人はいたが、だれが処女喪失のしるしを調べに来たのか、コンスタンスはいちいち知りたくなかった。ただし例外がひとり。キアナンの姿はない。コンスタンスはほっとした。そういえば、昨夜寝室までメリックに付き添ってきた人々の中にも、キアナンはいなかったような気がする。

「われわれが来たのはですな……」アルジャーノン卿が言いかけてことばを濁し、ふらふらと体をゆらしたあと先を続けた。「われわれが来たのはですな、花嫁の……」彼はやや青ざめて口をつぐんだ。

メリックがドアを大きく開け、どうぞというしぐさをしてからわきへどいた。

このときがくるとはわかっていても、コンスタンスは頬を染め、叔父たちがベッドのほうへ足を運ぶのを見つめた。

「満足しましたか」メリックがそっけなく尋ねた。

「大満足だ」彼の叔父、アルジャーノン卿が答えてあとずさった。

まだ真っ赤になったまま、コンスタンスは吐息をつき、目を上げた。すると、さっき姿が見えなかったキアナンの怒りを浮かべたまなざしにぶつかった。コンスタンスは口を引き結び、彼をにらみ返した。

わたしはなにも不正直で恥さらしなことをしたわけではないわ。正式の夫と愛を交わしたのよ。結婚の契約に基づいて嫁いだのであって、それを後悔してはいないわ。

キアナンは顔を赤らめたものの、まだコンスタンスを見つめている。そこへメリックがふたりのあいだに足を進め、視線を遮った。彼は一行を部屋の外へと促し、ラヌルフと無言のやりとりを二、三交わした。

叔父たちが行ってしまうと、コンスタンスは化粧台の前の椅子に腰を下ろし、ほんの少し顔をしかめた。やはり二度目に愛を交わしたのは早すぎたのかもしれない。

「具合が悪い？」メリックが尋ねた。

「少し痛むの」

彼は小さなテーブルまで行き、酒盃《しゆはい》にワインをつぐと無言でそれをコンスタンスに渡した。

「ありがたいけれど、いらないわ」コンスタンスは象牙《ぞうげ》の櫛《くし》を手に取った。

「さっきのはしなければならないことだった」

「ええ、わかっているわ」

力強い手がためらいなしにコンスタンスから櫛を取り上げた。驚いたことに、メリックはコンスタンスの髪を梳きはじめた。コンスタンスは目を閉じ、このふいに訪れた親密さと、やさしく髪を梳かれる感覚とを快く味わった。

「あの若者をあのままにしておくつもりかな？」しばらくして彼が尋ねた。

「若者というのがキアナンのことなら、けさ彼がここにやってきたのに不意をつかれただけよ」

「わたしはほっとした。きみとわたしが本当に結ばれたとわかった以上、キアナンにはもはや望みはない。きみはあらゆる面でわたしのものだ」

コンスタンスは目を開け、前にある銀の板に映った夫を見つめた。「ええ、わたしはあなたのもの。好きになさっていいのよ」慎重にそう答えたが、以前の不安がほんの少しよみがえってくるのを覚えた。

「よきにつけ悪《あ》しきにつけ、きみはわたしに束縛される」

それもまた本当のことで、コンスタンスの不安は増した。「悪しきにつけというのは？」

「謀反や戦争」

コンスタンスははっとして彼を見つめた。自分自身の運命に対する不安はそれよりさらに大きい懸念に隠れて見えなくなってしまった。悪しきこととはふたりのあいだの諍《いさか》いや見解の相違だと思っていたのに、戦争だったとは。宮廷で勢力間の緊張や衝突があるのはよく知っているが、謀反や戦争が起きるとは思いたくない。戦争はときとして得るものなどほとんどない、残酷で忌むべきもので、死と破壊をもたらす。「謀反が起きると本気でお考えなの？」

「起きるのではないかと心配している。戦争が起きた場合、国王ともコーンウォール伯とも臣従の誓いを結んでいる以上、わたしはどちらか片方との誓いを破ってもう片方を支持せざるをえなくなる。そしてその場合の選択がまちがっていれば……」

最後まで言う必要はない。コンスタンスにはその結末がわかっていた。メリックはすべてを失ってしまうのだ。自分の命も含めて。

「きみを怖がらせるつもりはなかった。悪しきこととはなにかときかれて話したまでだ」

コンスタンスは立ち上がり、部屋着の袖《そで》の中で両手を握り合わせた。「ええ」

昨夜そうだったように、彼の真剣な目には苦悩の色が浮かんでいた。「いまきみは結婚したことを後悔しているのだろうか」

「いいえ」コンスタンスは率直にきっぱりと答えた。「わたしがあなたと結婚したことを後悔するとすれば、それはあなたから頭や心がないように扱われたとき、あなたにとって世継ぎを産むものでしかなくなったときだけよ。あなたから無視されたり、軽視されたりしたときは、結婚したことを悔やむでしょうね。敬意をもって接してもらえないときはとくに。でも信頼される友人として扱われ、ゆうべのように愛してもらえたら、わたしは満足以上のものを得るわ。ふたりの異なった人に対する忠誠の誓いについては、そのようなジレンマに直面している貴族はあなただけではないわ。サー・ジョワンも同じように国王とコーンウォール伯と臣従関係を結んでいるし、ほかにもおおぜいいるわ」

メリックの表情が変わり、コンスタンスは感動すると同時に安堵《あんど》を覚えた。

「きみに満足以上のものを得させたい」彼はコンスタンスにやさしくキスをした。

彼と結婚したことを後悔する？　彼がいつもこんなふうであったら、後悔するはずなどないわ。「あなたが十五年もトリゲリスを離れていなければよかったのにと思うわ」コンスタンスは嘆きと渇望をこめてため息をついた。

「いまはわたしもそう思う。しかしきみに再会するのが怖かった」

「怖かった？」驚いてコンスタンスはうしろに身を引き、彼を見つめた。「わたしに会うのが？」

「わたしとは結婚したくないと言われるのではないかと不安だった」

まだ彼に両腕をまわしたまま、コンスタンスは情けなさそうに微笑んで白状した。「あなたと結婚したくなかったわ。子供のころはあなたが嫌いだったんですもの。でも帰郷したあなたは、わたしが思い描いていたおとなのあなたとはずいぶんちがっていたわ」

「どんなふうにちがっていた？」彼は眉間《みけん》にしわを

寄せて尋ねた。

「見かけがちがうわ」

「わたしは昔より年をとった」

「いいえ、年齢だけじゃないわ。想像していたより背が高くて、目が……」

彼が唇を触れ合わせた。「きみも変わった。昔はあれほど内気だったのに」

「あなたは本当にひどい悪童だったわ」コンスタンスは身を乗り出して彼にキスをした。「あのころのあなたは一度も好きにはなれなかった。でもいまのあなたなら、愛することができるわ。愛しているのよ」

彼の濃い茶色の目はその計り知れぬ深さの奥から問いかけていた。

言ってしまったわ。でも、言ったことは真実よ。

「ええ、メリック、あなたを愛しているの。愛していなければ、結婚はしなかったわ」

彼がゆるぎのないまなざしでコンスタンスを見つめた。コンスタンスの胸は沈んだ。わたしの告白が彼にはうれしくなかったのかしら。わたしが愛しているとまでは思っていなかったのかしら。

こちらを見つめている彼の目からはなにも読みとれない。「あなたのほうではわたしを愛していなくとも」失望で胸がいっぱいになりながら、コンスタンスは言った。「契約ゆえにわたしと結婚なさったのね。でも望みを持っていたの……いまも望んでいるわ。いつの日かあなたが……」

メリックがコンスタンスを抱きすくめた。「ああ、コンスタンス」彼はコンスタンスの髪に唇を寄せて言った。「わたしのコンスタンス、わたしは十歳のときからきみを愛してきた。あの干し草をとる野原にきみが座っているのを目にして以来ずっと。きみが幸せであるように、幸運に恵まれますようにと、それればかりを願ってきたが、もしもわたしのせいできみが不幸になるなら、わたしがきみに不運をもたらすなら、わたしは一生自分を呪《のろ》い続けるしかない」

うれしさと安堵に満たされながら、コンスタンスは彼とキスを交わした。キスは最初やさしかったが、やがて情熱に火がついた。「わたしもあなたにいいことばかりをもたらしたいわ」

「きみはすでにわたしを幸せにしてくれている。わたしにはもったいないほど」

彼はもう一度長く情熱的なキスをすると、しぶしぶ体を離した。「いま部屋を出ていかなければ、ずっとここにいてしまいそうだ」

「それこそわたしの思うつぼだわ」コンスタンスはからかった。もう彼のことも今後のことも不安ではなかった。「情熱であなたをつかまえてみようかしら」

「悲しいかな、それには抵抗しなければならない」

彼は不承不承ドアに向かった。

そして、コンスタンスが立っていられなくなりそうになる、あのかすかな笑みを浮かべた。「またあとで」

13

数日後メリックが羊皮紙の文書を読んでいると、コンスタンスが執務室のようすをうかがいに現れた。メリックは顔を上げ、コンスタンスに微笑《ほほえ》みかけた。いつものように、コンスタンスの顔を見ただけで彼の胸は高鳴ったが、これもまたいつものように、その高鳴りのすぐあとから罪悪感が頭をもたげた。この罪悪感は、あらゆる手を使ってコンスタンスを喜ばせることでしかやわらげられないものだ。

「アランとルアンはいつになったら執務室を出ていくのかしらと思ったわ」コンスタンスはそう言いながら部屋に入ってきた。「ずいぶん話し合うことがあったようね」

「そう。トリゲリスの領地はわたしの記憶よりずっと広い」メリックは椅子に座ったまま楽な姿勢をとった。そして腕を広げると、コンスタンスはその無言の要請を理解し、彼の膝の上に座った。

「放火の犯人を突きとめる件ではなにか進展があった?」コンスタンスは彼の長い髪をひと房もてあそびながら尋ねた。

その単純で親密な行為ひとつでさえ自分がどれだけ感激するか、膝にかかる妻の重みがどれだけもの狂おしく自分の胸を乱すか、コンスタンスにはわかっているのだろうか。メリックはそう思ったが、この苦悶《くもん》はあまりに喜びが大きい。妻には教えないでおこうと考えた。「アランは全力を尽くして放火犯を突きとめようとしている」彼はコンスタンスの頬を撫《な》でた。「ルアンがそこまで熱心かどうかはわからないが、詳しく調べるには遅すぎるかもしれない。いまでは不平分子も遠くへ逃げてしまった可能性がある」

　コンスタンスは彼のやわらかな唇を指先で撫でた。

「ピーダーのところにも、なにも新しい情報は入っていないわ」

　メリックは苦笑した。「〝城の連中〟にそのような情報を流すのはピーダーの沽券《こけん》にかかわると思っていたが？」

「この件はそうではないわ。あの火事は国王やトリゲリス領主ばかりか、だれにとっても災難だったんですもの」

　メリックはコンスタンスの首筋に頬を寄せ、その清潔で温かな香りをかいだ。「ピーダーの具合は？」

「良好よ。ただしもう火事があっても消火活動には加わらないでもらいたいわ」

　メリックも同じ思いだった。ピーダーにはまだこの先何年も元気でいてもらいたい。「もうあのような災難が起きないことを祈ろう」どんな災難も。一瞬心配が喜びをかすませ、彼は心の中でそうつけ加えた。

「わたしの持参金で粉挽《こなひ》き所を直す費用は充分にまかなえるわ」

「そうだ。ありがたい」

「ラヌルフはつぎの守備隊長について、だれがいいか言っていた？」コンスタンスはそう尋ね、メリックの頬とあごにキスをした。

　メリックはいまきかれたことに意識を集中しようとした。「ひとりふたり。いいと思ったスコットランド人がいたようだが、本人に話をしたら、断られたそうだ。そしてきのう、そのスコットランド人と恋人がトリゲリスを去っていった」

　コンスタンスは眉を曇らせた。「なぜなのかしら」

　メリックは肩をすくめた。たとえ優秀な兵士でも、ほかに働き場所を探そうと決めた傭兵《ようへい》のことを気にかけるつもりはない。国内で不和が続いているせいで、代わりの傭兵はいくらでもいるのだ。「さあ。もしかしたら、ラヌルフが考えているほど優秀な兵士ではなくて、目立ちたくはなかったのかもしれない」

「無法者なのかもしれないということ?」

彼はコンスタンスの頬から貝殻のような耳へと唇を這《は》わせた。「そのスコットランド人兵士がそうだったとしても、泥棒や人殺しが歩兵階級にひそんでいるのはこれが初めてではない。フランス国王は戦時下になると定期的に監獄を空にする」

「わたしの叔父かあなたの叔父さまの城から、だれか送っていただけるのではないかしら」

「考えてみよう」ふたりきりでいるときは兵士や戦争や王の行いのことなど考えたくなくて、メリックは曖昧《あいまい》に答えた。

「財政困難に陥ったら、わたしの叔父やあなたの叔父さまに融通を頼めるわ」彼がキスを続けていると、コンスタンスはため息をつき、頭をうしろにのけぞらせた。「でもふたりとも、それぞれの城に戻られてよかったわ」

「ベアトリスもいっしょに帰っていてくれれば、もっとよかったのだが」

コンスタンスが体を起こした。「ベアトリスはそんなに目障りなの?」

メリックはコンスタンスをからかわずにいられなかった。「口をつぐんでいるときはまったく気にならない」

コンスタンスはさほどおもしろがってはいないようだ。「このところベアトリスはおとなしいの」そう言って眉を曇らせた。「ベアトリスのおしゃべりが恋しくなるなんて思ってもみなかったわ。でも白状すると、いまのようにおとなしくなると心配なの。以前はどんなことでも、たとえば大事なことでもそうではないことでもなにもかもわたしに話していたのに、にキスをした。「きみがベアトリスを愛し、ベアトリスの身を案じているのはわかっている。しかしもう一度言っておくが、ヘンリーを信用しないのはおかしい」

「ヘンリーについて、わたしはひと言も言っていないわ」

「言わなくてもわかる。彼がベアトリスに話しかけるたびに、きみが警戒しているのを見てきているから。しかし彼は、わたしの家族やわたしの庇護《ひご》下にある若い娘をたぶらかすようなことは絶対にしない。それはわたしが請け合う」

「あまり疑《うたぐ》り深くならないように努めるわ」コンスタンスが答えた。妻はもっとほかのことで悩んでいるのだろうかとメリックは考えた。そこへコンスタンスが言った。「ヘンリーにはロンドンに愛人がいるというのは本当なの?」

やれやれ、そんな情報をどこで得たんだ。「だれがいまはそうじゃないわ」

メリックはベアトリスの名前を出したのを後悔した。まるで冷たい水を頭から浴びせられたような気分だ。いや、コンスタンスがまだ膝に座っているのだから、完全にそこまでの気分に陥ってはいないが。

「それはたんにベアトリスがおとなになりつつあるしるしなのかもしれない。あるいはいつもくすくす笑っている小娘でいるより、もう少しレディらしくふるまうすべを身につけたのではないかな。ベアトリスはもう充分に結婚できる年齢なんだ、コンスタンス」

「それはよくわかっているわ。ただ、トリゲリスにいるあいだはなにか重大な問題があっても、わたしに隠そうとしてもらいたくないだけよ」

コンスタンスが心配しているのを見たくはない。メリックはできるかぎりの悩みを追い払おうとでもいうように、しわを寄せているコンスタンスの眉間《みけん》に聞いた？」

「ベアトリスよ」

「ベアトリスはだれから聞いたのだろう」

「ヘンリーの話したいろいろなことから推測したのよ」

　ヘンリーはもう少し口をつぐむことを覚えるべきだ。知りたがり屋の若いレディがいる場所ではとくに。「愛人がいるという話は聞いたことがない。だからといって、いないとはかぎらないが」

「ヘンリーはあなたに打ち明けるようなことはしないの？」

「男はだれだって秘密を持っている。たとえ親友同士のあいだでも」

　このやりとりは危険な方向に向かっている。そこでメリックは話題を変えることにした。

「たとえば、わたしはヘンリーにきょうきみが執務室に来て、仕事中のわたしをきわめてみだらに誘惑したことは話さない」彼は妻の気をそらそうと、片手を妻の胸へとさまよわせ、首筋の肌に唇を押し当てた。

「安心したわ」

　いや、まだ気にかけているぞ。

　彼はキスをやめ、注意深くコンスタンスを見つめた。「どうした？」

「べつになにも」

　コンスタンスは女性で、しかも結婚したての妻。そしてふたりがいま交わしているのは、ある男の愛人がいるかいないかという話だ。べつに占い師の手を借りずとも、なにがコンスタンスを思いわずらわせているのかは見当がつく。「わたしには愛人などいない、コンスタンス。これまでもいなかった」メリックは偽らずに言った。「きみ以外の女性に心を奪われたことはない」

　コンスタンスがうれしそうに微笑んだかと思うと、

今度ははっきりとした目的をもって身をくねらせた。「わたしがとてもみだらに誘惑したと非難なさったわね。でも言っておきますけれど、わたしたち、結婚しているのよ」そう言ってメリックのたくましい胸に手を走らせた。「その場合、誘惑とは呼べないのではないかしら」

「なにをしているにせよ、それはきみとわたしだけの秘密だ」コンスタンスのことばと口調、それに温かな体の動きにメリックの体が反応し、息遣いが速まっていく。

彼はコンスタンスの腕を片手でたどり、さらにその手を胸に至らせた。コンスタンスが姿勢をわずかにずらせ、その動きに彼の体が反応すると、コンスタンスの唇からは甘いうめきがもれた。そのあいだじゅう彼は胸をやさしくまさぐり、唇を舌で愛撫《あいぶ》した。

コンスタンスがキスを中断し、メリックは深手を負ったようにうめいた。「どうした?」

「この辺でやめたほうがいいわ」コンスタンスは彼の頬からあごへと指を走らせて言った。「わたしの頭にあることをするには、この場所はふさわしくないんですもの」

わたしにとってはこれほどいい場所はないのだが。もっともわたしの頭にあることは、ふたりきりでありさえすれば、場所は選ばない。

「この部屋のテーブルは大きくて頑丈だ。ちょっとのことでは壊れない」メリックは切望にかすれた声で言った。「それとも椅子に座ったままのほうがいいかな」コンスタンスを愛撫しながら彼はつけ加えた。

「本当?」愛撫が効を奏してコンスタンスがささやいた。「罪深いことに思えるわ……」

「前にもふたりで罪を犯している」

「そうね」目を期待に輝かせ、コンスタンスは無言で誘いかけるように彼の唇を舌でそっと撫でた。彼にはその誘いかけ以外なにもいらなかった。

彼はすばやくコンスタンスを立たせ、テーブルから羊皮紙をのけた。そしてコンスタンスのウエストに腕をまわし、唇にキスをしながらあとずらさせた。

舌を使ったからかうようなキスでコンスタンスの渇望を引き出しつつ、彼はコンスタンスを抱き上げると、テーブルの端に座らせた。コンスタンスが脚を彼の腰にからませ、両腕を背中にまわして彼を引きよせた。

メリックはコンスタンスのスカートとシュミーズをたくし上げ、すでに息をあえがせながら、膝丈《ブリー》のズボン《チズ》のひもをほどくようコンスタンスに求めた。重ねて促す必要もなく、コンスタンスはすぐさまそのことばに従った。メリックが自由の身になると、コンスタンスは彼の肩をつかみ、彼を迎える姿勢を整えた。

今回は気楽でやさしい愛の行為ではなかった。動きひとつで彼はコンスタンスの中に入り、温かなうるおいに包まれた。コンスタンスは歓喜の叫びがもれないよう、彼の首に唇を押しつけた。官能に拍車がかかり、彼は少し退くとふたたびコンスタンスの奥深くへと身を沈めた。

コンスタンスが息を凝らしたかと思うと、押し殺した声をあげた。ふたりは同時に昇りつめると、緊張がはじけ、くぐもった叫び声が室内に満ちた。

ぐったりと体を重ねたまま、メリックは目を閉じ、コンスタンスを抱きしめた。コンスタンス。わたしの愛する人。わたしの妻。

わたしの弱み。

その夜、何者かの手に口をふさがれ、ピーダーははっと目を覚ました。なにも見えないまま、彼は手足を振りまわして抵抗し、強烈に体の臭いその泥棒にかみつこうとした。

「おれだ！」耳元で聞こえたのは二度と聞くことはあるまいと思っていた声だった。「タレックだ」

ピーダーが抵抗をやめると、タレックは慎重に手を離した。ピーダーは起き上がり、炉に燃え残っている火の放つ淡い光の中で相手に目を凝らした。タレックの服は荒野か洞窟《どうくつ》で野宿をしたかのように泥と汚れにまみれ、あちこち破れている。それにエールの悪臭がした。

「なんだってここに現れた？」ピーダーは尋ねた。「だれかに見られたら、どうするんだ？」

「だれにも姿は見られていない」前守備隊長のタレックは炉辺で体を丸め、自分の胸を抱くように腕をまわした。手はひどく汚れ、爪が割れている。「くそ、フランスに行けばよかった。そうしようと思えばできたのに。前回ピエールが来たときなら、洞窟であいつに会えたんだ。ところがいまは火事以来あの領主の野郎が道という道と森を見まわりさせている。これでは海辺まで行けやしない」

ピーダーは炉の熱でもっと暖まれるよう、それにタレックの声がもっとよく聞こえるように姿勢を変えた。タレックのかかえている問題の一部については、漂ってくるにおいでよくわかった。しかもタレックの手は飲んだくれと同じ震え方をしているし、目が血走っている。「必要なときにレディ・コンスタンスを助けられるよう、近くにいるはずじゃなかったかね」

「そうだよ。そのはずだった」タレックはぼやいた。「ところが、レディ・コンスタンスはあの野郎と結婚してしまった。危ない目をして彼女のためにこの村にとどまったところでなんの得にもならない。それで頼みがあるんだ。フランスでもどこでもいいところに行く船をつかまえなきゃならない」彼は顔をしかめて険悪な表情を浮かべた。「あの野郎に見つかったら、まちがいなく殺される」

「前は追放されただけで殺されなかったじゃないか」

「それはレディ・コンスタンスをむやみに怒らせたくなかったからだよ。しかしいまでは、彼女もあいつの奥方だ。たぶん奥方が怒ろうと怒るまいと、あいつは少しも気にするもんか。おれを見つけたら、すぐさま殺すだろう」

「以前ならもっともだと思ったが、いまとなると……」ピーダーは首を振った。「新しい領主がその父親と同じように無慈悲なけだものだとはとても思えん」

ピーダーは首をかしげてタレックを見つめた。

「粉挽き所が燃えたとき、あんたはどこにいた?」

「近くにはいないよ。森にいたんだ。あんたが錫《すず》を隠している洞窟に」

「いや、あそこにはいなかった」ピーダーは慎重に言った。「火事の炎が見えたとき、わしは隠した錫が無事かどうか、洞窟まで確かめに行ったんだ」老いたピーダーの眼光はタレックの目を射抜くようだった。「もう一度だけきくが、タレック、本当のことを答えたほうが身のためだぞ。粉挽き所が火事になったとき、あんたはどこにいた?」

「わかったよ。あのときは酔っ払っていたんだ」タレックは目をそらした。「領主みたいに酔っ払っていた。邪《よこしま》ウィリアムみたいに。そうだ、それに腹を立ててもいた。むしゃくしゃして考えなしだった」彼はうなだれてつぶやくように言った。「酔っていなけりゃ、あんなことはしなかったのに。トリゲリスを去る前にあの野郎をちょっとだけ困らせてやりたかっただけなんだ。それだけのことなんだよ」

ピーダーは立ち上がってタレックをにらみつけた。

「あんたがやったのか? あんたが粉挽き所に火を

つけたのか？」

「ちがう！」タレックがはじかれたように立ち上がった。「小屋だけだ。小屋だけだったんだ。それが……手がつけられなくなって、それで――」

「手がつけられないだと？　なにが手がつけられないだ。粉挽き所を丸焼けにしたんだぞ。元どおりに戻すには何週間もかかるんだ。なんであんなことをした？」

「あいつに仕返しをしたかったんだ！　おれは二十年……二十年もウィリアム卿《きょう》に仕えた。汚い仕事もやった。息子の悪童の護衛もやった。二十年仕えたというのに追放されて――」

「この酔っ払いのうすのろが！　メリック卿よりトリゲリスのみんなをひとり残らずひどい目に遭わせたんじゃないか。領主はなんでもほしいものが買えるが、村人はそんなわけにいかん。穀物をなくした農夫はどうすりゃいい？　どの家のおかみもパンを焼くのにいちいち小麦を手で挽かなければならないんだぞ。あんたを城まで引き連れていって、この手で地下牢《ろう》に放《ほう》り込んでやる」

タレックが剣に手をかけ、目をぎらつかせた。

「おれだったら、そんなことはしない。それにおれを見かけたことはだれにも言わない。それどころか、おれが逃げるのに手を貸すよ。おれがつかまれば、あんたも困るだろう？　おれはあんたの錫の隠し場所もピエールのことも知っているからな。いざとなったら、あの領主の野郎に知っていることを洗いざらい話してやる」

ピーダーはたこのできた、年のわりにはまだ力強い手をこぶしに握った。「あんたならそれくらいのことはやるだろう。トリゲリスのみんなを裏切ったんだからな」

「そうするしかなかったんだよ。さあ、手持ちの金をおれによこして、トリゲリスから逃げるのを助けてくれ」

ピーダーはかぶりを振った。「あんたを助けるだなんて、指一本も動かすものか」

タレックは剣を抜いた。「協力したほうがいいぞ。でなければ、突き刺すぞ」彼は剣先をピーダーの胸に当て、ピーダーの腕をつかんだ。「手助けしてくれる気がないなら、あんたを連れていくまでだ」

ピーダーは体をよじり、ベッドに身を投げた。そしてまくらの下からイタリア式の短剣を取り出した。ピエールからもらった刃の長くて薄く、鋭い短剣だ。タレックが腕を上げて剣を振りかざすあいだに、ピーダーは体の向きを変えて短剣を上に向け、タレックの腹部に力いっぱい突き刺した。

剣が床に落ち、かちんと音をたてた。タレックが短剣の柄《つか》をつかみ、よろよろとあとずさったあと丸椅子にぶつかって体を泳がせ、壁にもたれたままずり落ちた。

ピーダーは身を震わせながら立ち上がり、タレックの足から少し離れたところまで行った。

「こんちくしょうめ」タレックが口から血の泡を吹きながら言い、なんともすさまじい冷酷な笑みを浮かべた。「孫の遺体がどこに埋められたか、もう教えてやるもんか」

必死の叫び声をあげると、ピーダーはタレックのそばにひざまずいた。「どこだ。頼むから教えてくれ！　教会の墓地に葬ってやりたいんだ。少しでも哀れみがあるなら……」

「あんたはおれに哀れみを持ったか？」タレックが尋ねた。血があごを伝って落ち、チュニックを赤く染めた。「なにが教会の墓地だ。あんたの娘もな。あんたは聖人のような娘だと思っているだろうが、いまごろは地獄の火に焼かれているさ。そうなって当然だ。あんたの娘は売春婦だったんだ。それも上等のな。邪ウィリアムに差し出そうとおれがつかまえたときも、たいして抵抗はしなかった」

ピーダーはもう一度叫び声をあげ、立ち上がってタレックの腹から突き出している短剣の柄を握った。そして短剣を引き抜き、今度はタレックの心臓めがけてもう一度突き刺した。

タレックが脚をひきつらせたかと思うと、静かになった。

息を荒らげながら、ピーダーはうしろへ何歩かよろめいた。まだ震えている手で額の汗をぬぐうと、血まみれの短剣をタレックの死体の上に落とした。そして戸棚まで足を運び、特別なときのために置いてあるワインを取り出した。栓を抜き、たっぷりひと口ワインを飲むと、彼はあごをぬぐってうしろの戸棚にもたれた。そして目を閉じ、気が落ち着くのを待った。

これからどうしよう。やったことにやましさはなにも感じない。タレックはあのように死んで当然だ。むしろあのような最期を迎えさせる役目がこの自分に振り当てられてうれしいくらいだ。神はきっと理解し、赦《ゆる》してくださるだろう。しかしタレックがこの家に現れたことをどう説明しよう。自分がタレックに手を貸したりかくまったりしていたことを知らないかぎり、トリゲリス領主はなぜタレックがここにいたのかと訝《いぶか》しむにちがいない。脅されたから殺した、放火したのは彼だと釈明したところで、領主は信じてくれるだろうか。レディ・コンスタンスは自分を信用してくれている。しかしあのメリックは？

わしがトリゲリスの領主を憎んでいるのはだれでも知っている。メリックはこのわしが単独で、あるいはタレックと共謀して、火をつけたと思うかもしれない。そして自分の罪を隠すために、タレックが死んだのを利用していると。

いや、領主にはだれがやったか、さんざん首をひねらせておけばいい。いつまでも頭を悩ませさせていればいいんだ。なんといっても、こちらは孫が行方不明になったことでこれだけ長いあいだ苦しめられているのだから。しかも、孫の行方がわからなくなったのは結局事故のせいではないように思えてきたいまでは、これまで以上に孫が不憫《ふびん》でならない。

ピーダーは苦々しさを捨てるように炉の火に唾《つば》を吐いた。

それにしても、レディ・コンスタンスがあの城で、得体の知れない敵がいるのではないか、それもひょっとしたら身内の中にいるのではないかという不安にとらわれたまま、暮らしているのは見るに忍びない。なんとかして知らせることができないものだろうか。レディ・コンスタンスなら秘密を守れる。

いや、守れないかもしれない。おそらく夫である領主に伝えるのが自分の務めだと考えるだろう。

やはりタレックが死んだことと小屋に火をつけた
ことはだれにも話さず、自分ひとりの胸に秘めておくほうがいい。

ピーダーは閉じたまぶたを開いた。最初に目に入ったのは死の苦悶に口をゆがませ、血にまみれたタレックの顔だった。

動き出しながら、ピーダーは祈った。赦しを請う祈りではない。慈悲を請う祈りではない。

いつの日か神が孫の遺骨のありかを教えてくださいますように。孫の遺骨をまともな墓地に埋葬できますように。そしてそこに転がっている嘘《うそ》つきで卑《ひ》怯《きょう》な裏切り者の死体を片づける力をどうかおあたえください。

14

荘園裁判《しょうえん》の日、空は鈍い灰色に雲がたれこめていた。天気がさらに悪くなれば、塔の中に入ることになるが、中庭にはとうてい大広間には入りきれそうにない数の人々が集まり、静かに期待しつつ裁判が始まるのを待っていた。ベアトリスでさえ口数が少ない。もっとも最近では、ベアトリスがおとなしいのはそうめずらしいことでもない。ヘンリーは裁判のような催しごとは退屈だからと狩りに出かけてしまっていた。ラヌルフは前庭で新しい射手隊の訓練を行っている。ウェールズ式の長い弓は利点となりうるとメリックが判断し、選別した兵士に弓の使い方を教えてくれる人材の獲得と、新しい弓矢の調達に着手したのだ。

コンスタンスは中庭に設けた壇の上で、隣に座ったメリックにこっそり目をやった。ここでこれから彼は裁定を行い、領民の要望を聞き入れたり退けたりする。前々からコンスタンスが望んでいたとおり、ふたりは裁定を求められそうなもめごとについて、詳しく話し合った。もめごとの関係者についてメリックが尋ね、コンスタンスの助言を求めたのだ。

コンスタンスはメリックの首筋やあごに彼が緊張しているしるしを見てとった。そして、ある種のうれしさを覚えた。これは彼が鼻持ちならないほど尊大に構えていたり、自分は絶対に誤りを犯さないと思い込んでいたりするのとはちがい、自信のなさをしのばせる。

コンスタンスは彼の腕に手を置き、励ましの微笑を送った。彼の重々しい表情は変わらなかったが、体が緊張を解いた。

幸い、深刻な問題はすべて速やかに処理された。メリックは苦情を訴える人々とそれに対して抗弁する人々それぞれの言い分に注意深く耳を傾け、すばやく、また威厳をもって自分の判断を下した。これは長たらしい陳述のあと裁定が下るまでさらに長く待たされる錫《すず》の採鉱地の錫鉱夫の裁判とは大ちがいだった。たぶん将来は、とコンスタンスは思った。錫鉱夫の裁判所で裁定される個人的なもめごとも、こちらのほうが早く解決できるとこの荘園裁判所に訴えが持ち込まれるのではないかしら。

とうとうあとに残ったのはアニスとエリックの結婚の承認だけとなった。メリックがふたりの結婚を承認するのに問題はなにもないはずで、コンスタンスはこの件がさっさと片づけられるものと思っていた。それさえ終われば、メリックとわたしは寝室に戻り……。

厩舎《きゅうしゃ》の陰でなにかちらりと動きがあって、よく知る顔がかいま見え、コンスタンスははっと息をのんだ。

いったいなぜ、キアナンがあんなところに？　隣人なのだから、裁判に立ち会いたいと言えば歓迎されるのに、なぜ無法者や泥棒みたいに隠れているのかしら。

これがキアナンなのよ。コンスタンスはそう自分に答えた。彼は若くて情熱的だし、それに長いつき合いから、がんこだということもわかっている。彼はまだコンスタンスへの思いを断ち切れず、いま一度姿を見たいと思ったのかもしれない。いや、それともっと悪意のある動機があって、ここに現れたのだろうか……。

エリックがアニスの手を取って前に進み出た。アニスは慎み深く頬を染め、目を伏せている。「領主さま、蝋燭《ろうそく》屋の娘アニスと結婚するお許しをいただきたく、お願い申し上げます」

コンスタンスは厩舎のわきにもう一度目をやった。キアナンの姿はない。もしかしたら、さっきのは見まちがいで、キアナンなどいなかったのかもしれない。厩舎のわきは陰になっていて暗いから、ほかの人と見まちがえたのかも。

たとえまだ腹を立てていて、みじめな思いでいるとしても、キアナンは暴力に訴えるようなことはしないはずだ。むっつりした顔でふさぎ込み、人をにらみつけることはあっても、粉挽《こなひ》き所に火をつけるようなことはしないはず……。

突然コンスタンスは中庭が静まり返り、メリックがまだエリックに返事をあたえていないのに気がついた。

エリックの笑みが消えている。アニスはさめざめと泣いていて涙を隠さず、中庭の群集はとまどいと返答がないことへの苛立《いらだ》ちから不満げな声をあげはじめた。

メリックはなにをしているのかしら。

メリックが立ち上がった。「アニスとふたりだけで話をしたい」

コンスタンスがあっけにとられているうちに、メリックはレディに対するようにアニスに腕を差し出し、アニスは震える手を彼の腕にあずけた。そしてメリックはぽろぽろと涙をこぼしているアニスをだれにも聞かれずに話ができるよう、少し離れた場所まで連れていった。

不安と疑惑の芽生えるなかで、コンスタンスは話し合っているふたりを見つめた。アニスはうなだれ、メリックはひと言も聞きもらすまいというように体を前に傾けている。それは心をかき乱すほど親密そうな光景だ。コンスタンスは当惑してそわそわしてはだめ、心の乱れをいっさい面に出さず平然としていなければだめ、と強く自分に言い聞かせなければならなかった。なんといっても、目の前にはこちらを見ている群衆がいるのだ。

ここでもう一度、コンスタンスは厩舎のわきに目をやった。そこにはだれもいなかった。

ようやくメリックがアニスを連れて壇上に戻ってきた。彼はアニスの手に自分の手を重ね、群集に向き直った。「結婚は許さない」

コンスタンスは唖然《あぜん》としてふたりを見つめた。アニスがうっと嗚咽《おえつ》をもらしたかと思うと、メリックから離れ、やはりびっくり仰天している群集のあいだを縫って走り去った。

「領主さま！」エリックが困惑した声をあげた。「なぜ……なぜです？」

メリックの顔は険しく、蔑《さげす》みが浮かんでいる。

「わたしの裁定に疑問をはさむのか？」

群集から怒りを含んだ不満のささやきが起きた。男も女も不平と不安の表情で顔を見合わせている。

邪《よこしま》ウィリアムの時代にコンスタンスが目にしたことのある表情だ。メリックの父親があのかわいそうな娘を自分の寝室へ引きずっていく姿が、トリゲリスの女たちを自分の所有物と見なし、好き勝手に扱う姿がいまも目に見えるような気がする。

「長いつき合いの末の結婚をお許しにならないのはなぜか、お話しになってはいかがでしょう」コンスタンスは尋ねてみた。自分の不安を静めてくれる返事を求めてもいた。

コンスタンスを見たメリックの目は険しく、厳しかった。それから彼は腹を立てている群衆のほうを向くと、そのむこうの城壁や衛兵にまで届くよう、肌を刺す北風のように冷たい声を張り上げた。「荘園裁判は終わった。解散」

彼は壇から去りかけた。

「メリック卿《きょう》はおれからアニスを盗《と》ったんだ！」エリックが大声をあげた。「アニスを奪った！　前の領主と同じだ！」

メリックは剣を抜き、取り乱した若者のほうへつかつかと歩みよった。「名誉を重んじるわたしの心を疑うのか?」

コンスタンスは急いでふたりのあいだに割り込んだ。「メリック!」

コンスタンスなどそこにいないかのように、メリックは息も荒くエリックを激しくにらみつけている。彼の手は関節が白くなるほど固く剣の柄《つか》を握り、体の筋肉が緊張し盛り上がっている。「今度そのような罪を犯したら、おまえを殺してやる」

「なぜ許可していただけなかったのか、エリックが知りたがるのはもっともだわ」コンスタンスは口をはさんだ。メリックがそこを明らかにしないかぎり、首をかしげるのはエリックばかりではないだろう。

「わたしはふたりが結婚するのを許可しない」メリックが答えた。「それしかわたしは言わない。それで充分なはずだ」

剣を握ったまま、彼はみんなにくるりと背を向け、大広間に入っていった。

コンスタンスは一瞬もためらわなかった。急いで彼のあとから大広間に行き、階段を上がって彼の執務室に入った。ドアは閉まっていたが、ノックするのも省略して中に駆け込んだ。

彼は両手をこぶしに握り、窓辺に立っていた。コンスタンスが入ってきた音を聞いたはずだが、それでも彼はこちらを振り返る気配は示さず、部屋にだれかが入ってきたのに気づいているようすも見せなかった。

「どうして結婚を許可なさらなかったの?」

ようやくコンスタンスに向き直った彼の顔は仮面をかぶったように硬く無表情だった。「良心に鑑《かんが》みて、許すわけにいかなかったからだ」

「良心に鑑みて? 結婚したいというふたりの要請を認めるのが、どうしてあなたの良心を悩ませるの？　ふたりが、エリックが父親から鍛冶屋《かじや》を継ぐまで待っていたのは、だれもが知っていることよ」

「アニスは結婚を待ち望んでいる幸せな娘に見えただろうか？」メリックの表情はさらに厳しく、苦々しくなった。「わたしの目から見れば、アニスは隠しごとをしている。それに嫁ぐのが待ちきれない娘にはとても見えない。エリックのほうを一度も見ようとせず、目を上げることとすらなかった」

コンスタンスは中庭にいたアニスを思い返した。アニスらしく慎み深いと思ったのに、本当はほかの事情があったのだろうか。それでもメリックがあのような決定を下したのには、それ以外の理由があるはずだ。「アニスはあなたになんと言ったの？」

「それはアニスとわたしだけの秘密だ」

そのことばは顔を平手打ちされたような痛みをコンスタンスにあたえた。「妻にすら話せないの？」

「アニスからだれにも話さないでほしいと頼まれた。わたしはそうすると約束した」

それでコンスタンスが満足すると思っているなら、まちがいだ。「それ以上の説明がなされないのなら」コンスタンスは抑えた声できっぱりと言った。「みんな、あなたがアニスを自分のものにするつもりだと考えるわ。たとえあなたのお父さまがトリゲリス領主ではなかったとしても、ほかのノルマン人貴族に既婚であろうと婚約中であろうとおかまいなしに、操を汚された女性はおおぜいいます。村人の目の前であなたからなにかをささやかれたアニスが泣きながら走り去ったのを見れば、みんなが想像する可能性はひとつしかないわ。あなたとアニスのあいだになにかあったと考える以外、どう想像できるというの？」

メリックの頬に赤みがさした。「わたしは誓いというものをどれだけ尊んでいるかをきみに話した。それにもかかわらず、きみはわたしがそのように嘘《うそ》つきで好色な猫かぶりになれると考えるのか？　これまでわたしがどのようにきみと接してきたか、わたしがほかにどのようなことを行ってきたかを知っているにもかかわらず、心から結婚したいと願っている男女の仲を割こうとしていると思うのか？」

怒りを含んだそのことばが胸を裂き、コンスタンスは彼を非難したことをやましく思った。しかしそれでも……。「まわりにはそのように見えるということなの」

メリックの目に激怒の炎が燃えた。彼はそれを隠そうともしなかった。「明らかに、領民と自分の妻から信用と敬意が得られると考えたわたしが愚かだった。なにをしたところで、結局わたしはいつまでも邪ウィリアムの息子にすぎないんだ」怒りに駆られてしだいに声を荒らげつつ、彼はコンスタンスに近寄った。「それともきみは自分が秘密を持ちながら、わたしを非難できてうれしいのか？」


「なんですって？」

「キアナンが恋煩いの子供みたいに通路に身をひそめているのを見かけた」

「わたしに会いに来たのなら、彼は本当に恋煩いの子供よ。わたしにとって彼はそれ以外のなんでもないの！　わたしは恥じるところなどないわ」

「わたしにも恥じるところはない。それなのに、きみは信じない。それならなぜわたしは、きみに恥じるところがないと信じなければならない？」

このことでわたしに非はないわ。誤って彼を責めたのなら申し訳なく思うけれど、彼に対して自分をおとしめるつもりはないわ。彼ばかりでなく、だれに対しても。かつてあれだけ長いあいだ自分を守るためにまとっていた心の鎧《よろい》、ウィリアム卿の激怒の嵐《あらし》に耐えさせてくれた心の鎧、もはやいらなくなったと思っていた心の鎧をいまコンスタンスは身につけていた。その鎧は目の前にいるメリックのように冷たく、固く、強靭《きょうじん》だった。「わたしが約束しているからよ」

「すると、わたしの約束は不充分でも、きみの約束は充分だというわけか？」

「あなたのことを誤解したのだとしたら、申し訳なく思うわ。でもわたしが詫《わ》びるのはそれだけよ」コンスタンスははっきりと言った。「もう何年も前に、どんな男の人にも慈悲を請うようなことはしないと自分に誓ったの。だから、わたしがひれ伏して許しを請うだろうと思ったら、それはまちがいよ。でも、もしもあなたが不貞を働いているとわかったら、それはあなたが結婚の誓いを破ったことになるのだから、そのときは、わたしはもはや結婚の誓いに縛られないと見なします。それまでは前からそうしてきたように、わたしは自分の務めを果たすわ。ベッドでの務めも含めて」

　自分の気持ちをはっきり表明すると、コンスタンスはドアに向かいかけた。

「アニスが許可しないでくれと訴えたんだ！」メリックが悲痛な声で言った。

　その声と自暴自棄な言い方の両方に驚き、コンスタンスはためらいながらも、振り返った。するとメリックが身を投げるように椅子に座っていた。テーブルに肘をついて頭をかかえ、問いかけているコンスタンスのまなざしと視線を合わせようとしない。

「アニスはエリックが自分にはきみだけを愛し、ほかの女には手を出さないと言っておきながら、トルーロでほかの女と遊んでいるのを知った。そのことをエリックに話し、あなたとは結婚しないと告げると、エリックは腹を立て、求婚を断って自分を困らせるようなことはさせないと答えた」

　メリックは両手をこぶしに握り、険しい目を上げてコンスタンスをにらみつけた。

「そして力ずくでアニスをものにした。手ごめにしたんだ。そしていまだに、アニスが自分の妻になりたがっていると思い込んでいる。アニスは彼との結婚を望んでいないが、体を汚され、そうする以外にないと考えた」

コンスタンスは息が止まるほど驚き、そばの椅子を手で探ると、力なく腰を下ろした。そのあいだにメリックは椅子を引いて立ち上がった。そして攻撃を警戒して神経をぴりぴりさせている任務中の兵士のように、室内を行ったり来たりしはじめた。

「わたしはアニスに、恥ずべきはおまえではなくエリックだと告げた。エリックを拘留し、強姦《ごうかん》罪で国王の裁判にかけてはどうかと提案したが、アニスは聞く耳を持たなかった。わたしがなにを言っても、悪いのは自分だ、だれにもこのことは話さないでくれと懇願するばかりだ」メリックは足を止め、心を決めた表情でコンスタンスをしっかりと見つめた。「おそらくエリックはアニスが公然と非難しないから、自分が罰せられることはないと考えているのだろう」彼は片手をこぶしに握り、もう片方の手のひらに打ちつけた。「しかしわたしが生きているかぎり、いつかは代償を払わせてやる」

エリックの行為に衝撃を受け、アニスへの同情と泣き寝入りする無念さが胸いっぱいにこみ上げた。コンスタンスは立ち上がり、メリックに近寄った。

「メリック、とても――」

メリックは片手を伸ばしてコンスタンスを制した。

「とても？　とても悪かったと思うというのか？　最悪のわたしの姿を簡単に信じてしまって悪かった、わたしにアニスとの約束を破らせ、秘密にしてくれと頼まれたことを話させて悪かったと」

いまのこの責める口調、激しい怒りの表情……。前にも目にしたことがある。体験したことが。トリゲリス領主に立ち向かうのを恐れ、なすすべもなくたたずむようなことは二度とするものですか。

「さっきも言ったように、たとえすまないと思っていても、わたしはひれ伏すようなことはしないわ」メリックが横柄にドアを指さした。「出ていけ」

コンスタンスは頭を高く掲げて部屋を出ると、ドアを音高く閉めた。

つぎの瞬間、コンスタンスのいやというほどよく覚えている音が聞こえた。酒盃《しゅはい》を壁に投げつけた音だった。

メリックは執務室のアーチ形の窓のそばにドアに背を向けて立ち、中庭を見つめていた。だがその実、なにも見てはいなかった。

自分はさまざまな罪悪感をいだいている。しかしそれでも、コンスタンスを求めるようには、アニスを、いや、アニスにかぎらずどんな女性をも求めたことは断じてない。コンスタンスに背いてほかの女性を求めるようなことは絶対にしない。コンスタンスなら自分のことを理解し、自分を信じてくれると思っていたのに。偽りではない愛のことばを何度もささやきながらも、わたしと結婚しながらも、コンスタンスはいまだにわたしを信用してはいない。

おそらく、これはついに罰が下ったのだ。コンスタンスを妻にし、短いながらも至福のときをすごし、そして、そのすべてをこの手からもぎとられてしまった。その間、正しい道を歩もうと努めながらも。

わたしには、罪を赦《ゆる》してもらうためにできることなどなにひとつないのかもしれない。

ドアの開く音が聞こえ、一瞬メリックはコンスタンスが戻ってきたのではないかと期待した。が、足音にはとてもなじみがあり、コンスタンスではないとわかった。

「メリック、いったいコンスタンスになにを言ったんだ？」ヘンリーが尋ねた。「まるで死人のような顔をしていたぞ。けんかでもしたのか？　あの娘のことが原因か？　蝋燭屋の娘とまるで密会の約束をする恋人同士みたいにひそひそ話し合ったのはなぜか、ちゃんとわけを話したんだろうな？」

メリックは剣の柄に置いた手を関節が白くなるほど固く握り、懸命に自分を抑えながらゆっくりヘンリーのほうを向いた。

「わたしのことがもう少しよくわかっていると思っていたよ、ヘンリー」彼は失意の底にあることを声から悟られないように言った。強さを装うのだ。思い出せ。自分は力のある領主だ。ひとり森でおびえていた小さな男の子などではない。「妻への誓いに背く気などわたしにはまったくない」

「まわりからどう取られると思っていた？」ヘンリーが信じられないという表情で言った。「あのひそひそ話をしている光景を村人たちはどう見ると思う？　そこへ結婚は許可しないという宣告だ。これをどう見ると思う？」

抑制がしだいにきかなくなり、メリックはあごをこわばらせた。「領民にはわたしが礼節を守る男だと信じてもらえると思っていた」

「なんだって？　何年もきみの父上に虐待のされどおしだったのに、たった何週間で信頼が得られると思っているのか？」

メリックの堪忍袋の緒は切れ、荒れ狂う怒りが堰《せき》を切ってほとばしった。「わたしは父ではない！」彼はこぶしをテーブルに打ちつけた。「何度言ったらわかるんだ」

激しい剣幕に驚いたヘンリーが体を引き、そのあとなだめようとするしぐさをした。「わかった、きみは父上ではないし、あの娘とはなにもない。もちろんわたしはきみを信じているが、しかしわたしはきみの奥方ではない。コンスタンスが嫉妬《しっと》しても、まったく当然ではないかな」

「コンスタンスに嫉妬するいわれはない」メリック

はどなった。

「しかし、女なんだ。女というものは理屈に合わないことをする」

「きみの女に関する助言など聞きたくもない」ヘンリーの言い草は腹立たしかったが、答えながらメリックは怒りを抑えようと骨を折った。

ヘンリーに理解などできるはずがない。彼にとって、女は玩具《おもちゃ》、自分を楽しませてくれるためにこの世にいる愉快な慰みものなのだ。真に女性を愛するとはどういうことなのか、ヘンリーにわかるはずもない。愛するあまりどんなことをしても、たとえそのために恐ろしい秘密を何年もかかえ込むことになったとしても、その女性を得たいと思う気持ちが、彼にわかるものか。小さな過失ひとつ、なにげない失言ひとつでその女性に背を向かれ、いつまでも憎まれるのではないかという恐怖とともに生きることが。

「人の意見に耳を傾けたほうがいいぞ。でないと彼女を失ってしまう」ヘンリーが言った。

すでに失っているかもしれない。メリックはそう気づいた。すると、やせ衰えた死人の手に心臓をつかまれるような苦痛が胸を貫いた。

「出ていってくれ、ヘンリー」ひとりになって自分のやり方でこの苦痛に耐えたい。この十五年間そうしてきたように。

「わたしに出ていけと言ったところで、なにか変わるのか?」ヘンリーが静かに尋ねた。

もちろんなにも変わらない。それくらい言われなくともわかっている。自分はばかではないのだ。ヘンリーこそ、このわたしに助言できるような徳の高い司祭ではさらさらないくせに。

癇癪《かんしゃく》の炎がふたたび燃え上がり、メリックは両手をこぶしに握った。「いや。わたしが聞いていようといまいときみがぺらぺらしゃべり続けて、求めってもいない助言を押しつけるからだ。まるで自分は世界一の恋人で、ほかの男はどいつもこいつもうすのろだと言わんばかりに」

ヘンリーの顔が赤らんだ。「わたしはただ――」

「きみがなにをしようと、わたしの知ったことか！」

ヘンリーの目に痛みが表れたが、メリックは気がつきもしなかった。

「なぜきみは相も変わらずトリゲリスにいるんだ、ヘンリー？　良縁を得る好機を見つけたからか？　ベアトリスは若くてうぶだが、恋の達人のきみにとってはそれくらいなんということはないだろう。ベアトリスに教え込むこともできるし、結婚の誓いなど無視してほかに女をつくって楽しめばいいのだからな」

ヘンリーが顔色を変えた。「わたしにはそんな――」

「だったら、なぜここを離れない。わたしに求められてもいない助言をするために、滞在を延ばしているのか？　わたしの土地ですごし、わたしの食べ物をとり、わたしのワインを飲み、わたしの妻にウインクを送るためか？」あらたな激怒の種が浮かび上がり、メリックの表情は険悪さを増した。何週間も前から胸の底にうずめていた種だ。「きみが求めているのはベアトリスではなくコンスタンスか？」

「メリック、いくらなんでも言いすぎだ」

「そうかな？」いまやメリックは信じていた友人に裏切られたと確信していた。だました者がだまされる――実にぴったりの報復だ。

「われわれは互いを信じ、互いのために戦い、互いを守ると誓い合った。それをわたしは忘れていない」ヘンリーが答えた。「きみはどうだ？　忘れてしまったにちがいない。さもなければ、いまのようなことをわたしに言ったり、ラヌルフを卑しめて自分の従僕かただの傭兵《ようへい》のように扱ったりできるものか。ラヌルフもわたしも、きみの友人なんだぞ。友人だからこそ、きみが聞きたくなかろうとも厳然たる事実を話すんじゃないか」

「事実を知っているのはきみだけだというのか?」

怒りから憎しみが生まれ、メリックは顔をしかめて尋ねた。なぜ自分はかくもやすやすと彼を信用してしまったのだろう。なにも見えていなかったのか?

ヘンリーに秘密を打ち明けずにきたのは、不幸中の幸いだ。「事実をすべて知っているというんだな?

わたしのことなどなにも知らないくせに」

「知らない。きみを理解しているとはもう思えない」ヘンリーがゆっくりかぶりを振った。「わたしに奥方を盗まれるなどと思っているとしたら、きみのほうもわたしのことがよくわかっていないんじゃないのか?」

「わたしはきみが人妻を追いかけるのを見てきている。他人の奥方をものにして、まるでそれが偉業であるかのように、戦果を自慢するのを聞いてきている」

「奥方といっても、わたしが忠誠など誓った覚えのない男の奥方だ。それに、その人妻たちはいずれもわたしとベッドをともにするのをいとわなかった。いや、それどころか熱烈にそうしたがった」

「むこうが勝手にそうしたことで、きみからけしかけたのではないというのか?」メリックは嘲《あざけ》った。

「恥ずべき男の便利な言い訳だな」

「結局きみは、わたしをそうとらえているわけか」

ヘンリーが静かに、ひどく静かにそう言うと、ドアに向かった。ありがたいことにようやく出ていってくれるらしい。彼はドアの掛け金に手をかけると、肩越しにメリックを振り返った。「暗くなる前にここを発《た》つ」

「よろしい」メリックがうなり声で答え、かつての友が出ていってドアが閉まった。

そのあと、トリゲリス領主は父親の遺《のこ》した玉座のような椅子に座り、騒然とする思いをかかえてひとりドアを見つめた。

それからしばらくのち、時のたつのをすっかり忘れてしまったメリックは、食事の支度ができたと知らせに来たデメルザをどなって震え上がらせた。そのあと顔を上げ、呼びもしないのに執務室に入ってきた男に目の焦点を合わせた。

「ヘンリーがトリゲリスを去ったのは知っているのか?」ラヌルフが尋ねた。

ラヌルフ……わたしの友人……守備隊長に就かせた男……一時的に。この男も信用できない。信用したいが、そうしてはまちがいだろう。

「知っている。わたしが去れと言った」答えたものの、メリックはことばがしゃべりにくいのに気づいた。それにラヌルフがはっきり見えない。「その件については話したくない」

「なんだ、酔っ払っているじゃないか!」今度ばかりはすっかり驚いてラヌルフは思わず叫んだ。

「そうか?」まるで頭に強烈な一撃をくらったように目がくらくらする。メリックは自分の手にある酒盃を見つめた。「酔っているにちがいない」そうつぶやくと、彼は酒盃をわきへ押しやった。「どうりで……。これはまずい」

ラヌルフが執務室に来たのは、ヘンリーが別れもろくに告げずにトリゲリスを去った理由を突きとめようというはっきりした目的があったからだった。その心づもりはいまも変わらないが、酔ったメリックを見て、彼は話の持っていき方を少し変えることにした。

彼は床に転がっている銀製の酒盃を拾った。「これはどうした? きみがヘンリーに投げつけたのか？　それともひとりでにここに落ちたのか？」

メリックからは険悪なしかめ面しか返ってこない。

するとメリックが投げつけたのだ。これも驚きだ。ふだんのメリックほど冷静な男はいないのだから。

「ヘンリーの頭になにかが当たったような跡はなかった。となると、命中しそこねたな」ラヌルフはへこんだ酒盃をテーブルにあるメリックの空になった酒盃の隣に置いた。「おそらくわざと的をはずしたのではなく、狙《ねら》いそこなったのだな。わたしはきみが槍《やり》以外のものを投げたところは見たことがない。それに槍ならそこまではずすはずがない」

「目的はなんだ？」メリックが尋ねた。「わたしを困らせて、わたしの決めたことに異議を唱えたいだけか？」

ラヌルフはおや、というように眉を上げた。「わたしはこのところ、きみの決定になにも文句をつけた覚えはないぞ。ヘンリーが反対したのか？　それで彼はここを去ったのか？」

「わたしはきみにもなにも話さない」メリックはゆらゆらする指でドアをさした。「出ていけ！」

ラヌルフは出ていかずにテーブルの端に座って腕を組み、いつものように落ち着き払ってメリックを見つめた。「鍛冶屋の息子と結婚するはずだった娘のことだな。五月の女王は前々から結婚を考えていたのではなかったかな」

メリックは椅子に背中をあずけ、充血してぼんやりした目でラヌルフを見つめた。「わたしはあの娘をものにしようとなど思っていない。したいと思ったこともない」

「ものにしたいと思ったとしても、だれもきみを責めはしないだろう。あの娘は美人だ」

メリックがいきなり立ち上がり、その勢いで椅子がうしろに倒れた。彼はよろけないよう、テーブルをつかんだ。「あんな娘などいらない！」

彼は柄に手をかけ、剣を引き抜こうとした。が、剣はいっこうに抜けない。「わたしがものにしたがっているというやつは、だれかれかまわず殺してやる！」

ラヌルフが眺めていると、彼は剣を抜こうと何度か試み、やがてあきらめた。

「あの娘など求めていない」彼はつぶやき、テーブルに両手をつくとうなだれた。そして、切れ切れに息を吸い込んだ。「なぜだれも、わたしの言うことを信じてくれないんだ」

「きみがレディ・コンスタンスと結婚していながら、あの娘を求めたとしても、ヘンリーが非難するとは思えないな」

メリックは椅子に座ろうとして尻もちをつきかけ、椅子がないのに気づいた。ラヌルフが急いで椅子を起こしてもとの場所に戻すと、メリックはのろのろと腰を下ろした。

「ヘンリーは、まわりにはそう見えると言った」彼はぼやいた。

「きみをよく知らない者にはそうだろう」ラヌルフはうなずいた。しかし、それだけでふだん酔ったことのないメリックがここまで泥酔するとは思えない。「ヘンリーはコンスタンスにもそのように見えると言ったのか？」

「ヘンリーが言わなくとも、コンスタンスがそう言った」

「するときみは、あの娘のことでまず奥方と口論し、ヘンリーともやり合った、そしてヘンリーはトリゲリスを去ったというわけか」

メリックはむっつりした顔でうなずいた。彼はヘンリーからラヌルフに対する扱いを非難されたことを思い、ラヌルフをこれ以上守備隊長の座に甘んじさせるものかと自分に言い聞かせた。すぐに信頼できる後釜《あとがま》を探してきてやる。

「そのような判断を下した事情がみんなにわからないとしても、わたしは驚かないな。きみはなんの説明もしなかったうえ、ふだんから恐ろしく無口だ」

「事情は話せない」

「わたしが話してくれと言ったか？　しかるべきわけがあることも、そのわけが肉欲とはなんら関係のないものだということも、わたしにはわかっている。しかしそれは、わたしが十歳のときからきみを知っているからだ。ほかのみんなはちがう」

「みんなが妻以外の女を追いかけるとわたしを非難するのはまちがっている」

「女好きの男はいっぱいいる。しかもきみには、その死を悼まれてもいない父上がいる」

「言われなくともわかっている」

「いや、念を押しておかなければ。奥方や領民にこうまで早く信頼してほしいと期待するなら、それは求めすぎじゃないかな」

「それはヘンリーからも言われた」

「ヘンリーの言うとおりだ」

「わたしはヘンリーの助言など求めていない。きみの助言もだ」メリックはうなるように言った。

「そうだな。自力で立派にやりとげているのだから」

ラヌルフの殊勝げな皮肉ほど聞きたくないものはない。「きみも出ていってくれてかまわない」

「わたしが去ったら、だれが守備隊の指揮をとるんだ？」

「だれかいるさ」メリックは顔をしかめて答えた。

「わたしはそう簡単には排除されないぞ。実のところ、守備隊長をやるのを楽しんでいる。それにきみ自身が言ったように、きみには兵隊をまかせられる信頼できる人材が必要だ。わたしもきみに忠誠を誓ったし、その誓いを守るつもりでいるのでね」

「ヘンリーも誓ったぞ」

「わたしはヘンリーのお守りじゃない」

「わたしのお守りでもない」

「そのとおり。しかしわたしは、きみの友人だ。きみからもうここにいなくていいと面と向かって言われるまでは、ここにいる」

女々しくも、また愚かにも、感謝の涙がこみ上げ、メリックはテーブルで腕を組むと、そこに顔を伏せた。

「わたしはいまも、きみの友人かな?」

声が割れるのを恐れ、メリックは返事の代わりにうなずいた。

「よかった。さあ、飲むのをやめて、酔いがさめたら、奥方のところへ話しに行くんだな」

15

ラヌルフの助言に従うつもりだったにもかかわらず、メリックは時刻も遅くなり、寝室に引き上げないでいる口実がとうとうひとつも見つからなくなるまでコンスタンスに会いに行こうとしなかった。代わりに彼はいつもの平然とした物腰を保ちつつ、武具師のつくった新しい剣を点検した。番兵には、相手が自分と視線を合わせようとしないのを意に介さず、夜間用の合言葉を伝えた。厨房《ちゆうぼう》でいくらか食べ物を口にしたが、ガストンや隅で小さくなっている使用人たちの警戒するような表情は見て見ないふりをした。

寝室に向かうころには、彼はまったくの素面《しらふ》に戻り、妻さえまだ眠っていなければ、理性的な話し合いのできる状態にあった。

もしもコンスタンスが眠っていたら？　その温かくてやわらかな体の隣にもぐり込み、欲求は抑え込んで、朝に問題を解決することにしよう。

彼は重い荷物を背負ってでもいるように、ゆっくりと階段を上がっていった。上がるにつれ、妻の踊る姿が頭の中に浮かんだ。あのきらきらした瞳。その笑顔。なまめかしく誘いかける顔つき。歓《よろこ》びの極みに達したときにあげる声。そして身をよじり、悶《もだ》え……。

コンスタンスは眠っていなかった。鏡として用いている磨いた銀盤をのせたテーブルの前に座り、金の帳《とばり》のように肩を包む長く豊かな髪をくしけずっていた。薄くて白いシュミーズは生地が透け、胸のふくらみでぴんと張っている。

メリックは、一生忘れえない少女を見つめる少年に戻ったように息をのんだ。コンスタンスはそれほど美しく、非の打ちどころがない。

それに引きかえ、自分はあまりにコンスタンスにふさわしくない。そしてそれは、いまに始まったことではないのだ。

「ドアを閉めてくださらない。風が入るわ」

温厚であれ。どちらかが悪いとすれば、それは自分であることを忘れるな。心の中で自分に命じ、メリックはドアを閉めた。

コンスタンスが立ち上がり、彼と向かい合った。そして、ほとんど無表情に彼をざっと眺めた。

わたしの決断をどう思っているにせよ、コンスタンスはまだわたしの肉体を求めている。

それで充分だ。充分だとしなければならない。わたしの犯してしまったことは犯してしまったことであり、コンスタンスに事実を打ち明けずに、それをなかったものにする道はなにもない。いまそうして、どうなるというのだ？　ふたりは結婚し、夫婦なのだ。よきにつけ悪《あ》しきにつけ。

コンスタンスが結びひもをほどき、シュミーズが床に落ちた。身じろぎひとつせず立っているその姿は、ひんやりした空気のせいで胸の頂が硬くなっているが、肌は蝋燭《ろうそく》の明かりの中で上気しているように見える。そしてその目は……なにも語っていない。

もしもコンスタンスがそのまま動かずにいたなら、拒絶と受けとろう。もしもコンスタンスがふたりのあいだの距離を埋める動きを見せないなら、部屋を出ていこう。

コンスタンスが床に落ちたシュミーズをまたいだあと、体をかがめてそれを拾った。見つめている者をじらすように、髪がその肉感的な体を覆った。体を起こすと、コンスタンスはシュミーズを椅子の上に置いた。「この部屋でおやすみになるの？」

ああ、コンスタンスが目の前に一糸まとわぬ美しい姿でいるというのに、どうしてここから離れられるだろう。

「わたしにそうしてほしいのか？」ふくらんでいく欲求を抑えようとしつつ、メリックはどうにか答えた。だが、かすれたその声は気持ちをなにも表してはいなかった。

コンスタンスが彼に近づいた。「ここはあなたの寝室よ。あなたがここでやすむのはまったく当然だわ」

そう、そのとおりだ。コンスタンスが近づくにつれ、その一足ごとにメリックは自分の抑制がゆるんでいく気がした。

コンスタンスはわたしの妻だ。ドアに錠をかけることもしていないし、部屋から出ていけとも言わなかった。そしてわたしに、その身を差し出そうとしている。

しかし理性が欲望に曇ってはいても、メリックはふたりのあいだが望ましい状態からほど遠いのを知っていた。初夜以来ふたりが体験してきた完璧《かんぺき》な結合は損なわれたのだ。汚されたのだ。

コンスタンスが彼のすぐ近くで立ちどまった。その姿はとても美しい。きらきらと輝く青い目、つややかな髪、ふっくらとした薔薇《ばら》色の唇。

うめき声をひとつあげ、抑えきれない切望に屈服すると、メリックは情熱の求めを解き放ち、コンスタンスを引きよせてキスをした。

彼が抱き上げてベッドに運んでも、コンスタンスは抗《あらが》わなかった。ベッドに寝かせても、抵抗するような声はなにひとつあげなかった。

わたしがどれほどコンスタンスを求めているか、それを示すすべがこれしかないなら、そうするまでだ。わたしはコンスタンスを求めているのだから。コンスタンスが理解している以上に。

しかし彼の心づもりはそうであっても、やさしいことばや愛撫《あいぶ》はなにひとつなかった。激しい情熱をこめて彼にしがみつき、彼の渇望にさらに拍車をかけながらも、コンスタンスはやさしいことばや愛撫はなにも求めていないようだった。これはコンスタンスが自分を信頼しているからでありますように。彼はそう願いながら、やさしくゆっくりとした営みを行おうとした。

ところが、それはうまくいかなかった。コンスタンスがもう待てない、やさしい営みは望まないとでもいうように、彼を自分の中へ導き、激しく動くのでは、それはできなかった。

あっという間にふたりの極みに達した声が室内に満ちた。メリックは荒い息をつきながら、コンスタンスの体にぐったりと自分の重みをあずけた。もしかしたら、これでなにもかももとのようにうまくいくかもしれない。彼はそう期待した。しかしコンスタンスが身をよじり、彼はコンスタンスから体を離さざるをえなかった。そのあとコンスタンスは彼に背を向けた。

ああ、なんということか。コンスタンスはわたしの体のみを求めたから、自分を差し出しただけなのか。

彼は唐突にベッドから下りて服を身につけた。そしてひと言も発さずに部屋を出た。

寝室を出ると、彼は冷たい石の壁に両手をついてうなだれた。それから長く震える吐息をつき、壁から手を離した。

わたしは森でおびえているひとりぼっちの少年ではない。トリゲリスの領主だ。そしてコンスタンスはその領主の妻なのだ。

コンスタンスがそれを喜ぼうと喜ぶまいと。

メリックが部屋を出ていったあと、コンスタンスは目を閉じた。またもや恥辱感と困惑と鋭い落胆が襲ってくる。そう、彼はいまもわたしを求めているわ。でも、これまでとはちがう。以前はやさしさと思いやりがあったのに。情愛と満ち足りたうれしさがあったのに。

彼には許しを請わないと心を決めたにもかかわらず、コンスタンスは彼を責めたことを申し訳なく思う気持ちを表そうとした。ところがあまりに緊張し、また不安にも駆られたためろくに口もきけず、出てきたことばは自分の耳にも冷たく聞こえるものだった。そこでコンスタンスは故意になまめかしく彼に誘いかけ、この身を捧《ささ》げようとしたのだ。

彼はまるでロンドンの最も低級な売春婦を相手にしたかのように、コンスタンスと体を重ねた。許し合い、理解し合おうとすることばはなにもなかった。やさしい愛のことばも、相手を求めるささやきも。

わたしは彼の女になってしまったのだ。彼の好きなときに好きなところで好きなように体を重ねられる女に。これまでずっと恐れていたように、わたしは彼の所有物になってしまった……。

「いやはや、うわさで聞いたときはわが耳を疑ったものだが、しかしあんたがここにいるということは、やはりあれは事実だったのか！」トルーロにある宿屋の食堂でヘンリーのそばに腰を下ろし、カレル卿《きょう》は声をあげた。ヘンリーがトリゲリスを発《た》ってから一週間がたっていた。

ヘンリーは頓着《とんちゃく》なくカレル卿に笑いかけ、エールの入ったマグを掲げた。「これは、これは、カレル卿。こんな楽しい場所にみえるとは、どういう風の吹きまわしかな」

彼は自分の冗談に低く笑った。というのもこの安宿はトルーロの上品な宿屋とはほど遠いものだった。ただし、宿代が安いのと蚤《のみ》が比較的少ないという利点がある。

カレル卿が哀れむようにヘンリーを見た。「サー・ヘンリー、あんたのように生まれもよく腕もたつ騎士がこんなところに宿泊しなければならないとは、悲しいことですな」

自尊心をちくりとやられたが、ヘンリーはいっこうに気にしないというように肩をすくめた。「トリゲリスを去ったのは自分の判断でしたことですよ」

カレル卿が同情するように微笑《ほほえ》んだ。「そうわたしも聞いている。しかしあんたのような男なら、宿を提供し、歓待してくれる友人がおおぜいいるにちがいない。メリック卿はべつとしても」

「いますよ。これから……」ヘンリーは文なしでも勇敢な騎士を心から歓迎してくれる貴族の名前を思いつこうとした。一族の娘たちが純潔でないという評判の貴族でもかまわない。「兄のところへ行くんです」いちばん行きたくない場所はスコットランドだったが、彼はそう答えた。

「なるほど、メリック卿の損失は兄上の利益となりますな。厄介なスコットランド人気質というのを考えれば、兄上もあんたの助力が得られてうれしいにちがいない」

ヘンリーはマグをのぞき込み、しかめ面を隠した。ニコラスは弟の助力を求めてもいなければ、必要としてもいない。

カレル卿が頭を振ってため息をついた。「義理の甥《おい》には嘆かわしいほど失望させられてしまった」

ヘンリーははっと顔を上げた。

「サー・レオナードのもとで訓練を積めば、正義感の強い、誉れの高い男になるだろうと期待していたのに……」

ヘンリーは眉をひそめた。「メリックが誉れの高い男ではない？　そうお思いなのはなぜです？」

カレル卿は自分の口を指先でふさぎ、悔やんだ表情を浮かべた。「これはうっかり口をすべらせてしまった」

ヘンリーはふんと鼻を鳴らした。「メリックが恥ずべき男だということくらい、言われなくともわかっていますよ」彼は天井の低い宿屋の薄暗がりの中で、かろうじて判別できるカレル卿の顔に決然としたまなざしを向けた。「彼とわたしが、死ぬまで盟友であろうと誓った仲であるのはご存じでしょう。それなのに、彼はわたしを追い出した」

カレル卿は驚いて体を引いた。「追い出した？」

「追い出したも同然です」ヘンリーは大きくうなずいた。「わたしはあの恩知らずを助けようとしただけなのに」彼はマグからエールをひと口飲み、手の甲で唇をぬぐった。「もう金輪際あんなやつを助けになど行くものか。勝手に朽ちはてればいい」

「小作人とうまくいっていないのには気がついていたが、まさか盟友の誓いを破るようなことまでしているとは」

ヘンリーは落ち着かなげに座る姿勢を変えた。

「必ずしも破ったとはいえないな」

カレル卿はそれも耳に入らないようすで下唇をかんだ。「もっと彼の人柄がよくわかるまで姪《めい》との結婚を遅らせるべきだった。姪がつらい思いをしているとすれば、わたしは自分が許せない。かわいそうに、姪がそんな目に遭うのではあんまりだ。あれだけ長いあいだ、ウィリアム卿にこき使われてきたのだから」カレル卿はもう一度ため息をついた。「姪には、あんたのような相手のほうがふさわしいはずなのに」

ヘンリーには、お世辞はお世辞だとわかる。「姪ごさんを文なしの騎士に嫁がせたいとお思いだったとは。そんなはずはないでしょう」

「わたしは城をたくさん持っている。ひとつくらい身内にやったところで少しもかまわない」

「わたしがお仕えすれば、城をひとつもらえるのですか?」

「あんたのような男が忠誠を誓ってくれれば、こんなにうれしいことはない。わたしの名代として城をひとつ維持してもらえばいい」

ヘンリーはマグをもてあそび、返答はしなかった。カレル卿がその日の夕食に魚を食べたとヘンリーにわかるくらい近くまでぐっと身を乗り出した。

「サー・ヘンリー、あんたもわたしの美しい姪が幸せでいるかどうか、気がかりなのではないかな。いま言ったようにすれば、姪から助けを求められたとき、そばにいられますぞ」

ヘンリーはマグを片手からもう片方の手で持ち直し、さらにもう一度それを繰り返した。

「それにもしも、たまたまメリック卿が思いのほか早く亡くなるようなことがあれば、姪は自由の身となり、叔父に忠実な男と再婚できる」

「しかし、メリックは八十まで長生きするかもしれない。どうです、カレル卿、わたしが城ひとつと引き換えに忠誠心を売り渡すような男に見えますか？」

カレル卿が長腰かけの端まで離れた。「無礼な扱いをするつもりはなかったんだ。それにわたしのかわいい姪に対する気持ちを誤解したのなら、謝る」

彼は立ち上がった。「それではこれで失礼」

ヘンリーはチュニックをつかみ、カレル卿を引き戻した。「城はどれくらいの大きさで、家来は何人つけてもらえるんです？」

「アラン・ド・ヴェルンからわたしをお呼びだと聞きました」二、三日後、コンスタンスはメリックの執務室に入り、冷ややかに言った。

いまでは夫に話しかけるときは、冷ややかな話し方しかしない。ふたりのあいだで唯一温《ぬく》もりがあるのは、夜ベッドの中でのみ。とはいえ、たとえ愛を交わしても、本当の親密さはもはやない。ふたりの愛の行為は、いまでは妊娠して彼の息子を産むという目的以外、なんの役にも立たない。

これまでのところ受胎はうまくいかず、一週間前に月の障りが始まったときは、妊娠しなかった場合自分はどうなるのだろうと考えて長いあいだ眠れなかった。彼は誓いを破り、わたしを遠ざけて愛人を囲うのだろうか。庶子でも子供がないよりはいいのだから。彼は叔父や叔父の子供たちを跡継ぎにして満足するのだろうか。わたしを憎むようになるのだろうか。そして冷酷で激高しやすく、凶暴になるのだろうか。彼の父親が以前そうだったように。

彼の父親。メリックがまだ子供だったころ、わたしは何度あんな人など死んでしまえばいいと思ったことだろう。そうすれば、どれほど事情がちがっていたことか。

「国王から書状が届いた」メリックが自分の前にあ

る羊皮紙を指さして言った。「結婚の祝辞を述べ、この地の密輪が早いうちに防止されるようわたしを信頼すると書いてある」

彼が密輪の話をするといつもそうなるように、コンスタンスはかすかに身をこわばらせた。ありがたいことに、彼が帰郷してから密輪人はまだひとりもつかまっていないが、それは密輪人たちが違法行為をやめたからなのか、監視がゆるむのを待っているからなのか、わからない。このところコンスタンスはアニスやエリック、さらにはピーダーにも会いたくなくて、村まで出かけていないのだ。

「トリゲリス周辺の密輪活動についてなにかわたしに話せることは？」

「何百年も前から行われていて、やめさせるのはむずかしいわ」

メリックはコンスタンスを見つめた。その目に情熱はない。「どうかわたしに対しては無知なふりをしないでほしい、コンスタンス。きみはこの地とそこに住む領民を熟知しているし、領民もきみを信頼している。きみなら密輪に手を染めているのはだれか、いつどの浜を使っているのか、知っているはずだ。密輪をやっているのはだれだ、コンスタンス？」

コンスタンスは同じように情熱の失《う》せた目で彼の視線に応《こた》えた。「あなたがアニスと約束したように、わたしも友人たちに約束をしたの。わたしの友人たちは、自分の納めた税金で豪奢《ごうしゃ》な生活を送ったり、フランスで戦争したりしている国王にだまされた、虐げられたと感じている善良な人々よ。真摯《しんし》に求められたものなら快く支払うわ。でもいまのような状態では……」

「錫《すず》鉱夫は法を超えて優遇されている。さまざまな意味でそうだ。それでも彼らは満足しない」

「それは理解しにくいことではないわ。同じように錫を採掘していても、たまたまデヴォンシャーに住んでいれば、ずっと低い税金しか納めなくてよくて、搾取されているとは思わずにすむんですもの」

「わたしは法を守ると国王に誓った」

「あなたは誓っても、わたしは誓っていないわ。それにわたしの友人たちがわたしに寄せる信頼は、あなたの友人たちがあなたに寄せる信頼と同じなの。だから、わたしに友人たちを裏切るようなことを求めないで。ヘンリーやラヌルフが法を守らなかったら――」

「わたしは自分との誓いが破られたと見なし、確実に処罰をする」メリックは椅子の背に体をあずけ、腕を組んだ。「粉挽《こなひ》き所に火をつけたのはだれか、わかったら教えてくれるかな」

「ええ」コンスタンスは躊躇《ちゅうちょ》せずに答えた。「そのような行為は少しも正当化できないわ」

「たとえ友人がやったとしても？」


「ええ」

謎《なぞ》めいた表情で、メリックがもうひとつの巻き物を示した。「近いうちに来客がありそうだという知らせも受けとった。オズグッド卿だ。コーンウォール伯とともにイングランドに戻ってきた」

コンスタンスは眉を吊《つ》り上げた。リチャードがイングランドに戻ってきたと聞いたのは、これが初めてだった。それに重要な客人をもてなすのも、結婚して以来これが初めてになる。

「きみならオズグッド卿が居心地よくトリゲリスに滞在し、楽しくすごすのに必要なことがすべてできる」

「あなたがご自分の務めをご存じのように、わたしも自分の務めを心得ているわ」

メリックが羽根ペンをとり、自分の前にある羊皮紙に目をやった。「以上だ、コンスタンス」

コンスタンスはそれ以上なにも言わず、彼に背を向けると部屋を出た。

ラヌルフは厩舎《きゅうしゃ》のドアをしきりにいじっているベアトリスに笑いかけた。「わたしに用事だって?」

ベアトリスはだれかに見られているのではないかというように、あたりを見まわした。「お話ししてもよろしいかしら」

ラヌルフは反射的に、いまはほかに大事な用があると答えようかと思った。大事な用というのは、ほかのほとんどすべての用事だ。しかしベアトリスがあまり心配そうだったので、彼は特別親切にすることにした。

「かまわないよ」ラヌルフは愛馬の手綱を仕切りにかけ、ベアトリスのいる戸口に足を運んだ。「大事な話のようだな」

ベアトリスがうなずき、あたりをちらちらと見まわした。「ええ」

人目につかないようにしようとしているのなら、これでは逆効果だ。

「礼拝堂かどこか、もっとひっそりとしたところでお話しできないかしら」ベアトリスが小声で言った。「使用人に聞こえては困るの」

ヘンリーを相手にそうしていたように、わたしと恋愛遊びをしようというのだろうか。ラヌルフは内心首をかしげた。それとも、もっと親密なことを考えているのだろうか。もしもそれが目的なら、即座にがっかりさせてしまうことになる。ヘンリーは愉快に楽しみ、高潔な伊達《だて》男としてふるまっていても、このわたしは男に自分の魅力を試そうとする軽薄な娘には我慢ができない。かつて一度だけそのような遊びの標的になったことがあるが、その一度で最後だ。「それは賢明とはいえないのではないかな」

ベアトリスが目を丸くした。「でもわたしは……その……お話とは……」そしてほとんど聞こえないほど声を落とした。「お従姉《ねえ》さまとメリックのことなの」

「ふたりのどんなことかな」

ベアトリスが真っ赤になり、唇をかんだ。それからもう一度あたりを見まわしたあと、ささやいた。

「お従姉さまがひどくふさいでいるの」

これはラヌルフにとって初めて聞くことではない。頭が半分でもある者なら、メリックと花嫁のあいだになにか深刻な問題が起きていることに気づかざるをえない。

「メリックもそうなの？」ベアトリスが尋ねた。

「メリックは自分の気持ちなどわたしには話さない」

「でもあなたは、ほかのだれより彼をご存じですもの。気持ちもおわかりになるのでは？」

もちろんわかる。しかし、どうしても秘密の守れなさそうなベアトリスにそれを話そうという気にはなれない。「なにがあるにしても、それはふたりのあいだの問題なのではないかな」

ベアトリスの明るい目に涙があふれた。「わたしは助けたいだけなの」すすり泣きながら、ベアトリスは言った。「いまのようにつらそうなお従姉さまを見るのが耐えられなくて。ただでさえお従姉さまはずっとつらい目に遭ってきているわ。婚礼の日はあれほど幸せそうだったのに、それがいまは……」

ラヌルフは、なによりも人からベアトリスを泣かせたのは自分だと思われたくなかった。すばやく中庭に目を走らせて、だれもこちらを見ている者がいないのを確認すると、彼はベアトリスを厩舎と武器庫のあいだにある細道へと急《せ》きたてた。そこなら中庭からも城壁の上の通路からも見えない。

「力になりたいのはやまやまだが」ラヌルフは正直に言った。「メリックは助言されるのが大嫌いでね。どれほど善意から出た助言であっても」それにしても、ベアトリスはトリゲリス領主とその奥方の不和という問題を、なぜ自分に相談しようと思ったのだろう。「レディ・コンスタンスは問題が起きているとなにかきみに話したのかな?」

ベアトリスが悲しげに首を振った。「ひと言も。まるで邪《よこしま》ウィリー——いえ、ウィリアム卿が生きていらしたころと同じだわ。お従姉さまはウィリアム卿のこともあまり話さなかったの」ベアトリスの目にはまたもや涙があふれた。「もうあんな時代は終わったものと思っていたのに」

肩を震わせて、ベアトリスは本格的に泣きはじめた。

ラヌルフは手を伸ばし、ベアトリスの腕を不器用に撫《な》でた。「ほらほら。きっとうまくいく。夫婦げんかというのはいつの世でもそういうものだ。わたしの両親もそうだった」

「わたしは母を覚えていないの。わたしがまだ小さかったころに亡くなってしまったから」ベアトリスはしゃくり上げ、哀れを誘う表情でラヌルフを見つめた。「荘園《しょうえん》裁判のあった日からもうずいぶんたつのに、ふたりが仲直りをするようすはないわ。メリックはお従姉さまにほとんどなにも話しかけないの」

ベアトリスが少しでも元気になるようにと、ラヌルフはやや冗談めかして言った。「メリックはそもそもだれともほとんど口をきかない」

ベアトリスが涙に濡《ぬ》れた目で彼をにらんだ。「おかしくないわ。本気で心配——」

「そう、わたしも本気で心配している」ラヌルフは友人が幸せでいるかどうかに無関心な印象をあたえてしまったのをやや恥ずかしく思いつつ、あわてて言った。

「では、わたしたち、なにをすればいいの? なにかできるはずよ」ベアトリスが大きな青い目で彼を見上げた。その唇はなかば開き、丸くふくらんだ胸が大きく上下している。

唇と胸に気づいたことで自分が野卑な好色漢になったような気がして、ラヌルフはベアトリスの持ちかけてきた問題に意識を集中しようとした。「問題を解決するのはコンスタンスとメリックにまかせておくべきだと思う。どれほどよかれと思ってしたことでも、われわれが直接口をはさんではなんの得にもならないのではないかな。すぐ近くに友だちがいるとわかるように、コンスタンスのそばを離れないこと――それがきみにできる最善のことだ」

「あなたがメリックのそばを離れないように？」ベアトリスが小声で尋ねた。「信頼できる友人がそばにいると彼にわかるように」

まるで意思に抗《あらが》うように、ラヌルフの視線はベアトリスのふっくらとしてやわらかそうな唇から動かなくなった。彼はベアトリスのほうへやや体を傾けたが、ここがどこで自分たちは何者であるかを思い出し、疫病持ちを前にしたように身を引いた。

「わたしはメリックが信頼するに足りる守備隊長を見つけるまでトリゲリスを離れない。さて、ではこれで失礼」

それだけ言うと、ラヌルフは武器庫に向かい、レディ・ベアトリスとその青い大きな瞳からできるだけ速く遠ざかろうとした。

自分がメリックから信頼される友人であり、ベアトリスが可憐《かれん》で清純であることをまたもや忘れてしまわないうちに。

16

二週間を超える日にちがたったころ、コンスタンスは大広間の壇上に夫と並んで立ち、こちらへゆっくりとやってくるオズグッド卿《きょう》を見つめていた。オズグッド卿は小柄ではなく、鉄灰色の髪ににこやかな顔をした長身でがっしりとした人だった。彼の衣装は装身具も含め非常に高価なもので、色彩に富み、宮廷で影響力を持つ裕福な貴族にふさわしかった。

メリックの衣装はとうていそこまで立派ではないが、それでも手持ちの中では最良のもので、結婚当初の幸せだったころにコンスタンスが縫った豪華な黒地に金のブロケードのチュニックに、襟ぐりにひものついた白い亜麻布のシャツ、上質の毛織りの膝丈のズボン《ブリーチズ》、磨いた黒いブーツといういでたちだ。コンスタンスは襟と長いカフスにびっしりと刺《し》繍《しゅう》を施したエメラルド色の薄絹のガウンをまとっている。ベアトリスはこのところひどく元気がなく、頭痛がすると訴えて部屋に引きとっていた。ラヌルフは領地の北端で巡視隊を率いている。

「トリゲリスへようこそ」壇上に着いたオズグッド卿にメリックが言った。「どうぞ座っておくつろぎを」

オズグッド卿がにこにこ笑い、肉づきのいいその顔から目がほとんど消えた。「感謝しますぞ」彼はコンスタンスのほうを向いた。「こちらは奥方ですかな」

「ええ、そのとおりですの。夫の失礼をお許しくださいませね。わたしたち、まだ結婚したばかりで、どうやら夫はわたしがいることをときどき忘れてしまうようですわ」

「このように美しい花嫁では、わたしならかたときも忘れることなどできないでしょうな」オズグッド卿は宮廷に出入りする人間らしくお世辞をすらすらと口にした。

メリックのこめかみに青筋がうっすらと現れた。夫には取り合わず、コンスタンスは炉のそばの背もたれの高い椅子を示した。「コーンウォール伯がどうなさっているか、お聞かせ願えません?」

「とてもお元気です」オズグッド卿が椅子に腰を下ろして答えた。「それにおふたりのご結婚をとても喜んでいらっしゃる。それから領地の治め方について、受けとった報告にも」

メリックが目をやや鋭く細めた。「報告?」彼は客人と向かい合った椅子に座って尋ねた。

「当然ながらコーンウォール伯は、封臣がいかに荘園《しょうえん》領土を運営しているかについて関心がおありですからな。ご領主の叔父上、そしてレディ・コンスタンス、あなたの叔父上とも連絡をとられているのですよ。両叔父上ともご領主の運営ぶりを高く評価していらっしゃる」

「認めていただけるとはありがたい」

オズグッド卿はくすくす笑い、デメルザの差し出したワインを受けとった。「鋭いあなたなら、コーンウォール伯がコーンウォールにご不在のときでもこちらでのできごとについてたえず報告を受けていることくらいおわかりでしょう。そうでなければ、怠慢な上級領主になってしまう」

メリックがごもっともというようにうなずいた。

「しかし美しいご婦人のいらっしゃる場で政治の話をするのはやめましょう」オズグッド卿はそう言ってコンスタンスに微笑《ほほえ》みかけた。

コンスタンスはせっかくの会話を無意味な雑談だけで終わらせたくなかった。「宮廷のお話をうかがうのはいつも楽しいものですわ」

「しまった、最新流行の服飾に目をとめるのをすっかり忘れていた」オズグッド卿はくすりと笑った。「人気のあるのはどんな生地か、人気のないのはどれか、今年はベールや頭布《ウィンプル》をどんなふうにつけるのか、といった情報を仕入れてこなかったのですよ」

コンスタンスは奥歯をかみしめ、たいがいの男性はオズグッド卿のように考えるものだと自分に言い聞かせた。

「妻はそのような意味で言ったのではないんです」メリックが言った。「わたしの妻は宮廷での緊張関係をよく知っています。わたしに伝えておきたいことは、妻のいる場でお話しになってかまいません」

これはまったく予想外のことばで、コンスタンスはびっくり仰天したが、こんなことはごくふつうのできごとだというようにふるまおうとした。


オズグッド卿が顔をしかめた。「しかし、奥方は女性ですぞ」

メリックは平然とした表情で、片方の眉を上げた。「それはよくわかっています」

「女性というものは男の世界のことがわかっていない」

「ここにいる女性はちがいます」

オズグッド卿が笑い声をあげ、緊迫した空気が消えた。「まったく、新婚の夫にはまいりますな！　いいところばかりを集めて、それが妻だと思い込んでしまうのだから」

コンスタンスはカフスに隠した両手を握り合わせた。「わたしの夫は洞察力があって、しかも寛容ですのよ、オズグッド卿。そして賢明な決定を下すには、女性を含めてさまざまな人の意見を聞かなければならないと考えていますの。大きな屋敷を切り盛りできる女性に、王国を運営していくうえで起きる衝突や問題などできるはずがないと考えるのは、おかしなことですものね」

オズグッド卿は畏怖《いふ》と驚愕《きょうがく》の入り混じった表情でコンスタンスを見つめた。それから彼は甘い親が思いがけず利口なことを言った子供にそうするように、もう一度微笑みかけた。「王国は城より大きなものですぞ。それに使用人を領主や騎士にたとえるわけにはとうていいかない」

「国王が大憲章《マグナカルタ》を無視することを許されれば、差異はほとんどなくなりますわ」

オズグッド卿ははっと息をのみ、驚嘆した目をメリックに向けた。

「妻は活発な議論が好きなのです」メリックが淡々と言った。「それに議論を活発にさせるために、あえて反対意見を巻き起こそうとすることもあります。妻は必ずしもわたしに代わって意見を述べているわけではないし、あすも同じ意見であるとはかぎりません」

コンスタンスはそれは嘘《うそ》だと反論しようとしたが、メリックがちらりとこちらを見たので黙った。それにオズグッド卿の表情から判断すると、これ以上政治的な意見を述べて彼を驚かせるのはよくなさそうだった。

オズグッド卿がベルトにつけている小袋に手を入れた。「コーンウォール伯がティンタジェルの城にあなたをお呼びですぞ。行かれますかな？」

メリックが羊皮紙の巻き物を受けとり、封印を切らずに答えた。「もちろん」

それから彼は書状を開き、それを読んだあと、なにも言わずにコンスタンスに渡した。祝辞でもあり、即刻ティンタジェルまで会いに来いという命令でもある、その書状をコンスタンスが読んでいると、メリックがオズグッド卿に言った。

「わたしの妻が文字が読めるのに驚いていらっしゃ

るようですな。たまたまわたしの父は晩年レディ・コンスタンスに多くを頼っていました。ですから、読み書きを覚えたのはいいことです」

ふたりがけんかをして以来、メリックが褒めことばを口にしたのはこれが初めてだったが、コンスタンスは書状から目を離さずにいた。

「それは聞いたことがある」オズグッド卿が言った。その言い方のほのめかすところは明白だった。邪《よこしま》ウィリアムとその被保護者についてコーンウォール伯の城にまで伝わったうわさの中身は、コンスタンスにも容易に想像がついた。

「わたしの父は実に卑しむべき好色漢だった」メリックが言った。その声は厳しく、表情はさらに厳しかった。「それは周知の事実です。しかし、父がわたしの妻と道ならぬ関係にあったなどと言う者がいたら、わたしは喜んでその者に決闘を申し込みます」

彼はこんなにもすばやくわたしの名誉を守ってくれる。それなのに、わたしに話しかけようとはしない。それに愛を交わすときは、まるで体から魂が抜けた、熱く激しい欲望だけで自分の務めをはたしているように思える。

オズグッド卿はメリックが唐突に妻を弁護したことに対してなにを言っていいのかわからないようだった。コンスタンスは、メリックがコーンウォール伯の使者を怒らせてしまったのではないかと気をもんだが、やがてオズグッド卿の衝撃を受けた表情は鷹揚《おうよう》な笑みへと変わった。

これは本物の心情の変化を示すのか、あるいはたんに外交的な如才のなさを意味するのか。そのどちらであっても、コンスタンスはかまわなかった。

「気を悪くされたなら、お許しを」オズグッド卿が頭を下げ、なだめるように言った。「若い人はそのつもりがまったくないことばを侮辱と受けとることがあるものです。念のために申し上げると、あなたの奥方については、美しくて貞節だということ以外だれもなにもほのめかしすらしていませんぞ」

コンスタンスはコーンウォール伯の書状を読みおえ、夫に戻した。ほんの一瞬、ふたりの手が触れ合った。コンスタンスの手は震え、メリックの手は冷たかった。そしてコンスタンスは、その程度の接触ですら引き起こされる渇望をこらえなければならなかった。

「コーンウォール伯は二週間後に会いたいとおっしゃっているわ。忠臣全員を召集なさるのですか?」

「そうです」オズグッド卿が答えた。

「すると大人数になりますわね。その全員をどこに泊められて、どなたがその手配の担当をなさるのかしら。コーンウォール卿はまだおひとりでいらっしゃるのに」

オズグッド卿が眉を吊《つ》り上げた。

コンスタンスはにっこり微笑んだ。「コーンウォール伯のような大領主は奥方がいらっしゃらなくては長くやってはいけません。すでに新しい方とご婚約なさっているかもしれないと思いまして」

「いや、まだです」オズグッド卿が答えた。「この女性をという話はずいぶんあるのですがね。国王に賄賂《わいろ》を贈って、自分の妹や娘をコーンウォール伯と結婚させようとする者すらいるくらいですからな」

「国王の弟君というのは貴重な的でしょうね。国王を動かすことのできる弟君ならなおさらですもの」

コンスタンスはうなずいた。「ご自分にとっていい方、ひいてはイングランドにとっていい方をお選びになるよう、願うしかありませんわね」

オズグッド卿が細い目をさらに細めた。「おっしゃることがよくわかりませんな」

メリックが落ち着かなげに座る姿勢を変えた。明らかにコンスタンスの意見に不満のようだ。いや、コンスタンスが誤ったことを言ったのではないかと心配しているのかもしれない。

コンスタンスは彼のほうが正しいと気づいた。そもそもわたしはオズグッド卿について、彼がコーンウォール伯の使者だということ以外、どれだけ知っているというのだろう。もしかしたら、メリックは以前オズグッド卿に会ったことがあり、わたしに注意しようとしているのかもしれない。わたしは自尊心に駆られてすでに多くをしゃべりすぎてしまったのではないかしら。

オズグッド卿に危険な憶測をさせないようにと、コンスタンスはにっこり微笑みかけた。「幸せなご結婚をなされば、コーンウォール伯はいまよりさらにご満足でしょうし、そうすればコーンウォールですごされる時間が増え、それはイングランドにとってもいいことだと言いたかっただけですの」

コンスタンスはメリックの膝を軽く叩《たた》いた。彼が身をこわばらせたが、コンスタンスはそれには取り合わず、オズグッド卿との話に神経を集中させた。

「すべての男女が夫とわたしや国王とお妃《きさき》のように幸せな結婚ができればよろしいのに。ヘンリー王とエレアノール妃はとてもお幸せなのでしょう？」コンスタンスはオズグッド卿に気取って媚《こび》を含んだ表情を投げかけた。「それにヘンリー王はお妃に国情についてお話しになり、意見をお求めになるのではありませんでした？ 少なくともわたしはそう聞いていますわ」

オズグッド卿が笑い声をあげた。「これはまいった！ そう、そのとおりです。ただし、エレアノール妃が国政にかかわりすぎると言う者もいるでしょうな。しかし、ヘンリー王はまだ若い。それにあなたもおっしゃったように、お妃を愛されてお幸せです」

「それでは、あらゆることでお妃を喜ばせようとなさるのは当然ですわ」コンスタンスは花嫁の中でもいちばん幸せなのはこのわたしとでもいうように、明るく言った。

自分の役割を演じるのはこれで充分と判断し、コンスタンスはオズグッド卿とのやりとりをあとはメリックにまかせることにした。

「お話を交わすのはとても楽しいのですが、この辺で失礼してお部屋がきちんと整えられているかどうか、見てこなければなりません。今夜はお疲れでしょうから、お客さまをお迎えしての宴《うたげ》はあす催すつもりでいますの。それでよろしいでしょうか？」

「それはすばらしい。お気遣いに感謝します」オズグッド卿が答えた。

「お風呂をお使いになりますか？」

「長旅のあとですから、それはありがたい」

「では、お風呂をご用意しましょう。お世話するメイドを遣わします」

オズグッド卿の目が輝いた。「ご親切なおもてなしに感謝します」

明らかに彼はメイドのする世話にあることを含めて頭の中に描いているらしい。それはコンスタンスの考える世話とはちがう。若いメイドではなくデメルザを彼の部屋に遣わすのもそのためだ。

とはいえ、コンスタンスはうなずいてオズグッド卿の謝意に応《こた》え、用意が万端整っているのを確かめに大広間を出た。

「気分はどう？」オズグッド卿の寝室の中を見てまわったあと、コンスタンスはベアトリスの部屋に行って声をかけた。

ベアトリスが体を起こし、ベッドの頭板に背中をあずけた。顔色が悪く、目の下には隈《くま》ができている。この二、三日大儀そうで口数がとても少なく、食べ物にもほとんど手をつけていない。そして、きょうはずっと部屋で休んでいる。けさから日々の務めとオズグッド卿を迎える準備で忙しかったコンスタンスは、たいしたことはないだろうと高をくくっていたが、いまはみぞおちのあたりが縮まるような不安に襲われた。「だれかにお父さまを呼びに行かせましょうか？　それとも、マロレンに来てもらったほうがいい？」

ベアトリスは即座にかぶりを振った。「マロレンのおしゃべりを聞いたら、具合がよけい悪くなるわ。夜ぐっすり眠れば、すっかりよくなると思うの。柳の樹皮の薬は効いたわ。頭痛がほとんど消えたの。オズグッド卿はどんな方？」

コンスタンスはいくぶん安心し、肩をすくめるとベッドの端に腰をかけた。「宮廷の人はたいがいそうだけれど、気取ったところがあまり好きになれないわ」

「どんな知らせをお持ちになったの？」

「メリックがティンタジェルに呼ばれたの」

「いっしょに行くの？」

「わたしはこちらで用事がたくさんありすぎて行けないわ」正確にはそれは本当ではなかったが、コンスタンスはそう答えた。アラン・ド・ヴェルンに監督をまかせれば、数日間留守をしても家政はまったく問題なしにこなしていける。「なにかほしいものは？　具合がよくなりそうなものやよく眠れそうなものがあれば、なんでも運ばせるわ」

ベアトリスは膝で組んだ両手を見つめた。「よく眠れなくて、ようやく眠ったと思っても、怖い夢を見るの。そして夜明け前に目を覚ますと、もう眠れないの」

かわいそうに、睡眠不足で疲れがたまっているだけなのかもしれない。それでも気がかりではあったが、コンスタンスは期待をこめてそう考えた。

「なにを悩んでいるの？　眠れないほど気がふさい

でいるのはなぜ?」コンスタンスはやさしく尋ねた。ベアトリスをすぐそばで見守ってきて、その貞操についてはなにも心配する必要はないとわかっているが、それでもヘンリーのいないことで気がふさいでいるのではありませんようにと思わずにはいられない。

ベアトリスが目を上げた。その表情は鋭い洞察力をしのばせる成熟したおとなのもので、コンスタンスは思わず緊張した。

「いったいなにがあったの、お従姉《ねえ》さま? 婚礼のあとはあんなに幸せそうだったのに、いまは――」

「なにも問題など起きていないわ」コンスタンスは嘘をついた。ベアトリスはふだんさほど鋭敏ではない。少なくともこれまでは深い洞察力を示したことなどない。

「いいえ、なにかあったはずだわ」ベアトリスが熱意をこめて言った。その表情からは、従姉《いとこ》夫婦になにがあったのか、それを突きとめようとする決意が感じられた。

コンスタンスは立ち上がった。メリックのことや夫婦間の問題のことをベアトリスに話すつもりはない。話したところで、ベアトリスに理解できるとはとても思えない。「どんな夫婦にも、けんかをしたり悩んだりするときというのはあると思うわ」

あいにくベアトリスは毛布をめくってベッドから出るとコンスタンスを追ってきた。「荘園裁判のあと、お従姉さまがメリックとけんかをしたのは知っているわ。それにヘンリーがたぶんお従姉さまのことでメリックと口論になって、ここを去っていったことも」

「メリックとヘンリーの口論はわたしとなにも関係のないことよ」コンスタンスは化粧台の上を片づけながら、それが当たっていますようにと祈った。ふたりがどんなことで言い争ったのかはいまだにわからない。メリックはなにも話してくれないし、ヘンリーは理由を言わずに突然去ったのだ。

「お従姉さまがヘンリーをそそのかすはずがないのはわかっているの」ベアトリスが化粧台のほうへやってきた。「ヘンリーはどんな女性も、自分に惹《ひ》かれると思い込む類《たぐい》の人ですもの、惹かれない女性がいるとは考えられないのよ。ここを去ったのはいいことだわ」

コンスタンスは手を止め、従妹《いとこ》を見つめた。ベアトリスですら、自分がヘンリーのことで気分を害していると思っているのには驚くしかなかった。「わたしが夫婦間でどんな問題をかかえているにせよ、メリックの友人とはなんの関係もないわ」

「アニスのことなの？」

コンスタンスはドアに向かった。「この話はしたくないわ」

ベアトリスが先まわりし、行く手をふさいだ。

「わたし、荘園裁判の場にいたのよ、お従姉さま」

ベアトリスの声は震え、目には涙があふれている。

「なにがあったかをこの目で見ているの。そのことでお従姉さまがメリックとけんかしたとしても、わたしは驚かないわ。わたし、なぜメリックがあんなことをしたのか、それが知りたくて幾晩も眠れずにすごしたの。答えがわからないかと、アニスのところにも行ったのよ。でも、アニスは会おうとさえしてくれなかったわ。それでも、これだけははっきりわかっているの。本当よ！　メリックは不名誉なことなどなにもしていない。彼はお従姉さまを愛しているわ」

「彼がわたしを愛していようといまいと」コンスタンスは冷ややかに言った。「わたしは、彼が不実だと責めてなどいないの。彼にはべつに正当な理由があって、アニスとエリックの結婚を許可しなかったことを知っているのよ」

「どんな理由なの？」ベアトリスがすがるように尋ねた。

「そのことでは、どうかもうなにもきかないで」これだけ話してしまったことでもコンスタンスは後悔していた。メリックの判断を説明するには、彼が守ると約束したアニスの秘密を明かさないわけにはいかない。ただでさえメリックは、その約束を破ってコンスタンスに打ち明けているのに、それ以上アニスの信頼を裏切るようなことはできない。「彼がアニスはおろかトリゲリスのどんな女性にもみだらな関心をいだいていないことだけは、はっきりしているわ。そう言えば充分ではないかしら」

「ロンドンではどうなの？」

「どこにも愛人はいないと彼は言うの。わたしはそのことばを信じているわ」

「それならなぜ、以前のようにならないの？」

従妹の相次ぐ質問に苛立《いらだ》ったコンスタンスは我慢しきれなくなり、強い口調で言った。「なれないからよ」

ベアトリスがはっとした顔でコンスタンスを見つめ、ついで泣き出した。「わたし、力になりたいだけなのよ」

コンスタンスはたちまちきつい言い方をしてしまったのを後悔し、今度はもっとやさしく言った。

「あなたの気遣いをありがたく思っているわ、ベアトリス。本当よ。でもメリックとわたしのあいだになにか……問題があるとしたら、それはメリックとわたしが解決しなければならないの。結婚はある意味、妥協を伴うから、いつもいつも幸せでたまらないというわけにはいかないわ」声が苦さを帯びるのをコンスタンスはどうすることもできなかった。

「いつも幸せな結婚生活を送れる人は恵まれているのよ」

「わたしにできることはなにもないの？」ベアトリ

スが悲しげに尋ねた。

コンスタンスは袖口《そでぐち》でベアトリスの涙を拭《ふ》きとった。「ないわ。それに、あなたの場合はきっとちがった結婚生活になるわ」

「結婚などしないほうがいいのかもしれないわね」ベアトリスがすすり泣きながら言った。「いまのお従姉さまのように苦しむくらいなら、わたし、死ぬまで独身のほうがいいわ」

コンスタンスはベアトリスを抱きしめた。そしてなにも答えなかった。

「もうお客さまは部屋にお引きとりになったの?」その夜コンスタンスは寝室に入ってきたメリックに尋ねた。苦悩を深めないために、彼といるときはなにも感じないよう努めているにもかかわらず、彼が服を脱ぎ、脱いだものを几帳面《きちょうめん》にたたみはじめると、コンスタンスの胸は鼓動を速めた。


「そう、引きとった」

「オズグッド卿とは、前にお会いになったことがあるの?」

「ない」

メリックに会話をしようと求めても無駄だとわかっていたはずなのに。それでもなお、コンスタンスには知っておかなければならないことがあった。

「ティンタジェルにはいつお発《た》ちなの?」

メリックがシャツをそばの櫃《ひつ》の上に投げかけ、上半身はだかになった。「きみもいっしょに二日後だ」

どれほど彼がそうしたくても、コンスタンスはコーンウォールじゅうを引っ張りまわされる気にはなれない。彼の所有物であろうとなかろうと、ある程度の自由があることは主張したい。「わたしは行けないわ。ベアトリスを放《ほう》っておくわけにはいきませんもの」

メリックがベッドに腰を下ろし、ブーツを脱ぎはじめた。「ベアトリスの具合はとても悪いのか？」

「いいえ、そうは思わないわ」ティンタジェルへ彼と同行する気がない以上、コンスタンスはベアトリスの不調が肉体的な疾患ではなく、心配性の気質からきたものに思えることは言わないでおくことにした。「でも深刻な症状ではないとはいえ、具合がよくなるまでこちらに滞在しなければならないわ。かといって、わたしが留守なのにベアトリスが滞在を延ばせば、無作法ということになってしまうし。ふつうなら父親に来てもらうことになるのでしょうけれど、おそらく叔父もティンタジェルに呼ばれているでしょうから、ほかに道はないわ」

「きみにはティンタジェルにわたしと同行してほしい」メリックはコンスタンスの言ったことなど聞いていないかのように言った。彼は立ち上がり、ブリーチズの結びひもを解きはじめた。

コンスタンスは彼から視線をはずし、ふたたび髪を梳《と》かしはじめた。「同行できない理由は、いまお話ししたとおりよ」

「わたしからカレル卿に手紙を送ろう。ベアトリスはカレル卿の娘なのだから、彼が面倒をみるべきだ。ベアトリスを迎えにこちらへだれかをよこせばいい」

「ベアトリスに旅を強いるのはむりだわ」

「具合がとても悪いわけではないと言ったのではなかったかな」

「そうは思わないと言ったのよ。でも旅をすれば、具合はよくならないわ」

「きみがティンタジェルへ同行するのは、わたしの特別な命令だ」メリックはそう言い、はだかのままベッドの覆いの上に仰向けになった。「わたしにはきみが必要だ」

「なんのために？　あなたのベッドを温めるために？」高まっていく欲望をこらえながら、コンスタンスは言い返した。「石を温めて足元にお入れになればいいわ」

彼がベッドに入り、毛布を体にかけた。「ほかの領主たちの奥方や娘が、国王と諸侯のあいだの情勢についてどんなことを耳にしているか、それをわたしに教えてほしい」

「わたしに密偵をやれとおっしゃるの？」コンスタンスは挑みかけるようにあごを上げた。「ピーダーと同じよ。わたしはしないわ」

「きみに力を貸してもらいたいんだ」

「ドアの外で立ち聞きをしたり、何時間も続くくだらないうわさ話の中からほんのちょっぴりの役立つ情報を探り出したりして？」

メリックは冷ややかに問いかけるように眉を吊り上げた。「急に態度が変わったように思えるな。わたしは、きみならティンタジェルに行く話に飛びつくだろうと思っていた。おおぜいの人を前に政治的な見解を表明できる好機だからね。オズグッド卿の前ではあんなに舌がよく動いたじゃないか。きみの考えを披露したことで、オズグッド卿がトリゲリス領主は反乱を画策しているのではと訝《いぶか》しんだかもしれないとしてもだ」

オズグッド卿に会ってすぐに自分の言ったことを思い出し、コンスタンスは後悔の念にとらわれた。しかしそれでも、メリックの言うほどひどくはなかったはずだ。「オズグッド卿はそんなふうに考えてはいらっしゃらないわ。それに、国王についてわたしの言ったことは事実よ」弁解するようにコンスタンスは言った。

「きみの考えでは、だ。一部の人間にとって、それは謀反になる。それに、たいがいの男はわたしもきみと同じ考えだと思うだろう。夫と異なる見解を支持する妻はひとりもいないのだから」

「わたしはちがうわ」

メリックがベッドから出た。「そう。きみはちがう。それで問題を起こすことになろうとなるまいと。しかし、オズグッド卿のような男はきみが例外であることを知らない」

「それはわたしが悪いのではーー」

「いい加減にしてくれないか。きみはばかなのか？」メリックは一糸まとわぬ姿のまま、両手を腰に当ててコンスタンスをにらみつけた。「きみの気に入ろうと入るまいと、それが世の中というものなんだ。よく知らない人物の前で尊大にも思い上がって自分の意見を述べたことで、きみはわれわれ全員を危険にさらしたんだ」

「そんなことはしていないわ」怒りと困惑の両方で涙がこみ上げるのをこらえながら、コンスタンスは反論した。彼の言うことは当たっていない。そうに決まっている。わたしは前々からトリゲリスの人々を守ろうとしてきたのであって、危険にさらしてなどいない。「わたしが夫の代弁をしているのではないと、あなたもオズグッド卿にははっきりおっしゃったわ」

「きみのおかげで、わたしはオズグッド卿に言い訳をしなければならなくなったんだ。そして、彼もそれを受け入れたようだった。しかし、ああいう類の人間はそのようなできごとを決して忘れない。もしもわたしがほんの少しでも疑わしいことをすれば、それがなんであっても、彼はきょうのできごとを思い出し、宮廷に告げ口する。それに、たとえわたしがヘンリー王は悪王だとするきみと同意見であったとしても、きみはわたしの命を、きみの命を、トリゲリス領民ひとりひとりの命を危険にさらそうというのか？　リチャードのほうがましだという確信が本当にそこまであるのか？　もしもそうなら、それは人間をあまりに楽観視しすぎだ。リチャードのほうが何倍もひどい王になることだってありうる」

それだけ言うと、メリックはブリーチズをさっさとはき、ブーツをつかんだ。

コンスタンスは情け容赦のない彼のことばにひるんではいたものの、その中に真実を聞きとっていた。国王を退位させることを話すとき、わたしは本当のところなにを求めているのかしら。

しかしそれでもなお、メリックが堂々とドアに向かうあいだに、コンスタンスの中では自尊心が頭をもたげた。わたしは請うようなことはしない。たとえ彼の言い分が正しくとも、行かないでほしいと哀願するようなことはしない。「どちらへいらっしゃるの？」

彼が肩越しにコンスタンスを見た。これほど感情を示さない冷たい表情をコンスタンスは見たことがなかった。「ほかで寝る」彼は嘲笑《ちょうしょう》するように唇をゆがめた。「ひとりになるのは怖いかな？　キアナンかだれか、甘美なことばや中身のない愛のことばを言ってくれる貴族から慰めてもらうといい」

衝撃を受け、驚愕し、それになによりも腹を立て、コンスタンスはベッドのそばに置いていた象牙《ぞうげ》の櫛《くし》をつかむと、彼の頭めがけて力いっぱい投げつけた。

櫛は彼の頭をほんの数センチそれ、ドアに当たって砕けた。

「なるほど、結局きみにもわたしの父から学んだことがあったようだ」彼はうなるように言ってドアを開けた。「二日後には、望もうと望むまいと、きみはわたしとともにティンタジェルに発つ。ベアトリスは父親のもとに戻る」

17

「なにかあると予期してのことか？」

「いつもそうだ」武器庫でメリックはそう答え、落ち着き払ってラヌルフを見た。ティンタジェルに向けた行列は、あすの夜明けとともに出発することになっている。準備が万端整っているのを確かめておきたい。

「ティンタジェルはさほど遠くない」ラヌルフが言った。「本当にそれだけ大人数の護衛がいるのか？オズグッド卿《きょう》の兵隊とわれわれのを合わせると五十人を超す」

ラヌルフのことばはなんの慰めももたらさず、メリックはあの昔からなじみの恐怖にまたもとらわれた。旅。道。森。死にかけている人々。死体。血に染まった地面。

彼は記憶をむりやり追いやった。「それだけの数がほしい。その人数では、トリゲリスの守備が手薄になりすぎると思うか？」

「いや、大丈夫だ。ここの要塞《ようさい》は非常によくできている。子供が守っても襲撃に耐えられる」

ラヌルフがそう請け合ってくれたが、メリックは少しも安心できなかった。

彼は柄《つか》に革ひもを巻いた簡素な鉄の剣数本をかけてある台まで行った。これだけ大人数の兵士が護衛につくのだ。いい加減、まったく安全だという気がしてもいいのではないか。「兵隊は夜明けとともに出発する準備は整っているのか？」

「問題なしだ。きみの奥方は？」

メリックはコンスタンスとの口論を思い出し、一瞬目を閉じた。自分の怒り。情け容赦のないことば。

「問題なしだ」

「ひょっとして奥方を同行させたくないのではないかと思っていた」

「いや。耳はもう一対あったほうがいい。とくに女性たちのうわさ話は貴重だ」

「奥方は自分の役目を知っているのか？」

知っている。だからといって、役目をはたすかどうかはわからないが。メリックは答えず、剣の一本をつかみ、試しに振ってみた。

「荘園《しようえん》裁判以来、きみはなにに関しても奥方の考えに頓着《とんちやく》しなくなったようだな」

ラヌルフはいつものように淡々と聞こえるように言ったが、メリックはごまかされなかった。そもそも裁判の日、けんかをしたあとのメリックとコンスタンスとの関係について言及すること自体、ラヌルフがまぎれもなく深く気にかけている表れなのだ。

いくら善意から出た心配であっても、ヘンリー同様ラヌルフも理解してはくれないだろう。

そこでメリックは答えず、ラヌルフが気をきかせて話題を変えてくれるのを期待した。

ところが、ラヌルフはそうしなかった。

「では、見かけとはちがって、奥方とはなにもかもうまくいっているのか？」ラヌルフはそう尋ね、なんらかの返事を聞くまではここから動かないぞとでもいうように、粗い石壁にもたれて腕組みをした。

根比べなら、負けるのはラヌルフだ。メリックはむっとしつつそう思い、守勢にまわるふりをした。

「奥方とはふたりでいて幸せなのか？」

メリックは想像上の敵に一撃の狙《ねら》いをつけた。

「気にかかったものだから……。荘園裁判以来どこかおかしい。それどころか、きみはトリゲリスでいちばん不幸な男だとさえ言えそうだ」

メリックはそれには返答することにした。さもなければ、ラヌルフがどんな結論に達するかわかったものではない。「それはまちがいだ」彼は剣を戻した。

ラヌルフが大げさに驚いたふりをして目を丸くした。「なるほど、きみが怒れる牡牛《おうし》のようにどかどかと歩きまわってだれかれかまわずうなっているのは、なにをしているのかわからないほど幸せだからか。コンスタンスが魂の抜けた亡霊のようにふわふわと漂っているのは、幸せに満ちあふれているからか」

「わたしの妻は漂ってなどいるものか」メリックはラヌルフの気をほかのことへそらさせようとそばの棚に積んである薄い木の矢柄のほうへあごをしゃくった。「あの矢はこれから羽根をつけるのか?」

「あすつける。話をそらすんじゃない。コンスタンスと話し合って問題を解決するのか? それともこのまま溝が深くなって、橋もかけられなくなるまで放《ほう》っておくつもりか?」

まずヘンリー、今度はラヌルフか。つぎにわたしに助言をしようとするのはだれだ? ベアトリスか? 「妻との関係はきみが気にかけるべきことじゃない」

「いや、気になる。きみが壊そうとしている以上」

メリックはドアに向かった。「妻との関係について、きみと話をするつもりはない」

ラヌルフが彼を止めた。「だれかに話したほうがいいぞ。奥方に話すのがいちばんだ。それも早ければ早いほうがいい」

忍耐力が限界に達し、メリックは険しい表情を浮かべた。「たいした女性遍歴もないのに、言うことが図々《ずうずう》しいぞ」

「ぶざまな女性遍歴から得た切実な教訓だ」ラヌルフは淡い金褐色の目に悲しみを浮かべてメリックの腕に手を置いた。「本当だ、メリック。自分の気持ちを打ち明けず、女性のほうから心を読んでくれるのを期待するのは、重大な過ちだ」

いつもだれもが自分は正しいと思っている。きみはこうすべきだと自信を持って助言する。なにひとつ事情を知らないくせに。

「わたしはコンスタンスが心を読んでくれるのを期待などしていない」メリックはラヌルフの手を振り払った。「わたしがコンスタンスに期待するのは、わたしが誉れ高い男であると信じることだ。そうではないと思われるいわれなどないのだから」

「で、そうやってどちらか片方が死ぬまでふてくされているつもりか？」

メリックはかっとした。「どこがふてくされている！」

「わかった」ラヌルフは肩をすくめてうなずいたが、メリックの怒りにもまったく動じていない。「きみはふてくされてなどいない。では、くよくよしているでも、ふさぎ込んでいるでも、好きなことばを使えばいい」

メリックは彼のそばを強引に通りぬけた。「こんな話は無意味だ」

ふたたびラヌルフが彼の行く手を遮った。「きみがコンスタンスを愛していなければ、こんな話は無意味だ。しかし現実にきみは愛している。ほかのなによりも、だれよりも」

友人であろうとなかろうと、妻のことをラヌルフと話すつもりはない。「通してくれ」

「頼むから、メリック、奥方を愛しているなら、和解しろ」

「わたしの生き方について、ああしろこうしろと言わないでもらいたい。きみは守備隊長だ。わたしの上級領主ではない」

「わたしはきみの友人だと思っていたが」

ラヌルフの静かなことばはこぶしの一撃のようにメリックの胸を打った。わたしはコンスタンスを失

ったのだろうか。それにヘンリーを。今度はラヌルフをも失う
しかしどれほどそうありたいと思っても、ラヌルフに対して正直になることはできない。うっかり明らかにしすぎてしまうのが怖い。

「夜明けとともに兵隊と荷車が出発できるよう確認を頼む」メリックはラヌルフのまわりをまわって足を運んだ。

彼がドアを開けると、ラヌルフが重いため息をついた。「レディ・ベアトリスはどうする？　帰宅の護衛は何人つければいい？」

メリックは一瞬足を止めた。「十名」

「では、十名つける」ラヌルフが答え、メリックはドアを閉めた。

コンスタンスは何日間かをみじめな気分ですごしてきたが、雨のそぼ降る中を牝馬《ひんば》に乗り、外套《がいとう》がほとんど雨を防いでくれないいまは、みじめを通りこして悲惨な状態だった。トリゲリスに残ればよかったのに。城にいれば、少なくとも暖かくて雨に濡《ぬ》れずにすむ。それにティンタジェルではどうなるかと気をもまずにすむ。

ティンタジェルで会う女性たちはきっとメリックのハンサムな風貌《ふうぼう》と誇り高い物腰に驚き、彼のベッドでの技量について冗談を言ったりほのめかしをしたりするだろう。ひょっとしたら、彼の昔の恋人もそこにいて、ほかの女性の耳になにかささやいてわけ知り顔で微笑《ほほえ》んだり、彼の目を引こうとするかもしれない。

男性たちはメリックが帰郷する前にトリゲリスを訪れた何人かの客たちとまったく同じように、コンスタンスをじろじろと眺め、品定めをされる家畜になったような気分を味わわせることだろう。

おしゃべりはきっとほとんどことばを交わさない

新婚の夫婦のほうへと話題が向かうにちがいない。

トリゲリス領主はどのように妻を無視しているか。妻はどのように夫に対してよそよそしいか。女性の中には、少なくともベッドでコンスタンスの代わりを務めようとする者も出てくるかもしれない。男性の中には、コンスタンスが同情して話を聞いてくれる相手を求めていると考え、慰めから不倫に発展するのを期待する者も現れるかもしれない。

トリゲリスにいれば、それに耐えずにすんだのに。トリゲリスにいれば、ベアトリスも家に帰らなくてすんだのに。かわいそうに、ベアトリスは父親の城に戻る馬車に乗り込むとき、哀れを誘うほど泣きじゃくっていた。

ラヌルフとメリックの友情も損なわれている。ベアトリスが別れを告げたとき、ラヌルフは死人のように恐ろしい形相をしていた。

村を通るときに見た村人たちの表情は、メリックが村人の好意を得ていたとしても、それを失ったと語っていた。粉挽《こなひ》き所を直している作業員の一団だけが仕事の手を止め、通りすぎる一行に簡単な会釈をしたが、考えてみれば、作業員はトリゲリス領主からたっぷりと賃金を支払われているのだ。

ティンタジェルに着いたら、否《いや》が応でもことばを慎まなければならない。メリックの言ったことは当たっている。おおかたの男性は妻の意見は夫の意見だと考える。宮廷でのごたごたに巻き込まれないよう、気をつけなければならない。

幸い、女性をばかな子供並みに見なすのは世の中のつね、少なくとも男性のつねなのだ。ベアトリスのようにぺちゃくちゃしゃべり、国情について矛盾だらけの意見を二、三口にするだけでいい。これでオズグッド卿をはじめティンタジェルのだれもが、レディ・コンスタンスは頭が空っぽなのに無知でないように見せようとしていると思ってくれるはずだ。

ここまでコンスタンスはうまくやってきており、オズグッド卿はいまやすっかり保護者のような態度を示している。

コンスタンスのふるまい方の変化をメリックがどう思っているかはわからなかった。彼が寝室をべつにしたことは最後の口論のあとは一度もない。そのときも翌朝髪に切りわらがついていたところを見ると、彼は厩舎《きゅうしゃ》で眠ったようだ。いまでは彼はこれまで以上に他人に思える。

コンスタンスは重いため息をついた。かつていだいていた幸せのあらゆる希望、あらゆる夢が粉挽き所のように瓦礫《がれき》となってしまった。象牙《ぞうげ》の櫛《くし》のように壊れてしまった。

コンスタンスの視線は行列の先頭にいるメリックへと移っていった。鎖帷子《かたびら》を着た彼は左手に盾を持ち、剣をわきに携えて、戦棍《せんこん》が鞍《くら》にくくりつけてある。背筋を伸ばし、緊張したその姿は見るからにいつでも戦闘に応じられる構えであることがわかる。

「ティンタジェルに着くまでに雨はやむのですかな。それとも、もっとひどくなるのだろうか」オズグッド卿が隣から言った。

コンスタンスは夫を見つめるのをやめ、首をかしげた。「やんでほしいものですわ。でないと、ガウンが台なしになって、わたし、目も当てられなくなってしまうわ」

「あなたの美しさは少しも損なわれませんよ」オズグッド卿が請け合った。

コンスタンスは蔑《さげす》みが顔に出ないよう骨を折った。でも、こと無意味なお世辞を口にする腕前となると、オズグッド卿はヘンリーがひよこに思えるほどの達人なのだ。「ティンタジェルまではまだまだかかりますの？　残念ながら、わたしは旅に慣れていなくて。叔父のところまでしか行ったことがありませんの」

それはまったく本当のことで、背中と足の痛みがそのあかしだった。

「きょうじゅうには着けないかもしれませんな」オズグッド卿が答えた。「ここから遠くないところに修道院があって、疲れはてた旅人はそこで泊めてもらえます。きっとご主人はそこで宿泊してあなたを休ませるおつもりでしょう」

メリックはわたしの疲れや旅慣れぬ不安など気にもかけていないのではないかしら。コンスタンスはそう思った。

オズグッド卿が空を仰いだ。「雨はやみそうですな」彼はフードを脱いだ。「ああ、このほうがいい」そう言って深呼吸をした。「フランス南部にもっと土地を持っていればよかったとときどき思うんです。むこうは気候がそれはすばらしい。ご主人といっしょに、ぜひ訪ねていらっしゃい」

「まあ、おうかがいしたいわ！　裕福で何度も旅ができるのは楽しいでしょうね！　わたしなど哀れなほど無知だとお思いでしょう？」

「美しい女性は聡明《そうめい》でなくてけっこう」オズグッド卿はさもへりくだるように微笑みかけた。「とはいえ、あなたは宮廷の情勢についてとてもよくご存じですな」

コンスタンスはばつが悪そうな笑みを浮かべた。「実はそのような問題にはあまり関心がありませんの。でも、夫の気を引くには関心のあるふりをしていろいろ質問するのがいちばんですものね」

やれやれ、ベアトリスですらこんなにばかなことは言わないにちがいない。

「お骨折りがご主人に通じるとよろしいな」

コンスタンスはくすくす笑い、目を伏せてほんのり頬を染めたふりをした。「あら、主人は充分報いてくれていますのよ」

伏せたまつげの陰から、コンスタンスは隣の馬にまたがっているオズグッド卿をこっそり見てみた。

いまの返事はさほど気に入られなかったようだ。もしかしたら、コンスタンスが夫の愛情不足で欲求不満に陥っており、お世辞のうまい彼の魅力にころりとまいってくれることを期待しているのかもしれない。

オズグッド卿が馬を近くに寄せてきたので、コンスタンスはさらに中身のないお世辞を言われるものと予測した。「もしも反乱ということにでもなったら、ご主人はどちら側を支持されるのだろうとおおぜいの人が考えますよ」

彼はコンスタンスから情報を得ようとしているらしい。この重要な問題については、たとえメリックの見解を知っていたとしても、オズグッド卿に話すわけにはいかない。メリックから注意されたあとだけに、なおさらそうだ。

そこでコンスタンスは目を丸くしてぎょっとしたふりを装い、とても快活に言った。「わたしにはさっぱりわからないわ。主人からなにも聞いていないんですもの」

一瞬オズグッド卿の目に苛立《いらだ》った色が表れたが、つぎの瞬間には、彼はふたたび温厚で愛想のいい話し相手に戻っていた。「そんな選択をする必要がないことを祈ることにしましょう。ご主人が領地の運営で実にお忙しそうなのではなおさらです。粉挽き所の火事はまことに不運でしたな」

「ええ。ありがたいことに、粉挽き所の補修はわたしたちがティンタジェルから戻るまでに終わるはずですの。ご親切にサー・ジョワンが石工を派遣してくださいましたから。がさつで無骨な平民の男ですが、なにをすべきかは心得ているようですわ。少なくとも、わたしはそう願っています」

「で、なぜ火事が起きたかはまだわからないのですかな？」

「ええ。もちろんメリックは原因を突きとめようとしていますけれど、悲しいかな、まだ突きとめられずにいるんですの」

「少なくとも、ご主人は密輸をやめさせるのには成功していらっしゃる。しかし無法者をつかまえていないのは残念だ。つかまえて処罰すれば、見せしめになりますからな。小作人や農奴は厳しく支配しなければなりません。さもないと、自分たちにはもっと権利があると考えるようになる。たとえば、錫《すず》鉱夫がそうだ。コーンウォールの領主たちがどうやってそれに耐えているのか、わたしにはわかりませんな」

前方でメリックが片手を上げ、行列に停止を命じた。そのおかげでコンスタンスは答えずにすんだ。本当の気持ちを隠し発言を控えるのがますますむずかしくなっている。

「なぜ止まったのかな」オズグッド卿がつぶやき、自分の馬を行列の先頭に向かって進めた。

コンスタンスも止まった理由を知りたくて同じように馬を進めた。オズグッド卿はメリックのところまで行くと、止まった理由を尋ねた。メリックは前方にあるオークとねりこのびっしりと茂った森を見つめている。

「ここは待ち伏せ攻撃をかけるには絶好の場所です」メリックが答えた。

コンスタンスを突然不安で震え上がらせたのは、そのことばではなく、口調だった。

「どこのばかが待ち伏せ攻撃をかけてくるんですかな?」オズグッド卿が信じられないというようすで尋ねた。「われわれには五十人を超える兵がいるんですぞ」

メリックは鞍の上で護衛がちゃんといるのを確かめるようにうしろを振り返った。彼がこれほど蒼白《そうはく》な顔をしているのをコンスタンスは見たことがない。

「明らかにあなたは待ち伏せ攻撃をかけられて、まわりのだれもかれもを虐殺された経験はおありでないようだ」メリックが答えた。「わたしにはある。危険を冒すつもりはまったくありません」

これにはオズグッド卿も黙り込んだ。

なにを考えているにせよ、あるいはなにを思い出したにせよ、メリックはきっぱりとした落ち着いた声で衛兵長を呼び、騎兵を三つの集団に分けるよう命じた。先頭を行く集団とレディ・コンスタンスとオズグッド卿を護衛する集団、そして行列後部を守る集団だ。

全集団がそれぞれの位置につくと、彼は片手を上げ、前進の合図を送った。

メリックは武芸試合や訓練で死や負傷の危険に直面したことが何度もある。サー・レオナードが新しい城主を任命したとき、城を明け渡すのを拒んだ元の城主とのあいだに起きた衝突で、サー・レオナードの側について戦ったことも幾度かある。いずれの場合も、メリックの胸にあったのは恐怖ではなく、自分が有能な戦士であることを示そうという確固たる決意だった。

とはいえ、武芸試合や訓練は野原で行われ、城主との衝突で戦ったのは城壁上の通路や城の前庭といったまわりに遮蔽物《しゃへい》のない空間で、木々に取り囲まれた場所ではなかった。

ときには、湿った木の葉のにおいひとつですさまじい恐怖がよみがえることもある。負傷した兵士、死にゆく兵士のあげる叫び声の記憶。絶命し、見開いた目で虚空を見つめたまま地面に倒れているサー・エグバート。どなり声で命令を下しながら、馬の向きを変えようとしているひどい傷跡のある屈強で恐ろしい兵隊頭。腕を切り落とされた兵隊頭があげた悲鳴。身分も年齢も関係なく、手当たりしだいに殺された召使いたち。首を切りつけられた自分と同じ年ごろの少年と血に染まったチュニック。どこもかしこも血だらけだった。

それから下生えに引っかかれながら、木々のあいだを逃げたこと。これ以上走れなくなるまで走り、くたびれはてて倒れたこと。

メリックは抜いた剣を固く握り、記憶を追い払おうと努めながら、森の中へ入っていった。自分は武芸試合で勝っている。自分は優秀な戦士だ。しかも充分武装している。負けたとしても、運が悪いかこちらの不注意だ。

馬も歯や蹄《ひづめ》で戦える。自分には多数の兵士がついている。オズグッド卿ですら護身の訓練を受けている。

それでもなお、心の中で何度も自分を安心させようとしたにもかかわらず、メリックの背中には汗が流れ、鎖帷子の下に着ている刺し子の鎧下《よろいした》が肌に張りついた。

それは暗くてじめじめした森への恐怖よりもコンスタンスの身の安全を、コンスタンスの命を案ずる気持ちのほうが大きいからだ。メリックはコンスタンスを同行させた自分の頑迷さとつまらない自尊心を心の中で呪《のろ》った。コンスタンスをトリゲリスに残してくるべきだった。城にいたほうが安全なのだから。奇妙に思われても、あるいはコーンウォール伯やほかの貴族のあいだに憶測を生んでも、トリゲリスに残れと言い張るべきだった。

この森はいったいどこまで続くのだろう。

衛兵長はここから遠くないところに修道院があると言っていた。この森を無事抜ければ、修道院でコンスタンスを休ませられる。妻はひと言も不平をもらしていないが、疲れていて、おそらく体も痛んでいるはずだ。馬丁がこちらからの質問に答えて、レディ・コンスタンスは馬に乗るのがうまいが、めったに遠出はしないと言っていた。すでにこれほど長く馬上ですごしたことはないにちがいない。

自分はコンスタンスと結婚すべきではなかったのだ。コンスタンスを村人や小作人から嫌われ、信用もされず、つねに謀反を恐れなければならない男の妻にすべきではなかったのだ。

自分は村人や小作人の信頼を裏切るようコンスタンスに求めたことはない。しかしそれならば、コンスタンスが裏切っていないことがどれほどうれしく、どれほどほっとしたかを話すべきだった。村人や小作人を裏切るようでは、自分もコンスタンスを信頼するわけにはいかないと。

自分はコンスタンスを信頼している。ほかのだれをも信頼したことはないのに。

コンスタンスを信頼しているとはいっても、決して完全にではない。それは怖くてできない。自分の秘密はひどすぎる。友人たちは蔑むだろうし、コーンウォール伯は領地を召し上げるだろう。そしてコンスタンスは……即刻地獄に堕《お》ちろと願うだろう。

馬が落ち着きのない走り方をした。メリックが膝で締めつけすぎたのだ。彼は膝の力を抜き、前方を眺めた。

遠くで道が広がり、木々がまばらになっている。ありがたい。もう少しだ。

記憶が退き、昼も夜もつきまとった、見つかるのではないかという恐怖ともども、いつもの閉じ込めている場所に戻った。彼は思いきってうしろを振り返ってみさえした。すると、こちらを見つめているコンスタンスの姿が目に飛び込んできた。

即座にメリックは前を向き、ばかめと自分を罵《ののし》った。おまえはあらゆる面で愚かだ。そのあかしがほしければ、おまえが不幸にしている女を見るがいい。

ついに一行は森を出た。左手には、岩だらけで起伏のある荒野が海まで広がっている。右手は道からぬかるんだその道と平行に走る尾根までが切り開かれて牧草地となっている。そのむこうには森が続いている。石造りの小さな家と数軒の小屋が少し離れたところにある。修道院に行く曲がり角はあと二キロ足らずの地点にちがいない。

メリックは兵隊に剣を鞘《さや》におさめるよう命じ、自分もそうした。

そのまま馬を進めたが、あたりはしんと静まり返り、荷車の軋《きし》る音や歩兵と馬の足音、兵士の装具のじゃらじゃら鳴る音など、一行のたてる物音しか聞こえなかった。午後もいまの時刻になると、兵士は疲れてあまりしゃべらない。コンスタンスのやさしい声も、それよりずっと低いオズグッド卿がコンスタンスに話しかける声も聞こえてこない。

オズグッド卿に自分の意見を述べたことをメリックが責めて以来、コンスタンスのふるまいはまったくコンスタンスらしくなくなっている。たとえ国王の生得権を奪おうとしていると非難される恐れがあったとしても、また自分はオズグッド卿を信用していないにしても、癇癪《かんしゃく》を起こすべきではなかった。こちらが癇癪を起こしたにもかかわらず、コンスタンスはあなたの言うとおりだと認め、軽率なふるまいで生じた損傷を修復しようとしている。コンスタンスが頭の軽い女のふりをしているのがわからないのは、オズグッド卿のような偏見を持った男だけだろう。ラヌルフは困惑もあらわにコンスタンスを見つめていたし、ベアトリスもとまどっていた。

前方の農家になんの動きもない。

農夫はどこにいるのだ？　農夫の妻は？　子供たちは？　騎馬の一団が近づいてくるというのに、犬の吠《ほ》え声ひとつしない。

メリックは畑に目をやった。そして全身の血が凍るような気がした。

待ち伏せ攻撃だ!

恐れていたような森の中ではない。森より安全だと思っていたこの場所でだ。こちらの兵士の数と容易に見合う騎馬の兵隊が全速力で森から出て尾根を下りてくる。槍《やり》を持って。

鎖帷子を突き通し、一撃で騎兵を落馬させられる槍。その槍がこちら側には一本もない。

つぎの瞬間、コンスタンスの悲鳴が聞こえ、メリックは槍のことを忘れた。

コンスタンスのこと以外、なにも頭になかった。自分の身の安全も、ほかのだれの身の安全も。襲撃してきた相手がコンスタンスを捕虜にするつもりなのか殺すつもりなのかはわからないし、どうでもいい。コンスタンスはわたしの妻なのだ。わたしの愛する女性なのだ。だれにも髪一本の危害すらあたえさせるものか。

メリックは大声で衛兵長を呼んだ。そして呼びながら、兵士たちがすでに戦闘隊列を組んでいるのに気づいた。また二十名ほどの兵士がコンスタンスとオズグッド卿を取り囲んでいる。

ありがたい、ラヌルフの訓練のおかげだ!

メリックはその二十名ほどの兵士に、なにがあってもコンスタンスとオズグッド卿を修道院へ連れていけとどなった。

剣を掲げ、左手で手綱を握り、盾を構え、彼は馬に拍車をかけて速度を最大にあげると、突撃隊を率いた。最初の槍は剣で先端を払った。すばやく体勢を立て直して相手の騎兵に剣を振りかざしたが、狙いがはずれ、身を乗り出しすぎてあやうくひっくり返りそうになった。

平衡を取り戻すと彼は膝で鋭く突き、馬の向きを変えた。味方の騎兵が三名、相手の騎兵が二名、倒れた。

メリックはすばやくコンスタンスを捜した。オズ

る。グッド卿とその護衛がほぼ同じ人数の敵と戦ってい
　コンスタンスはどこだ？　いったいどこに――。
いた！　コンスタンスは戦闘中の集団からはずれ、道を走っていた。スカーフはどこかへ行き、ほどけ
た髪と外套をうしろになびかせている。
「逃げろ、コンスタンス、逃げろ！」メリックは大
声で叫んだ。
　そのあと、彼は心臓が飛び出しそうな心地にとら
われた。オズグッド卿を囲んで戦闘中だった集団か
ら敵がひとり抜け出して、コンスタンスを追ってい
った。
　メリックにはそれがだれかすぐにわかった。武芸
試合でも姿を見ているし、彼が鍛錬するのも見てい
る。馬に乗った姿は自分の名前並みによく知ってい
る。
「ユダめ！」メリックはわめいた。心を引き裂くよ
うにそのことばを叫びながら、彼は馬に拍車をかけ
た。「裏切り者！」
　ヘンリーめ、殺しても殺し足りないくらいだ。
　騎兵が六人、メリックの前に現れた。ふたりが戦
棍を持っており、残りの構えた剣が折しも雲間から
顔をのぞかせた太陽の光に輝いた。
　激しい怒声をあげながら、メリックはいちばん近
い敵に打ちかかっていった。あたかも驚異的に命中
率が高く、何年も訓練を積んだ狂人のように剣を振
りかざした。戦闘に興奮した彼の馬は目の前に現れ
たものにはなんでもかみついた。
　最初の敵の腕は未熟ではなかったが、それでも激
怒したメリックに太刀打ちはできなかった。たぎる
怒りを浴びせかけるように、トリゲリス領主は超常
的ともいえる戦いぶりを示した。
　仲間の窮地を見て、ほかの敵がメリックを取り囲
んだ。メリックの馬は前後に動いて脚を蹴《け》り上げた。

彼の剣は陽光を受けて銀色に輝いた。取り囲む敵をひとり、またひとりと切りつけるにつれて、剣は今度は血でつやを放った。切られて落馬した敵はメリックの馬の蹄に踏みつけられた。

最後の敵が絶叫しつつ馬から転がり落ちると、打ち身と血にまみれたメリックは鐙《あぶみ》の上に立った。コンスタンス！　コンスタンスはどこだ。

いた。地面に横たわっている。そばにオズグッド卿がひざまずいている。

さらわれなかったのだ。よかった。さらわれなかった。

しかし、ああ、もしも死んだのであったら……。

彼は全速力で馬を駆り、倒れた妻のもとへ急いだ。自分の兵隊が襲撃者を撃退したのにもほとんど気がつかなかった。

オズグッド卿のところまで来ると、急激に馬を止めたので、馬は尻もちをついた。彼は鞍から飛び下り、血の気のない顔で身じろぎせずに横たわっている妻のそばにひざまずいた。ほかのすべてを忘れ、彼は恐怖にとらわれながら、コンスタンスの白い顔を見つめた。「死んだのですか？」喉がこわばり、声が割れた。

「いや、死んではいない」オズグッド卿が言った。「逃げようとして馬から落ちたんです。骨はどこも折れていないと思うが、頭を打ったようだ」

メリックの胸は氷と化した。骨の折れたのは治せる。皮膚の傷は縫えばいい。しかし頭の傷は……。なんともない場合もあれば、徐々に死ぬ場合もある。

「コンスタンスを連れていこうとした男は？」

「残念ながら、逃げられてしまった」

メリックは立ち上がった。「絶対に逃がすものか」その声はオズグッド卿を震え上がらせた。

「妻を修道院へ」彼はそう命じ、馬にまたがった。顔は厳しく険しく、心は決意に固かった。

ヘンリーを見つけ出すのだ。そして邪《よこしま》ウィリアムの息子がどれほど無慈悲かを余すところなく見せてやる。

18

まるでみんな水の中にいるように、声がくぐもっている。いや、水の中にいるのは自分なのだろうか。

「このまま静かに休ませておかなければなりません」この声には聞き覚えがないが、中年の声で、学識があるように聞こえる。

「どうしても会いたいんだ」

これはメリックだわ。生きていたのね！ なんとありがたい。でも彼のこんなにうろたえ、動揺した声を聞いたのは初めてだわ。

「しかし強い薬をのませたので、安静に――」

「命は助かるのだろうか」

もちろん助かるわ。心配することなどなにもないのに。でも、彼が心配してくれていると思うとほっとするわ。わたしは疲れているだけよ。とても疲れていて、目が開けられないの。

「それは神の思し召《おぼ》《め》しだいです」

「発《た》つ前にどうしても会っておかなければならない」

もう彼は怒っているわ。気の短い人。わたしのよく知っているメリックだわ。

彼はどこへ行くのかしら。ティンタジェル？　わたしたち、もうティンタジェルに着いているのではなかったの？

ここはどこ？

いま眠れば、目覚めたときにもう少し頭がすっきりするかもしれない……。

だれかの手がコンスタンスの手を握った。たこのあるごつごつした手。男の人の手。メリックがわたしの手をとてもやさしく握っている。

「すまない」メリックがささやいた。その声は低くてつっけんどんで、いまにも割れてしまいそうだった。

なにがすまないの？　けんかしたことが？　わたしもすまないと思っているわ。

こんなに疲れていなければいいのに。彼に言わなければならないことがあったのではなかったかしら。とても大切なことが。

「コンスタンス、きみが死んだら、わたしは一生自分を許せないところだった」

コンスタンスは目を開けようとした。だが、開けられない。目を開けたい。どうして開けられないのかしら。

コンスタンスは手を握り返そうとした。が、指が動かない。

「わたしはきみと結婚すべきではなかった」

コンスタンスは身じろぎひとつできずに横たわっ

ていた。あまりの衝撃にふたたび動こうとすることもできなかった。

「きみに嘘《うそ》をついていたんだ、コンスタンス」メリックが身を寄せ、耳元でささやいた。温かな息が頬にかかる。彼は汗と革とそして……血のにおいがした。

戦闘。わたしたち、戦の場にいたのだったわ。そのことで大事な話があったはず……。

彼がコンスタンスの肩に頭をあずけた。「きみを危ない目に遭わせるべきではなかった」

彼の声に苦悩を聞きとり、コンスタンスは胸が痛んだ。せめてなにか慰めのことばが言えたら。その前に少し眠れたら……。でも、ほかにすることがあるわ。大事なことが……。

「わたしはきみに嘘をついた」メリックが小声で言い、コンスタンスの肩が湿った。彼は……彼は泣いているの？「わたしにはきみと結婚できる資格などない。トリゲリスをわがものとする資格などない」

わたしは夢を見ているんだわ。これは夢よ。そう。わたしは眠っていて、悪い夢を見ているのよ。

「しかしわたしは、あまりに長くきみの面影を胸にいだき続けてきた。あまりに長いあいだきみを愛し、きみを大切に思ってきた。だからきみと再会したとき……きみと結婚し、きみを妻にできるとわかったとき……わたしはあまりに意気地がなく、きみを手放すことができなかった」

きみを手放す？　わたしは手放されたくないわ。わたしはほんのしばらく眠りたいだけ。そして、頭の痛みを鎮めたいだけ。

「きみが目覚めたら、もう少し回復したら、結婚を終わりにするために、きみをしかるべく自由の身にするために、国王のところでも教会でも出るべきところに出ると約束する。わたしはきみに対して大きな罪を犯したんだ、コンスタンス。いつかはきみが……わたしを許してくれることを……祈っている」

　コンスタンスはもう一度口を開こうとした。名前を言おうと。だが、意識が暗くぼんやりとした状態へと戻ってしまう。戻ってはいけないわ。まだだめよ。

「どうかお願いです！」聞きなれない声が遠くからそっと訴えた。「このままやすませてあげてください」

　コンスタンスは懸命に口をきこう、目を開けようとした。「ヘン……リー」ささやき声が出た。

　メリックがはっと息をのみ、握っていたコンスタンスの手を放した。

　わたしの声が聞こえたのね。コンスタンスはもっと声を出し、ヘンリーが自分を助けようとしてくれたことを伝えたくてたまらなかった。しかし名前を言ったあとには、もう声を出すだけの体力が残っていなかった。

「どうかやすませてあげてください！」

「もう行かなければ。できるだけの手を尽くして、容態をティンタジェルにいるわたしに知らせてもらいたい。急を要する用事でティンタジェルにいる」

「ここに運び込んだもうひとりの男ですが、傷を負っていて手当てを――」

「あれは死すべき男です、修道士。いずれ死ぬが、その前にわたしが決着をつけておかなければならないことがある」

「彼の魂に神のご慈悲がありますように」修道士が悲しげに言った。

　コンスタンスが意識を失う前、最後に聞いたのはメリックの厳しい返答だった。「われわれふたりともに神のご慈悲がありますように」

「レディ・コンスタンス」

コンスタンスはまぶたを震わせて目を開けた。頭がまだ痛むが、さほどひどくはない。ベッドのまわりの石灰塗料を塗った壁が見える。粗い質素な亜麻布とちくちくする毛布が自分の体にかけてあるのが感触でわかる。足元側の壁に十字架像がかけてある。そして、ラヌルフがそばから身を乗り出してこちらを見ている。

「メリックはどこ?」コンスタンスは小声で尋ねた。

「ティンタジェルだ」背のない椅子に座ったラヌルフの顔は重々しい表情を浮かべている。

「さあ、これをお飲みなさい」

その声で部屋にもうひとり男性がいるとわかった。前に聞いたことのある声。メリックがここにいたときにいた男の人だ。悲しげでうろたえていたメリック。そしてそのあとは厳しく断固としていたメリック。

コンスタンスが声のしたほうへ顔を向けると、坊主頭の愛想のよさそうな修道士がカップを差し出していた。

「ポール修道士だよ」ラヌルフが言った。「ここの医師で、きみの看護をしている。きみは馬から落ちたんだ」

「ええ、覚えているわ」コンスタンスは頭に手をやり、落馬以外にも思い出したことがあって眉を曇らせた。起き上がろうとすると、修道士が手を貸してくれた。コンスタンスはカップを受けとり、温めて甘味や香料を加えた鎮静用のワインを飲んだ。ラヌルフが心配そうにこちらを見つめている。

「どうしてあなたがここに?」かすかに震える手でカップを修道士に返しながらコンスタンスは尋ねた。

「トリゲリスでなにかあったの?」

ラヌルフがかぶりを振った。「いや。きみを捜しに来たんだ」

「行列が襲撃を受けたとメリックが知らせたの？」

「いや。ヘンリーが襲撃されると伝言をよこしてきた」

コンスタンスは体をぴんと起こした。「ヘンリーがどこからともなく現れて、わたしの馬をつかんだの。わたしが逃げるのを助けようとしたのよ」

「その話はもう少しあとにしたほうがいいでしょう、サー・ラヌルフ」ポール修道士が言った。「レディ・コンスタンスはまだすっかりよくは――」

「充分に回復したわ」コンスタンスは強く言った。そして頭痛も忘れ、ラヌルフに向き直った。「ヘンリーは襲撃があると知っていたの？」

「知っていた。しかしわが方を助けようとしたが、すべてうまくいったわけではないようだ。成功していれば、彼もここにいたはずだから」

「わたし、落馬したあとのことがなにもわからなくて」コンスタンスは最初に意識を回復したときのことを懸命に思い出そうとした。「メリックがここにいたわ。そして……」

彼は、自分は嘘をついたと言ったのだ。自分にはきみと結婚できる資格はないと。

「彼にヘンリーがいたと伝えようとしたのに、それができなかったの」

「あなたは頭を打ったんですよ」ポール修道士がそっと言った。「安静にしていなければいけません」

「お気遣いはありがたいのですが、なにがあったのかを知りたいわたしの気持ちはおわかりでしょう」そう言ったあと、コンスタンスはラヌルフのほうを向いた。「ヘンリーはいまどこに？」

「それがわからない。わたしはヘンリーから連絡を受けてすぐにここへ来た。きみがここにいてわたしを待っているからとヘンリーが知らせてくれた」

「ヘンリーはなぜメリックに知らせなかったの？なぜあなたに？」

「メリックに知らせても、信じてくれないだろうと思ったんだ」

「あなたなら信じてくれると？」

「わたしが信じないはずがない。それにわたしは、メリックとも口論をしていない。ヘンリーは襲撃のあいだにきみを救出してここへ連れてくるつもりだった。それでわたしをここへ呼んだんだ。そのあとわたしはメリックのところへ行って、ヘンリーの仕入れた情報を彼に伝えるはずだった。ヘンリーは襲撃のあとならメリックも自分の話を信じようという気になってくれるのではと考えている」

「メリックはどうなの？　もしも彼が負傷したり、命を落としたりしたら？」

ラヌルフがかすかに微笑《ほほえ》んだ。「メリックが戦うところを見ていたら、ヘンリーはそんなふうに思わないだろうな」

コンスタンスはそこまで確信が持てなかったが、ヘンリーとラヌルフの言うことは当たっているように思えた。メリックは殺されなかったのだ。「ヘンリーの仕入れた情報とは？」

ラヌルフが立ち上がりかけた。「詳しい話はもっと具合がよくなってからのほうがよさそうだ」

コンスタンスは彼の腕に手を置いた。「なにもかもをいま知りたいの」

ラヌルフがポール修道士に目をやった。

「あなたが行ってしまっても」コンスタンスは脅しをかけた。「わたしはあなたがどんな話をするつもりだったのかと頭を悩ませて、休めるはずがないわ」そのあとコンスタンスは口調と表情をやわらげた。「どうか行かないで、ラヌルフ」そして修道士を見た。「ポール修道士、どうか彼をしばらくここにいさせて」

「わかりました」修道士がしぶしぶうなずいた。

「ただしあなたが疲れたり、めまいがしたり、気が遠くなったりしたら、出ていかなければなりませんよ」

「そうすると約束するわ」

「これからのやりとりは」ラヌルフが意味深長な表情を浮かべた。「ふたりきりで交わしたほうがいい。重大な政治問題に触れるので」

「そのほうが賢明なようね」重大な政治問題とは具体的になんのことだろうと思いながらも、コンスタンスはうなずいた。「席をはずしていただいてよろしいかしら、ポール修道士？　ドアを開けたままにして、廊下からこちらを見ていればいいわ。わたしの具合が悪くなったら、ラヌルフにあなたを呼んでもらいます」

ことばはなだめるようでも、口調は断固としていた。命令がそのまま通じたのか、それとも政治的な問題に巻き込まれるのは避けたかったのか、ポール修道士は立ち上がると静かに部屋を出ていき、ドアを開けたままにしておいた。

「さあ、ラヌルフ、なにもかも話して」コンスタンスは不安ともどかしさの両方に駆られながら言った。

「ヘンリーからの伝言には陰謀を発見したと書いてあった」

「国王に対する陰謀？　それともコーンウォール伯？」

「両方だ。それにきみたち夫婦に対しても」

メリックの敵が彼を殺したがるのは容易に理解できる。むこうから見れば、彼は情け容赦のない敵であろうから。「でも、なぜわたしまで？」コンスタンスは声に出して考えた。「身代金を取るのにも、夫に口止めや協力をさせるのにも、わたしを生かしておいたほうが役に立つのではないかしら」

「これが厳密に政治的な陰謀なら、たしかに」

「そうではないの？」

ラヌルフがうなずいた。「このようなことをわたしの口から話さなければならないのは残念だが、きみたちの敵は欲と野望に駆り立てられている」

「敵とはだれなの？」コンスタンスは尋ねた。

「きみの叔父上とメリックの叔父上だ」

「カレル卿《きょう》？」頭をもう一度打ったような心地がした。めまいを感じ、コンスタンスは目を閉じると、気絶をしてはだめよと自分に命じた。

ラヌルフの立ち上がる気配がした。

「だめよ！」コンスタンスは小さく叫び、彼の腕をつかんだ。「わたしは大丈夫よ。行かないで」

「きみはまだ体調が万全ではない。話すのが早すぎた。残りの話はあとにしよう」

彼の腕をつかんだコンスタンスの手には万力のように力がこもった。「お願い！」

ラヌルフはしぶしぶ座り直した。「アルジャーノン卿がトリゲリスを手に入れたくて、カレル卿がそのために手を貸すと約束したらしい」

ウィリアム卿はトリゲリス領主を継いだ自分をアルジャーノンが妬《ねた》み、なにがなんでもここを手に入れようとしているとよく言っていた。だからアルジャーノン卿が陰謀に加担しているのはまだわかる。でも……。「叔父がわたしを苦しめるはずがないわ」

ラヌルフが片方の眉を吊《つ》り上げた。「しかし叔父上はきみを暴君カリグラより少しはましかという程度の男にあずけている」

「わたしはウィリアム卿の息子と婚約していたのよ」

「きみが許婚《いいなずけ》になったのは、カレル卿に娘が生まれる前のできごとだ。娘が生まれて、婚約を破棄したいと思っても、それには違約金を払わねばならない」

それはコンスタンスもよく知っている。叔父がとても吝嗇《りんしょく》になりうることも。

「ひょっとしたら、叔父上はきみの未来の義父が自分の代わりに手を下して、逆上した際にきみを殺してくれないかと期待していたのではないかな」ラヌルフが言った。

それでカレル卿がウィリアム卿の行状を知りながら、あれだけ長いあいだコンスタンスをトリゲリスにあずけたままにしていたことの説明はつく。

「もしもメリックとわたしが死ねば、アルジャーノン卿がトリゲリスを相続するわ。でもわたしの叔父は、なぜアルジャーノン卿にトリゲリスを継がせたいのかしら」

「姪《めい》ではなく自分の娘をトリゲリス領主に嫁がせられるからだ」

コンスタンスはほかに浮かんだ疑問にもそれで腑《ふ》に落ちる答えが得られるのに驚き、息が止まりそうになった。なぜ叔父がベアトリスの縁談をまとめようとせず、話題にすらしなかったか。なぜ叔父とアルジャーノン卿がときどき目と目を見交わしたり、小声で話し合ったりしていたか。それでもなお……。

「ベアトリスをいまアルジャーノンに嫁がせられない理由はないわ」

「アルジャーノン卿はまだトリゲリス城とそれに付随するすべてのものを手に入れていない。領地を手に入れて初めてベアトリスを妻に迎え、カレル卿との姻戚《いんせき》関係が得られるんだ」

途方もない話だが、コンスタンスには納得がいった。「ヘンリーはいったいどうやってこの陰謀を知ったの？」

「トリゲリスを去ったあと、ヘンリーはカレル卿に出会った。カレル卿はヘンリーがメリックと口論したことを知っていた。そしてヘンリーに城をやろうと申し出た。カレル卿の態度とその申し出をうさんくさいと思いながらも、ヘンリーは承諾した。そして陰謀の証拠を見つけた。それには実に好ましくない手紙数点も含まれる。わたしも手紙を見たが、残念ながら、きみの叔父上が有罪になるのはまちがいない」

「ヘンリーはその手紙をどうやって手に入れたの？」

「それはきかないほうがいいんじゃないかな」ラヌルフはかすかに微笑んで言った。「ヘンリーはだれにも見られずに城の中を歩きまわるのが得意なんだ」

恋人との密会の場に行く途中——きっとそうだわ。

「いずれにしても、彼が情報をつかんでくれてありがたいわ」

ラヌルフの目が宝石のような輝きを見せた。「アルジャーノン卿がどうも気づいていないらしいのは、ベアトリスが未亡人になった場合、その父親がトリゲリスを支配し、領主としての権力をすべて手に入れるつもりでいるということなんだ」

ラヌルフがいるにもかかわらず、コンスタンスは毛布をめくるとベッドから出ようとした。

「いったいなにをするつもりだ？」驚いたあまり、ラヌルフは礼儀作法も忘れて尋ねた。

「すぐにティンタジェルに行かなければ」できるだけ早く夫に会い、ヘンリーが知ったことを伝えなければ。それればかりではない。嘘をついた、ふたりの結婚を終わりにしてきみを自由の身にしなければと言ったメリックのことばの真意を確かめなければならない。

「ヘンリーの伝言を受けとって、ただちにわたしは陰謀があるから警戒せよとメリックに知らせた」

コンスタンスは安心できなかった。「あなたはわたしの叔父がどんな人かを知らないわ。もしも伝令が無事ティンタジェルに到着して伝言をメリックに届けたとしても、叔父のことだからさらに頭を働かせ、メリックこそが本当の陰謀者で、国王に対する謀反を画策しているとコーンウォール伯に信じ込ませかねないわ。あるいはすべての罪をアルジャーノン卿ひとりに着せようとするかも。わたしたち、ティンタジェルに行かなければ。ヘンリーはいまどこに?」

「それがさっぱりわからない。彼はわたしにレディ・コンスタンスを修道院に避難させると言っただけで、そのあとなにをするのかは聞いていない」

「では、彼が無事でいてまた会えることを祈るしかないわ」

桶《おけ》に入れた冷たい水がヘンリーに浴びせられ、破れて泥だらけの服と彼の寝ているじめじめしたわらをぐっしょりと濡《ぬ》らした。殴られて切れた唇のあいだからむせて水を吐き出しつつ、彼は体を動かし、あばらといわず、手かせをはめられた腕といわず、鎖につながれた脚といわず、襲ってくる激痛に大きくうめいた。

だれかが彼の踝《くるぶし》を蹴飛《けと》ばした。「起きろ、くそったれ!」

ヘンリーは腫《は》れ上がったまぶたをできるだけ引き上げた。たいまつを持ったメリックがそのゆらめく光の中で、復讐《ふくしゅう》する天使のようにこちらをにらんでいた。もう片方の手には抜き身の剣を握っている。まるで牡鹿《おじか》を狩るようにヘンリーを追いつめ、ここに押し込めたメリック。激しい勢いで攻撃し、こちらの話そうとすることに聞く耳を持たないメリック。

メリックがヘンリーをふたたび蹴飛ばした。「起きているとわかっているぞ」

わき腹を押さえながら、ヘンリーは立とうとした。メリックがヘンリーを押さえつけ、ひざまずかせた。「わたしの前で立つとはなんだ。この裏切り者の犬め」

「きみはわかっていないんだ――」

「よくもそんなことが言えるな！　わたしはおまえが妻を盗もうとするのをこの目で見ている」

「ちがう」ヘンリーの声は喉の渇きと苦痛からしゃがれていた。

またもやメリックがブーツをはいた足で彼を蹴った。「嘘だ！　この卑劣な嘘つき、さもしい腹黒が！」メリックはヘンリーの目をじかににらみつけられるよう、身をかがめた。「ほかのなにをしても、わたしがここまでおまえを憎むことはなかったはずだ」

「誓ってわたしは――」

「なんだ、また誓おうというのか？」メリックは軽《けい》蔑《べつ》をこめて答え、体を起こした。「前におまえが結んだ誓いはどうなった？　死ぬまでわたしの盟友だという誓いは」

「固く守ってきた」

「わたしの妻を追いかけたのにか？　妻をさらおうとしたのにか？」メリックは剣先をヘンリーの左目のすぐ下に当てた。「おまえのような男は殺すだけでは足りない」

「話を聞いてくれ！」ヘンリーは死に物狂いで訴えた。「わたしはコンスタンスを助けようとしたんだ」

「助けるとはなにからだ？　わたしからか？」

「カレル卿と」ヘンリーは力をふりしぼり、切れ切れに言った。「アルジャーノン卿から。このふたりが襲撃を画策した。わたしじゃない」

剣先がヘンリーの肌に触れた。「わたしとコンスタンスの身内のせいにするとは、どこまでも質《たち》の悪いやつだ」

「本当なんだ」ヘンリーは言い張った。「それにカレル卿とアルジャーノン卿はきみたちの敵であるばかりじゃない、反国王の陰謀を企《たくら》んでいる。証拠をつかんだんだ。カレルが北部の仲間に送ろうとした書状だ」

「そんな書状をどうやって見つけた？」メリックは鼻で笑った。「カレル卿がおまえに届けてくれと頼みでもしたのか？」

「いや。カレルからはほかの仕事を頼まれた」ヘンリーはメリックが返事をしないうちにと急いで先を話した。「彼はきみとわたしがけんかをした話を聞きつけて、わたしを捜し出した。そして彼に仕えるなら城をやろうと言ったんだ。この話にはなにかある、この男は信用すべきじゃないとわたしにはぴんときた。すぐに自分の勘は正しかったとわかったよ。カレルは彼に仕えれば、コンスタンスをやろうと言ったんだ」

「嘘つきめ！」

「わたしの言うことが信じられないなら、ラヌルフにきくといい。彼に伝言を送り、すべてを知らせておいた。ラヌルフとは、わたしがコンスタンスを修道院まで連れていったら、そこで会うことになっていたんだ。そのあときみにわたしの知ったことを話すはずだった。証拠の書状は保管しておくようラヌルフに渡したから、彼はわたしが嘘をついていないのを知っている。ラヌルフは修道院にいるはずだ。わたしを殺す前にラヌルフが来るのを待ってくれ、メリック。頼むから！」

ふたたび剣先が肌に触れた。ヘンリーの頬を血粒がゆっくりと伝い落ち、すでに彼のチュニックを染めている血と混じった。「なぜその証拠をわたしではなくラヌルフに送った？」

「すでにラヌルフが納得していれば、きみも信じるだろうと思ったんだ。わたしの言ったことは本当だ。敵はわたしではなく、カレル卿とアルジャーノン卿なんだ！」

「他人のせいにするとは、なんと時間稼ぎに都合のいい手だ。しかしそんなことをやって、いったいなんの得になる。自分がどこにいるのか、わかっているのか？」

ヘンリーは自分のまわりの湿った石壁に目をやった。「地下牢《ろう》だ」

「おまえはティンタジェルにいるんだぞ。コーンウォール伯みずからおまえの裁定をなさる。嘘をつくのはやめるんだな、ヘンリー。嘘をついたところで死刑は免れない」

「嘘はついていないと言っているじゃないか！ きみの叔父上はトリゲリスを狙《ねら》っているんだ」

「で、叔父がふらりと現れてそう言ったのか？ カレル卿が無頓着《むとんちゃく》にわたしの妻と結婚させようと言ったように」剣先がヘンリーの喉へと移動した。

「いまこの場で殺すべきだな」

「嘘などつくものか！ カレル卿は商人が取り引きでもするように、コンスタンスをと言ったわけじゃない。きみが死ねば、コンスタンスを手に入れられるぞとほのめかしたんだ。しかしそれは、わたしを味方に引き入れるための計略にすぎない」

「しかし明らかに都合のいい計略だ」

「カレル卿は、きみとけんかをしたのだから、わたしがきみの敵側にまわるものと思い込んでいた」

「驚くには当たらない。おまえはわたしを裏切ったのだからな」

「裏切ってなどいるものか！ たしかにきみに対して腹は立てていたが、誓いや友情に背いたことは絶対にない。カレル卿に仕えるのを承諾したのはきみを守るためなんだ！」

「それで兵を率いてわたしやわたしの兵や妻を襲撃したというのか」

「そうしなければ、コンスタンスを救出できなかったんだ！」

「救出するというが、コンスタンスを誘拐してどこへ連れていくつもりだった？ そしてなにをするつもりだった？」剣の切っ先が今度はヘンリーの胸に当てられた。「わたしはおまえのコンスタンスを見る目つきを知っているぞ、ヘンリー」

「コンスタンスは美しい女性だし、たしかに許婚のいる身でなければ、あらゆる手を尽くしてベッドに誘い込もうとしただろう。しかし誓って言うが、メリック、わたしはきみの奥方を誘惑しようとしたことは断じてない」

「おまえの目的は誘惑ではないのかもしれない」

衝撃と困惑でヘンリーは目を見張った。ついで彼は苦悩に顔をゆがめた。「まさか、メリック、わたしが彼女を手ごめにするつもりだったなどと考えてはいないだろうな？」

「わたしの知るかぎり、おまえはなんでもやりかねない」

「頼むから、長年の友情のためにも、わたしの話に耳を傾けてくれないか！　カレルはきみを亡き者にしようとしているばかりじゃない。コンスタンスも殺すつもりでいるんだぞ」

「なぜだ？　コンスタンスを殺してなんの得がある？」

「そうすれば、アルジャーノンがトリゲリスを継げるからだ。そしてベアトリスを娶《めと》り、カレルとアルジャーノンは姻戚関係で結ばれる」

「うまくできた話だ」メリックは押し殺した声で言った。「実によくできた話だ」

「きみが戦の場で自分の身を守れるのはよくわかっている。それで、わたしはコンスタンスを救おうとした。コンスタンスが落馬さえしなければ、うまく救出できたんだが」

剣の先が前より強くヘンリーの胸に押しつけられた。「そうだ、コンスタンスは馬から落ちて、いま意識不明の状態だ。もしもコンスタンスが死ぬようなことがあったら、わたしは自分の手でおまえを殺す。徐々に。ゆっくりと」

すでに蒼白《そうはく》だったヘンリーの顔からさらに血の気が失《う》せた。「命にかけても誓って言う。わたしは彼女を安全な場所に連れていこうとしたんだ」

メリックは嫌悪の情をそのまま顔に浮かべ、体を引いた。

ほとんど声も出なくなったヘンリーは苦悩と絶望のうめきを押し殺した。「わたしがきみを裏切るとそこまで簡単に信じてしまうのか？　本当にわたしがそこまで誉れのない人間だと思っているのか？」

メリックが扉を開けろと大声で衛兵に命じた。

「頼むから、わたしの言うことを信じてくれ、メリック！」ヘンリーが叫ぶあいだにも厚い扉が軋《きし》みながら開いた。「あのふたりはきみに対して陰謀を企てているんだ。それに国王に対しても！　トリゲリスを手に入れたら、謀反を起こすつもりだぞ」彼はかせをはめた手を合わせて訴えた。「ラヌルフが来るまで待ってくれ。頼むから、メリック、ラヌルフが来るまで待ってくれ！」

メリックはあとを振り返りもせずに出ていき、扉ががたんと音をたてて閉まった。

19

ラヌルフ、ポール修道士、武装した護衛とともに狭い谷間に入ると、コンスタンスはどうしてもティンタジェルまで同行すると言って譲らなかったポール修道士に気を遣いながらも、馬の歩みをやや速めてコーンウォール伯の要塞《ようさい》をめざした。少し先に水漆喰《しっくい》塗りの白くて大きな城壁と、両側に四角い塔のそびえるアーチ形の城門が見える。

少なくとも天候はいい。よくなければ、修道院を発《た》つのを引きとめようとするポール修道士を説得するのに、もっと手こずったにちがいない。ただ、天気はよくても海から吹いてくる冷風が外套《がいとう》をはためかせ、ろばに乗ってうしろのほうにいる修道士はまるで震えているように見える。

吹きつける風や崖《がけ》に当たって砕け散る波の音に消されないよう、コンスタンスは自分の前を行くラヌルフに大声で話しかけた。「あれは外側の城壁なの？」

ラヌルフが馬の速度を落とし、コンスタンスに並んでうなずいた。「あの門は島に通じる橋を守っているんだ」

「とても防御の固い城のようね」

「包囲攻撃をかけやすい場所でもある」ラヌルフはたいして感心していないようだ。「あの城門を封鎖してしまえば、数週間で守備隊の兵糧は尽きてしまう」

コンスタンスはそのような見地から城の場所を考えたことがなかった。「それではなぜコーンウォール伯は、要塞を建てるのにこんな場所を選ばれたの？」

「見当がつくんじゃないかな」ラヌルフがからかうように微笑《ほほえ》んだ。

「アーサー王がティンタジェルで生まれたから？」

コンスタンスはあえて言ってみた。コーンウォールに一週間以上滞在した者ならだれでもそうなるように、コンスタンスもこの伝説的な王についてジェフリー・オブ・モンマスの記録した物語をよく知っている。

ラヌルフのからかうような笑みがもっと自然な笑みに変わった。「そのとおり」

「リチャードはコーンウォールのお生まれではないわね」

「そう。しかしこの場所はアーサー王によって名高い。リチャードは野心的な男だ」

「そのような点からティンタジェルを見たことはなかったわ」コンスタンスは警戒するようにラヌルフをちらりと見た。「どれくらい野心的なの？　コーンウォール伯は実のお兄さまに対して謀反を起こすと思う？」

「思わない」

コンスタンスは自分の夫の懸念を思い返した。

「メリックは彼が謀反を起こすかもしれないと考えているわ」

「メリックはどんな灌木《かんぼく》の茂みも危険だと見るんだ。それに実際のところ、大きな領地を持つ領主である以上、戦争に備えておかなければならない。わたしにはそのような責任がないので、自分が領地を得るか得ないかという観点だけから戦について考えることができる。メリックはすでに自分が所有しているものを守るという観点から考えなければならないんだ」

一行は外側の城門に着いた。ラヌルフが全員の素性を明らかにし、門が開いて一行を通した。そこからは細い橋を渡り、馬で行くにはかなり危険を伴った。橋を渡ったところにべつの門があり、それを通ると中庭があって、使用人や兵士が動きまわっている。これはつまり、コーンウォール伯が滞在中だというしるしだった。

ポール修道士は驚嘆するやら感激するやらといったようすでまわりを眺めている。ラヌルフは馬からひらりと降り、急いでコンスタンスに手を貸しにやってきた。コンスタンスは気分が悪いわけでもめまいがするわけでもなかったが、気を失うようなことがあってはならないので、彼の助けを断らなかった。ラヌルフが馬丁を呼び、お供の兵士に二、三指示を出した。そのあとやってきた馬丁と話してから、コンスタンスに向き直った。「ちょうどいいときに到着したようだ。貴族たちが大広間に集まっている。メリックが狩りかなにかで城から出かけているのではないかと心配していたんだ」

「では、急ぎましょう」コンスタンスは大広間があると思われる大きな建物に向かった。

建物に入っても、コンスタンスは部屋の大きさや梁《はり》から下がっている旗や壁かけにはまったく関心を示さなかった。奥の炉のそばにいるひと群れの人々しか目に入らなかった。

「コンスタンス！」

メリックがその人々の集団から抜け出してこちらに駆けよってきた。その顔には別人かと思えるほどうれしそうな笑みが浮かんでいる。

そしてつぎの瞬間、コンスタンスはメリックに抱きすくめられていた。「コンスタンス」彼がささやいた。「生きていたんだ！　ああ、よかった。生きていた！」

「腕の力をゆるめたほうがいいぞ。コンスタンスが息ができない」ふたりのうしろからラヌルフが言った。「きみの奥方はまだすっかり回復してはいないんだ」

メリックがはっとして、コンスタンスを放した。

「少し頭痛がするだけよ」抱きすくめられたことにぞくぞくしつつ、コンスタンスは彼を安心させた。

「きみが来てくれてありがたい」メリックがつぶやくように言いながら、コンスタンスのうれしそうな顔を見つめた。

ラヌルフがメリックの肩を叩《たた》き、こちらを見ている人々の集団を示してあごをしゃくった。「話し合いを中断させてしまったかな?」

メリックはコンスタンスから関心を移さざるをえなかった。「そうだ。おいで、きみたちを紹介しよう」

ラヌルフはすぐにはそれに応じなかった。「カレル卿《きょう》とアルジャーノン卿はどこにいる?」

コンスタンスはすばやく人々を眺め、悪党ふたりを目で捜した。叔父とアルジャーノン卿の姿はなかったが、眉をひそめているキアナンとその父親が集団の中にいた。

メリックが眉を寄せた。「ここに来てはいたのだが」

「ここから出すわけにはいかないぞ」ラヌルフが言った。「あのふたりはきみと国王とコーンウォール伯に対して陰謀を企《たくら》んでいる」

メリックの目がきらりと光った。「どんな証拠があって――」

「ヘンリーが途中で奪った手紙をわたしに送ってきた。カレル卿の署名と封印がある。あのふたりは有罪になるぞ、メリック」

「あなたのお父さまはよくアルジャーノン卿とサー・エグバートを責めていらしたわ」コンスタンスも言った。「ふたりがトリゲリスを奪いとろうとしている、トリゲリスを手に入れるためなら手段を選ばないつもりでいる、と。いつもの妄想か病気のせいで疑《うたぐ》り深くなっているのだと思っていたけれど、ヘンリーが見つけたのは本当に陰謀の証拠だと思うわ」

「ヘンリーは襲撃をかけて――」

「彼はわたしを戦いの場から救い出そうとしたのよ。わたしを安全な場所へ連れていこうと。修道院でそれをあなたに伝えたかったのだけれど、わたしが話せるようになったときには、あなたはいなかったの」

メリックが蒼白《そうはく》になった。「ああ、わたしはなんということをしてしまったのだ?」

「メリック卿」あざやかな布を張った椅子に座っている、長身で体格のいい男性が呼びかけた。「そこにいる人々がだれなのか、教えてはくれないつもりかね」

コンスタンスはこれまでコーンウォール伯には一度も会ったことがなかったが、いまメリックを見つめている人こそ、そのコーンウォール伯だと確信した。

「ええ……いや、いいえ……ちょっと急用が……」

メリックが答えた。これほど支離滅裂のことを言うメリックをコンスタンスは想像すらしたことがなかった。「失礼します、コーンウォール伯」

彼はくるりとむこうを向き、大広間から飛び出していった。コンスタンスとラヌルフがそのうしろ姿を見つめていると、しんと静まり返った中にキアナンの声が響いた。「そちらにいるのはメリック卿の奥方とトリゲリスの守備隊長です」

自尊心と怒りがわき上がり、コンスタンスはラヌルフの腕を取るとコーンウォール伯とそのまわりに集まっている有力な貴族たちのほうへ歩み出た。

「わたしはトリゲリスのレディ・コンスタンスです。それからこちらは夫の最も忠実で信頼の厚い友人、サー・ラヌルフです。コーンウォール伯とその兄君である国王に対して画策された陰謀の証拠をお渡しするためにまいりました」

扉のむこうで音がした。ヘンリーは頭を上げ、耳をそばだてた。看守が食事を運んできたのだろうか。番兵が処刑場へ連れ出しに来たのだろうか。

苦しませて徐々に殺すやり方のほうを取りそうだ。たぶん鼠《ねずみ》のたてた音にすぎなかったのかもしれない。鼠め、食べ物を探しているのなら、ここにはそんなものはなにもないぞ。このわたしを食べ物と考えているなら話はべつだが。

ヘンリーは口をへの字に曲げた。すると唇の傷からまたもや血が流れた。鉄の味がするその温かな血をなめながら、彼は心を決めた。同じ死ぬとしても、鼠のえじきになどなってたまるものか。

彼は立ち上がり、汚物入れの桶《おけ》をつかむと、その中身を狭い房の中でできるだけ遠くへ空けた。これで武器ができると、彼は膝を伸ばし、関節のこわばりをやわらげようとした。

錆《さ》びた錠前に鍵《かぎ》を差し込んでまわす音が聞こえた。するとを鼠ではなかったわけだ。彼は手の届くところに桶を置いてしゃがむと、あたかも眠っているかのようにうなだれた。もしも番兵が処刑場へ連れ出すために来たのなら、かせが壁からはずされた瞬間を狙《ねら》って桶をつかみ、逃げ出すつもりだった。格闘して死んだほうがまだましだ。

カレル卿が房に入ってきて、悪臭に顔をゆがめた。カレルがなんの用事だ？　罪を告白しに来たのでないことだけは、はっきりしている。

こんな悪党がのうのうと生きているのに、自分は死ぬのかと思うと無念でたまらなかったが、ヘンリーは絶望感や当惑をいっさい面に出さずに言った。

「これはこれは、裏切り者のお越しか。ことによると、わたしと同じ房に監禁されたかな？」

「相も変わらず愛想のいいことだな」カレル卿がチ

ユニックの袖《そで》から布切れを取り出し、それで鼻を覆いながら言った。

「真の紳士というものはどんな環境にいても紳士なんだ」ヘンリーは答えた。「むろん、あんたは紳士とはとうてい言いがたいし、これまでも紳士であったためしはなさそうだ。裏切り者の蛇とはあんたのことだ」

「好きなように言うがいい。わたしは自由の身だし、おまえは死ぬ」カレル卿はせせら笑った。「おまえのかつての友人とやらが、即刻おまえを国王の裁判にかけるつもりでいるぞ。立て」

ヘンリーは血の凍る思いだったが、動く気配は見せなかった。「このまま座っていたい。よろしいかな?」

「立つんだ。さもなければ、番兵に髪の毛をつかませて立ち上がらせるぞ」

「そうまでおっしゃるなら……」ヘンリーは立ち上がった。先ほど体を動かしてこわばりをやわらげておいたのをありがたく思った。おかげで、このさもしい人間のくずに弱々しい自分を見せずにすむ。「さて、なんの用事で拙宅にお越しくださったのかな」

カレル卿があきれたように頭を振った。「まったく、懲りるということを知らない男だな」

「実のところ、知らないことはない男でね」

カレル卿が眉を逆立てた。「陽気なごろつきの真《ま》似《ね》をするのはやめることだな。見えすいている。おまえの友人にもそれは通らなかっただろう? 彼はいまもまだおまえが嘘《うそ》つきの卑劣な犬だと思っている」

ヘンリーはかすかにあごをこわばらせた。「いまのところはな。ラヌルフが来れば、メリックにも本当のことがわかるさ」

カレル卿の目に驚きの色が浮かんだ。するとラヌルフはまだ到着していないのだ。ラヌルフはまだメリックに手紙のことを話すに至っていない。つまりわたしが彼を裏切ってなどいない証拠を彼に見せてはいないのだ。なるほど、だからこそカレルがまだここにいるわけか。

「わたしの計画は、これまで若干不首尾に終わってはいるが、あんたのほどひどくはない」ラヌルフが早く着くのを念じながらヘンリーは言った。「残念ながら、北部の仲間に遣わした伝令はあんたの領地から出てはいないんだ。途中で阻止されて、文書送達用の袋をよこせと強く催促されたのでね。袋はラヌルフに送り届けられた。あんたの計略は頓挫《とんざ》した。もうしばらくすれば、あんたはわたしの代わりにここに入る」

「この気取り屋のくそったれめ！」カレルがうなった。「たった数通の手紙でこのわたしを打ち負かせると本気で考えているのか？」

「手紙に書いてあることを考えれば、わたしならたったいまから減刑を祈るところだな」

カレルが唇をゆがめた。「なかなか頭のいいやつだな」彼は手に持った布切れをロープのようになるまでねじった。「それほど鋭い頭を持ちながら、コーンウォール伯の前に引き出されて嘘を広める前に、傷だらけで死んでしまうとは、なんと運の悪いことだろう」

カレルがこちらに向かいはじめると同時に、ヘンリーは桶に突進し、それでカレルの頭の側面を強打した。カレルがよろめき、顔に片手を当てながらベルトから短剣を引き抜いた。ヘンリーは今度は桶をカレルの手に打ちつけた。カレルが悪態をつきながら短剣を取り落とし、短剣は悪臭を放つわらの中にもぐった。

「番兵！　番兵！」カレルが叫ぶあいだに、ヘンリーは短剣を取ろうと必死で手を伸ばした。

カレルがそれに気づき、自分のほうが先に取ろうとあわてて這《は》いつくばった。ヘンリーは手首の痛みも意に介さず鎖を引っ張ったが、どうしても短剣まで手が届かない。

扉が開いた。そしてメリックが房に駆け込んできた。彼は反射的に短剣をふたりの男から遠くへと蹴《け》飛《と》ばした。

「こいつはわたしを殺そうとしたんだ！」カレルが叫んだ。頬に赤く強打された跡があり、撫《な》でている手にも同様のあざができている。

「わたしは防衛しようとしたんだ」ヘンリーがあえぎながら言って立ち上がった。「彼の裏切りの証拠をつかんでいる」

「知っている。ラヌルフが着いた」

ヘンリーがほっとして壁にもたれた。

一方カレルは左腕をもんでいる。「証拠だと言い立てているのは嘘だ！　あの手紙はにせものだ」

「あんたの署名があるのに？　あんたのその手から離れたことのない印章を捺《お》してあるのに？」ヘンリーが尋ねた。

「印章くらいだれだって模倣できる」カレルがうなるように答えた。その顔色は灰色で、唇は青くなっている。「こいつは嘘をついている！　罪を免れようとしているんだ！」

「それは国王がお決めになるだろう。しかし残念ながら国王はあなたの味方ではない」メリックが言った。「サー・ヘンリーのことばを含め、証拠が多すぎる」

激怒に駆られたうなり声をあげ、カレルがメリックを突き飛ばして扉から出ようとした。ところがメリックを突き飛ばすのは山を動かそうとするようなものだった。

メリックはカレルの肩をつかみ、むこうを向かせると、腕をうしろへねじ上げた。「もう逃げられませんよ」

　カレルが痛みに顔をゆがめたかと思うと、メリックの腕の中に倒れ込んだ。

　メリックが番兵を呼んだ。現われた番兵はトリゲリス領主が意識を失った貴族を床に寝かせているのを見て目を丸くした。「助けを呼んで、この男を手厚く看護するよう伝えてくれ。裁判にかけるから死なせるわけにはいかない。しかしその前に手かせと足かせの鍵をもらおうか」

　番兵はもたつく手で大きな鍵を吊《つ》るした大きな輪を革のベルトからはずし、メリックに渡してから房を飛び出していった。

「ラヌルフが到着するまでに、きみに殺されるのではないかと心配したよ」メリックに鎖をはずしてもらいながら、ヘンリーがいまもあえぎつつ言った。

　メリックがヘンリーの目をまともに見つめた。

「そうしていたかもしれない」彼はそう白状し、ヘンリーの腕を自分の肩にかけた。「どうか許してくれ」

　ヘンリーはぐったりとメリックにもたれた。「で、コンスタンスは？」

「大丈夫だ。ラヌルフとともにここに来ている」

「それはよかった。わたしは本当にコンスタンスを救い出そうとしたんだ、メリック」

「わかっている。もう話さないほうがいい。医師のポール修道士がコンスタンスについて修道院から来ているから手当てをしてもらえる。とても腕のいい医師だ」

「よかった。きみにはあばら骨を一、二本折られたような気がするからな」

「本当に申し訳ない、ヘンリー。どうかあとは静かにして体力を温存してくれないか」

　メリックに助けられて地下牢《ろう》を出る階段を上がりながら、ヘンリーがにやりと笑った。「ワインを飲ませてくれたら、即座に許してやるよ」

優美な調度のある部屋でベッドに横になってはいたが、コンスタンスは眠ってはいなかった。ポール修道士からは安静にするよう強く言われたし、コーンウォール伯からは、あなたの叔父上とアルジャーノン卿の背信行為について話し合うのだから大広間にいてはいけない、と不機嫌な顔ではっきり言われてしまった。

もしかしたら、コーンウォール伯は国王の政治を討議する場に自分もいたいと王妃が主張したのも気に入らなかったのかもしれない。

実のところ、コンスタンスは大広間にいなくてすむのでほっとしていた。メリックのそばにいながら彼と内輪の話ができないのでは、いらいらしてしまう。

彼はわたしにどんな嘘をついたのだろう。彼のように厳格な人があれだけ深く悔やみ、苦しんでいるようすを見せるとは、いったいなにをしたのだろう。コンスタンスの頭の中にはさまざまな答えが浮かび、浮かぶたびに答えはひどくなっていく。

ノックの音が響き、ドアが軋《きし》みながら少し開いた。

「レディ・コンスタンス」

困った、キアナンだわ。どうして彼はいつもいちばん会いたくないときに現れてわたしを苛立《いらだ》たせるのかしら。

眠っているふりをしよう。コンスタンスは目を閉じ、寝息のような息遣いをした。ドアの閉まる音が聞こえた……。

「わたしの寝室の前でなにをしている?」メリックが尋ねた。その声がややくぐもって聞こえるのは、彼も廊下にいるからだ。

「レディ・コンスタンスに会いに来ました」キアナンが緊張しながらもきっぱりとした口調で答えた。

「具合はいかがですか?」

「ポール修道士は、まもなくすっかりよくなるだろうと言っている。だからこの辺でお引きとり願おう」

「わたしは荘園《しょうえん》裁判の場にいて――」

「知っている。きみがいるのを見た」

キアナンははっと息をのんだ。「それならもしも愛人をご同伴なら――」

コンスタンスは毛布をめくり、起き上がろうとした。キアナンにはたいへんな迷惑を被っている。でも過去の友情のためにも、必要とあらば助けないわけにはいかない。

「愛人など連れてきていない。妻で十二分に満足していてほかに女を求める気にもならない」

コンスタンスはドアのそばでぴたりと足を止め、息を殺して耳をそばだてた。

「鍛《か》冶《じ》屋の息子と結婚しないのはアニスが決めたことだ」メリックが釈明した。

「しかし、コンスタンスはあんなに――」

「コンスタンスはなぜわたしがあの裁定をしたかを知っている。それ以上はわたしの口からは言わない」

「もしも、コンスタンスをつらい目に遭わせたら――」

「コンスタンスを苦しめるくらいなら、死ぬほうがましだ」メリックはしだいに責めるような口調になった。「きみのほうはどうなんだ、キアナン? きみは執念深い質《たち》か? 自尊心を傷つけられた腹いせに粉《こな》挽《ひ》き所を焼こうとはしないか? だれに迷惑がかかろうともかまわずに」

「とんでもない!」キアナンの悲痛な声は非難されて心底驚いているように聞こえる。

「コンスタンスはきみがそのような行為に走って品位を落とすはずはないと考えている。わたしも同じスになにかが必要になったときは……なんにしても……遠慮なく言ってください」

いったいどんな将来のことをメリックは話しているの？　なぜわたしに友人が必要になると彼は考えているの？

「わたしは誤解していたようです」キアナンが言った。

「誤解した人は以前ほかにもいた」メリックが答えた。「では失礼する。妻に会いたいのでね」

メリックが部屋に入ってきたとき、コンスタンスはベッドに入って体を起こしていた。胸がどきどきし、好奇心が耐えられそうにないほど頭をもたげている。

それでもなお、彼に全身を眺められると、そのまなざしが手であるかのように、薄絹のシュミーズなど着ていなくてはだかであるかのように、体が本能

考えだ」

しばらく沈黙があった。コンスタンスはただ聞いているばかりではなく見ることもできたらと、もどかしくてたまらなかった。

「われわれの領地は隣り合わせだ、キアナン。わたしは両家のあいだが平和であってほしい。きみがコンスタンスに対してとても好意をいだいていること、そしてコンスタンスがきみの友情を快く思っていることをわたしは知っている。将来どんなことが待ち受けているかはだれにもわからないが、コンスタンスは今後友だちを必要とするかもしれない。そのとき、そのひとりがきみであれば、わたしは安心するにちがいない」

「わたしは……わたしは……いつまでもコンスタンスの友人でいます」キアナンはメリックのことばに面くらったらしく、口ごもりながら答えた。面くらったのはコンスタンスも同じだった。「コンスタン

「晴れた」

「外からはどう見えたか、彼はわかっているはずだわ」

メリックはコンスタンスと目を合わせようとしなかった。「わたしはなにがあっても彼を疑うべきではなかった」

コンスタンスは部屋着をぴったりとかき合わせた。

「カレル卿とあなたの叔父さまはどうなったの?」

「鎖につながれてロンドン塔に向かっている。充分な護衛もつけて」

「ベアトリスはどうなるのかしら」

「家や土地はすべて没収されるだろうが、肩書きは失わずにすむかもしれない。ベアトリスをわたしの保護下に置きたいと頼んである」

この思いもかけない寛容な行為に、メリックという人物についての謎《なぞ》は深まるばかりだった。

いったい彼はどういう人なのだろう。なにか忌まわしい目にあっていたかのように、
的に反応した。

「おじゃまではなかったかな」彼が言った。

「いいえ」

「頭はまだ痛い?」

「いいえ」

彼はうなずき、部屋を出ていこうとした。

「メリック!」

コンスタンスはもがくようにベッドを出て部屋着に手を伸ばした。例の嘘の件について彼からあの冷たい目で見られるまで質問するつもりだった。

「ヘンリーはどこなの?」なにかほかに言うことを必死で探し、コンスタンスは尋ねた。

「傷の手当てが終わって、いまは厨房《ちゅうぼう》で食事をしている」メリックは一瞬ためらったあと、表情を曇らせて言った。「長いあいだなにも食べていなかったんだ」

「疑惑はすべて晴れたの?」

わしい罪にやましさをいだく悪漢なのだろうか、それとも親の犯した背信行為のせいで苦しんでいる若い娘を哀れに思う心の広い貴族なのだろうか。

それを突きとめなければ。この疑問を心にいだいたままでいるのはもう耐えられない。「修道院で嘘をついていた、きみを結婚生活から解放しなければならないと言ったのはどういう意味？　なにかひどい罪でも犯したの？」

彼は潔白でどんな罪も犯していないという希望と、いや、潔白ではないという恐れのあいだで揺れながら、コンスタンスは待った。

メリックは彫像のようにじっとたたずんでいた。その顔は石を彫り刻んだようだった。それから彼はゆっくりと踵《きびす》を返し、ドアまで行った。そして掛け金に手をかけた。

彼のあとを追って返事をせがむようなことをコンスタンスはするつもりはなかった。「あなたのお父さまが生きていらしたころのように、不安や恐れをいだいて生きるわけにはいかないの」胸には幻滅の鈍く冷たい痛みが兆していた。「話してもらえなければ、わたしは最悪の場合を想定し、わたしたちの結婚を無効にしなければならないわ」

メリックがうなだれ、肩を落とした。しばらくのあいだ、コンスタンスは息もできずに彼を見つめて待った。身じろぎひとつせずに立っている彼の姿は、孤独な悲嘆をそのまま描いたようだ。

やがて、彼はなにか重いものを振り落とすように身を震わせた。それが治まると、彼はこちらを向いた。その目は苦悩と悔恨に満ち、まるで別人の目のようだった。しかし彼のあごには固い決意が表れ、額に深く刻まれた気遣いのしわとともに、それはとてもメリックらしかった。

ついに彼が口を開くと、その声はありのままの感情に満ち、ここでも別人のようだった。「わたしはきみに嘘をついてしまった、コンスタンス。みんなに嘘をついてしまった」

彼は両手を広げて降参を身ぶりで表した。その表情はただ絶望を示していた。「わたしはメリックではない」

20

「わたしはタムシンの息子ブレドン。ピーダーの孫だ」

そんなことが！　そんなはずがないわ。ブレドンは死んでいるのよ。溺《おぼ》れて死んだわ。

いまメリックが言ったことばかりでなく、彼の悔恨に満ちた態度をも必死で理解しようとしつつ、コンスタンスはベッドの端を手探りし、力なく腰を下ろした。「でもブレドンは……ブレドンは死んだわ！　川で溺死《できし》したことをみんな知っているわ」

メリックがかぶりを振った。「いや。わたしは死ななかった」

「でも……死んでいないなら——」

「死ななかったんだ」

「ではなにがあったの？　あなたは……あなたは……どうしてあなたがメリックになったの？」コンスタンスは息を切らし、口を手で覆った。「メリックになにがあったの？」

「彼は死んだ。サー・レオナードのところへ行く途中、待ち伏せ攻撃に遭って」彼は深く息を吸った。ついでこんこんとわき出る泉のように、ことばがまさしく流れ出た。「わたしは川へ釣りに行った。そこへひとりの男がやってきた。それまで見たこともないほど立派な服装をした貴族だった。その男から父に会いたくないかときかれ、好奇心旺盛《おうせい》な子供だったわたしは、会いたいと答えた。その貴族はサー・エグバートだった。しかし、サー・エグバートはわたしを父のところには連れていかなかった。わたしたちは長いあいだ馬を走らせて行列に追いついた。行列にはもうひとり男の子がいた。メリックだ。わたしと同じくらいの背丈で、髪や目の色も同じだった。わたしは彼の服を着せられた。メリックはわたしの服を身につけて、不満そうだった。わたしはサー・エグバートから、小型の馬に乗れ、これからはなにがあってもひと言も話すなと言われた」

メリックは庭園に座っている貴婦人の群れを描いた壁掛けに目を向けたが、その絵を見つめてはいなかった。

「襲撃を受けたあと、わたしはこれ以上走れないところまで逃げ、翌日サー・レオナードの城から来た巡視兵に発見された。疲労困憊《こんぱい》し、おびえきっていたわたしはなにがあったのかを話すことができなかった。メリックの衣装を着ていたので、だれもそうではないと言う者はなく、みんなわたしはトリゲリス領主の跡継ぎだと思い込んでしまった。それでも……」

彼のことばがとぎれた。コンスタンスはいまもなお衝撃のあまりなにも言えないまま彼を見つめていた。

メリックがようやくコンスタンスに迷いのない視線を向けた。「ブレドンの亡骸《なきがら》はいまも見つかっていない。そうだね？　そして彼はウィリアム卿《きょう》の息子が北部に住むサー・レオナードにあずけられるために出発した直後に行方がわからなくなった」

「ええ。でも……でもあなたはトリゲリスに着いた日、城の中のことをご存じだったわ。執務室はどこかと尋ねることもなかったわ」

「経験から見当がついた。ノルマン人の城はよく似ている」

「あなたはサー・ジョワンがすぐにわかったわ」

「嘘《うそ》をついたんだ」

「では、タレックは？」

「彼のことは知っていた。ウィリアム卿の息子のお供をして村に来たときから。ふたりに近づかないよう母から言われ、わたしはその言いつけを守った」

コンスタンスは彼の顔と手をよく眺めた。「あなたはウィリアム卿に似ているわ」

「わたしはメリックではないが、ウィリアム卿の息子ではある。母はほかのだれにもわたしの父親がだれかを打ち明けることはなかったが、わたしには教え、だれにも言わないと誓わせた。母はわたしに貴族の血が流れていることを教えたかったんだ」

「ではあなたは、メリックと入れ替わったのね？」

メリックは厳しい顔でうなずいた。「そのときは気づいていなかったが、もしも襲撃を受けたら、わたしがおとりになるのだとのちに悟った。本物のメリックはわたしの服を着て荷車を引いている使用人の中に交じっていたが、おそらく彼の身の安全を考えてのことだろう」

「ところが全員が殺され、あなただけが無事だった」

「わたしだけ殺されなかった」彼はふたたび震える息を深く吸い込んだ。「襲撃者がまちがいを犯したと知ったとき、わたしは怖くてそのことを話せなかった。サー・レオナードに故意に嘘をついていると思われるのではないか。みんなをだまそうとしていると思われるのではないか。おびえるあまりわたしはどうしていいかわからず、メリックになりすまし、ウィリアム卿が会いに来ないよう祈るしかなかった。ウィリアム卿が現れたら、なんとかして逃げ出すつもりだった」

「でも、彼は現れなかった」

「そう。彼には来るつもりがないと知ったとき、わたしはいくぶん助かったという気がした。しかし、これでまったく安全だという気になったことは一度もない」

「襲撃を受けたあと、長いあいだ口がきけなかったのはそのため?」

彼はうなずいた。「ノルマン語がわからず、ある程度覚えてうまくごまかせるようになるまでは、これならノルマン人貴族の息子として通ると自分で思えるようになるまでは、怖くてしゃべれなかった。たったひと言を口にするのすら何週間もかかり、そのあとも口数が多くなるのは不安だった」

彼がいまですら寡黙であるのも不思議はない。

「あとになってわたしは自分の企《たくら》みがばれるのではないかと帰郷する気にはなれなかった。それでも母や父親のような存在だったピーダーには会いたくてたまらなかった。ふたりがわたしの身になにがあったのだろうと案じているのはわかっていた。せめてふたりに知らせることさえできていれば……」

彼はうなだれた。

「母がわたしが死んだと思い込んで自殺したと聞いたときは……」彼の口調は苦渋に満ちたつぶやきに変わった。「わたしのついた嘘のせいで母は永遠の苦しみの中にいる」

コンスタンスは立ち上がり、彼を抱きよせた。

「お母さまのために祈り、ミサを行いましょう。神さまはきっとわかってくださるわ。お母さまは息子をさらい、わが子は死んだと思わせた悪人たちに殺されたも同然ですもの」

メリックは奈落《ならく》へ落ちかけている自分を救う綱であるかのようにコンスタンスを抱きしめた。

「きみはわたしには立派すぎる、コンスタンス。あまりにも、あまりにも立派すぎる」

彼はそうつぶやき、体を離すと、優美なアーチを描く窓へと足を運んだ。

彼はコンスタンスに向き直り、咳払《せきばら》いをした。つぎに口を開いたとき、その声は力強く、きっぱりとしていた。「トリゲリスに戻る前、わたしは婚約を解消し、きみを解放しようと決心していた。きみが干し草をとる野原に座っていた姿をわたしは覚えている。それは嘘ではない。同じ面影の、だが以前とはまるでちがう女性を目の前にしたとき、きみを手放すことなどできなくなった。しかし結婚してすぐの日々ほどきみといて、自分の秘密を打ち明けたくてたまらなくなったことはない。そして、自分のついた大きな嘘をあれほど恥じたことも。それでもなお、もしも打ち明けていたら、ふたりは、わたしはどうなっただろう。きみを欺いたことできみから憎まれるのではないかとわたしは怖かった。そこで秘密を明かすよりも、自分がなにをしたかを告白するまでは隔たりを保とうとし、きみを遠ざけようとさえした」

彼は暗く、訴える目でコンスタンスを見た。

「どれほど決意をしてもわたしは意志が弱く、きみと離れていることなどできなかった。けんかをしたあとでさえ、きみといたいという欲求に逆らうことができなかった。きみに触れ、キスし、愛撫《あいぶ》し、たとえよそよそしい態度をとっていても、本当の気持ちはこうなのだと示したかった。きみを愛している、コンスタンス。きみのためならどんなことでもするが、本当のことを打ち明けることだけはできなかった。そうすればきみを失いかねなかったからだ。きみを欺いたのはわたしの過ちだが、さらにひどいことに、わたしの行為はきみを危険にさらしてしまった。メリックの妻として、きみは危害を受けやすい立場にあった。メリックの妻でなければ、安全だったはずなのに」

彼はコンスタンスの手を握り、持てるかぎりの情熱をすべてこめてコンスタンスを見つめた。

「きみは危険のないところにいなければならない、コンスタンス。そして自由になるべきだ。きみは領主の息子を自称する卑しい男と偽りの理由で結婚した。われわれの偽りの結婚を是認する法はなにもないはずだ」

コンスタンスの胸はふくらんだ。同情で。共感で。そして愛で。「本当にわたしを愛しているの？」そっとコンスタンスは尋ねた。

彼は握り合ったふたりの手を見つめた。「わたしは十歳のときからきみを愛してきた。そして死ぬ日まで、きみを愛し続ける」

「もしも本当のことが知れたら、あなたはどうなるの？」

彼は肩をすくめた。

打ちひしがれた彼のようすは秘密の告白と同じように痛々しい。あのたくましく決然とした戦士はどこへいってしまったの？　あの彼を取り戻さなければ。「わたしはだれと結婚すればいいかしら」

彼は叩《たた》かれでもしたようにコンスタンスの手を放し、あとずさった。「なんだって？」

「そこまでわたしを追い払いたいなら、わたしにとってどんな男性がいい夫になるのか、あなたの頭の中にはある程度の見通しがあるはずだわ。ヘンリーかしら。彼には領地がないけれど。ラヌルフかしら。彼では地位が低すぎるわ。サー・ジョワン？　それともこの国やトリゲリスのことをなにも知らない、王妃のフランスの親戚《しんせき》？　わたしがもはやあなたの妻ではないということになれば、国王はおそらくわたしを王妃の親戚に嫁がせようとなさるでしょうから。すばらしい運命だわ」コンスタンスは容赦なく言った。「わたしはあなたをこんなにも愛するようになったせいで、ほかの男性では満足できないの。あなたと別れたら、きっとわたしの心はしぼんで枯れてしまうわ」

笑みで顔全体を、そしてすばらしく青い目を輝かせている妻を見て、トリゲリス領主は顔を赤らめ、口ごもった。「そんなはずが……。きみは……いまもわたしを愛してくれている？」

「ええ、いまも愛しているわ。心の底から」コンスタンスは手を取って彼をベッドまで連れていくと、ともに腰を下ろした。「でも、トリゲリスを明け渡すことはないわ。メリックであろうとブレドンであろうと、トリゲリスは正当にウィリアム卿の唯一生きている息子であるあなたのものなんですもの。お父さまの遺言は読んでいないの？　お父さまはご自分が嫡子がなく他界し、タムシンとのあいだに生まれた庶子が生きていた場合、その子がトリゲリスを継ぐとおっしゃっているのよ」

メリック、いや、ブレドンは驚きのあまり唖然《あぜん》としてコンスタンスを見つめた。「アルジャーノンからは父が遺言状を書いたことは一度もないと聞いている」

「嘘をつかれたのよ。真っ赤な嘘だわ。もっと早くわたしにそれがわかっていれば、アルジャーノン卿は信用してはならないと気がついたはずなのに」

アルジャーノンがメリックに嘘をついたことは容

易に信じられるが、コンスタンスはもうひとつの可能性にもふと気づいた。

「あるいは、ひょっとすると彼は本当に知らなかったのかもしれないわ。あなたのお父さまが遺言状を書かれたとき、アルジャーノン卿はヨークにいたの。お父さまは弟である彼を嫌っていたから、黙っていらしたのかもしれないわ。遺言状とその内容のことを話せば、アルジャーノン卿が盗むか破棄してしまうのではないかと」

「たぶんそうだったのではないかな」自分には望みを持つ資格などないとでもいうように、メリックが言った。

「それはどうかしら。お父さまは重要な書類を収めた櫃《ひつ》の鍵《かぎ》に鎖をつけて、いつも首にかけていらしたわ。それに自分がいないとき、執務室にはいつも鍵をかけていらしたの。あなたが戻ってくるまで、アルジャーノンには遺言状を執務室から持ち出す機会など絶対になかったわ」

メリックは当惑した顔をコンスタンスに向けた。

「あの櫃になにが入っているかわかってさえいれば、わたしも鍵をかけておいたのだが。もちろん執務室にも。しかし、わたしはそうしてこなかった。わたしが戻ってきたあと、アルジャーノンが遺言状を見つけた可能性はある」

「でも、カンタベリー大聖堂とウェストミンスター寺院にそれぞれ写しがあるのよ」コンスタンスは急いで彼を安心させた。「お父さまが保管のために送られたの。ほら、お父さまはだれも信用なさらなかったでしょう？　それにたとえアルジャーノンが遺言状を破棄したとしても、アラン・ド・ヴェルンが証人として署名しているし、書記者を務めた人もまだ生きているわ。かわいそうに書記者は一字一句を覚えているはずよ。あなたのお父さまはなかなか満足しない人だったの」

だ安心したようでも、喜んでいるふうでもなかった。彼は当惑し、めんくらっていた。「ウィリアム卿はわたしを自分の子と認めていたのだろうか。わたしは溺死したと信じていなかったのだろうか」

コンスタンスは肩をすくめた。ウィリアム卿がどう考えていたのかがわかれば、どれほどいいだろう。「さあ。お父さまはタムシンの息子のことは一度も話されなかったわ。わたしがトリゲリスに来てからただの一度も」コンスタンスにもいまは亡きウィリアム卿の意思がうなずける理由をひとつ挙げることはできる。「お父さまはアルジャーノンを困らせようとなさったのではないかしら。それは大いにありうるわ。お父さまはアルジャーノンが大嫌いで、自分に対して陰謀を企んでいると信じていた。そして陰謀は本当だったわ。先ほどの条項を遺言に含めれば、アルジャーノンはあなたが死んだことを詳細に証明しなければならなくなる。法的にそうするには何カ月もかかるわ」

なんと悪意に満ちた憎しみかとコンスタンスは思い、メリックの手を強く握りしめた。このように底意地の悪い条項を邪《よこしま》ウィリアムはほかにいくつ定めているのだろう。

「あなたを誘拐する計画を立てたのは、ウィリアム卿ではないかしら。無垢《むく》な子供を使って自分の息子を守ったり、あなたのお母さまやお祖父《じい》さまを苦しめたりするために。ピーダーは邪ウィリアムへの憎悪を少しも隠していないわ」

「計略のことを知っていたとしたら、父は自分の息子が死に、にせものが生き残ったとは思わないのではないだろうか」

こんなことを言わなければならないと思うと、コンスタンスの胸は痛んだ。でも彼よりもコンスタンスのほうが、ウィリアム卿のことはよく知っているのだ。それにふたりのあいだにこれ以上隠しごとはいらない。「おそらくお父さまはご存じだったわ。そして気にかけもなさらなかったのよ。メリックは自分の子なのに、彼が生きているあいだ、お父さまはなんの情愛を示されることもなかったわ。自分の城とお金以外なにも愛さず、そのふたつを失うことをなによりも恐れていらしたの。息子を失うことよりも。息子がふたりとも死んでくれないかと思われていたとしても、わたしは驚かないわ。行列に加わった者を皆殺しにしてしまえば、息子ふたりとエグバートがいなくなり、邪魔者はアルジャーノンひとりだけになる。そう考えれば、みずから息子を連れていこうとはせず、弟のエグバートに送らせたのはなぜかも説明がつくわ」

メリックがはっとした。「わたしが訓練をしているときや武芸試合に出ているとき、よく事故があった。そのたびにわたしはへんだと思い……不安になった。父は狂人だったにちがいない」

コンスタンスは彼の目を見つめ、きっぱりと言った。「お父さまがどうであろうと、ウィリアム卿の生存する子はほかにいないのだから、あなたは生得権によりトリゲリス領主なの。さらに、あなたはそうあるにふさわしいことにより、トリゲリス領主だわ」

彼はまだ自信なさげだった。「コーンウォール伯がきみのように考えてくれるといいが。それに国王も」

「コーンウォール伯や国王に話すの？　その必要は――」

「必要はある」彼はコンスタンスの両手をつかんで自分の胸に当て、厳しい決意をこめてコンスタンスを見つめた。「わたしはきみを愛している、コンスタンス。だからこのような偽りを秘めて生きていく重荷をきみに負わせたくない」

「でも、わたしは喜んでその重荷を受け入れるわ」

なぜ多くの人々に知らせる必要があるのか、コンスタンスにはわからなかった。邪ウィリアムを知らない人は、なぜ彼がそこまで長いあいだ嘘をついていたのかと疑問に思うかもしれない。

そこへまたべつの解釈が思い浮かび、コンスタンスは困惑ではっとした。「それともわたしが裏切るのではないかと心配なの？」

「きみが裏切るはずはない」彼は静かに答えた。率直なそのことばはコンスタンスを安心させた。「それでもなお、うっかり口をすべらせるのではないか、軽率なひと言で破滅するのではないかという不安をかかえて生きるのがどんなものかをわたしは知っている。なによりも、わたしはこのような秘密を守らなければならないことできみがわたしを恨むようになるのが怖い」

「そんなふうにはならないわ」コンスタンスは誓った。

「わたしもきみのように断言できればいいのだが。このままでは、わたしはこの十字架の重みに疲れてきたのではないかと、つねにきみの顔にその兆候を探そうとするにちがいない。この十五年間、貴族の生まれではないことがばれているのではとまわりを警戒して生きてきたように。コーンウォール伯には事実を話すつもりだ。それにピーダーにも。とくにピーダーには、孫がまだ生きていることを知ってもらいたい」

メリックが固い決意でいるのを知り、コンスタンスはなにを言っても彼を思いとどまらせることはできないと悟った。これもまた自分が結婚した相手の一面なのだ。「コーンウォール伯に話をしに行くときは、わたしもいっしょに行くわ。事情を打ち明け、わたしがまだあなたの妻だと告げに行くときには。あなたの名前がなんであろうと、わたしはあなたを愛しているの」

「メリックになりすましていたことで、わたしが投獄された場合は？」

「そのときは」コンスタンスは彼に負けないくらい断固として答えた。「コーンウォール伯は人生最大の戦に備えたほうがいいわ。あなたはウィリアム卿の正当な跡継ぎであり、わたしはあなたを愛しているばかりでなく、トリゲリスの領民を大事にしているの。法にかなったあなたの権利を得るために、そしてトリゲリスを国王の——あるいは王妃の手に渡さないために、戦うわ」

ようやく彼が微笑《ほほえ》んだ。これほど長いあいだ背負ってきた重荷がなくなり、ついに解放されたかのように、これまでコンスタンスが見たこともないような笑みだった。「きみなら国王とその助言者全員を相手にしても勝てるんじゃないかな。きみという味方がいれば、わたしは負けるはずがない」

「では、法的に正当な権利を求めて戦うのね？」

「そうだ」彼はそうささやき、コンスタンスにキスをした。

結婚したばかりのころのように、かき立てられた情熱がコンスタンスの体を貫いた。ここしばらく抑え込もうとしていた渇望が解き放たれている。キスの最中ではあっても、コンスタンスはうれしさに笑い声をあげた。

彼がめんくらって唇を離した。

「幸せなの」

彼がゆっくりとすばらしい笑みを浮かべた。「わたしも幸せだ。心から幸せだ」

「なにがあろうとも、わたしはいつまでもあなたのものよ、メリ……ブレドン」

「わたしもきみのものだ」彼は欲求にかすれた声でそうささやき、コンスタンスの部屋着を開いた。

「あまりに長いあいだメリックだったので、正しい名前で呼ばれても自分だとなかなかわからない。ブレドンと呼ばれると、きみがほかの男に話しかけているような気がするよ」

コンスタンスは部屋着を振り落とし、薄いシュミーズ姿になった。「いいわ……メリック」

ふたりは仲睦《むつ》まじいささやきを交わしながら、やさしくゆっくりと愛し合った。長く閉ざされていた扉がいきなり開いたように、メリックは前々から言いたくてたまらなかったすべてのことを口にした。コンスタンスの美しさ。コンスタンスのやさしさ。コンスタンスのかわいらしさ。傷や病気を治すための知識の豊富さ。まわりの人々への思いやり。

そしてコンスタンスに対する彼の賞賛。敬意。思慕。愛。

コンスタンスはそのお返しに、どれだけ彼の知性に、彼の公平さに、彼の能力に感銘を受けたかを明らかにした。それに彼がベッドの中でも外でも発揮する手腕にも。

ふたりはことばを交わし合ったが、やがて情熱が高まると、すべてのことばは不要となった。愛撫とキスと愛の行為を通じてふたりの体が、唇が、手が語りはじめたからだ。

それでも愛の行為のあと、くたびれはててはいたが、コンスタンスもメリックもよく眠れなかった。コーンウォール伯に事実を話し裁定を受けるまで、ふたりに本当の休息はなかった。

コーンウォール伯リチャードは、ティンタジェルの大広間で自分の前に立っているメリックとコンスタンスを交互に見つめ、顔をしかめた。「トリゲリス領主ではなく、その名をかたっていただと？　十五年間もウィリアム卿の息子になりすましていただと？」

「彼はウィリアム卿の嫡子でこそありませんが」コ

ーンウォール伯に最も大事な点を理解してもらう決意も固く、コンスタンスは言った。「ウィリアム卿の息子にちがいはないのです。遺言によれば、ウィリアム卿の庶子は嫡子以外のだれよりもトリゲリス領主を継ぐ序列が上位にきます。そして嫡子は十五年前に殺されているのです」

コーンウォール伯がメリックを見すえた。メリックもゆるぎのない視線でそれに応《こた》えた。

「それなら、なぜ嫡子になりすましたのだ?」

「父の遺言にある条項を知らなかったからです。それに初めて自分が何者であるかを偽ったときは、まだ子供でしかもおびえていたからです。そのあとは遺憾ながら、事実を打ち明けるには時がたちすぎていました」

「しかし、いまは打ち明ける気になったというのだな?」

「そうです。いまなら打ち明ける意思があり、そのとおりにしました。わたしは嘘をつき続けたほうがよかったのでしょうか?」

コーンウォール伯は椅子に背中をあずけた。「いや、それはよくない。それにいまの話が事実でなければ、わざわざそのような話をわたしに聞かせに来ることもないはずだ。ウィリアム卿の奇矯《ききょう》さについてはわたしも聞いている。つまり……耳にしたような人物なら、遺言にそのような条項を定めるくらいのことはするだろうと考えられる。さらに今回の話がほかの方法で耳に入っていれば、わたしもその真偽を大いに疑っただろうが、みずからわたしの裁定を仰ぎに来た努力は認められてよい」

コンスタンスはちらりと夫を盗み見た。当然ながらメリックの顔には胸の内がなにも表れてはいなかった。とはいえ、彼の体から感じられる緊張や、コンスタンスの手を握っている彼の手からは、表情とは裏腹に彼の気持ちが伝わってくる。

「またわたしは国王とわたしに対するそなたの忠誠心、戦におけるそなたの技量をよく知っている」コーンウォール伯は先を続けた。「このように有能な指揮官を失うのは愚かなことだ。父君の遺言がいま聞いたようなものであれば、ことさらそうだ」

メリックの手を握ったまま、コンスタンスは安堵《あんど》の微笑を浮かべかけた。

「とはいえ、そなたがトリゲリス領主として残るのを許すには、条件がひとつある」

安堵が不安に変わり、コンスタンスの微笑は消えた。

「条件とは、この事実をだれにも話さないことだ。この国は現在ただでさえ騒然としており、わたしには強い右腕が必要だ。それにそなたはその秘密を十五年間もだれにももらさずにきている。いまではきっとそれに慣れてしまっているにちがいない」

メリックの表情がコンスタンスにはなじみの厳しく断固としたものになった。「たしかに、この秘密をあまりに長くだれにももらさずにきました。わたしはもうこれ以上その重荷に耐えたくないのです。愛する妻に秘密を押しつけることもしたくありません。しかもわたしの祖父はまだ健在です。わたしは祖父が生きているあいだにわたしがだれであるかを、本当のわたしは何者であるかを、知ってもらいたいのです」

コーンウォール伯が顔をしかめた。「この件ではわたしに従わないというのか？」

「必要とあらば」

コーンウォール伯が立ち上がった。彼もまた王の息子であることをメリックもコンスタンスも思い返さざるをえなかった。「トリゲリスを放棄するつもりなのか？　一介の貴族の庶子にすぎなくなってもかまわないというのか？」

「必要とあらば」

「そなたの妻はどうなる？　妻を貧しく不安定な生活に追いやるつもりか？」

「夫の運命がいかなるものであれ」コンスタンスはためらうことなく言った。「わたしが喜んでその運命をともにすることを夫は知っています。とはいえ、申し上げておきますが、ウィリアム卿の遺言については知っている者がほかにもいます。遺言を筆記した書記者がおり、この書記者はいまも生きています。それから証人を務めたウィリアム卿の家令アラン・ド・ヴェルンがいます。もしもトリゲリスをほかの者におあたえになるなら、わたしは裁判で徹底的に戦います」

コーンウォール伯が眉を吊《つ》り上げた。「ほう？」

コンスタンスは夫のほうへ体を寄せた。「もちろん夫の協力を得てです。国王ご自身が法を守ろうとなさらないのを懸念するほかの貴族も、きっとこの成り行きに多大な関心を示すでしょう」

コーンウォール伯はコンスタンスをつぶさに眺めて顔をしかめた。「それは脅迫か？」

「どうお取りになろうとも、わたしの言い分が正しいことはお認めにならなければなりません。お兄さまでいらっしゃる国王は大憲章《マグナカルタ》の条項を無視しようとしてすでに多くの貴族の怒りを買っています。わたしの夫の正当な相続権を否定しようとしてそのような貴族のあいだにさらなる疑念を生むのが、賢明といえるでしょうか？」

コーンウォール伯がメリックを見た。「そなたの奥方は聡明《そうめい》なうえ消息通でもあるな」

メリックが笑みを浮かべた。「とても強情でもあり、ときとしてきわめて断固とした態度をとることがあります」

「たしかにそうだな」コーンウォール伯はしばし考えてから言った。「幸いわたしはそなたの奥方の意見に賛成だ。トリゲリス領主を変える必要はない。

ただし、いまは亡きウィリアム卿の遺言にそう定めてあるとするならば、だ。したがって、そなたとトリゲリスまで同行し、その異例の遺言状をこの目で見ることにしよう。遺言状がそなたの言うとおりのものであるなら、そなたが相続権を失ったり、事実を隠したままでいるいわれはない。しかし遺言状がそなたの言うとおりのものでないとすれば……」コーンウォール伯はメリックに視線を定めた。「そなたひとりが自分のついた嘘の処罰を受ける」

コンスタンスは前に歩み出た。「伯爵さま、わたしは――」

コーンウォール伯はふたりの前を通りすぎていった。「話はトリゲリスに着いてから聞こう」

21

翌日コーンウォール伯がトリゲリスに向かう一団の先頭に立ち、メリックとコンスタンスはその両側に従った。ヘンリーとラヌルフがそのうしろに、さらにふたりのあとにはサー・ジョワンを含めたほかの貴族が従った。オズグッド卿《きょう》はティンタジェルにとどまり、そこで待たせておいた愛人と甘いひとときをすごすほうを選んだ。

ポール修道士は、ヘンリーがなんとしても出発すると言うと、両手を振り上げて、近ごろの若い者の気持ちはさっぱり理解できない、みんなわたしの賢明な助言に逆らおうとすると嘆いた。

とはいえ、どんな聖職者から諭されようと、ヘンリーはティンタジェルに残る気はなく、できるだけ早くこの城をあとにしたかった。

「こういうことのあったあとでは、なにがあっても驚かないな。なにがあってもだ」ヘンリーはラヌルフに言った。「つぎは国王が退位して教会の信者になるぞ」

「そんなことにでもなったら、教会は災難だな」ラヌルフが苦笑した。

「とはいえ、これでメリックについて腑《ふ》に落ちたことが二、三あるな」しばらくしてヘンリーが言った。

「うん、ある」ラヌルフがうなずいた。「たとえば、彼がいまいましいほど寡黙なことだ。それに国王に対する謀反について議論することすら拒んでいたのも、前より納得がいくようになった」

ヘンリーが鞍《くら》の上で姿勢を変え、痛みに顔をしかめた。「それはどういうことだ？」

「自分がほかの人物の生得権を横取りしたと考えて罪悪感に苛《さいな》まれている以上、さらにべつの人物の生得権を盗むのに手を貸す気にはなれない」

ヘンリーは低く口笛を吹き、そのあと顔をしかめた。唇の傷がまだ治っていない。「なるほど。たしかにそうだ」彼は頭を傾けてコンスタンスを示した。「少なくとも、奥方との仲たがいは解決したようだな。メリックが謝ったんだろうか」

「さあ、どうなんだろう」ラヌルフが答えた。「たしかにふたりとも幸せそうだ」

「まったくそのとおり。わたしの兄に負けず劣らず奥方にぞっこんだ。これはなにかあるぞ」

ラヌルフは恋歌の話はもうたくさんだと考えた。

「相変わらずつぎの十字路でわれわれと別れるつもりでいるのか？」

「もう長いこと兄のところを訪ねていないからな」

「メリックは裏切ったときみを責めたことを心からすまないと思っている」

「本人の口からそう聞いた」

「で、彼を許したのか？」

「許したからこそ、いまここにこうしているんじゃないか」

ラヌルフはそれはどうかなというように片方の眉を上げた。

ヘンリーは顔をしかめた。「メリックの尋問の手荒さといったら、まったく」

「奥方のことで逆上していたんだ」

「それはわかるが、あれほど簡単にわたしを悪いやつだと思い込んでしまうとは」

「それはきみが、ものごとをなんでも真剣に取ろうとはしないように見えるからじゃないのか」

「盟友の誓いは真剣に受けとめているぞ」ヘンリーは問いかける視線をラヌルフに向けた。「きみはわたしを信用しているのか？」

「している」

ヘンリーはまずほっとため息をつき、ついでややむっとしたように言った。「それならメリックよりましだ。メリックは実際のところ、われわれを信頼したことがないんじゃないか？　信頼していれば、本当のことをわれわれに打ち明けたはずだ」

「できうるかぎり信頼していたのではないかな」

「となると、たいして深い信頼じゃないな」

「きみなら、なにもかも失うことになっても、メリックのような秘密を人に打ち明けるのか？」

ヘンリーはふたたび姿勢を変えた。が、今度は傷の痛みではなくばつの悪さを感じた。

「打ち明けないだろう？」ラヌルフが言った。「わたしもそうだ」

ふたりはそこで黙り込み、それぞれ考えごとにふけりながらしばらく馬を進めた。

やがてヘンリーが言った。「トリゲリスの守備隊長としてとどまるのか？」

「当座は」

「わたしだったら、あまり時間をかけずにベアトリスに求婚するな」

ラヌルフがびくりと動き、馬がそれに抗議していななないた。「なんだって?」

ヘンリーは愉快そうに目を輝かせた。「結婚したいんだろう?」

「ばかなことを言うんじゃない」ラヌルフが憤慨した。「ベアトリスは若すぎる。それにしゃべりすぎだ」

ヘンリーは鞍の上で体をひねり、行列のうしろのほうを眺めたあと、ラヌルフに目を戻した。「キアナンはレディ・コンスタンスにのぼせていたのが治まったようだ。あいつの恋心がどこかのおしゃべりな若いレディのほうへとふらふら方向を変えても、わたしは驚かないな。言っておくが、そのおしゃべりな若いレディは子供ではないし、日に日に美しい従姉《いとこ》に似てきているぞ」

ラヌルフがあごをこわばらせた。「突拍子もない憶測は頭の中だけにとどめておいたらどうだ」

「もう少し求愛する努力をしないと、逃げられるかもしれないぞ」

「黙れ」ラヌルフがうなった。「さもないと、あばら骨を折っていようがいまいが、馬から叩《たた》き落とすぞ」

「そうか、わかった」ヘンリーは短い笑い声をあげた。「きみはあのすてきでかわいいレディ・ベアトリスになんの関心もいだいていないし、わたしは今後いっさい女を断つ」

「おかえりなさい、領主さま、奥方さま。ようこそお越しくださいました、伯爵さま。光栄に存じます」翌朝トリゲリス城の中庭に一行が入っていくと、アラン・ド・ヴェルンがそう言って迎えた。

コーンウォール伯はメリックと同時に馬から降り、あたりを見まわした。「とてもみごとな城塞《じようさい》だ。どうやらわたしは長くフランスにいすぎたらしい。コーンウォールの情勢にもっと留意すべきだな」

コンスタンスが馬から降りるとすぐに、ベアトリスが急いでやってきた。ベアトリスは顔色がすぐれず、心配そうな表情を浮かべている。「ここに来てしまってごめんなさい。父が……父があんなことをしたあとなのに」ベアトリスは途方に暮れたように言った。「マロレンは泣くし、父の愛人は悪態ばかりつくしで耐えられなかったの」

「来てくれてよかったわ。あなたならいつでも歓迎よ」コンスタンスはそう請け合った。

ベアトリスは震えがちな微笑を浮かべたが、涙がひと粒頬を伝い落ちた。「ありがとう。ことばに表せないほど感謝しているの。こんなに親切にしていただいて、どうお返しをすればいいのか……」

コンスタンスは温かく慰めるように微笑《ほほえ》んだ。「いつでも困ったことがあったら、わたしに相談すると約束してくれればいいわ。わたしは妹のようにあなたを愛しているのよ、ベアトリス。姉妹というのは、どんなときも助け合うものでしょう？」

ベアトリスがさめざめと涙を流しながら、コンスタンスを抱きしめた。コンスタンスは従妹《いとこ》の背中を撫《な》でつつ、メリックを目で捜した。ラヌルフがこちらに背を向け、護衛の兵隊に指示を出していたが、ちらりとふたりを振り返り、ベアトリスが嘆き悲しんでいるのを見てとった。コンスタンスは彼に微笑みかけ、ベアトリスがトリゲリスで温かく迎えられることを目で伝えた。

そのあとコンスタンスがメリックを見ると、彼はコーンウォール伯を案内して家令のアランのほうへ足を運んでいるところだった。

「わたしの伝言は受けとったか？」メリックが家令

に尋ねた。

「はい、受けとりました」アランが答え、視線を心配げにメリックからコーンウォール伯に移し、またメリックに戻した。「それが、遺言状が見当たらないんです」

　コンスタンスははっとしてベアトリスから離れた。「執務室の櫃《ひつ》の中になかった？　あのシーダー材の箱に入れて」

　アランがかぶりを振った。「シーダー材の箱がないんです」

　困惑しながらも、コンスタンスはなぜ箱がないのか、起こりうる事情をすばやく考えてみた。「メリックが帰郷する前に執務室を掃除したメイドがどこかへ移したのかもしれないわ。デメルザにきいてみて――」

「つたの葉模様の彫刻が入った箱かな？」メリックが尋ねた。

「ええ、そうよ！」コンスタンスはほっとして声をあげた。「ごらんになったの？」

「ルアンがそういう箱を持っていた。粉《こな》挽《ひ》き所の補修についてルアンと話し合ったときに、彼の家にその箱があるのを見たんだ」

　コーンウォール伯がもどかしげに足を踏み鳴らした。「そのルアンとは何者だ？」

「土地管理人です」メリックが答え、ざっと中庭を見渡した。「ここにはいないな」

　彼はラヌルフをそばに呼んで言った。「兵士を十名連れてルアンの家まで行ってくれ。下の部屋の炉のそばに棚がある。その棚の奥に彫刻を施したシーダー材の箱がある。中に封印をした文書が入っているはずだ。箱と文書の両方を持ってきてくれ。それからルアンも」

「わたしもいっしょに行くわ」コンスタンスは申し出た。「どんな箱か知っているから」

「では、全員で行こう」コーンウォール伯が言った。「この件についてはできるだけ早く片づけたい」

かくしてトリゲリスの村人たちはトリゲリス領主と奥方が明らかに貴族とわかる男性とともに村の中を急いでいくのを目撃した。レディ・ベアトリス、家令、十人ほどの兵士もいっしょで、一行は草地の端にある土地管理人の家に向かっている。市場で買い物をしていた者や店番をしていた者はただちにそれまでしていたことを放《ほう》り出し、いったいなにがあったのだろうと尋ね合いながら領主の一行のあとを追った。

ルアンの大きな家に着くと、メリックは飾り金具のついた扉を鋭く叩いた。「ルアン！」

一瞬耳を澄ましたあと、彼は少し下がり、たくましい肩で体当たりをして扉を開けた。野次馬のひそひそ話が起きるなか、メリックは家に入り、抗《あらが》ってもがくルアンのチュニックの襟をつかむと、外へ引きずり出した。

「ラヌルフ、例の箱を捜してくれ」おびえる土地管理人を軽蔑《けいべつ》に満ちた目でにらみながら、彼は言った。

ラヌルフが家の中に消えた。「床下に隠しているのはなんだ、ルアン」メリックが尋ねた。

「な、なにも。いままでに貯《た》めた金だけです」

「自分の領主が呼んでいるのに、なぜ裏口から出ようとした？」

「お、おおぜいの人が来る気配がして、わけがわからなくて――」

「なぜ来たのかわからなかったというのか？　盗みを働いたのがついにばれたと思ったのではないのか？」

「この家にあるものはなにもかもわたしが働いて得たものです！　この手でこつこつと」

「見てみよう」

恐怖で震えながら、ルアンは哀れを催す声で尋ねた。「なにを……なにをなさるんですか？」

メリックは冷たく無慈悲な目でルアンを見すえた。

「それはおまえの家になにが見つかるかでちがってくる」

厳しい口調でそう言われると、ルアンはさらに激しくもがきはじめた。「そんな！　あんまりです！」

彼は手足をばたばたと動かしたが、襟をつかんだメリックはびくともしなかった。抵抗してもむだだと知ると、ルアンはぐったりと動きを止めた。

「ウィリアム卿のように気むずかしい人に雇われて土地管理人を務めるのが楽だとお考えですか？」ルアンはすすり泣きながら訴えた。「お父上からの命令を実行して、そのあと小作人の不満に耳を傾けなければならないのが楽しい仕事だとお思いですか？　なじられ、そしられるのが。罵《ののし》られ、蔑《さげす》まれるのが」彼の自己憐憫《れんびん》は怒りに変わった。「それで得られるのはなんだと思われます？　惜しみ惜しみ渡される少しばかりの賃金と、雇い主の機嫌の悪いときの平手打ちですよ！」ルアンは震える指をコンスタンスに向けた。「どんなだったかを奥方にきいてみてください！」

「ええ、わたしはその場にいて知っているわ」コンスタンスはたとえルアンであっても、人がこんな状態にまで品位を下げるのは見ていて悲しかった。「でもそこまで務めがいやだったのなら、辞めることもできたわ」

「おまえは先代領主の遺言状を盗む権利も得たのか？」メリックが厳しく、慎重に尋ねた。

「遺言状を盗んだりなどしません！　どうしてわたしにそんなものがいるんです？」

「あの箱には遺言状以外のものも入っていたからよ」コンスタンスが答えた。「わたしの記憶では、ウィリアム卿は宝石と金貨もしまっていたわ」

ラヌルフがふたを開けた箱を持って戸口に現れた。

「宝石も金貨ももうこの中にはない」ラヌルフは箱の中へ手を入れると巻き物を取った。「しかしこれはあった」

「見せてくれ」コーンウォール伯が言った。彼はベルトにつけている短剣を抜き、封蝋《ふうろう》を切った。コンスタンスには封蝋がウィリアム卿のものだとわかった。ルアンがめそめそと泣き続けているなか、コーンウォール卿は羊皮紙を広げて読みはじめた。

コンスタンスは息をひそめ、遺言の内容が自分の覚えているとおりでありますようにと祈った。記憶とはちがっていないか、あるいは巻き物がべつの文書ではないかと心配でたまらなかった。

そこにいる人々全員が息を殺したと思える長い瞬間がすぎ、コーンウォール伯が目を上げた。「そなたの言ったとおりだ、レディ・コンスタンス。そなたの夫はウィリアム卿の嫡子ではなくとも、トリゲリスの正当な跡継ぎだ」

村人たちがびっくりした目をメリックに向けた。

「わたしはメリックではない」静まり返ったなかにメリックの声が響きわたった。「わたしはウィリアム卿とピーダーの娘タムシンとのあいだに生まれた息子ブレドンだ。川原でさらわれ、旅の行列でメリックの代わりを務めさせられた。メリックは殺されたが、わたしは――」

突如、コンスタンスがこれまで聞いたこともないような、歓喜と苦痛、幸福と困惑がないまぜになった叫び声が村人たちのうしろのほうから聞こえた。そしてピーダーが人をかき分けて前に現れた。

「わしの孫だ！　わしのかわいい、かわいい孫だ！」ピーダーは涙で頬を濡《ぬ》らしながら手を伸ばし、メリックの顔をそっと両手ではさんだ。「鍛冶屋《かじ》で あんたがわしに話しかけたときは、腹が立って……腹が立って……気がふれてしまいそうだった。でもあんたの目に浮かんだ表情は……何度も何度も見たタムシンの目と同じだった。ブレドン、あんたは本当にわしの孫のブレドンなんだね？」

メリックは祖父の肩に両手を置いた。こうしてみると、コンスタンスにもふたりが似ているのがわかる。意志の固そうな茶色の目、背丈、あごの形。

「そうです、お祖父《じい》ちゃん。孫のブレドンです」

「溺《おぼ》れ死にはしなかったんだね？」

メリックはうなずき、やさしくそっと答えた。

「そうです、溺れ死にはしなかった」

コーンウォール伯が咳払《せきばら》いをした。「これはまことに心を打つできごとだが、わたしは疲れて喉が渇いた。ワインがほしい。みんなして城の大広間に引き上げてはいかがかな。そなたの奥方も、それからそなたの祖父に当たるのか、そのご老体も疲れているようだ」

「わしはまったく元気です！」ピーダーは孫がまた行方不明になるのを恐れているかのように、メリックから離れない。

「コンスタンスを休ませなければ」メリックがピーダーに言った。「行こう、お祖父ちゃん。わたしといっしょにうちに帰ろう」

「まるで吟遊詩人の語るお話のようだわ」その夜ベッドを整えているコンスタンスを眺めながら、ベアトリスが言った。「いわば放蕩《ほうとう》息子の物語みたい。でも本当は、全然そうじゃないけれど。彼の行方がわからなくなったのは、彼のせいじゃないんですもの。それにそのあとは帰るに帰れなかったんですもの」

ほぼ以前のベアトリスに返ったような話し方だったが、その目を見れば、少女時代の無邪気さが消えてしまっているのがわかる。ベアトリスはおとなになったのであり、今後は父親の汚名という重荷を背負っていかなければならないのだ。

その重荷を肩代わりしてくれる相手、あるいはともに背負ってくれる相手を見つけるまでは。

「コーンウォール伯があなたをわたしたちの手に託してくださってよかったわ」コンスタンスは言った。

「これでいつでもあなたに手伝ってもらえるわ」

「とても感謝しているの。わたしにできることがあれば、なんでも言ってね」

コンスタンスは目頭がゆるみそうになるのをこらえた。あと何カ月かしてあらたなすばらしい関心事で忙しくなったとき、使用人のほかにも手があればどんなに助かることか。でもそのことはまだ夫にも話していないのだから、いまベアトリスに言うわけにはいかない。「ありがとう。あなたにも、いつかすばらしい旦那《だんな》さまと家庭に恵まれることを祈っているわ」

ベアトリスは頰を赤く染め、窓辺に行って夜空を眺めた。「わたしは結婚しないわ。持参金のない国賊の娘なんですもの」

コンスタンスはそばへ寄り、従妹のほっそりした肩を抱きよせた。「あなたはトリゲリス領主の姻戚《いんせき》による従妹なのよ。わたしたち、喜んであなたに持参金をつけるわ」

ベアトリスがかぶりを振った。「そんなこと、お願いできないわ」

「あなたから頼まれてするのではないのよ。それはこういうわけなの」コンスタンスは微笑んだ。「あなたに結婚したいと思う相手がいて、その相手も同じ気持ちなら、メリックもわたしも全力を尽くしてその結婚を成立させたいの」

「そこまでしてくださるなんて、本当になんとやさしいのかしら」ベアトリスがコンスタンスを抱きしめた。

低く響く、ややかすれた男性の声が聞こえた。「きょうはまだ涙を流し足りなかったかな」

　コンスタンスがちらりと振り返ると、寝室の入り口に夫が立っていた。名前はなんであれ、彼の姿が目に入ると、コンスタンスの鼓動は速まり、体じゅうが熱くなった。

「かなり変わった帰還のしかただったんですもの」コンスタンスは媚《こび》を含めた微笑を浮かべた。夫の表情から判断すると、微笑は狙《ねら》った効果をみごとに得たようだ。

　ベアトリスがドアへ急いだ。「わたしはこれで失礼するわ」そして涙を流しながら部屋を出ていった。

「ベアトリスがわたしの姿を見たとたん泣き出すとは残念だな」メリックが部屋に入ってきて言った。

「ちょうどきょうのできごとで動揺していたうえ、将来のことで不安もいっぱいだったのよ。持参金はわたしたちが用意するとベアトリスに言ったの」

「わたしたちが？」

「いい結婚をするには持参金がなければならないわ。ベアトリスにはいい結婚をしてもらいたいでしょう？」

「できるものなら、あすにでも結婚してもらいたいね」

　コンスタンスは眉を曇らせた。「ベアトリスがお嫌いなの？　それとも父親のカレル卿が犯した罪のせいでそんなことを？」

「わたしには、父親の犯した罪でその子供を責めるようなことはとてもできない。それにベアトリスは好きだ。わたしが近くにいると、いつもベアトリスはとても不安そうになるか動揺するというだけだ。いつかヘンリーがいみじくも言ったように、わたしはかみつきなどしないんだが」

「でも、あなたには威圧感があるんですもの。それは意外だなどとおっしゃらないでね」コンスタンスは彼のウエストに両腕をそっとまわし、にっこり笑った。「それどころか、あなたは自分がいかに感情を読みとられやすいかを知っていて、厳格で威圧感をあたえる態度を訓練で身につけたのではないかと思うの」

メリックは微笑を返さなかった。「そうすれば、人々が近づかないでくれる」

「もうその必要はないのではないかしら?」

彼はコンスタンスに軽くキスをしてから微笑んだ。「ないね。ただし敵や、敵になりそうな相手にはそうではないが」

「それはもちろんよ。そういう人々に対しては好きなように厳格で近寄りがたい顔をしていればいいわ」

「きみの許しがもらえてうれしいよ」

彼の返事には明るいからかいに隠れたなにかがあり、コンスタンスはそれが気になった。「なにがあったの? コーンウォール伯からなにか言われたの?」

「コーンウォール伯からではない」メリックがコンスタンスから体を離した。「祖父からきょう情報をもらった。粉挽き所に火をつけたのはタレックだ」

コンスタンスはベッドの端に力なく腰を下ろした。わたしはまちがっていたわ。これまでいくつも失敗を重ねてきたように、また判断をまちがえてしまった。「あなたが彼を追放したから?」

「そうだ」

「タレックを捜し出して裁判にかけなければならないわ」

「処罰はすでに行われた。タレックはわたしの祖父の手にかかって死んだ。タレックはほかにも罪を犯しているようだ。祖父が殺さなければ、わたしが殺していた」

コンスタンスはうつむいた。タレックはピーダーの友だちでもあったのだ。ピーダーがタレックは罪を犯したと考えたのなら、おそらくそのとおりなのだろう。「ピーダーはどうやって知ったのかしら」

「タレックが白状した。そのあとタレックは祖父を脅したんだ……」メリックは思案するようにコンスタンスを見つめた。「きみはこの地方で行われている密輸についてどこまで知っている?」

「タレックがどう脅したか、想像がつく程度には知っているわ」タレックはきっとピーダーの密輸をばらすと脅したのだ。「でも、実際に税金が不当で――」

「それはわたしが変えるように全力を尽くす」メリックは満足げに目を輝かせた。「しかし巡視隊が運悪く錫《すず》の密輸人を見つけられなければ……。なにしろこのあたりの海岸は警備がむずかしい」

コンスタンスは警戒するように彼を見つめた。

「国王の法を破って錫の密輸人を逃がそうとなさるの?」

「武芸試合への参加を禁じた法を破ったのと同じかな」メリックはコンスタンスの驚いた顔を見て微笑んだ。「わたしはこれから法を破ろうとしているばかりでなく、過去にも破っている。長いあいだ密輸をやっていた祖父と暮らして育ったんだ。洞窟《どうくつ》のひとつひとつ、浜のひとつひとつを知っている。密輸人がどの洞窟や浜を使い、どこを使わないかを。だからトリゲリスの兵に運がなければ……」彼は肩をすくめ、腕白坊主のような笑顔を見せた。

コンスタンスは陽気な笑い声をあげ、頭を振った。

「わが旦那さまには、わたしが初めて知ることが際限なくありそうだわ」

「しかしわたしが見ぬふりをするのは、これに関する法律だけだ」きっぱりとしたその口調は、初めてトリゲリスに帰郷したときのメリックにずっと近かった。

「わたしが無視してほしいのは、これに関する法律だけよ」コンスタンスはうなずいた。「でも、もしもわたしが知っていたら、武芸試合に出場するのはきっと反対していたわ。けがをしてはたいへんですもの」

「しかしけがをしたら、きみが手当てをしてくれる」

「そんなふうに言われては……」

とはいえ、彼はその返事に微笑まず、真顔でコンスタンスの手を取った。「ピーダーから得た情報がもうひとつある。エリックがトルーロでべつの娘を手ごめにしようとしてつかまったらしい。トルーロの監獄に入っている」

「よかった！」

「少なくともアニスに子供はできていなかった」メリックは一瞬顔を曇らせた。「今夜はこんなことを話すつもりではなかったんだ」彼はコンスタンスの手を放し、チュニックを軽く叩いた。「さまざまな失敗を償うために、きみに贈り物を持ってきたんだ」

「失敗なら、わたしもしたわ」

「わたしの失敗とはちがう」彼は声を低め、誘いかけるようにささやいた。「取りに来るかい？」

コンスタンスはお返しになまめかしく微笑んだ。「チュニックの中にあるの？　膝丈《ブリーチズ》のズボンの中ではなくて？」

「きみのはしたなさには相も変わらず驚かされるな」彼があのいやになるほどすてきな笑みを浮かべ、コンスタンスはなにをしようとしていたところなのか、あやうく忘れそうになった。

「あなたの体には相も変わらず驚かされるわ」そうささやきながら、コンスタンスは片手を彼のチュニックの中に忍び込ませた。

「気をつけて。それには歯があるんだ」

コンスタンスは手を止め、すばやく彼の顔を見た。彼の微笑んでいるハンサムな顔を。「でも危ないものではない」彼が言った。「気に入ってもらえるといいんだが」

「まちがいなく気に入るわ」コンスタンスは必要以上に奥へと手をすべり込ませ、彼の胸をゆっくりと撫でた。そのうち、ビロードに包んだものが指先に触れた。コンスタンスはそれをつかんで手を引き抜き、問いかけるように彼を見つめてから包みを開けた。小さな花々を精巧に彫った角製の美しい櫛《くし》が現れた。

「まあ、メリック、なんてすてきなの！」コンスタンスは指先で彫刻を撫で、思わず声をあげた。

「やっていいかな」彼が片手を差し出して尋ねた。

コンスタンスはめんくらった表情で彼を見たが、すぐにきかれた意味を理解し、微笑みながら化粧台まで行くと椅子に座った。彼があとについてきて、はるか少年のころからすばらしいと思い続けてきた、コンスタンスのふさふさとした豊かな髪を梳《と》かしはじめた。

コンスタンスは体をうしろに反らし、目を閉じた。

「ベアトリスがトリゲリスにいても気にしないでくだされぱいいのに。以前よりずっとおとなしいわ」

「わたしが気にかけているのはベアトリスのおしゃべりじゃないんだ。実に愉快なときもあるから。ただ、若い求婚者たちがここへ押しかけてきたときに、その全員を泊めなければならないのかと思うと気が重くなるだけだ。ベアトリスはとても美しくて魅力的なレディになりつつある」

コンスタンスは目を開けた。夫のしっかりとしたあごが見えた。「美しい？　きれいな娘ではあるけれど……」

メリックが体を傾け、コンスタンスの額にキスをした。「きみは従姉の目で見ているからね。わたしは男の目で見る。ベアトリスは男が手に入れようと格闘し合うような女性へと急速に成長しつつある。

従妹がどれだけ自分に似ているか、これまで気がついたことは?」

実のところ、コンスタンスはそう思ったことがない。「少し似ているかもしれないわね。ベアトリスの髪はわたしの髪より色が濃いし、目も濃い青だわ」

「わたしにとってはきみほど美しい女性はいないが、ベアトリスはとてもすてきな女性になりそうだ。この城の大広間に、恋にのぼせた若者がおおぜいやってきてなぐり合いを始めなければいいが」

「それなら、わたしたちがベアトリスの結婚相手を見つけることを考えるべきかもしれないわ」

「キアナンは夕食のあいだ実に親切にしていた」

コンスタンスは急に振り向いた。櫛に髪が引っかかった。「痛っ!」片手で頭を押さえながら、コンスタンスはあきれた表情を夫に向けた。「キアナンですって?」

「どこがだめだ?」メリックが歯をこぼさずに櫛を髪からはずした。「彼は若いし、まじめそうだ。あの家柄と姻戚関係を結べば、利点は多い」

「でもキアナンは、ベアトリスにお似合いという感じがしないわ」自分でも説得力のない言い訳だと思ったが、キアナンには従妹を幸せにできるはずがないと心の中でわかっていた。

「ベアトリスはどんな男と結婚すべきだと思う? とても我慢強い性格の男であるのはもちろんだが」

メリックはからかうような口調で尋ねたが、コンスタンスはまじめに答えた。「ベアトリスを十二分に愛してくれる男性がいいわ」

「だれか候補者が念頭にあるのかな」

これまではだれもいなかったが、いまふと頭に浮かんだ相手があった。直感で選んだことにコンスタンスはわれながら驚いたものの、思い浮かんだとたん、この選択は正しいという気がした。「ラヌルフら。わたしはどうやら彼をとても誤解していたようだわ」

メリックがため息をつき、困った顔をした。「わたしも同じだ。わたしを裏切って妻を奪おうとしたとヘンリーを責めてしまった。彼はわたしを決して許してくれないのではないかな」

「いつかきっと許してくれるわ」

「希望を持つことにしよう」メリックはベッドの端に腰をかけた。「ラヌルフとヘンリーにはもっと昔に本当のことをすべて打ち明けておくべきだった」

「わたしにももっと早く打ち明けていただきたかったわ」コンスタンスは彼の隣に腰を下ろした。「そうすれば、あれほど心を痛めずにすんだでしょうから。これからはふたりのあいだにもう秘密はないと約束して」

彼はコンスタンスの髪をひと房、耳のうしろへかけた。「約束する」

よ」

メリックが文字どおりのけぞった。「ラヌルフ?」

「ベアトリスは彼が傷心を秘めていると思っているの。だから愛やロマンスに対してあんなふうにひねくれているのだと」コンスタンスは得意そうな笑みを浮かべた。「謎《なぞ》を秘めた男性には独特の魅力があるのよ」

「ベアトリスにその気があるとしても、ラヌルフのほうはどうだろう。どんな女性も結婚したくなるほどは愛せないというのが昔から彼の持論だ」

「なぜそう考えるのか、あなたにもわからないの?」コンスタンスは眉を曇らせて首をかしげた。

メリックがコンスタンスの鼻のてっぺんにキスした。「わかっていたら、きみに話した。ヘンリーですら、ラヌルフからそれ以上のことは聞き出せないんだ」

「ラヌルフがだめだとしたら、ヘンリーはどうかし

「では、これからわたしの秘密を話すわ」

メリックが顔を曇らせた。「けががポール修道士の見立てより重いというのではないだろうね？」

「子供ができたの」

メリックは信じられないという表情でコンスタンスを見つめた。

「あなたは父親になるのよ」コンスタンスは感じている幸せをすべてこめて微笑んだ。

喜びで目を輝かせながら、メリックがコンスタンスの名を呼んで抱きよせた。「信じられないな！」

コンスタンスは息ができるように彼を少し押し戻した。「わたしたち、何度も愛を交わさなかった？」

「交わしている。しかし……ああ、コンスタンス！　わたしに子供を持つ資格があるとは」

「もちろん子供を持って当然よ」コンスタンスは憤慨したふりをして答え、そのあと表情と口調をやわらげた。「あなたは幸せにならなければいけないわ。これまで耐えしのんできたすべてのこと、背負ってきた重荷、受けてきた苦痛を考えても、あなたは幸せになって当然の人よ。わたしはこれから生きているかぎり、あなたが幸せになるためにできるだけの手助けをするつもりでいるの」

「すでにきみは、望むことすらかなわなかったものをはるかに超えてあたえてくれているのに。コンスタンス、なんとすばらしいことか！　なんとうれしいことか！　で、きみは……体の具合はいいのだろうね？　ポール修道士を呼びにやろうか？　それともその手のことに腕の長《た》けた女性のほうがいいだろうか。医師がいいだろうか」

コンスタンスは彼の口に指先を当て、質問をやめさせた。「こんなに幸せだと思ったことはないわ」心から彼をいとしく思い、微笑みながらそう言って彼を安心させた。「これまで得られるとは夢にも思わなかった愛情と充足を見つけたんですもの。どうかもう話すのはやめて、わたしと愛を交わして」

メリックの深く響く豊かな笑い声がふたりの寝室に満ちた。

「生まれて初めて静かにしろと言われたよ」

彼は体を寄せてコンスタンスにキスし、睦《むつ》まじいささやきへと声を落とした。

「きみを喜ばせることはわたしのいちばんの願いだから、きみの求めにはふたつとも応じることにしよう」

訳者あとがき

マーガレット・ムーアと聞けば、すぐに〈戦士に愛を〉シリーズを思い浮かべる方も多いのではないでしょうか。中世イギリスの騎士たちを描いた数々の物語は多くの読者を魅了し、彼女をハーレクイン・ヒストリカルの代表作家の地位に押し上げました。近年は日本でも、中世だけでなく十九世紀のイギリスやバイキング時代の北欧を舞台にした過去の作品も続々と刊行され、その幅広い実力も改めて認知されたかと思います。

本作『悩める花嫁』は長編シリーズ〈遥《はる》かなる愛の伝説〉として刊行された『霧の彼方《かなた》に』、『領主の花嫁』に続く三作目にあたります。シリーズといっても、それぞれが独立した物語なので、この作品から読みはじめてもマーガレット・ムーアの描く中世の世界を存分に堪能《たんのう》できる仕上がりとなっています。むしろ四作目、五作目に続く始まりの作品と言えるかもしれません。

〈遥かなる愛の伝説〉シリーズを始めるにあたって、〝キルト姿の男性を描きたかった〟からと語っていたマーガレット・ムーアですが、この『悩める花嫁』の舞台はイングランドの南西の端に位置するコーンウォールで、残念ながらキルトは登場しません。もっとも、キルトスカート姿こそ披露しませんが、こちらの主人公メリックも前二作のヒーローに劣らずとても魅力的。寡黙で、武芸に秀でた見目うるわしき騎士であり、欠点もある人間的な一面を持っているところが人物に深みもあたえています。

長きにわたる武者修行を終えたメリックは許婚《いいなずけ》と結婚するために、十五年ぶりに生まれ故郷の領地トリゲリスに戻ってきます。そこで待っていたのは原題どおりの〝気乗り薄の花嫁〟コンスタンスでした。コンスタンスはメリックの極悪非道な父を知っていただけに、どうにも彼と結婚する気になれません。ところが実際に会ってみたメリックは、意外にも高潔で厳格、しかも彼のキスときたら……。

しだいにメリックの人となりに惹《ひ》かれていくコンスタンス、そして子供のころからコンスタンスが好きだったメリック。ふたりの心情を読んでいくうちに、わたしたちはすっかり物語のとりこになっている、というわけです。

スコットランドが舞台になっている前二作とは異なり、本作はイングランドの日々の暮らしや風景がきめこまかに描かれています。例えば五月祭や、現在のラグビーの原型らしきスポーツのシーンは読んでいるだけで楽しくなりますし、領主としての心がまえや仕事ぶりなども興味深いものがあります。

この作品に名が出てくるイングランド国王はヘンリー三世（在位一二一六―一二七二）で、欠地王とよろしくない呼び名をつけられたジョンの息子です。彼は統治した年月は長かったのですが、父の失ったフランス領を取り戻すのに懸命になるあまり、イングランド国内に目を向けるのがおろそかになって、諸侯から反感を持たれました。そして本作にも登場するコーンウォール伯はヘンリー王の弟で、この地の錫《すず》で財をなした人物です。そういった史実を巧みにストーリーにからめてあるあたりも、さすがマーガレット・ムーアと言えるでしょう。

ロマンスもさることながら、この作品ではメリックとともにトリゲリスにやってくるふたりの親友ヘンリーとラヌルフも非常にいい味を出しています。前作のヒーロー、ニコラスの弟ヘンリーは、相変わらず華やかな〝いい男〟ぶりを見せ、ラヌルフもまた、いわくありげな過去を持つ謎《なぞ》めいた魅力を放っています。それぞれが頑固なメリックに女性との関係について助言をしていますが、ふたりの個性が際立つ印象的な場面となっています。とくにラヌルフが〝自分の気持ちを打ち明けず、女性のほうから心を読んでくれるのを期待するのは、重大な過ちだ〟と語るところは、女性作家ならではの視点ではないでしょうか。

思いがけない人物が裏切りに走った『霧の彼方に』、そして数名の花嫁候補の中からひとりを選択する『領主の花嫁』と、前二作はクライマックスで読者をあっと言わせたマーガレット・ムーア。この作品でも期待にたがわず驚きの展開が用意され、最後まで気が抜けません。

さて、この〈遙かなる愛の伝説〉シリーズですが、本国アメリカではすでに五作が刊行されています。次の四作目ではようやくヘンリーが主役となって再登場。恋愛の達人であり根無し草の騎士がどんな〝本物〟の恋に身をやつすのか……楽しみはしばらく先になりそうですが、いずれ皆さまにお届けできるかと思います。それまでこの『悩める花嫁』をじっくり楽しんでいただければ幸いです。

江田さだえ

悩める花嫁
2007年10月20日発行

著　　者　マーガレット・ムーア
訳　　者　江田さだえ（えだ　さだえ）

発 行 人　ベリンダ・ホブス
発 行 所　株式会社ハーレクイン
東京都千代田区内神田1-14-6
電話 03-3292-8091（営業）
03-3292-8457（読者サービス係）

印刷・製本　凸版印刷株式会社
東京都板橋区志村1-11-1

装　　丁　林　修一郎

ISBN978-4-596-80048-0 C0297

※表紙のデザインが変更になる場合があります。

クリスマス・ストーリー2007
四つの愛の物語

ベティ・ニールズ、キャロル・モーティマーほか

人気作家が描く、ゴージャスな紳士たちの
4つのクリスマス・ストーリー。

キャロル・モーティマー作「クリスマスはあなたと」
レベッカ・ウインターズ作「イブの口づけ」
ベティ・ニールズ作「すてきなプロポーズ」
リン・ストーン作「聖なる贈り物」

●クリスマス・ストーリー　X-23　**11月5日発売**

NYタイムズをうならせたベストセラー作家
ヘザー・グレアムの ヒストリカル作品

『禁じられた炎』

レディになりますまし、親友の身代わりに結婚を引き受けたマリッサ。しかし相手は彼女が幼い頃に出会った男だった。嘘が見破られるのを恐れながらも・・・・・・。

HSX-4　**11月5日発売**

●ハーレクイン・ヒストリカル・エクストラ

超人気作家 ノーラ・ロバーツ 初期の人気作を初リバイバル!

事件捜査のため、身分を偽って名士を訪ねたアダム。
不思議な魅力をたたえた娘カービーに・・・?!

ノーラ・ロバーツ作『奪われたレンブラント』

●ノーラ・ロバーツ・コレクション　NRC-7　**11月5日発売**

不滅の名作をリバイバル!
MIRA文庫でも人気を博したアン・メイザーの名作!

記憶を失った僕の前に現れたのは妻と名乗る美しい女性……。

アン・メイザー作『迷路』(ST-17、MRB-11で刊行)

●シングル・タイトル・コレクション　STC-3　**好評発売中**

魅力的なイタリア人ヒーローに定評のある ルーシー・ゴードン

恋人にだまされた女と、妻に先立たれた男。2人の出会いは失った愛を取り戻す。

『孤独な富豪』

●ハーレクイン・イマージュ　I-1908　**11月5日発売**

人気作家マーナ・マッケンジーがハーレクイン・イマージュ初登場!

私の夢を叶えるにはあなたが必要。そしてあなたが立ち直るには私が……。

『二人で見る夢』

●ハーレクイン・イマージュ　I-1910　**11月5日発売**

RITA賞リージェンシー部門ノミネート作家 ニコラ・コーニック

内乱によって引き裂かれた男女。敵となった二人の愛は4年経っても色あせなかった……。

『引き裂かれた愛』

●ハーレクイン・ヒストリカル　HS-306　**11月5日発売**

全米読者選賞受賞経歴の持ち主 クリスティ・ゴールド

出産だけを望むマロリーは30歳を機に妊娠を決意。相手に選んだのは兄の親友で……。

『誘惑マニュアル』

※12/5に関連作『Executive Seduction』D-1206が発売

●シルエット・ディザイア　D-1202　**11月5日発売**

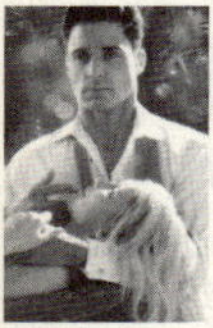

クリスマスは恋人たちの季節。
この時期にぴったりの心温まる物語が届きました!

普通の人生を夢見る元スーパーモデルと全盲の弁護士の、けなげで美しい愛の姿。

アン・マリー・ウィンストン作『魂で愛して』

●シルエット・ディザイア　D-1204　**11月5日発売**

大富豪フォーチュン家の華やかな恋愛模様が描かれた、
作家競作人気ミニシリーズ〈富豪一族の宿命〉ついに事件の全貌が明らかに!?

マーナ・マッケンジー作　第10話「ボディガードの誘惑」

●シルエット・スペシャル・エディション　N-1159『秘めやかな情熱』収録　**11月5日発売**

11月5日の新刊 発売日11月2日（地域によっては5日以降になる場合があります）

ピュアな思いに満たされる ハーレクイン・イマージュ

秘書のためらい	ジェニー・アダムズ／和香ちか子 訳	I-1907
孤独な富豪	♥ ルーシー・ゴードン／松本果蓮 訳	I-1908
涙にこめた愛（シンデレラの城Ⅱ）	マリオン・レノックス／吉本ミキ 訳	I-1909
二人で見る夢	マーナ・マッケンジー／山口西夏 訳	I-1910

大人の恋はドラマティックに ハーレクイン・アフロディーテ

一夜のあとは…	ジュリー・コーエン／青木れいな 訳	HA-31
御曹子の素顔	♥ ニコラ・マーシュ／高木晶子 訳	HA-32
したたかな仮面	ヴィッキー・L・トンプソン／山田沙羅 訳	HA-33

別の時代、別の世界へ ハーレクイン・ヒストリカル

花婿の約束	♥ シルヴィア・アンドルー／井上　碧 訳	HS-305
引き裂かれた愛	ニコラ・コーニック／石川園枝 訳	HS-306
甘美な略奪	ヘレン・ディクソン／古沢絵里 訳	HS-307

永遠のラブストーリー ハーレクイン・クラシックス

フィアンセ雇います	ジャスミン・クレスウェル／山田信子 訳	C-714
白い夜に抱かれて	キャサリン・ジョージ／戸田早紀 訳	C-715
さそり座の罠	ダイアナ・ハミルトン／糸永光子 訳	C-716
ダーリンをさがして	ミランダ・リー／竹中町子 訳	C-717

ホットでワイルド シルエット・ディザイア

忘れえぬ秋の夜（恋人は大富豪XI）	キャシー・ディノスキー／植村真理 訳	D-1201
誘惑マニュアル	♥ クリスティ・ゴールド／山ノ内文枝 訳	D-1202
孤高の億万長者（三姉妹に愛を！Ⅱ）	スーザン・マレリー／土屋　恵 訳	D-1203
魂で愛して	アン・マリー・ウィンストン／進藤あつ子 訳	D-1204

大人の女性を描いた シルエット・スペシャル・エディション

秘めやかな情熱 ♥		N-1159
恋はハプニング（富豪一族の宿命Ⅸ）	エリザベス・ベヴァリー／早川麻百合 訳	
ボディガードの誘惑（富豪一族の宿命Ⅹ）	マーナ・マッケンジー／氏家真智子 訳	
愛と友情のあいだ（ホワイトホーン・マーヴェリックⅨ）	ジュディ・デュワーティ／原　淳子 訳	N-1160

エクストラ

禁じられた炎	ヘザー・グレアム／名高くらら 訳	HSX-4

クーポンを集めてキャンペーンに参加しよう！

どなたでも！「25枚集めてもらおう！」キャンペーン「10枚集めて応募しよう！」キャンペーン兼用クーポン

2007 10月刊行

会員限定ポイント・コレクション用クーポン

♥マークは、今月のおすすめ